灵电复活

金亮 著

作家出版社

引　子

　　小时候，听母亲讲过大珠山石龟的故事。母亲说咱这个地方和大珠山地界在很久很久以前还是海底，而那只石龟原来是瑶池里的一只金龟。这只金龟有一次在王母娘娘的蟠桃宴会上，偷偷从瑶池里溜出来，趁忙忙碌碌的仙女们不备，混入席间，偷吃了宴会席上的天鹅肉不说，临走的时候又偷拿了几个蟠桃。因为金龟没有口袋，只得用爪子抓着。它爬呀爬，不小心蟠桃从爪子里掉出来，被当值的仙女发现。仙女们逮住它，便要向王母娘娘告发。这只金龟吓得要死，因为它知道王母娘娘的脾气，也知道天鹅肉和蟠桃是王母娘娘平生最爱吃的两种食物。而今自己先饱口福，那王母娘娘岂可饶过它。想到怕处，金龟就苦苦求饶，让那些仙女放了它。仙女们不肯，就在纠缠不休之时，一声"王母娘娘驾到"的喊声，把金龟吓得魂飞魄散。王母娘娘听到了刚才的争吵声，就让那御前侍卫上前查问。当值仙女把事情的经过跟那侍卫说了一遍。御前侍卫又把当值仙女带到王母娘娘跟前，让她如实禀报。王母娘娘听后，不禁大怒。她当场责问身边的列位大仙，说这是谁养的孽物？太白金星见一干众仙都看着他，知道无法回避，只好觍着脸上前说是自己养的。王母娘娘本想立毙这只金龟，当这太白金星自报家门时，她才忽然想起太白金星是有这么一只心爱的宠物。碍于这位老臣的面子，她就收收火气，改口说："这孽物冒犯天条，着实可恨，不惩戒它，它就会不懂规矩。"她眯一下眼，略微思忖了一下，而后又扫了在场的列位仙神说："我看就让它下去一段时间历练历练吧！"太白金星也很识趣，赶紧借坡下驴地上前谢恩！于是，王母娘娘就让管凡界的仙神在下界给金龟安排个差事。那位大仙屈指一算，报说东海地界缺一位守山的。太白金星一听，急忙奏说那孽障不知深浅，冒犯天规，就让它去吧！王母娘娘答应一声准了。太白金星又替金龟谢过王母娘娘不杀之恩，就让小仙把这只爱物抛入东海。太白金星本是好意，让金龟入东海守山，这样他的爱物在凡界也可优哉游哉。大海物产丰富，不缺吃不缺穿，沐浴在大海里不但衣食无忧，还可以冬暖夏凉。但是太白金星却忽略了一个致命的问题。那就是地壳的变动会导致地震，引发海啸，让此地海水干涸，水域变陆地。

金龟在凡界舒服了没有多少日子。这一年某一天，大珠山海域突然间天崩地裂，山呼海啸。一场惊天动地的大地震引发了海啸，四面八方，成了一片泽国，生灵遭受毁灭性涂炭。

时光荏苒，日月如梭。不知过了多少年，这地面渐渐升高，海水慢慢退去，海底渐渐变成陆地。这只金龟因为职责所在，不敢擅离职守，也只能随着大珠山的拔地而起裸露在地表之上，在栉风沐雨中，随着斗转星移，沧海桑田，风化而成石龟。这只下凡的金龟虽然风化，但元神不死。它时刻企盼着早日结束下凡日期，回到天庭，回到瑶池，过快活的神仙日子，但是舒服日子好过，苦日子难熬。被挂在山上的石龟，哪里有在大海里舒服啊？金龟耐不住苦，就挖空心思地想办法。这天，土地爷从它身边路过，金龟喊住了他。它把太白金星拴在自己脖子上的那根红绳解下来，给土地爷看。它指着红绳说："这是太白金星戴在他身上的宝贝，名曰'吉祥带'。这根红绳虽然不起眼，但是谁要得了它，那就会逢凶化吉，遇难呈祥。"土地爷看了一下，立刻就喜欢上了。金龟见他心动，就对他说："你要是喜欢，我可以送给你，但是你得答应我一个条件。"土地爷心里明明透亮，但是却装糊涂。他明知故问地说什么条件呀？金龟就说："太白金星病了，他是我的恩主，我要回一趟天庭看看他。要是有哪路神仙来查，你就替我遮挡一下。"土地爷知道那红绳是件无价之宝。有这根红绳在，太白金星的面子就在。无论是在仙界还是凡间，诸路神仙但凡见到这根红绳，就如太白金星亲临，没有不给面子的。这是其一。其二就是只要把这根红绳拴在身上，便会百毒不侵，水火不惧，有去灾避祸之功。土地爷艳羡这根红绳日久，今日却不费吹灰之力而得，焉能拒绝不要？所以，当金龟提出相赠和要求时，他就毫不犹豫地答应了。金龟高兴极了，真是谢天谢地！它在这山上是一刻也不想待了。于是，它解下红绳之后，连忙跟土地爷交代一些它走后的事宜，就立刻准备动身。为了麻痹那些巡查的各路神仙，金龟只留下个石头外壳，让自己的元神跑回了瑶池。

　　金龟刚刚回到天庭瑶池的时候，还特别小心。它不敢声张，也不敢露面，只是悄悄地待在瑶池里过日月。金龟在天庭过了一段逍遥的日子，见没有什么动静，就开始不安分起来。这天因为寂寞难耐，金龟突然想起来要搞点什么热闹的把戏。它看到瑶池里的锦鲤鱼也是那样逍遥自在但无所事事，就提出跟锦鲤鱼打赌喝酒。锦鲤鱼像被点醒了似的，立马爽快地答应。金龟存有一坛往年从蟠桃宴会上偷来的酒。它把这坛酒启封，和锦鲤鱼对酌起来。这下可好，酒从早上喝到日上中天还没见分晓。一开始，金龟觉得这锦鲤鱼喝上两杯就会醉，没想到这东西一气喝了好几杯都没事。如是，金龟仗着自己酒量大，就想把锦鲤鱼灌醉。那锦鲤鱼也不是盏省油的灯，两个你来我往，直到把一坛子酒喝得快见底了，那日头也要正午了，锦鲤鱼才被它灌了个不省人事。一醉方休的金龟忘记了自己是戴罪之身，它看到锦鲤鱼醉不可支地瘫倒在地，乐得呵呵大笑。金龟抬头看着午日阳光灿烂，就忘乎所以地想去晒太阳。如此，它忘记了这样做会发生什么，竟然醉眯眯地浮上水面去，尽情地享受着那阳光的沐浴。正在它优哉游哉地半醉半醒嘲笑锦鲤鱼的时候，恰好被前来瑶池观赏锦鲤鱼的王母娘娘看到了。一声惊诧的喝问，竟然没把不知轻重的金龟叫醒。它闭着双眼，大言不惭、满口胡言乱语地说："你是哪路神仙，敢管大爷的闲事？你知道大爷是谁吗？大爷是太白金星的爱龟，外号金龟太岁。就连玉皇老儿也得对咱另眼看待，那王母娘娘更得让咱三分……"

"大胆孽障，看打！"

"啪啪——"

蒙眬中它被谁抽了几个嘴巴子，一阵疼痛让它稍稍清醒，是谁这么大胆子，竟敢打我的嘴巴子？金龟刚想发火怒骂，就听一个熟悉的声音喊道："好个大胆孽障，如此胡言乱语，亵渎玉皇，冒犯天威，该当何罪？"

这下金龟完全醒了。醒来的金龟吓得双眼直愣，看到太白金星正对它怒目而视，因为生气，老头的嘴巴微微翕动着，那长长的白胡子更是一颤一颤的，身子也微微摇晃。再看他身边，更是侍卫林立。那坐在辇驾上的王母娘娘蛾眉紧蹙，脸上挂霜般地瞪着它。这阵势可把金龟吓尿了裤子，于是它的下身一热，底下就全湿了。此时的金龟知道自己闯了大祸，酒也因为惊恐变成了汗，滋地一下子从身上冒出来。它连忙匍匐在地，叩头如捣蒜般地说着自己该死，求王母娘娘饶过它。

刚才那两巴掌是太白金星打的。他知道都是自己平时对这孽障宠爱惯了，让它养成了天不怕地不怕的坏习惯，这才不知轻重。而今惹下的祸端，那可非同寻常啊！恐怕连自己也保不了它了。金龟瑟瑟发抖，看都不敢看王母娘娘的脸。王母娘娘也是气急了，她紧绷着脸，冷冷地说句："给我抓起来，关进死牢。"说完，看也不看太白金星一眼，就由一队人马簇拥着离开瑶池，撇下太白金星等一干仙神面面相觑，不知所以。

今天太白金星这个面子可是丢大了。要知道，太白金星是御前最有名望的老臣，跟王母娘娘也很交厚。一般情况下，这王母娘娘都会给太白金星面子。如今这般，实属罕见。太白金星明白，这都是金龟那孽障给惹下的乱子呀！不好好教训它，往后还有更好看的。可是一想到今日情况，那孽障连玉帝都骂了，此等大不敬之罪，还有以后吗？太白金星想到此，不禁打个寒战，脊背那是飕飕地冒凉气啊！

玉皇大帝闻知金龟不但私自回归天庭，还敢出言不逊地辱骂王母娘娘和自己，犯下此等大逆不道之罪，唯有处死方解心头之恨。

玉帝要把金龟油烹。看着金龟被五花大绑在擎天柱上，太白金星一急，竟然晕倒了。

太白金星是玉帝的股肱之臣。如今这一病不起，如何是好？

虽然太白金星对外称是自己年老体弱而病，但是明眼人都知道是怎么回事。那玉帝和王母娘娘更明白，这位太白金星是心痛他的宠物而病。要说太白金星在玉皇大帝的心中多么重要，这么说吧，这朝中文武之事，全靠太白金星出谋划策，而后再由玉皇大帝定夺。要是他有个三长两短，如何是好？处死一只金龟就像踩死一只蚂蚁那样轻而易举又微不足道，但是太白金星却不能有半点差错。玉皇大帝为难了。王母娘娘对玉皇大帝的心事那是心知肚明，她不想让玉帝为难，所以就为此动开了心思。放了金龟吧，那显然不妥，因为天规不可挑衅。要是不追究金龟，那以后谁都可以拿天庭的规矩当儿戏。可要是真把这金龟当众处死，太白金星那老臣一伤心，身体受不了怎么办？

王母娘娘决意要为玉皇大帝分忧，她得想出个两全其美的办法来才好。

王母娘娘想来想去，突然灵机一动，她觉得把金龟永远贬下凡界，这样以活罪抵死罪，不但让众神没有话可说，也可起到惩戒和以儆效尤的作用。让那孽障在凡界熬个精失神散，那样就能耗去它多年修炼的功力，即便它有机会再回天庭，也不会有作案的智慧和能力。当然，她要编个很好的理由让太白金星接受，让他明白这样做才是处置金龟最为妥善的办法。太白金星当然不愿意看到心爱的宠物被当着自己的面处死，但他也不愿意让金龟永久地被贬下凡。因为凡间动物，肉身一死，元神也就散了。但是，天界仙神处死肉身，元神可以改弦易辙幻化智商低等之神。人仙是最为高等的神，只有修炼得道，至功至德之辈，才有资格成为人神。这仙界诸级神仙，立功上位，犯错下位。人、兽、虫三级转换轮流。太白金星也知道这等处罚，不比当众处死轻多少，但是王母娘娘想了一个很有说服力的理由，这个理由足以让太白金星接受。

玉皇大帝已经做出了处死金龟的决定，王母娘娘要改判。她得编个看似恰当的理由，她的理由就是：这样处死金龟，对太白金星过于刺激。还不如采取个迂回的策略，把它贬下去，以贬代死。被贬下界，一向被仙界诸神认为是活受罪。有一句话：宁在天界死，不去凡间活。太白金星之所以能够接受，是因为他听信了王母娘娘的话。她说过段时日，当大家都把此事淡忘的时候，再寻个借口，让玉帝来个大赦，可以下旨免除那金龟之罪，让它重回仙界。当金龟行刑之日，就是她宣布改判之时。

王母娘娘这招叫作掩人耳目。

这日，天庭阴云密布，凄风苦雨。

这是金龟受刑的日子。

那金龟被缚魂索绑在天庭的玉柱之上。它的面前放着一口油锅。锅底火花正旺，锅内沸油翻着油花，冒着灼人的热气。不用靠得太近，就会让人感到那逼人的热浪。

油锅两边各立着一位凶神恶煞般的壮汉。那阵势，显然已经做好了随时把金龟抛入油锅的准备。

午时三刻，当行刑官喊出"时辰已到，即刻行刑"的口令时。那俩大汉立刻上前，解开拴在金龟身上的缚魂索，抬起它就要往油锅里抛。此时，金龟已经吓得昏死过去。

就在这千钧一发之际，一个声音喊道："王母娘娘懿旨，暂缓行刑。"

众神一愣，那俩大汉也停止了动作。

稍后，但见王母娘娘乘銮驾赶到，刑场众神一齐跪地恭迎。

王母娘娘手指那金龟，教训道："你这孽障，私闯天宫已是大罪，还敢辱骂玉皇和本宫。本该千刀万剐，我皇仁慈，处你一死，是想让你少受皮肉之苦。本宫体恤太白金星对你的疼爱之心，再度恳求玉帝宽宥于你。玉帝恩准，免你死刑，改罚下界，永不归天。"

在场的众位仙神监刑官都说好。

那金龟流着眼泪说："如此这般，还不如死在天庭好。死在天庭，元神与天同在。死在凡间，那是厉鬼！不要啊不要，我不下凡界，不下凡界！"

王母娘娘说："晚了！想回来，可以呀！就看你有没有这个好运气了。要是哪天大珠山被浪花打湿山头的时候，算你交了好运。如若真有那一天，众位爱卿作证，本宫就奏请玉帝，准你重回天庭。"

金龟这次是真栽了。王母娘娘的话，那就是懿旨，谁敢不听。纵使那太白金星再有面子，也回天乏术。其实，重贬金龟下界，是玉皇、王母娘娘和太白金星商量好的。这出戏，别人哪里知道？众神觉得这个金龟，也太不像话了，竟然敢偷回仙界，敢当众辱骂玉皇大帝。如此大罪，玉帝免于对其凌迟处死，已是开恩。但是现在王母娘娘要把它永久罚下天界，虽然残酷点，但也是它咎由自取。当然，不管金龟有何等委屈，懿旨已下，不可更改，它只有乖乖地遵命。

这金龟在大珠山一待就是几万年。那玉帝的大赦没有等来不说，那大珠山也依然突兀于地表之上，浪花从来没有一次打湿过大珠山头。不要说打湿山头，连山腰也沾不得一点浪花。而且随着岁月的流逝，那海水离大珠山越来越远。眼看着浪花打湿大珠山头无望，大赦也遥遥无期，这只老龟可是着急了。它看着自己的身子风化得跟石头般僵硬不说，连颜色也都跟石头一模一样了。如此下去，何时是个头啊？这次王母娘娘是要它永世不得翻身哪！要是这样等下去，那可是要时光倒流、乾坤倒转才有出头之日！但这可能吗？时间越长，它的精气耗散得越多。那太白金星也好像把它忘了一般。想到此，金龟心里直打寒战。它突然觉得，那个王母娘娘充当好人，把死刑改为充军，有可能是个阴谋啊！想到这一层，金龟可真害怕了。金龟不甘心就这么看着自己变成石头，直到精散神亡，陪着日月星辰默默无闻地老死大珠山。它得想个办法，无论如何也要逃避这苦海深渊般的地狱生活。它想到了太白金星。它觉得太白金星虽然也恨它不守规矩，屡犯天条，但是，自己总是他的心爱之物。也唯有他，才有办法，也可能真心帮助自己。于是，它伸伸脖子蹬蹬腿，一个挣扎，将元神脱出体外。趁着远在天上看管的天神打瞌睡的时候，开了个小差，溜到太白金星的炼丹炉。太白金星其实早就知道这孽物要来，天神打瞌睡也是太白金星这老东西搞的鬼。那太白金星老于世故，明明知道金龟要来，却故意躲着不见它。只是在临走时告诉那守门的仙童说，要是有谁来找，就说我去给东海观音菩萨饯行了。

那金龟来到太白金星府上，见小童正在一边打瞌睡。金龟悄悄上前，将小童推醒。小童见是金龟，惊讶地问一声："你怎么会在这里？"金龟示意他小点声。然后就问太白金星可在，小童就说不在。金龟问去哪里了，小童伸伸懒腰把太白金星临走时说的话跟金龟说了一遍。乍一听到这个消息，金龟大失所望。它好不容易偷偷溜回一趟，却又见不着太白金星。金龟不能久留，它正不知往何处去时，忽然灵机一动，想到太白金星为什么要小童跟自己说去为东海观音饯行？仔细一想，顿时它明白了，这东海观音要离开天庭回东海巡视了。好！这个消息好。这可能是主子在有意点拨它，想到此，它笑了。

太白金星为防备金龟以后会说漏了嘴，无故给自己惹出麻烦，就故意明话暗说，用此暗示于金龟。凭他对金龟的了解，这宠物对此一定会心领神会，所以，他才用这个招数。如此一来，即便将来有什么乱子，也不至于连累自己。金龟得此信息，立刻下界，缩回那乌龟石壳，单等着那东海观音的到来。

那东海观音这次上天庭，用现代官场的话那叫述职。述职毕，就回领地巡视。这日她经过东海地界，却闻得有一个声音在前面喊着："救苦救难的观音菩萨，救救我吧！"

那观音心善，便止住飘移的云斗，循着声音往下一看。求救的正是那只昔日瑶池里的金龟。观音见那金龟今非昔日，以往那金黄中透着光亮的龟壳变成了土黄色干硬的石头。那金龟蔫头耷脑，灰头土脸，就如同一具干巴龟尸。观音菩萨动了恻隐之心。她降落云斗，飘然来到金龟面前，说句："都变成这样了，你受苦了。"那金龟闻言立刻涕泪横流，诉说着自己的不幸和苦难，求菩萨开恩，救它一救。那观音菩萨也知道它犯了天条，但是却不知它在受罚之日私自开溜。这在凡间就如同犯人越狱一般，要罪加一等。那观音菩萨跟太白金星关系也是很铁，今见这金龟在此受难，便有心帮它，只是慑于天规威严，不敢轻易答应它。

那金龟很是会察言观色，一见这观音菩萨有意救它，那是连连恳求。观音菩萨真的很为难，但是她还是想救。

金龟就说自己有个办法，只要观音菩萨真想帮忙，只需照此做，就可以帮它免受风雨之苦。

见它说得认真，观音菩萨就问它，自己如何做才能既不违背王母娘娘的懿旨，又能让金龟免于受罪？

那金龟就说，当日被罚下界之时，王母娘娘当着众仙承诺，如有一日，浪花打湿大珠山头的时候，也就是它金龟重回天庭之日。只要观音菩萨能说服东海龙王，让东海龙王发一次大水，把大珠山淹没入海，自己就不用过这日晒风吹的日子了。观音一听，蛾眉一蹙，沉吟一下，说："这个不妥当。这大珠山如今生灵无数，要是一旦淹没，就造成大量生灵死亡。枉杀生灵，可是大罪，此法万万不可。"那金龟一见观音菩萨不同意，又心生一计。它说："那我要是让土地爷把此地的生灵都搬到别的地方去呢？"

观音菩萨说："土地爷有土地爷的职责，他怎么会听你的呢？上一次那个土地爷，因为替你打掩护，被连累受罚，你还要再连累无辜吗？"

金龟说："这次跟那次不一样。这次只是让本地生灵迁移一下，算不上犯错。这样的话，既能救得了我，也不会让你跟着触犯天规，如此不是正好吗？"

观音见它说得有道理，就答应它说："如果当真，可以考虑。"

金龟说："这还有假吗？不信的话，可以叫来土地爷问问。"

观音菩萨就召唤大珠山地界的土地爷。

那土地爷见观音菩萨召唤，不敢怠慢，当即笑哈哈地从地下冒出来。对着观音连连作揖说："上仙召唤，有何吩咐，小神在此听命！"

观音说："你可以让此地生灵换个地方吗？"

土地爷说："当然可以。不知上仙为何让它们迁徙？"

观音说："这个你无须知道，我只问你能不能？"

土地爷说："能！"

观音说："那好。三日之内，你把此地生灵全部迁移出大珠山地界，不得有误！"

土地爷说："遵命！"

当下土地爷遵观音菩萨之命，将大珠山地界的一干生灵全部赶到外界。一时间，大珠山地域老鼠成群结队地往外跑，飞鸟也一群一群地飞走，各种走兽也都跑得干干净净。

三天已到，土地爷跟观音菩萨打了包票，说大珠山的生灵已被他迁往别的地方去了。

观音菩萨大意了，也没仔细现场查看。她就赶往东海龙宫，要东海龙王连下三个月的大暴雨。东海龙王说："这大珠山不缺雨的，再下的话就要涝了。连下三个月，这地方得变成一片水国，那可是要杀生的。"

观音菩萨就说："这个请龙王放心，我早已让土地爷把一切生灵迁移到外地去了。"

东海龙王还要分辩。观音菩萨说："你只管下雨，出了事由我兜着。"

官大一级压死人。那东海龙王见观音菩萨这么说，也只好执行了。

观音菩萨安排完毕，就回天庭汇报巡视情况去了。

东海龙王赶紧找来风雷电三神，布法施雨起来。

大珠山一时暴雨倾盆。

连绵不断的大雨，让大珠山地界重新变成一片泽国。

许多村庄被淹没在水里。那大雨还是继续无休无止地下着。

这位观音菩萨，一时听信金龟的话，说是可以让土地爷把此地生灵迁走。这土地爷只能管得了那些低级生灵，而对于人类这种灵长，区区土地爷怎么能管得到？

金龟为了自己能重回天界，不顾当地人们的性命，着实可恨。

大雨下了一月有余。大水已快到了半山腰。那金龟为了能让浪花打上大珠山，它就顺着水势往大珠山上爬。眼看着水位渐渐升高，这个地方的人无一能逃脱厄运。

等观音菩萨再次从天庭回到大珠山时，已是两个月后的事。

这观音菩萨一看，可了不得了。这个地方被淹不说，当地百姓全部爬到树上、屋顶。有的村庄全部被水淹没。大人小孩，哭声一片。

观音菩萨火了，就把土地爷揪出来，责问他为什么不把人们都迁走。

土地爷辩说自己只能迁移低级动物，人类是万物的灵长，他动不了。要迁移人类，那得人间天子才能办得到。

观音菩萨一听，这才恍然大悟，并意识到是自己一时疏忽酿成大错。那观音菩萨因为上了那乌龟王八蛋金龟的当，决意要去跟它算账。于是，她立刻赶去大珠山，见那金龟还在一个劲地往山顶上爬。观音菩萨伸出一指，在它头上轻轻一点，那金龟精气尽失，僵在那儿，再也爬不动了。

自此以后，金龟就变成了一块大大的龟形石，与大珠山同在。

雨停了。

一个月后，大珠山的水全部退去。

在如洗的碧空中，一道彩虹展现出来。彩虹之上，飘浮着一片祥云，祥云中站着一位美丽的女子，她一边对着下面的人群微笑，一边渐渐升空。

百姓们便齐齐跪拜，感谢观音菩萨的救命之恩。

观音菩萨回到天庭后，对自己的失职没有隐瞒和推卸责任。她自请玉皇大帝罚她下界大珠山，她要看着大珠山地界的老百姓重新过上好日子。

玉皇大帝准了她的请求。

自此以后，在大珠山龟石斜对面不远的山坡上，有一座天然观音菩萨石像，经年累月地面对着大石龟静静地坐在那里。她目视前方，远远注视着那只爬到半山坡的大石龟，日日为百姓们祈福，以保佑他们平安。据说这座观音石像在此就是要看住那只石龟，怕它再次爬上山顶，兴风作浪。当地百姓每逢节日，多有至此祭祀朝拜者，至今不绝。

关于大珠山金龟的故事，还有一个版本：说是《三国演义》中的徐庶，在赤壁之战后，归隐大珠山修炼。这年大雨连绵，大珠山地界被淹。徐庶看到大珠山上的那只石龟忽然动了起来，往山头上爬。他就知道此物要作怪。要是让这石龟爬到山顶，大珠山地域就要被水淹没。徐庶作法，亲自赶到那里，将那爬行的石龟一脚踹在半山腰上。传说石龟屁股部位至今还留有徐庶的脚印。

还有，母亲说这石龟的屁股眼长年流水。在它的身子下面有一棵茶树，那茶因为得龟身流出的水浇灌，故茶叶品质特高。采下的茶不仅特别好喝，还可以治百病。但是那茶因为长在半山腰的绝壁上，几乎没人可以采到。

我是听着这些故事长大的。小时候，就梦想着什么时候能爬到大珠山上，爬到大石龟身边去看个仔细，甚至也妄想能采得到几片茶叶，而今终于得偿所愿。不但来到大龟身边，而且还攀上了龟背。但是脚印和屁眼流水等压根就没有，还有那棵茶树也不见踪影。毕竟传说就是传说，但是大自然的鬼斧神工却让人叹服。那只大石龟，却真实存在着，它是那么逼真。尤其是站在一定的角度从远方侧视，那种栩栩如生，那般引颈攀爬的姿势，真是惟妙惟肖。

　　我的母亲大字不识一个，她讲的故事也没有我在文字里叙述得那样仔细完美和好听好看。但是，她粗糙的故事启蒙了我的文学梦境，充实了我儿时的欢乐，她是平凡和伟大的。正因为如此，我要写一部以大珠山为背景的科幻长篇。倘若母亲地下有知，她一定会高兴的。愿以此书，告慰九泉之下的母亲。

一

宇宙洪荒之时，大珠山还沉没在一片海水里。

这座潜伏在海底千米之下的大山，默默无闻，藏而不露。它就像一位没有出道的英雄豪杰，或是一位尚未声名鹊起、名不见经传的艺术大师，心甘情愿地过着隐居的生活。它甘愿隐居海底，与大海相依为命，在漫长的岁月中，尽情享受着海水温润的抚摸，无忧无虑地与生活在海洋中的各种生物相濡以沫，在不见天日、没有感知的世界里，不知不觉地静候着遥远而不可预知的未来。

话说那大珠山在海水里浸泡了亿万年，这一天却如同赶上了乾坤倒转、时光倒流一般，天地一下子崩塌了。

亿万年前的那一天，好像还是个不错的天气，太阳初升的时候，天还是晴亮晴亮的。随着朝阳的慢慢升起，天际就刮起一阵风，那风扯出一道红霞，四处蔓延，渐渐膨胀，天宇就像被红布遮住了半个脸，又像焰火般烧红了半边天。那红也与往常的红不同，而是红里透黄，黄中有黑，黑中变蓝，不一会儿就幻化成五颜六色。那五颜六色把太阳掩盖起来，天色一下子昏暗起来。刚才的晴亮也不见了，天一下子沉浸在迷蒙里。而随着这昏暗的加重，西边天际又飞起一股黑云。那黑云就如同哪位不着调的画家在画面上胡乱泼了一碗浓浓的墨汁。于是乎，天地便被皴染成漆黑一片。在伸手不见五指的空间里，一声震破天地的响声，就如同宇宙被巨大的物体砸了个稀巴烂，给人的感觉是天真的已经塌下来了。巨大的响声过后，又是噼里啪啦天倾地陷般不间断的破碎倒塌声。伴随着一道红色的光电闪过之后，好像整个宇宙被熊熊大火燃烧起来。海水也像被烧开了般从海面上呼呼地咆哮起来。伴随着海底发出被撕裂般刺耳的怪声，便有巨大的波浪冲天而起。那巨浪高达几百米，就如同有超大的能量把海底都翻过来一样。那浪遮天盖地，挟着一股惊人的气势，像凶残的怪兽一样呼啦啦怪叫着从天而降般簇拥着一波一波向岸上砸来。巨大的波浪所到之处，岸上的一切瞬间就被吞噬得无影无踪。海底似是被谁彻底搅翻了，海水也发疯般升腾着滔天巨浪势不可当，这海浪似要把天地间的一切吞噬和毁灭。

海水正疯狂肆虐的时候，空中一道蓝光闪过之后，紧跟着是一声雷惊天动地，而后便是狂风暴雨。那狂飙般的飓风挟裹着巨浪，将天地混为一体。你再也分不清哪是雨哪是海水，更分辨不清哪是天哪是地。飓风像要把整个大地刮起，刮上天空。

风、浪、雨、海水、鱼虾、泥石、树木、枯枝及各种杂乱的物体搅和在一起，形成一股混沌的浊浪，蒙住了天地，像要把天地推向世界末日。

又是一声沉闷而巨大的响声，这响声巨大到恐怖，那是宇宙大爆炸的惊天巨响。随着巨响，但见海底像被核弹爆破了一般，一股蘑菇云般的巨型浊浪拔地蹿起。那瘆耳的水体杂物的摩擦声令人骰悚而惊悸。那蘑菇柱体越升越高，等到顶天立地之时，又哗啦啦、呲呲呲地砰然降落。这个时候，大地似要被砸成万丈深渊。轰轰、咔咔、嚓嚓……杂音响彻天空。宇宙也像已经被这杂乱的巨响震成了聋子、傻子，愣愣地等待着末日的降临。

泥流、石块、水浪、杂物铺天盖地。

巨石飞舞、泥沙喷涌、山体滑坡，大珠山像是从海底被巨大的力量托起来，它拱破地表，浮出水面。如此，平静的地表被硬生生撕裂破碎，那轰隆隆、哗啦啦的巨响将整个天空震破了一般。

伴随着浊浪汹涌，飞沙走石，地动山摇，天塌地倾。

大石小石，在水浪和气流的推力下，或四散蹦跳，或上下不停地起落。它们像被打散的兵丁，东躲西藏而又无处安身，直到被气浪水流冲荡着，被随意甩落或丢弃在某个角落，当好不容易找到某个不受冲击的地方刚刚安身栖息，却又因山体的倾斜而身不由己地被不知哪来的力气拽出去……

大珠山就如同天地孕育的巨大婴儿，在它破腹而出的那一刻，大地承受了分娩的巨大痛苦。而它也像一个淘气的顽童，刚刚诞出水面的它，面对着陌生的环境，扭动着巨大的身躯，咆哮着呐喊着，不断发泄心中的不满。好像要对这天地怒吼说："不！不！我不要这样，我不要这样！"

天地依然，没有谁会理会它的脾气。

不知过了多久，巨大的响声渐渐地消失了，天地也如同折腾够了般地停止了一切动作，万物也渐次恢复了秩序。那风停了，雨也住了，一场翻江倒海、地覆天翻的景象也就此落下了帷幕。大珠山也似疲倦般停止了抖动和怒吼。那飞散的乱石，好像也都各自找到了安身立命之地，它们也都按部就班地在各处安家落户，过起了日出日落的生活。

大珠山终于在经过亿万年的沉默，在经受大自然一系列的洗礼后，安稳地拱出海平面，开始了它地表之上的生活。

也许大珠山诞生的那天比这个还要剧烈和惊险百倍，但是我们却无法真实地看到，只能凭着想象来还原那曾经发生在它身上的一切。

就如同一个人要经历许多磨难一样，大珠山也同样历尽坎坷，始成挺拔。

当混沌消失，天地分开，蒙昧消退；当宇宙迎来光明，地球觉醒；当大地生机勃勃，各类动植物繁衍发达；当人类这种万物的灵长在地球上脱颖而出，做了世界主宰，地球便不再平静。人类在与地球自然共生共赢的同时，也进行过不间断的斗争。尽管在这种斗争中人类从来就是败多胜少，但是人类却从不屈服，从不间断，并不断续写着新的篇章。

经过人们一代一代同各种苦难的斗争，在克服了许多大自然带给人类的艰难和困苦后，人类虽然得以生息繁衍，但同时人类自我之间的争斗也渐次上场。从三皇五帝到夏、商、西周、春秋战国及至秦汉，大规模的战争使人类付出了巨大的伤亡代价。而灾难过后，人类总是能克服万难，顽强地活下来。在人类历史的长河中，人类为了各自的团体利益从来没有停止过战争，而大珠山一直都是时光的伴随者和历史的见证者。

当时光走到秦末汉初，大地就如同一位忍气吞声的怨主，在忍无可忍的情况下，将积压了多少年的怨气，化作巨大的能量，在这个时期、在这个地段又来了一次大爆发。大珠山又经历了一次大地震引发的海啸。但这次与亿万年前那次不同的是：大珠山在这次大地震后，海拔变得更高了，海水离大珠山更远了，剧烈的地震带来地貌的变动引发了本地域的隆起。这次隆起导致大珠山整个山体裂变，致使谷口险隘丛生，山头林立成峰，大珠山变得更加突兀险峻。各种奇石分布于各个山头和峡谷之间。这些奇石，大的自立为峰；中等的或攀附于峭壁悬崖之上，或傍卧岩石之侧；小的则藏于林草之中，或滚落于山间水溪。这些大大小小的奇石，它们千姿百态，奇形怪状，各具特色地构成了大珠山的奇石景观。由于这些奇石太过于传神和惟妙惟肖，个中便被当地老百姓赋予神话传说。随着时间的流逝，有些奇石也被与历史名人结合留下趣闻逸事，这更增添了大珠山的神妙与传奇，因此也为本地遗留了一笔宝贵的文化遗产和丰富的旅游资源。

二

时光隧道把我们载入到二十二世纪中叶某年某日的一个上午，我们同时也被定格在一家占地面积不大却又十分漂亮的民用航校内。

这是一间不大的教室。

高大英武的民用微型机航校教员高朗站在讲台上，指着电子屏幕上的一幅超微型碳纤维纳米飞行服的构造图尽心讲解着。

他在讲到这款超微型碳纤维纳米飞行服的动力系统时说道："人类在今天终于实现了和鸟儿一样翱翔蓝天的愿望。只是鸟儿是靠翅膀的扇动作为动力来实现飞行的，而人类发明的这身超微型碳纤维纳米飞行服，要远比鸟儿的翅膀更具强大的动力和灵活性。这种碳纤维纳米飞行服的动力来源主要是靠石墨烯高能电池。这身看似光滑的纳米飞行服，其实它的全身布满了像刺猬一样细小而坚固的无尖针。这些无尖针当然不是用来防护自己和杀伤敌人的武器，它们是动力排气孔。大家都记得金庸的小说《射雕英雄传》里黄蓉穿的那种软猬甲吧？"

高朗说到此略一停顿，征询地拿眼向讲台下的几位学员扫了一眼。大家认真地看着他，不约而同地微微点头。

这时候，他突然发现台下有一位长着一双好看的丹凤眼的叫颜丽的女孩正在一往情深地注视着自己。高朗的目光一触碰到她，立刻就移开了。他感觉到那目光里有一种火辣辣的东西。

高朗接着说："这些无尖针分成四种排列方式，也分担着不同的功能。它们在动力操纵系统的作用下可以左右前后改变方向。而纳米飞行服就是靠着这些无尖针方向的改变来实现飞行动作的变换和飞行方向的改变。这种驱动方式是传统飞行方式的革命。尽管这种驱动方式对于飞行速度还不是十分理想，但是，我相信在不久的将来，这种缺点会消失的。"

高朗说到这里，拿起杯子喝一口水。他接着说道："这种碳纤维纳米飞行服还有一种功能，那就是娱乐功能。它配备了模拟仿真战斗机的全部火力系统，这样就可以让我们在学习操作过程中，以游戏的姿态，感受到驾驶的快乐！"

"这样好！"

那个叫颜丽的女孩率先发声。她这一说话，不但把大家的目光都吸引了，还引来这些学员的一阵议论。

这个说："我就是冲着这个来的。好玩，又刺激，还能学习驾驶飞行。"

颜丽说："那就快领我们学习吧！让我们尽早体会到战斗飞行员的快乐！"

"就是嘛！这理论就少学点吧！还是实践重要啊！"

一个长得特瘦的男学员说。

高朗冲大家摆摆手，等大家静下来后，他继续讲道："这个得循序渐进，理论联系实际嘛。我刚才讲到它的两大优点，还有一个优点，那就是它的安全性。这种微型碳纤维纳米飞行服，配有特制安全气囊。无论你是掉到陆地还是水中，它都能保证你的生命安全。因此，它的身价也高达五百多万。"

"哇！"

那瘦青年发出一声惊叹！

高朗拿眼瞅了那个瘦青年一眼后，接着说：

"从明天起，我们就要进入正式学习和训练阶段，大家要做好心理准备。"

颜丽说："太好了！"

三个月后的一天。

上午八点多的时候，青岛西海岸大珠山下一块空阔的山坳上空，出现了几个穿着颜色不同怪异服装的青年男女在那里凌空飞舞打斗。那衣服说是衣服，其实就是一架微型飞行器。那衣服一会儿瘦身贴紧，一会儿膨胀空阔，它像潜游的鱼鳔那样随着人身在空中的升高和降低以及飞行速度的快慢而不时改变着形态。

着红色七星瓢虫图案碳纤维纳米飞行服的颜丽，紧追着那位身穿灰色涂有大灰狼图案飞行服、网名叫"珠山飞侠"的瘦高个青年不放。她是边追边打，那幻影电子激光炮不断追着"珠山飞侠"的身后喷射着闪电般的光线。"珠山飞侠"狼窜狗跳，他突然一个直线冲天，并来一句"亢龙有悔"的调侃。"珠山飞侠"的这种戏态让颜丽心中更来气，"珠山飞侠"分明是不把她放在眼里。眼看就要成为自己的猎物了，竟还这样吊儿郎当。颜丽发誓要把他揍下来，以解心中之气。所以一上来她就盯住"珠山飞侠"不放，并不断开动电子炮射击。

两人在空中忽左忽右，忽上忽下，你追我赶，你打我跑。尽管表面上看颜丽占尽上风，一直处于攻击状态。然而，"珠山飞侠"始终像泥鳅般，不给颜丽任何可以得逞的机会。颜丽多次击而不中，难免心浮气躁。她全力以赴，使出浑身解数，就想一下子把这个狡猾的"珠山飞侠"锁住，进而一击而中。她加大动力，来个一飞冲天。近了近了，好不容易锁住了，颜丽一阵窃喜：你这个狡猾的东西，这回看你往哪里跑。颜丽情不自禁地开炮射击。颜丽期望一击将其击毁时，却见在她发射电子炮的同时，那"珠山飞侠"就像跟她商量好了般突然来个同频动作。只见他一个鹞子翻身，颜丽的一排激光电子炮闪着光线就贴着瘦猴滑过去了。颜丽喊一声："哪里跑。"她把速度加到极限，全力追了上去。"珠山飞侠"像有意戏弄她一样，竟然故意放慢速度，只等她靠近，便又突然寻机溜脱。搞得颜丽是晕头转向。颜丽天生就是个要强的性格，以她的技术，根本不是"珠山飞侠"的对手，但是她竟然偏要抓住他不放。颜丽好不容易又跟上来了。"珠山飞侠"那身子就像长了眼一样闪转腾挪，轻松自如。尽管颜丽的电子激光炮发射不断，但却次次落空。颜丽是不依不饶，穷追猛打。两人挨得太近了，颜丽怕误伤自己，竟然不敢发射模拟电子空空导弹。眼看近在咫尺，"珠山飞侠"一句"潜龙在渊"，忽地下坠，让颜丽措手不及。她在刹那间还误以为"珠山飞侠"中了激光炮呢。这样不要命的动作也亏他"珠山飞侠"做得出来。"珠山飞侠"在下坠百十米后却一个千金坠猛地打住，然后又是一个后冲。这一连串的动作是如此娴熟，又丝丝入扣。待这些动作一气呵成之后，"珠山飞侠"就不知不觉地绕到颜丽身后去了。他在进行这一系列动作时还侧身向颜丽做个撩妹的鬼脸。颜丽看到了这一幕，她知道"珠山飞侠"这是在故意捉弄她。于是就一个翻滚，以鹰击长空之势，凌空向"珠山飞侠"发射了一枚电子导弹。"珠山飞侠"早有准备，他加大功率释放仿真电子干扰弹，让颜丽的导弹眼睁睁失去了目标。颜丽再次发射，"珠山飞侠"以拦截弹对付。颜丽招招落空，不由得心急如焚。此刻"珠山飞侠"在下，颜丽在上。一个是不慌不忙地逃跑，一个是疾风厉色地攻击。颜丽多次击而不中，就使出蛮打蛮缠的招式。"珠山飞侠"并不跑快，他几乎始终与颜丽保持着一种近身相搏的状态。颜丽一个猛冲，眼看要撞上了，"珠山飞侠"忽然来个仰头反冲，颜丽呼的一声几乎擦着他的脚跟冲过去了。刚才一幕好险，连颜丽也悬着一口气。颜丽因为刚才冲得太急，这一冲就飞出近千米才收住。那放任的速度，几乎使自己出界。急切间她不得不立刻来了一个爬升，然后掉头、回飞。就在她忙于调整方向的时候，竟然一时疏忽了刚才还躲避她攻击的"珠山飞侠"。"珠山飞侠"发现颜丽的防范出现空当，他觉得是该教训教训这个不知轻重傲气十足的黄毛丫头了。于是，他全然不顾和张大珩正在缠斗的蔷薇向他发出的求援呼叫，突然一个反扑，对着颜丽来了个回马枪。颜丽刚调整好方位，正要寻找"珠山飞侠"准备再度攻击时，却不防躲在云中的"珠山飞侠"突然以黑云压顶的方式，自上往下对颜丽来了个迎头痛击。

　　当在侧翼和蔷薇对战的张大珩发现"珠山飞侠"对颜丽的致命危

胁时，他及时向颜丽发出了提醒。

可在颜丽还没有来得及做出应变之招时，"珠山飞侠"就先发制人地一顿激光速射炮。按理颜丽应该急速反冲然后快速爬升，这样或许让居高临下的"珠山飞侠"扑空。但是颜丽不知是因为面子还是出于侥幸，她却一反常态地一边爬升一边还击。这样就做了"珠山飞侠"的靶子，被"珠山飞侠"一顿弹雨。她连来得及反应都没有，就全身火花迸射。颜丽的航电系统受损，她急忙躲避对方的攻击。可是"珠山飞侠"就像一头大灰狼在草原上追逐一只受伤的猎物，眼看猎物就要成为嘴中美餐，岂可轻易放弃。于是，"珠山飞侠"紧紧咬住不放。颜丽一边向张大珩呼救，一边气得咬牙切齿地咒骂，一边把控着歪歪扭扭的身子左冲右突，她使出浑身解数，极力想摆脱"珠山飞侠"的追击。张大珩把这一切都看在眼里。他放弃了已经咬住的蔷薇，掉头向"珠山飞侠"扑去。"珠山飞侠"对颜丽是一路穷追猛打，他将自己所有的电子弹药，都倾泻到颜丽身上。颜丽虽然释放了电子云、电磁干扰等科技手段，想尽一切办法来躲避"珠山飞侠"的攻击。然而"珠山飞侠"诡计多端，他一开始进行的全是佯攻。这让情急中的颜丽中计，她所有的对抗手段全部失效。"珠山飞侠"见时机成熟，开动全部火力，展开密集攻击。颜丽防不胜防，全身多处受伤，部分电子线路失灵，自动防卫系统报废，电子干扰和导弹近身拦截等功能也都尽失。眼见"珠山飞侠"毫不留情，颜丽放汗了。她没想到只一个回合，就被"珠山飞侠"击中。她知道高朗正在观战。心高气傲、自诩聪明的颜丽，怎么甘心败在"珠山飞侠"的手里？但是今日败局已定，这个丑注定要在高朗眼前出尽了。她刚想对"珠山飞侠"服软，让他放自己一马，但一想到这样会更让高朗看不起，所以急切间她突然做出一个极端冲动的决定。她急速掉头回转，竭尽全力向着"珠山飞侠"迎头撞去。

在她刚刚转头的时候，"珠山飞侠"的电子毒蛇导弹就发射了。

一声爆响，导弹击中颜丽的头部，激起一阵火花。颜丽瞬间感到一阵眩晕，身子就像石块一样向地下坠落。

"哈哈哈……"

"珠山飞侠"得意忘形地大笑起来。

一声嘭的坠落声，颜丽跌落尘埃。虽是如此，因为安全气囊大开，颜丽毫发未损。

就在"珠山飞侠"得意忘形地大笑的时候，他却忘记了赶来救援的张大珩。张大珩乘其不备，一下子咬住了"珠山飞侠"。张大珩毫不客气地发射了电子毒蛇导弹。电子警报响起的时候，"珠山飞侠"已经来不及采取措施了。他连做出反应的时间都没有，导弹击中他的腰部并爆炸，"珠山飞侠"在空中栽了个跟头，就冒着电子黑烟一头向山脚下跌去。

蔷薇借着张大珩对"珠山飞侠"展开攻击的同时，是从侧面向张大珩近距离发射一阵激光炮。因为蔷薇太过心急，激光炮几乎全部打偏。张大珩虽然有一点擦伤，但不致命。张大珩灵机一动，放出一股烟雾，来一记障眼法，然后又一个假坠落。蔷薇以为张大珩被击落。刚一松懈，但是张大珩突然一个掉头上冲，对准蔷薇发起攻击。

蔷薇还沉浸在张大珩被击中的喜悦中时，她身上就中了张大珩的电子毒蛇导弹。

一声爆响。蔷薇先是摇摇晃晃，而后最终坠落地下。

这场空中厮杀，激烈而残酷。不明真相的人还以为是星球大战或者在拍一部科幻大片呢！但真实的情况却是某民用空训小队在教练的监督下，进行的一场空中游戏大赛。用这种大赛的方式来检测碳纤维纳米飞行学员们对飞行技术的熟练情况和应急反应速度，孰优孰劣，一目了然。

大赛结束。"珠山飞侠"和蔷薇的 B 组全军覆没，当然是颜丽和张大珩的 A 组胜出，即便如此，颜丽却高兴不起来。

高朗宣布了结果，几个人议论纷纷。

最后高朗总结了两个组比赛中出现的问题。他还特别点出了颜丽在整个过程中不能沉着应对，最终被对方找到破绽而导致失败的原因。

高朗是就事论事，可是颜丽却对今天败于"珠山飞侠"耿耿于怀。让"珠山飞侠"打败，这是她最不能接受的。她的自尊心受到了打击。

因此，她心里一直窝着一团火。

而"珠山飞侠"完全是一副自鸣得意的样子，他全然没有因为自己和蔷薇的失败而产生半点不愉快。想到颜丽被自己干掉，他的心里就有某种报复的快感。他喜欢颜丽，可是这小女子就是对他不感冒。这既让他恼火，也无可奈何。他看到颜丽神情不悦，就上前逗趣地说："美女，别气馁，胜败乃兵家常事。要想赢，下次我们搭档。"

"美得你！下次你等着挨炮吧！"

"珠山飞侠"恬不知耻地说："我的炮你还没吃够吗？那就下次继续约——约炮！"

众人一听这话，就一齐心领神会地大笑起来。

颜丽刚开始见众人大笑，她还有些莫名其妙。当蔷薇把这话重复一遍后，颜丽条件反射般地发毛起来。本来"珠山飞侠"也就是一句玩笑话，但是，就因为他当着高朗的面这样口出秽言戏弄自己，就激发了她内心的极度反感。于是，颜丽气不打一处来，她拿起自己正喝水的保温杯，向"珠山飞侠"泼了过去。"珠山飞侠"毫无防备，被泼了一头热水，他扑拉着头上的水，不温不火，依然是一副死猪不怕开水烫的样子说："打是亲骂是爱。美女浇开水咱不怪。"

颜丽看着他那副狼狈样子，报复心得到满足，就忍不住扑哧一声笑了。

"珠山飞侠"就说："古有周幽王为博美人一笑，不惜烽火戏诸侯。咱挨点热水烫，那也是值得的嘛！"

蔷薇就说："脸皮厚得能赶上一堵墙。"

高朗看着他们不屑地说："一场游戏，就让你们各现原形了，至于吗？真有你们的。"

"珠山飞侠"说："友谊第一，比赛第二嘛！我们没怎么样啊！你这么说是不是有点煽风点火的意思。是不是啊颜丽？"

颜丽斜着眼说："就你明白，别得意。"

"珠山飞侠"故意戏谑地说："我没得意啊，分明是你不服气嘛！你要是不服气，我们可以再大战几个回合如何？"

颜丽眼一瞪："战就战，谁怕谁？"

颜丽说着竟然去穿飞行服。

高朗一见，觉得这个颜丽的个性太强了。这也是他不愿意接受颜丽的原因。单纯地比较身高和相貌，可以说颜丽均在李梅之上。而李梅跟颜丽的不同在于，李梅内敛，颜丽张扬。李梅逢大事有静气，有思想。颜丽却是性情中人，喜怒哀乐全在脸上。有时候他也在心里劝自己早早忘掉李梅，"青山遮不住，毕竟东流去"。但是感情这件事，有时候是不受理智所左右的。高朗自诩并不是一个彻头彻尾的感性主义者，但是在对待李梅这件事上，他又似乎在扮演着一个名副其实的感性主义者。

颜丽此时已经扯着"珠山飞侠"要升空。高朗不得不打断思绪，赶紧上前拦住她说："算了算了。今天就到这里了。你要是想跟他单打独斗，以后有的是机会。今天就饶了他吧！没时间了。"

颜丽不舍弃地说："你看他那副得意忘形的样子，不干掉他，我心里就堵得慌。"

高朗苦笑一下，"都几点了？还有别的训练任务，到此为止吧！"

"珠山飞侠"却在一边故意挑逗她说："本帅哥陪你大战三百回合，看不把你的裤子输掉了。"

高朗用手一指"珠山飞侠"："你这小子。唯恐天下不乱是吧？看我收拾你！"

当高朗向他奔去的时候，"珠山飞侠"连忙抱拳作揖做投降状说："不敢不敢。"

接下来的训练是关于飞行中的变形动作。

没想到在演练过程中颜丽给"珠山飞侠"使绊子，却中了他的暗算，导致颜丽中途罢课。

高朗觉得让颜丽继续任性下去，那就会没完没了。这样会影响训练进度，打乱计划。所以他不能老是好人主义，他就批评了她两句。颜丽哪里服气，对今天的责任毫不承认，只说"珠山飞侠"欺负她。

高朗冷冷地哼一声，对着颜丽反问说："就他，敢吗？"

"珠山飞侠"忙接话道："是啊！有你这个保护神，我可不敢。"

高朗狠瞪"珠山飞侠"一眼："还不都是你。为什么要你们学会人工操控技术？就是预防在自动系统出了故障的情况下，以防万一。飞行是在空中，任何一点差错都会造成意想不到的后果。现在我命令你们重新背诵一下操作口诀。"

待几个背诵完了，高朗听着都很熟练，他略微放心，接着又强调了一下应该注意的问题，然后就让大家检查一下装备。待大家检查完毕，他又下达了起飞的口令。

"起航。B线，经石龟至大砦顶。大家明白没有？"

"明白！"

大家异口同声地回答。

高朗又大声说："保持队形，打开定位器，按下航向指令，输入我发送的坐标位置。"

五人摆开人字形一齐升空。

"调整高度，海拔五百五十米。"

高朗在前，几人一齐爬升到五百五十米高度。

"时速，三百千米。"

大珠山上空，几个黄、红、灰组成的飞行小队向着大石龟方向飞去。

当那只大石龟出现在居高临下的飞行小队员们的视野中时，最先发出惊呼的是颜丽。

"大石龟，大石龟，太好了！"

高朗闻听颜丽的惊呼，也不由自主地向着大石龟看去。当他的目光刚一触及那只巨大的石龟时，却突然感觉到那石龟头部动了一下，紧接着那石龟像活了一般，扭动着身子。高朗就使劲眨眨眼睛以为看花了眼，但是当他拿眼睛仔细再看时，那龟脖子上忽然现出一个红点，那红点一闪一闪的。他的眼睛一接触那红点，头部立刻发晕，他飞行在空中的身子也像触电般发出一阵抖动。

后面的几人都看到了这种情况。

颜丽通过无线对话问道："高朗，怎么了？"

高朗赶紧避开那大石龟，静了静神，回答说："没什么！"

突然，那石龟的头部又发出一道红光，直直地向高朗射来。高朗突然失去知觉，身上的自动飞行系统也瞬间失灵。动力系统瘫痪，他就像一块沉重的石头一样向着山下坠去。

"啊？"

"快看！"

"怎么了？"

……

几个人一齐惊叫着。

眼看着高朗就要摔下山谷，几个人却束手无策。

就在高朗下落到被山体遮挡住石龟的高度时，高朗突然清醒了，自动驾驶系统也恢复正常。他立刻启动修复定位，让飞行器到达正常高度。

但是，当他飞过山头时，刚才的那一幕又出现了。如此，他重复了三次。每次都是当他的身体飞过一道山梁，大石龟被山体挡住的时候，一切才恢复正常。

当他们几个到达大砦顶的时候，那种情况就不再出现了。他们平安降落后，几个人纷纷上前问他是怎么回事。高朗只是说了句大石龟，就没有了下文。

高朗的这一表现让大家心生疑问。就在人们一时沉默的时候，高朗却长长吸了一口气说："我刚才……"

高朗欲言又止。

"你——不——说就算了。"

张大珩结结巴巴地这样说了一句。

刚才高朗的表现，让张大珩他们感到莫名其妙。这个高朗，好像有什么秘密瞒着他们。

而张大珩的话同样让高朗感到不知所以。他的脑袋此时有些疼，他用手按一下，顺便解释一句说："我怎么什么也记不太清楚了，这是怎么回事呢？"

高朗好像感觉到方才经过大石龟的山体时脑袋被人敲了一棍似的，木木的。见大家怪怪地看着他，他明白，这几个人一定认为自己对他们隐瞒了什么。可是，此时他的脑袋一片混沌，不久前发生的那一幕幕像被什么盖住一样，朦胧而模糊。他抬头看着他们，想了想，却依然模糊，而且越想就感到头部疼痛欲裂。他干脆不去想了，满面痛苦地向他们摇摇头。

张大珩上前对他说："我们——也是担心你嘛。"

蔷薇则说："明天是星期六，要不我们去大石龟那里看看。我可是一次没去！"

颜丽也说："好啊！算我一个。"

颜丽说着拿眼去瞄高朗。

不待高朗出声，张大珩也应声赞同。大家便一齐看着高朗，等待他的意见。

高朗此时脑袋渐渐恢复清醒。他突然记起那大石龟发光的事，就像在梦里一样，但眼前的事实让他确定又不是在梦里。那么，那个大石龟真的会活吗？

高朗过去也到过大石龟无数次，甚至和一帮人还亲自攀上大石龟的背部以及脖子。但那不过是一块真正的象形石而已，至于它的一些神话传说，高朗确信那也只是传说，那几种传说压根不可能存在过，更不用说发生了。然而，他今天的遭遇，却让他陷入百思不得其解的困境。故而，当这几个人提出要徒步爬山并亲临大石龟处时，他便也爽然同意了。他要去看看，看看今天他遇到的意外跟那个大石龟是否存在着关联，也或者完全是自己的幻觉。

于是高朗就说："今天的练习就到这儿吧！下午自由活动。要是你们想明天徒步爬山的话，我就和你们一起。咱们约好时间，带好装备，在山下聚合！"

颜丽抢着说："好啊！我看就明天上午九点吧！"

"珠山飞侠"说："九点是不是有点晚，我看还是八点半好。"

颜丽瞋他一眼说："不是照顾你睡懒觉吗？"

"珠山飞侠"嘴一撇："得了吧，是你自己要睡懒觉吧？说不定约了哪个帅哥去开房呢！"

看着"珠山飞侠"那阴阳怪气的样子，大家一阵大笑。

颜丽这次却并不生气。她说："你爸和你妈开过房吗？"

平时伶牙俐齿的"珠山飞侠"突然被这话噎住了。

颜丽就得意地接着说："原来你就是他们开房的结果呀！"

"珠山飞侠"脸现滑稽地说道："我操！骂人不带脏字。"

颜丽这次很得意，她说着话有意无意地看了高朗一眼。颜丽的这个表情，高朗看在眼里，但是他却像没有看见一样，扭头就避开了，他故意把目光投向张大玽说："九点是有点晚。八点半。你们看行吧？"

个子不高、长得略微丰满的蔷薇接话说："八点半就八点半。反正我也不开房，也不睡懒觉。"

她说着扭头向着颜丽做个鬼脸。颜丽转身捣她一拳："你这叫撇清。可是你撇得清吗：中国有句古话'若要人不知，除非己莫为'。那天你跟'珠山飞侠'从宾馆出来，我都看见了。"

蔷薇装出一脸茫然的样子说："我怎么不知道啊？'珠山飞侠'，你知道吗？"

"珠山飞侠"故意郑重其事地说:"我本来不想说,但是既然说到这里,我也就不隐瞒了。蔷薇哪能看得上我。是颜丽跟我一起去的。"

"珠山飞侠"说到这里,忍不住扑哧一声笑出声来。

"放你娘的狗屁!"

颜丽骂一声,又折个树枝就向他扑去。"珠山飞侠"嗖地一下蹿开了。

颜丽追几步,指着他骂道:"你个死飞贼。"

"珠山飞侠"噌噌蹿到高处,蹲坐在一块突兀的岩石上,居高临下自鸣得意地说:"我才不是飞贼呢!我是'珠山飞侠'。我觉得做你的老公绰绰有余。这样你就不会朝三暮四了。"

蔷薇递给她一块小石子:"揍他!"

颜丽接过来的时候,"珠山飞侠"边跑边说:"好你个蔷薇,吃里爬外。把咱俩开房时说的话忘了吗?"

"该打!"蔷薇说道。

颜丽把那小石子抛出去的时候,"珠山飞侠"早已没了影子。

颜丽指着他跑的方向说:"有胆量就别跑。看我不撕烂你的嘴,再叫你胡说八道!"

高朗皱一下眉头说:"你们聚在一起就没个消停。好了,别闹了,明天八点半。"

颜丽一听高朗如是说,就认真起来,转向高朗:"真要去吗?"

高朗就说:"看你说的,你们不是都要去吗?"

颜丽一脸关心地说:"我不是那个意思。我是说你身体有没有什么不舒服的感觉?"

高朗突然拍一下脑袋,好像想到了什么一样,看着几个人说:"对了。今天上午我飞近大石龟的时候看见它的头部发出一道红光,而且还像活过来一样动了一下。你们看见了吗?"

此言一出,让身边所有的人都大感惊诧。见高朗又不像是胡说,几个人几乎都愣了一下,面面相觑地看着高朗摇头。

张大珩撇撇嘴说："什——么红光，别——吓我们。怎么——会呢？"他又对着颜丽和蔷薇说："你——们看见了吗？"

颜丽说没有。

见高朗巴巴地望着自己，蔷薇就说："我没注意啊，只是看到你突然下坠，我的心都吓得快跳出来了。"

颜丽撇一下嘴，斜一眼蔷薇说："这么夸张，至于吗？"

蔷薇揶揄地对颜丽说："怎么夸张了，你不是吗？"

颜丽对高朗投去深情的一瞥，见高朗看都不看她，就没好气地说句："看你说的，管我什么事？"

蔷薇说："你不担心？才怪呢。谁信呀，你们信吗？"她对着周围的几个人扫一眼，"反正我不信！"

说着朝颜丽做个鬼脸。

颜丽突然脸红了一下，说："就你能耐！"

蔷薇得意道："我是诸葛亮，能掐会算，你心里想什么，我可都知道。别得罪我。要不然……"

蔷薇看了颜丽一眼，却没有继续说下去。

颜丽似乎也有话说，但是她的嘴动了动，却又终究没有说出来。

张大珩晃着个脑袋对蔷薇说："说—— 一半含一半，故作深沉，还——不如不说。"

蔷薇说："这是个秘密，能让你知道？"

"你们一个个闲得没事干，整天就知道斗嘴。"

高朗有些不耐烦地止住他们说："今天就到这里吧，明天见。"

说完他撇下众人自己走开。向着不远处一招手，那辆自动感应无人驾驶车就从立体停车场里自动驶到高朗面前，自动车门开启。高朗一头钻进去，汽车自动关上车门。高朗输入行车路线。车载显示屏就出现一位美女报了一遍行车路线和目的地。高朗说一句 OK，汽车载着高朗向前驶去。

颜丽望着那辆汽车的背影，气哼哼地道："有啥了不起，不就是个教练吗？"

蔷薇呵呵笑着说："因为教了你，才会让你恋。这就是教恋。有句话，女追男，隔层纸；男追女，隔座山。今儿怎么倒过来了？"

颜丽故作不满地对蔷薇说："谁追他？自以为是。"

颜丽说完扭头就走。

蔷薇看着她的背影说："戳到心窝子上了。"

"珠山飞侠"这个时候也走来凑热闹说："蔷薇，你追我的时候，没让你费劲吧？"

"去去！"

蔷薇说着转身也离开了。

"珠山飞侠"看着走开的蔷薇，自我调侃道："别不识抬举，本帅哥的美女粉丝可是成千上万。"

张大珩接话说："我——看你是犯了自恋症了。"

"珠山飞侠"一脸得意："呵呵！这叫自信，懂吗？"

张大珩："都——都犯神经了！"

这天，一伙人随着高朗的离去，也都各自散去。

他们对于高朗今天的遭遇并没有谁会放在心上，但是作为当事者的高朗却不会这样。那么，高朗会怎么去想、怎么去看待今天发生在大石龟身上的这种奇异现象呢？

三

高朗坐在车上，思绪重重。他极力回忆着那件不可思议的事情。虽然他们几个都说并没有看到大石龟发出什么红光，也没看到大石龟活动，但是他们却看到了自己数次突然坠落而又每每有惊无险的事实。从颜丽的描述中，他确定发生在自己身上的奇异现象绝非做梦或者幻觉那么简单。想到这里，他捏了一下自己的下巴，下巴摸在手里那种真实的感觉让他排除了置身梦境的可能。于是，他更加确信那石龟活动不是幻觉，那红光照在自己身上的反应也确实不虚。假若真是如此的话，那么这只大石龟为什么会活动，为什么还发出红色的光，而且还让自己一接触到那红光就会失去知觉？带着这些疑问，他恨不得立刻跑到大石龟上去看看。

他把汽车自动系统修正一下，汽车便以他理想的速度行驶。

突然，颜丽传来信号。他对着感应屏答应一声。颜丽的五维虚拟立体人像就出现在面前。颜丽看着他脉脉含情地说："明天来接我可以吗？我的座驾要保养。"

高朗稍微犹豫一下，本想拒绝，但是看到面前的颜丽一副期盼的神情，马上转换表情说："好吧！八点准时在小区门口，过时不候！"

"八点十分，可以吗？"

"好，但不能再晚了。"

颜丽好像还有话说，可是高朗已经先自屏蔽了信号。

高朗那辆自动感应汽车在宽阔的柏油路上行驶着。

高朗的家住在青岛西海岸的世博园丽景苑小区。这个小区离大珠山并不远，也就是六公里多的路程。汽车在路上行驶了十多分钟，就到了。高朗的家是丽景苑 12 栋的云天大厦 98 层。那辆自动感应汽车直接开上了电梯，然后从 98 层出来后把他送到家门口，等他下车后又自动开到车库里去了。

这是一套比较不错的住房。虽然面积并不是太大（一百三十八平方米），但是对于高朗一个人来说，却也显得过于空旷了些。并且这栋住宅的每一户都有一个空中花园。花园不仅绿树成荫，花果满园，还有休闲的凉亭。在这个空中花园，你不仅可以尽情地享受到田园般的美丽风光，而且还能瞰海览山，朝看日出，暮送晚霞，洞悉潮汐变换之自然，领略灵岛浮翠之妙境。

他刚一进门，家政机器人梅梅就迎了上来。家政机器人通过北斗导航定位早已悉知高朗回家的时间。于是她便早早等在门口，恭候主人的到来。

高朗还没有落座，家政机器人梅梅就上前问他需要什么？高朗看着这位个子高高的女性家政机器人梅梅，眼睛一亮。她穿着那套高朗特意给她买的乳白色裙装。那种颜色和式样，是李梅最喜爱的。所以，他特意给她买了一套。高朗看着她那双妩媚的眼睛竟然也一时心生波澜，他不由得看着梅梅出神，一时竟忘了回答。梅梅就又说："主人，您需要什么吗？"高朗听了，下意识地"嗯"了一下，才把走神的思绪拉回到现实中来，醒悟似的回答说："给我来杯茶吧！"

"是绿茶还是红茶？"

高朗犹豫了一下说："普洱。"

梅梅闻听，好奇地问："普洱，主人什么时候喜欢喝普洱了？"

"就不许我尝尝新鲜，换个口味？"

梅梅说："我多嘴了。是生普还是熟普？"

"家里有熟普吗？"

"有啊，前天您的一位战友来访时不是给您带了一盒老熟普吗？"

高朗拍一下脑袋："哦！看我这记性！我怎么还想着是生普呢？"

"那……"

梅梅只说了一个字，就再没说下去。她只是站在那里看着高朗不动，等待着他的回答。高朗见她站着不动，就说："熟普太腻，算了，还是来杯绿茶吧！来杯明前洞庭碧螺春，那才过瘾。你去把那筒新买的拿来。"

梅梅说："好的。"

家政机器人梅梅说完对着他微微点一下头，就转身去取茶了。高朗看着她的背影，突然间觉得她特别像李梅。于是，他自言自语地说句："李梅，为什么我们就不能在一起，为什么？"

梅梅端着一个干净的玻璃杯，还有那筒新买的碧螺春。梅梅泡茶的动作很娴熟。她打开包装，用一把小木勺从铁桶的锡包里舀出一勺说："这些够了吗？"高朗看一眼说再来半勺。梅梅煮好了水，然后将滚开的水先倒在公道杯里凉了一下，这才倒进盛茶的杯子！

随即，一股清香扑鼻而来，那是一种淡然而甜丝丝的幽香。高朗吸一下鼻子，说句："好香。你要喝一杯吗？"梅梅说："不喝的。"然后直起身子说句："主人您还有什么吩咐吗？"

高朗突然觉得这个梅梅今天有一种特有的吸引他的魅力，便不由得拿眼睛直直地看着她。梅梅察觉到主人看她的眼光里含有一种深情，竟有些羞涩地对他微微一笑，说句："有什么不对吗？"

高朗像是意识到了自己的失态，马上移开目光，定定神掩饰着对梅梅说："没有没有，我是想让你坐下陪我聊聊好吗？"

梅梅说："我还没做饭呢！"

高朗就说："没事，我们晚点吃可以吗？"梅梅笑了笑点点头，她笑得很好看。

梅梅和他面对面地坐着。

高朗看着梅梅那双好看的大眼睛说："我不在家的时候，你会感到寂寞吗？"

梅梅看着他摇摇头说："没有。"

高朗又问她说："你就没有想到过别人？"

梅梅说："我只是个家政机器人，我的大脑没有装载感情软件，所以，我是不会去想任何人的。"

高朗听着，似有所悟地点点头说："哦，怪不得呢。"

梅梅说："怎么了，主人，我有哪个地方做得不够吗？"

高朗说："没有没有。"

"我可以去做饭了吗？"

高朗看着她，有些失望地说："可以！"

梅梅起身，对着他施个礼，然后就转身走开了。

这天晚上，高朗做了个梦。他先是梦见李梅随政府组建的医疗队去了非洲。在非洲，李梅跟一个黑人酋长结了婚，还生了好几个孩子。后来，李梅被当地叛军劫持。高朗为了救李梅，强烈要求跟蛟龙特战队队员一起亲赴战地救援。眼看着李梅被恐怖组织成员以她的孩子做人质，逼迫她当了人体炸弹开着车向高朗他们的阵地冲来。李梅边开车边大叫着他的名字，并告诉他自己身上有炸弹，让他快开枪。高朗犹豫不决，他看着李梅那副惊恐万状又无可奈何的表情痛苦万分。就在这时，身旁的特战队队员扛起身边的火箭筒就瞄准了李梅那辆疯狂而来的汽车。高朗刚刚喊出一句"不要"，那名特战队队员却毫不犹豫地扣下了火箭弹的扳机，一枚火箭弹嗖地射出，正中李梅驾驶的车辆。一声剧烈的爆炸，一团火光，汽车和李梅瞬间炸成碎片四散飞去。高朗悲愤交加之时失去了理智，他一拳打向那位战友。战友在闪身躲避时头部露出掩体，被武装分子射出的一梭子弹击中。那名特战队队员中弹牺牲。

　　事后，高朗因为违犯战场纪律，被军事法庭审判。后来某国际组织又诬陷他跟恐怖组织有联系，所以他又被国际刑警押往海牙国际法庭接受审判。在乘坐飞机赶往海牙国际法庭的途中，他偶然得知押解他的那几个国际警员原来就是恐怖组织成员。于是，他借上厕所的机会，乘押解他的那名武装分子不备，用手铐勒死了那人，用抢来的枪打死了那几名西方集团派出的武装人员，劫持了飞机。

　　当他自己开着劫持的飞机往祖国方向返回，在途经大西洋时被一枚洲际导弹击中。高朗看到自己的身体和飞机的残骸一同坠落海洋。高朗在坠落水面时看到一艘渔船，当时那艘渔船正撒开一张大网，好像正张网以待他的到来。

　　当他的身子落在网里的时候，还没等他起身，那渔网却忽然变成一头鲨鱼，嗖地张开大口，就要把他吞入腹中。高朗惊出一身冷汗，挣扎着起身逃跑，无奈双脚被什么缠住，任凭他怎么用力，就是迈不动脚步。眼看着鲨鱼就咬上了他的身体，高朗大叫一声起身，他醒了。屋里一团漆黑，他什么也看不见。想着刚才的噩梦，想着梦中的李梅，他的脑袋昏昏然起来，他的眼睛也湿润起来。

就在这时，梅梅来了。她打开了房间的灯。

穿着睡衣的梅梅看到满头大汗的高朗，惊讶地忙问他怎么了？高朗似乎乍醒犹睡般发现自己只穿件短裤，他不好意思地拉上被子。

梅梅说："主人，需要我做什么吗？"

高朗说："没事！"

梅梅说："可我明明听到了你的惊叫。到底怎么了，身体不舒服吗？"

高朗说："没有。"

梅梅走得更近了一些。高朗好像对她有戒备似的往床里移了移身子，说："你可能听错了吧？"

梅梅看着他眨眨眼，疑惑地自语道："是吗？"

高朗说："是呀！回去吧！没你的事了。"

梅梅犹疑地看着他说句："好吧！"

梅梅走到门口，又转过身来说："需要关灯吗？"

高朗冲她摇了摇头

梅梅轻轻给他关上房门，

屋子里又恢复了沉静。

高朗晃晃脑袋，感觉又痛又木。他一直觉得，自从白天被大石龟发出的红光照射后，他的脑袋像有什么不对劲似的。一会儿昏昏沉沉，一会儿渐醒渐睡。

高朗想抽支烟，但是屋里没有烟。高朗很早以前抽过，可自从跟李梅恋爱后，因为李梅特讨厌烟味，加上她的极力反对，高朗试着戒了好几次，愣是把烟给戒了。

高朗看看那块劳力士手表，已经凌晨一点多了。他打消了让梅梅给他买烟的打算。想起橱柜里那瓶法国白兰地，他觉得喝杯酒可能要比抽烟更好一些。于是，他悄悄起床，径直来到了餐厅。就在他从酒柜里取出那瓶白兰地时，却不小心把一听易拉罐青啤弄到地上。"哗啦"一声，这声音在寂静的深夜中格外响亮。响声惊动了梅梅，梅梅出来的时候是带着一脸的睡意。当她用惊讶的目光看着高朗，问说刚才是什么声音时，高朗先说声："惊醒你了？"梅梅说："可不是？声音好大哦。"高朗就说没什么事，是自己不小心把易拉罐弄到地上了。梅梅见他手里拿着那瓶白兰地，说："你要喝酒呀？"

高朗说："睡不着，想喝杯酒。"

梅梅说："这么晚了，喝酒对身体不好。"她说着，上前要从高朗的手里拿走酒瓶。高朗用手推开她说："没事，你睡吧。"梅梅见他很坚决，只好做个无奈的表情，然后回到了自己的房间。梅梅刚刚躺到床上，高朗又喊她过去。

当梅梅再次来到高朗房间的时候，高朗问她可以不可以陪着自己喝酒。梅梅说不可以的，因为自己没有这种功能，要是喝上酒的话，那将会导致身上的软件失灵，自己就会全身崩溃，那就要重新回到工厂，进行格式化处理了。这样，以前的梅梅也就不复存在了。这就像人类死亡一样，重塑后的那个机器人再也不是现在的梅梅了。"关于这个在我一来的时候，我的工程师就告诉你了呀。"高朗听了，恍然大悟般地连"哦"几声说："我这记性。"然后冲她摆摆手说："你可以回去了。"

梅梅对着他躬身一礼，道一声晚安就离开了。

随着梅梅的离去，屋子里立刻恢复了寂静。这寂静生成一种无限的寂寞，这寂寞在时间的流逝中慢慢膨胀开来，它充斥在屋子的每个角落。高朗的心，也被这寂寞塞满了。

橘黄色的灯光散发着迷离的光芒，它将一个上半身孤单的身影投射到对面那面白色的墙壁上，高朗看着自己那个印在墙壁上的影子，内心的孤寂陡然生长。高朗打开那瓶白兰地，那酒散发着一种浓郁的栀子花香味。他倒满一杯，金黄色的酒液在灯光的照射下发出诱人的琥珀色的光。高朗端起酒杯，一饮而尽。不一会儿，他就把一瓶酒喝光了。那瓶法国原装白兰地45度，那是李梅出国时带回来的，他一直没舍得喝。现在他一下子把它喝下去，因为寂寞给他带来了孤独，引起了伤感，他的心情一下子低落起来，他已经有些醉了。醉了的他就歪倒在床上睡着了。

等他睡着后，梅梅又悄悄地从自己的房间里进来。当她看见高朗和衣歪靠在床头上睡着的时候，梅梅就上前把他放下。但是当她的手接触到高朗的肩膀时，高朗像条件反射般突然醒了。醒了的他用直直的眼睛看着梅梅。此时的高朗看到眼前出现的是李梅。他忽然起身，一把抓住梅梅的手，嘴里急切地喊一句："李梅，我的梅子，你来了？"梅梅赶紧挣扎着甩开他的手说："不，我不是李梅，我是梅梅！"

"别骗我，你就是李梅！"

高朗说着一下子把她抱在怀里，一张嘴巴紧张而迫切地吻了上去。梅梅一边挣扎着一边喊："不可以的，不可以的。我是梅梅。"

高朗却像没有听到一样，更加疯狂地吻她，并用力把她摁倒在床下。梅梅挣脱不开，突然释放了一下静电。高朗被狠狠地电了一下。他"哎哟"一声，就像电脑死机般一下子停止了所有的动作，怔在那儿，傻愣愣看着梅梅喃喃自语道："梅梅，怎么是你？"

梅梅没有回答他的问话，只是忙乱地整理着凌乱的衣服。

高朗这才如梦方醒般羞愧无比地说句："对不起，对不起。"

而梅梅什么话也没说就跑开了。

高朗目视着梅梅离开的背影，他怅然若失般地叹了一口气，身子像泄了气的皮球般瘫在了床上。他在床上翻滚着，一会儿左翻，一会儿右翻，口里喊着李梅的名字，直到折腾累了，这才又酣酣地睡去。

睡梦中的高朗和战友驾驶着宇宙探测器在飞往月球的途中遭到外星人攻击。他们的宇宙飞行器被外星人发射的光波制导武器击中，宇宙探测器在海边坠毁，探测器上的其他人员全部牺牲，只剩下高朗一个人驾驶着逃生舱安全到达海滩。可是还没等他来得及向指挥部发出求救信号，那只击毁他们的飞碟就如影随形地跟了上来。从上面下来几个头上长角类似卡通画一样的外星人，他们快速地向他的逃生舱追了过来。这些外星怪物长着人一样的腿脚和手臂，但是他们穿着贴身软金属服装，戴着魔幻般的面罩。那种面罩会随着光线不断变化色彩和形状。高朗眼见着他们像影子般朝着他飞一般追来。情急之下他来不及收拾，只好启动逃生舱的自爆系统，毁灭数据，然后抓起武器，以最快的速度逃离现场。他一边跑一边发出求救信号，但是所有通信工具都没有信号，很显然是被这些外星生命屏蔽了。

高朗只好一边跑一边向他们开枪射击，子弹向追来的外星人射去。以高朗的枪法，不说个个命中，但是也会八九不离十。可是令他奇怪的是那些子弹飞出去，眼看着快要击中外星怪物时，却突然转向，飞到别的地方去了。他们穿的那身怪怪的衣服好像有避弹功能一样让子弹没了准头。高朗打光了弹匣里的子弹，也没有打中一个外星怪物。这些外星怪物此刻好像故意逗他玩一样，也不急于追上来。在快要靠近高朗时他们却故意放慢了速度，慢慢地向他逼近。看着他们越来越近，高朗感到绝望。他扔掉了枪，从身上摘下一颗手雷，拔掉引爆栓，向着他们狠狠地投了出去。他在扔出手雷的时候，感觉那手雷像棉花般轻飘飘的没有重量，所以那手雷就冒着烟，树叶一般飘呀飘地飞到外星怪物们的头顶。但是手雷却像被遥控了一样，只在空中团团乱转，既不响，也不落。

高朗看着，感到蒙了。他甚至停止了跑动，回头看着那几个外星怪物逐渐向他包抄过来。

就在这时，其中一个又粗又高的外星怪物把手一挥，那手雷就像长了翅膀一样飞到海里，而后一声爆炸，海水腾起一阵水浪。

外星怪物见他发呆，就对着他发出像鸭子般的嘎嘎声。

这个又高又粗的外星怪物冲他招招手，他的身子就像被一股不容抗拒的引力吸着一般不由自主地向那些外星怪物的方向走去。高朗想抗拒，但是让他恐惧的是，此时自己的身体并不受他的大脑支配，所以身子也不听使唤。

高朗被他们劫上一只飞碟样的飞行器。那飞行器里整洁亮堂不说，那个富丽堂皇，简直是没法形容。他被两个外星怪物押到一间有观测窗的房间里。透过观测窗，他可以看到宇宙空间的各种星球在眼前一一闪过。那种感觉，幽深而广阔。这时，从外面进来一个手拿魔幻头盔面具的外星怪物，他把那只魔幻头盔面具戴到了高朗的头上。高朗戴上头盔时再往外看，立刻被眼前的景象惊呆了。那种魔幻面具会放射一种光，那种光可以把任何物体放大或者缩小，然后根据需要定格、展现。当外星怪物给他戴那头盔面具时，高朗一开始还有些犹豫和迟疑，但此时他已经没有任何反抗的能力，只好逆来顺受。当他戴上面具以后，眼前立刻一亮。这个面具不仅让他视野无限放大，而且视野极其遥远。普通人的肉眼能看千米左右，可戴上这头盔面具可以看到无极限距离。它能让眼睛看东西时根据自己的需要，在理想的距离，以五维立体成像的效果呈现在眼前。而且它不只让眼睛看到物体的表面，还可以看到本质。由独角外星怪物给高朗戴上的这个魔幻面具，让他感受到了一种前所未有的震撼。那种东西让他的视觉一下子无所不能起来。他可以直接目视宇宙天象，可以看到各个星球近在眼前般飞来飞去，而自己就像在它们身边一样，甚至触手可及。这种虚幻的图像完全可以以假乱真，让你如同身临其境，而且图像的大小是根据思维需要自动调节。那感觉，棒极了。飞行器在空中飞了好久，然后才降落到一个神秘的地方。临下飞行器时，独角外星怪物又给高朗穿上一件跟他们一模一样的服装，只是少了佩戴武器。

一下飞行器，高朗就感到这是一个十分陌生和奇怪的地方。那地方红红的一片，红红的天，红红的地，那光亮也是红色的。再看四周一些穿戴着一样衣服，但是长相各异的怪物。他们都有人一样的身子，但是那些个头部却是千姿百态。他们的五官更是千差万别。有像兽类的，有像鸟类的，也有像虫类的，等等。这些似人非人的外星生命一个个全副武装，他们把高朗带到一座穹顶的房子里。那房子里坐着一位巨大的外星怪物，那巨型外星怪物像两头大猩猩般高大，但是他又比大猩猩头上多长出了两只角。他穿着一身变形变色的金色戎装，端坐在一张透明发光的高背椅上。高朗凭感觉就知道这家伙就是他们的头，但是他和那些部下的对话高朗却一句也听不懂。

一番言语后，就有一个穿白褂的外星怪物给他戴上了一种类似同声传译的装备。这个时候，他们再说话，高朗就听明白了。

那大怪物说："你们地球人科技越来越发达，这对于我们不是一件好事情。你们肆无忌惮地向地球索取，最终会导致地球的毁灭。本来你们爱怎么折腾就怎么折腾，我们井水不犯河水。可是你们地球人越来越不像话，自己把家园毁了，还要来占领别人的家园。你们先是侵占了月球，然后想依托空间站，继续扩大地盘。估计以地球人现在的科技发展速度和野心，要不了多少年，你们就会踏上我们的宇宙之星。为了阻止你们地球人的无限扩张，也为了保卫我们的领地不受侵犯，所以，我们不能坐以待毙，我们必须早作打算，尽早阻止地球人的侵略行为。所以，我们制订了一项未雨绸缪的计划。这个计划，需要像你这样身上带有特殊静电的人来帮助我们完成。如果你愿意，你将来就是我们宇宙之星的有功之臣。这样的话，你就可以得到封爵，远离那个遭受污染、已经不适宜居住的地球，成为我们这个家园的一员。"

高朗就说："你们是谁，这是哪里？"

大外星怪物说："这里是宇宙之星，距离你们地球有几亿光年。"

高朗说："几亿光年，那我们地球人得等到什么时候才能来到你们这里呀？你们说我们地球人会侵占你们的家园，这可能吗？根本就不可能。"

大外星怪物说："这你就不懂了。那你现在怎么会跑到我们宇宙之星这里来了呢，你说这可能吗？"

高朗就说："谁知道你说的是真是假？"

大外星怪物轻笑一声说："年轻人，你太孤陋寡闻了。我们是宇宙的精灵，我们宇宙精灵要比你们地球人早早进化了数万亿年。我们的智慧和科技要比你们发达得多，只是，你们地球人紧追其后，以这样的速度，就会跟我们的差距越来越小。也许在不久的将来，你们会赶上和超过我们。那样的话，就会是我们的灾难。我不愿看到那种结果出现。"

高朗说："宇宙精灵，你怎么让我相信我是在距离地球几亿光年的宇宙之星上，而你们又是宇宙精灵？这对于我来说，简直是天方夜谭。"

大外星怪物说："这个好说，你可以看看那儿。"他说完就用他们的语言指示部下将面前的一个虚拟的特大电子屏幕打开。

虚拟特大电子屏幕上出现的是一个双字幕标题——《宇宙之星的地球之旅》。字幕分上下两行并列着出现，汉字在下。很显然，那汉字是翻译过来的。接着就出现来自宇宙之星的类人生物驾驶飞碟来到地球，将高朗的魂魄拘走。飞碟飞离地球后，开启时光隧道。在时光隧道里，那几亿光年就变成了几个小时的时间。高朗的魂魄来到宇宙之星，他们又给他虚拟了一具图像模拟人体。暂时让高朗的魂魄依附在上面，这样，高朗就会来去自如，一点也不费事。高朗看得是目瞪口呆，他简直不敢相信，世上还会有这种事。

播放完毕，大外星怪物一挥手，那虚拟电子屏幕消失。这对于高朗来说好像是幻觉一样。他对着面前的一切，瞪着疑惑的双眼。

大外星怪物就说："你还不相信？"

高朗就说："就凭这个能让我相信？你也太把我当傻子了。谁知道你们这是不是拍的科幻电影。"

大外星怪物用沙哑的声音一笑说："呵呵呵，年轻人，你很固执呀！我们有必要费这个事吗？"

高朗说："就算你说的是真的，那么，既然我们地球人离你们那么远，科技实力又跟你们差距那么大，我们地球人类怎么能侵占你们的地盘，你这种杞人忧天的想法根本就应不存在。就算有朝一日真如你所说，我们地球人类来到了你们宇宙之星，那又如何。到那个时候，我还有你，以及所有现在的生命，在这个世界上还能存在吗？能看到这样遥远的未来吗？一个人竟然在打算着多少年以后的事，是不是有些吃饱了没事干闲操心，你这样兴师动众值得吗？"

大外星怪物说："你太低估我们宇宙精灵了，我们已经破译了生命不死之谜。我们可以和宇宙一样永存。你说的那种生命消失情况对我们来说不存在，也根本就不可能出现。而且，地球人类的科技日新月异，总有一天，他们会掌握宇宙之谜，用思维减略法，打开通道，在极短的时间里到达我们的宇宙之星，这个方法就是时光隧道。一旦你们掌握和利用了时光隧道，那么从你们地球到达宇宙之星，就不是用光年计算，而是数月或者数天甚至是几个小时。"

高朗说："你不是在痴人说梦吧，怎么会呢？"

大外星怪物说："年轻人，别太固执。只是因为你身上携带着一种罕有的静电，这种静电可以和宇宙之星相通，我们才把你的魂魄弄来，完成一次旷世合作，不要失去这个千载难逢的好机会。"

高朗说："什么好机会。我在地球生活得好好的，我不愿意与你们为伍。"

大外星怪物说："这个由不得你。"

高朗说："还没有人能强迫我做不愿意做的事。"

大外星怪物说："你很固执。我喜欢你这样的人。只是我奉劝你一句，还没有什么事能难得住我们宇宙精灵的。你们地球人，不过是一群低等动物而已。你们霸占了地球，实在是在糟蹋粮食。地球正因为有了你们这样的动物，才面临着毁灭的危险。你们居住在地球上才不到一万年，就把地球搞成那个样子，不觉得羞愧吗？你们只知索取，而不知道如何去善待地球，才会导致今天的局面。而我们宇宙精灵就不一样了。我们在宇宙之星上生活了数亿年，宇宙之星并没有因为我们的到来变得越来越糟糕，而是越来越好。而我们，也进化得越来越有智慧。"

高朗说："没有感觉到你们有什么特别的智慧。"

大外星怪物说："你这是在激怒我吗？没用的。你的思维，全在我们的掌握之中。也就是说，你在心里想的什么，我们全部知道。"

高朗说："不吹会死吗？"

大外星怪物说："看来你是不到黄河心不死啊！那就让你见识一下我们的思维探测器。"

他说完，又做了个动作，一台虚拟仪器出现。他指着机器说："你现在的大脑想什么，这个仪器会全部记录下来。不信我们就用思维同步译音解说功能，让你体会一下你的大脑是如何工作的吧？"

他说着又做了一个动作。那台仪器的屏幕亮了，出现一个脑动波的图像。一边的解说功能就将高朗现在的思维波动图一一说了出来。高朗听了，简直是目瞪口呆。这样的话，人类还有秘密吗？

等那大外星怪物把一切屏蔽掉后。高朗就说："算你说的是真的，那又如何？"

大外星怪物说："可以和我们合作呀！"

高朗说："跟你们合作，那我会不会也变得像你们一样？"

那大外星怪物说："那是自然。随着环境的改变，你所有的器官都会进化。"

高朗说："我早已经习惯了现在的样子，要是让我变成你们这样，还不如死呢！"

大外星怪物说："你是觉得我们很丑吗？可我们也觉得你们地球人丑极了，这叫审美观不同嘛！时间长了，你自然会习惯的。再说了，即便你不习惯我们这个样子，你可以保持原来的形态，但是那样的话就要实施虚拟置换。你原来的躯体是不适宜你在宇宙之星生存的，只有把你的魂魄还原在一个虚拟的躯壳里，你才能保持原来的样子。只不过这样的话，你就不能在公开的场合出现，只能在特定的空间里活动。"

高朗说："你的意思，我要是成为你们真正的一员，那就必须脱胎换骨，跟你们一模一样。"

大外星怪物说："那当然了。你们人类的地球不久就要毁灭了。是你们的自私和贪婪造成了将来的灾难。只是你们绝大部分人不知道地球末日就等在那里，还一味地贪婪无度，醉生梦死。高层可不糊涂，他们很明白人类会有这样的下场，但是习惯成自然。这种挥霍无度和贪婪般的索取，已经无法阻止，只能听之任之。唯一的办法就是在地球之外开辟家园，一旦厄运来临，那些个权贵就可以捷足先登。"

高朗说："那你是怎么知道的？"

大外星怪物说："相比于你们地球人类，我们是智慧生命。你们的那点秘密，对于我们却不是秘密。我们有万源探测法。只要用我们的万源探测器发出的光源，通过时光隧道，进入你们的地球，然后再利用人类的 DNA 密码分解法，将信号跟你们的总统或高官的大脑接通，这样的话，人的思维会全部输入到我们的信息库中。我们想知道什么，易如反掌。这就像在你的大脑里放了个监听器或者摄像头，你的所思所想，我们一览无余。你刚才不是已经见识过了吗？"

高朗说："为什么会这样？"

大外星怪物说："因为我们是智慧生命。"

高朗说："我一个地球人能帮你们什么，你们不是无所不能的智慧生命吗？你们自己去办好了。"

大外星怪物说："别用这样的口气跟我说话。我们之间合作，是出于缘分。要不是你身上的特殊静电，怎么会有这种千载难逢的机会？"

高朗说："如此说来，我还得感谢你们了？"

大外星怪物说："可不是。"

高朗说："那我要是不愿意呢？"

大外星怪物说："这个可能由不得你！"

高朗说："我可不是吓大的呢！"

大外星怪物说："有种。可是你已经没有选择的余地了。"

高朗说："这个我不信，除非你们拿枪指着我，把我杀掉。"

大外星怪物说："那是你们地球人干的蠢事。我们智慧生命怎么会用那么粗暴的手段。我们只需将你的魂魄扣住，然后将你的大脑思维复制一下，用你原来的躯体作为标本，来个借尸还魂就可以了。原来的你已经被封存，而那个附在你躯体的灵魂不过是个复制品而已。但是他仍然会听命于我们，按照我们的指令办事。这样的话，是不是比你们地球人用枪指着要好上千倍万倍？"

高朗说："听你说的意思，你们可以复制一个和我一模一样的人了。"

大外星怪物说："那是当然。"

高朗说："即便你说的是真的，那你有什么证据证明我们地球人要侵占你们的领地？"

大外星怪物说："证据多着呢。你们天天在研究航天技术，天天在琢磨如何实现你们地球人的移居宇宙星球之梦。你们所做的一切，我们早就了如指掌。我们的科技比你们领先了亿万年。你要证据，多得很呢！你们地球人类高层的秘密计划，你当然不知道了。可是我们却对那些绝密了如指掌。你们已经在月球上建了地球村，还移居了那么少部分人当起了永久居民。最近还在火星上也建起了火星村。要知道，火星跟我宇宙之星也算是近邻。只要你们在火星上站稳了脚跟，那就会以火星为跳板，侵占我们的宇宙之星。因为只有我们的宇宙之星，才是最最适合居住的宝地。用你们地球人的一句话：那就是人无远虑必有近忧。所以，我们得早做准备。"

高朗说："你要怎样？"

大外星怪物神秘地微微一笑道："天机不可泄露。你只要按我们设计的程序去做，积极地配合我们去完成这个任务，那便大功告成。"

高朗说："你得说明白呀，你不告诉我是什么任务，我怎么去做？"

大外星怪物说："这个你不用知道，只需按照我们的指令行事便可万事大吉。"

高朗说："你不说是什么任务我怎么去做？你这样不是让我成为你

们的傀儡吗？傀儡我可不干。"

大外星怪物哈哈大笑说："我们有办法让你怎么去做，只要存在你这么个人就行了。"

高朗就说："既然是这样，为什么还要问我？"

大外星怪物说："那是在试探你。"他说着对身边的两个手下说："开始吧！"

两个小个子外星怪物上前，不由分说，一左一右就把他抓住了。高朗自恃身高马大，就想用力把他俩甩开。但是不知为什么，他的身子却一点劲也没有。如此就任由他俩把自己抬起来放到一个大机器上，那机器就像医院的磁共振，他一上去，浑身更加动弹不得，不要说动弹，就连半点反抗的力气都没有。不一会儿，他就失去了知觉。等他醒来时，已经坐在一张椅子上。

那把椅子怪怪的，椅背是用各种线圈做成的。高朗感觉自己的脑袋上戴了个什么东西。他刚要用手去摸，但是手却被什么看不见的东西固定在椅子上。他摇摇身子，身子被绑得死死的，一点都动不了。他刚要叫唤，嘴却出不了声。正疑惑间，进来两个穿白大褂的小个子外星怪物。这两个外星怪物没有独角。他忽然明白了，那种独角是这些外星人戴着的一种仪器。两名医生般的外星人来到高朗身边，其中一个叽里咕噜地对着另一个说了几句什么，然后另一个伸出一个二拇指，对着他的头部点了一下，他的头部突然一阵麻木，而后是嗡嗡一阵轰鸣。他又把一个闪着银光的条格样的貌似头盔的东西戴在高朗头顶上，接着又启动了一下旁边的仪器。高朗突然感觉到脑袋像被针刺了一下，就昏迷过去了。

当他再次醒来时，他是坐在一个特大的虚拟电子屏幕前。

屏幕上出现了高朗爬山、高朗旅游等一系列生活画面。旁边有小个子外星人就指着屏幕上的高朗影像问他："你知道他是谁吗？"

高朗摇摇头。

他们又调出高朗前女朋友李梅的生活照，然后一张一张地在屏幕

上一幕幕翻过。照片上那个女人年轻貌美，气质高雅。小个子指着其中一张问高朗，高朗还是摇头，

小个子开启图像遥感系统，那个大外星怪物的立体图像立刻出现在面前。小个子汇报说："芯片移植成功，可以把他放回去了吗？"

大外星怪物说："为了万无一失，可以让他跟艾特（被克隆的李梅名字）会一会，检验一下可靠性。"

"遵命！"

他们把高朗弄到一个很大的露天广场。广场四周戒备森严，到处都是荷枪实弹的外星怪物。高朗被带到广场中心，小个子递给他一把形状怪异的叫不上名字的枪。小个子上前比画一下，一个漂亮的女人出现了。这个女人先是叫着他的名字，可是他不认识这个女人，女人见他无动于衷，就哭开了。她哭着说："你别杀我，你别杀我。"高朗只是愣愣地站在那里，不知所以。突然，他听到一声命令，就像他在部队听到上级指令一样。他对着女人端起了枪。女人突然后退，闪身拿出一把手枪，对着他就是两枪。高朗是特种兵出身，他的反应特别敏锐。就在女人动身掏枪的时候，高朗在意外的同时感到了危险，他本能地一个顺势侧转，就闪到了女人的身后。女人在掏枪的同时扣下了扳机，"啪啪"就是两枪。可是女人的枪全打空了。她又一个侧转，以最快的速度贴近高朗，并用枪指向高朗。高朗出手也是快如闪电。他一下子抓住女人的手腕，想下掉她的手枪。可是女人也不示弱。她反手一绕，对着高朗就是一招小擒拿。高朗曲肘发力，对着她的胸下肋骨就直捣下去。女人紧急退步，竟然卸掉他八分用力。女人借力一跃，双腿已经盘住高朗的脖颈，这招非常致命。要是让她这招得逞，那么高朗就难以脱身。高朗一个后仰，双手托着她的臀部借力使劲一送。女人还没等夹住他的脖颈，就从高朗的前面摔了出去。高朗就地一个翻身，挥枪就是一梭子。

子弹打在女人的身上，噗噗闷响。

女人躺在那里，一动不动。就在高朗上前去看时，女人突然对着

他举枪就打。

子弹打中了他的胸膛。高朗没有觉得疼，只是有黑黑的血流了出来。高朗觉得奇怪，自己的血本来是红的，怎么现在变成黑的了。而且更让他奇怪的是，胸口虽然流血，却一点也不觉得疼。他伸手试着去摸摸，流出来的血怎么像水一样一点也不稠。正当他感觉诧异的时候，那女人却恨恨地说："果然你跟那个梅梅有了苟且之举，要不然，怎么连我都装作不认识了？你个狼心狗肺、无情无义的狗东西。你不喜欢我，不爱我，那我们就好合好散，不至于反目成仇吧？如今还要来杀我！"

高朗被她说糊涂了。他压根就不认识她呀。于是他就说："你是谁，我怎么不认识你呢？"

女人恨恨地说："好个无耻的高朗，始乱终弃，不得好死。死到临头，还在装糊涂。我成全你！"

她说着又要举枪。却见背后一个小个子外星人对着她开了枪。女人闷哼一声倒地。

高朗看着倒地呻吟不止的女人那是惊愕万分。

就在他稍稍清醒要上前查看女人的时候。小个子外星人拿枪指着他命令道："向她开枪！"

高朗内心是不忍的，他老是觉得这个人在哪里见过。但是此时他自己的大脑不听指挥，他就像被什么驱使着不由自主地拿起枪对着女人扣动扳机。

嗒嗒嗒……

一梭子子弹射出，全部打在女人的前胸，女人的身体被打成了筛子。

那外星人看到这一切，高兴得哈哈笑道："好好，成功了，成功了。"

就在这时，外星人手腕上的那个万能感知接收器的触摸屏亮了。他用手一点，然后做个伸拉的动作。那大外星怪物的立体图像就面对面站在他的眼前。小个子外星人跟他报告说成功了。

高朗看到那个大外星怪物又跟他交代了一些什么后，小个子外星人一边听一边连连点头。

　　小个子外星人抬起一只手，对着高朗的头部做了个按的动作。随着一道红光闪现，高朗脑袋一热，意识便立刻恢复了常态。当他看到地下躺着的女人时，他几乎是发疯般地叫了起来。因为那个女人不是别人，那是他曾经刻骨铭心的爱人李梅。虽然现在这个女人已经离他而去，但是内心里，他还是爱着她。而现在她却被自己亲手用枪打死，不由得怒火万丈。他举起手中的枪，对着那小个子外星人就扣下扳机。但是枪是空的，他气得狠狠把枪向他扔了过去。小个子外星人轻轻一躲就避开了。他又一拳击去。那外星人也不含糊，侧身一个跟进，两手夹住高朗的拳头，然后来了一招顺手牵羊，一下子就把高朗摔了个跟跄。高朗噔噔向前跑出好几步，好不容易稳住身形。那外星人用轻视的眼光看着他。高朗看到躺在地上的女人，也看到了女人扔在一边的手枪。他俯身急速抓起那枪，然后就地一个翻滚，右手举枪就向那小个子外星人连开数枪。子弹打中小个子外星人的胸部，就像击中坦克的装甲一般，除了几声金属的响声，还有火花。高朗愣住了。还没等他继续做出进攻，小个子外星人就向他开枪了。他觉得子弹击中了他的心脏，很痛很痛。他还没有发出叫声，就倒了下去。

　　高朗眼看着自己被小个子外星人击中心脏，但是却并没流血，而且自己也没死，好像还有知觉。只不过他的意识变得朦胧一些，视觉也模模糊糊。他模糊地看到自己倒地后，又有几个小个子外星人来到他身边，他们把他抬上一辆救护车。然后在车上给他输血，那血是黑黑的血浆。他想挣扎，但是身子却一点也不听使唤。他想说话，他不想让他们给自己输入这种黑色的血。他担心自己在输入这种血浆后也会变成他们那样的怪物。但是一切都是徒然，因为他现在一点都动不了，只是一具有知觉的活体尸首而已。

　　到了医院，更恐怖的事情在等着他。他们把他抬上手术室，主治大夫和一帮医护人员跟着把他围起来。他听见他们的说话声，但是却听不明白他们说的什么。因为他们脱掉了他的衣服，他的同声传译设备也就不在了，所以他听不懂。不一会儿，又进来一位年纪很轻的女医生。虽然她戴着口罩，把脸遮得很严实，但是，从她说话的口音他大概听出了她的年龄，这人不会超过三十。他突然感觉有什么不对了，怎么这个人和那些怪物不一样。他们都是一身蒙面服装，而唯独此女子没有戴面罩，她的面目是真实的，尽管她戴着白口罩。但是女子说话时也跟他们一样，他听不懂，而且那声音极像他以前的女友李梅。

遗憾的是高朗此时动不了，也出不了声。他只是那么看着她。他的大脑突然感到很乱，乱得不可收拾。方才发生的一幕幕不断映现。他明明看见那个李梅已经死了，是中了自己的枪死的。但是这李梅怎么又变成医生，还要来给他动手术。

李梅说着什么突然贴近他的脸，高朗赶紧闭上眼睛。天花板上那盏用于手术的大吊灯突然拉近，他的脸在光芒四射中更加清晰地暴露在众目睽睽之下。那个好像李梅的女子翻开他的眼皮，对着屋里的他们说了几句什么，周围的人也像是同意她观点似的点头附和。

就在一帮人各就各位地去准备各种器材和药物时，忽见那个李梅对着他悄声说了四个汉字："有我，别怕！"

手术开始了，李梅主刀。这个时候他才排除了自己的怀疑，他确定：面前的这个女子就是李梅。因为她是某著名医院的外科主任医师。

当李梅拿起手术刀的时候，高朗是闭着眼的。但是他忽然感觉李梅对着他的心脏狠狠地捅了一刀。高朗突然间很疼，他大叫一声。

黑夜里，高朗突然翻身而起。

高朗突然从梦中醒来。他看着空洞洞黑乎乎的房间，惊魂未定。刚才的一幕似在眼前。

高朗毫无睡意，他想着刚才奇奇怪怪的梦，不断用手去摸摸脑袋。他甚至怀疑脑袋里真有被外星人植入的芯片。

四

第二天早上，高朗起得很早。因为昨夜做了一些奇奇怪怪的梦，他睡得并不好。一想到昨夜的梦，他就更加迫切地想要到那个大石龟的地方去看看。他在想，究竟他的梦跟这大石龟发射红光会有什么联系？

按照约定，他开车去接颜丽。说心里话，他真的不想去，但是又不好意思也没有恰当的理由去拒绝她。高朗也明白颜丽的目的：她在想办法接近自己，可高朗心里还放不下李梅。他原来的那个女友也即那个医学博士李梅是京城一家大医院的医生。两人相识于京城，是四年前春天的事情。作为某部航空兵特战队员的他，在去非洲执行联合国维和任务期满后回国疗养。他们是在一次体检中认识的。高朗的高大帅气吸引了这位刚刚留学归国的女博士。而李梅的雅致秀气，那种知识女性特有的气质也折服了他。几个月后，两人坠入爱河。按照正常发展的话，这样一路走来，他们完全可以结婚生子，过上甜蜜的家庭生活。正当两人的关系朝着他们希望的目标前进的时候，李梅被单位送去 D 国进修。其间，李梅邂逅移民该国的高中初恋同学。因为旧情复发，一年后李梅跟他提出分手。高朗为此深受打击，这导致他在一次执行突击任务时出了意外事故。受了处分的他不久就被突然转业，这突然的变故一下子把所有的计划打乱了。因为在京城找不到合适的工作，他只好回到家乡发展，去了一家民办航校当教练。再后来，高朗因为这段感情，就一直没有和其他女性发展关系，故而至今还是孑然一身。

早晨八点刚一过，高朗就早早来到颜丽居住的小区。颜丽居住的这个小区是一处高档别墅区，位于前海湾路北面。小区依山傍海，环境优美，地理位置绝佳。颜丽的父亲是大学教授，母亲是某设计院院长。颜丽从加拿大留学归国后，一直想独立创业，但是迄今为止，还没有眉目。

八点十分刚到，颜丽就穿着一身火红的登山装出来了。

车门自动开启，颜丽对着高朗嫣然一笑说句："麻烦你了。"

高朗回了一句："用得着那么客气吗？"

颜丽上车，坐到了副驾驶位置上。颜丽一上车，就把一股好闻的香水味带到了车里。那种幽幽的香气，立刻在车体里弥漫开来。这股味道，就像高朗给李梅买过的香奈儿的味道。他喜欢李梅身上的这种香水味。但是，今天颜丽身上的这股香水味，却没有引起高朗的兴趣。高朗在驾驶位置上把汽车调到无人驾驶状态，汽车在自动导航系统的引导下向前驶去。

汽车一如既往地向前开动着。高朗一言不发，只管目视着前方想心事。车里出现了短暂的沉默。

窗外的大地，荒蛮的底色尚未完全褪去，勃勃的生机却也随处可见。北方初春的原野，是生机和凋敝共存。不说那土黄色的裸露是多么原始，也不说那枯萎的杂草是多么凄凉，单是那干涸的沟壑，峰谷的冷峻，岩石的生硬，大地敞亮的袒露，都足以给初春的画布添加一抹冰冷的底色，而杨柳依依吐翠的飘扬，花卉朵朵含情的躁动，青青小草竭尽的萌芽，又给画卷补上一笔早春的躁动和温暖！

颜丽无心关注车外的景色，她只想和高朗说说话儿。可是这个高朗却一路上一言不发。

颜丽无话找话，问他吃过饭没有。高朗只回答了两个字"吃了"便再无下文。

因为是在上班车流高峰期，路面有些堵。高朗把汽车调到飞行模式，安全语音提醒颜丽做好起飞前的准备。而后自动系统也将座椅调到飞行安全状态，随即汽车的隐形螺旋桨打开转动，汽车即刻变身一架微型直升机。坐在车上的高朗就像把颜丽忘记了。此时此刻，他在回想昨晚的那个噩梦。颜丽的问话，高朗都是漫不经心地答应着。颜丽对他这种应付却充满耐心，她没有像以前那样在年轻男性面前惯常地使性子表现不满，而是极力克制着，将一脸表情展现得温柔似水。颜丽一会儿问他的身体，一会儿又问他喜欢吃什么，又问他穿多大号码的鞋。搞得高朗答应不及，只好她问什么答应什么。

说话的当儿，汽车飞机已经离开地面，在离地面五百米上空，向着大珠山方向飞去。

颜丽见他这样，知道高朗是在应付，但是她还是不死心，就剥了一块巧克力，送到高朗的嘴里。

高朗勉强张开嘴含住，他苦笑一下说："你知道我最讨厌吃什么？"

"什么？"

"巧克力！"

"你……"

颜丽的脸在一刹那间灰了下来，只不过又一闪而逝了。

沉默！

在避开高峰路段时，高朗将汽车飞机降落到地面上行驶。

这段路很近，但是高朗似乎觉得他们走的时间不短。好不容易到了目的地，高朗这才如释重负般地长舒一口气。

在约好的地方，高朗和颜丽一下车，几个人早已等候在那里。蔷薇一眼见到颜丽和高朗成双成对下车，就冲他俩喊一句："这么姗姗来迟，原来是有约会呀！"

颜丽反问："不可以吗？"

蔷薇道："可以，当然可以了。"她对着其他几位男士做个鬼脸小声说："我猜得没错吧，果然是去开房了。"

"珠山飞侠"突然故意放大声音说："颜丽，蔷薇说你们去开房了，是吗？"

颜丽狠瞅"珠山飞侠"一眼，没有出声，更没理他。却径自向着蔷薇走去。

乘"珠山飞侠"正在津津乐道的当儿，颜丽悄悄绕到他身后，对着他的屁股就踹了一脚。"珠山飞侠"冷不防被人暗算，他一点防备都没有。颜丽这一脚下去，那可是用尽全身力气。"珠山飞侠"一下子跌倒，摔了个狗吃屎。

众人看着"珠山飞侠"的窘态，都忍不住笑了起来。

"珠山飞侠"爬起来，揉着膝盖龇牙咧嘴地哎哟声不断。蔷薇笑毕回他一句说："谁叫你嘴臭的呢？"

"珠山飞侠"对着蔷薇一脸委屈地说："这分明是要谋害亲夫呀。"

"再胡说我撕烂你的嘴。"

颜丽说着抢起背包又要上前。

"珠山飞侠"吓得急退几步："你这是挑柿子——专拣软的捏。拿我出气算什么本事？"

颜丽说："就捏你了怎么着，谁叫你嘴痒痒的。你还不服气呀？"

张大珩说："你——们有劲等——等会儿使吧，这里到大石龟可是几十里山路，还要不断地翻越好几个山头，不累趴下也得成狗熊。你们这是闲得没事了？"

高朗站在一边却一直没吭声。他也知道这个"珠山飞侠"一直对颜丽情有独钟，但是颜丽却又偏偏不尿他。同样，自己对她毫无感觉，但是这个颜丽却老是黏着自己不放。想到李梅，他有些黯然神伤，抬头看看太阳，说句："同志们，是不是该起程了？"

说完，也不管其他人的反应，就一个人率先向山根走去。

"珠山飞侠"他们一见，也都停止了打闹，立刻跟上来了。

不一会儿，几个人就到了山脚下。他们在高朗的带领下，沿着山脚的一处山冈，陆陆续续向上攀登起来。这几个人为了体验原始徒步爬山的快乐，便互相间你追我赶地向高处爬去。高朗因为当过航空特种兵，身体素质又好，所以，爬这样的山如履平地般轻松。他一边爬一边回头对着落在后面的几个人说："两个半小时，我们爬到大石龟，谁要是草鸡，今天下山谁请客！怎么样？"

颜丽说："你这是欺负弱势群体呀！我提议，今晚这客，就你高朗请定了，你们同意不同意？"

紧跟在颜丽后面的"珠山飞侠"说："我举双手赞成！"

张大珩和蔷薇也就附和道："那就这样定了。"

此时高朗已经爬上距他们不远的一个小山包，他站在一块平平的大岩石上目视远方。当他听着那几个人的议论时就居高临下地反问道："为什么要我请，就凭你们这几个瞎货的表现？这好像没道理呀！"

颜丽抢话道："少数服从多数！怎么就没道理了？"

高朗看着别处漠然地说："那我可以一票否决！"

颜丽仰着脸冲身在高处的高朗伸伸舌头说："真抠。这么抠会找不到女朋友的。"

"珠山飞侠"插话说："这不是有上赶着的吗？"

"珠山飞侠"一边说着一边装着若无其事地看着颜丽偷笑。

颜丽回头瞪他一眼："狗嘴吐不出象牙来，又想挨踹。"

"珠山飞侠"做个鬼脸："我这是实话实说。不过，无云不成雨，无媒不成亲，我给你俩当个媒人怎么样？看在朋友的分上，咱不收中介费。"

张大珩说："还——中介——费，你要当人贩子啊？"

蔷薇冲"珠山飞侠"打趣地说："就他呀！贩人还差点，贩猪还差不多。"

"珠山飞侠"有些气恼，他瞪一眼蔷薇说："去去！就你能。我要贩，就光贩像颜丽这样的，你嘛，形象差点，分数不够，就免了吧！"

蔷薇一甩头发，没好气地说："贩你个头！"

颜丽说着就拿起一块小石子，对着"珠山飞侠"扔过去，"珠山飞侠"急了，连蹿带跳地往高朗所在的山包上爬。快接近高朗时，没想到脚下一滑，身子一个趔趄失去重心摔倒在地，就顺着岩石往悬崖下滚去。高朗眼疾手快，电光石火间，伸手将他一把拉住。好险哪！就差那么一点点就要摔下沟底。那块岩石的下面可是几十米深的悬崖峭壁，要是摔下去，非死即伤。要不是高朗动作敏捷，在"珠山飞侠"滑倒滚落的一瞬间，飞扑上前拉住了他，那就悬了！看到这惊险的一幕，刚才还咋咋呼呼的颜丽，几乎在同时，不由得发出"啊"的一声惊叫，呆呆地站在那儿一动不动。直到看着"珠山飞侠"被高朗抓住，她的心还在怦怦乱跳。"珠山飞侠"有惊无险，但是高朗的手却被岩石划破了皮，有血流了出来。

几个人都看到了刚才的一幕，他们同样被当时的情景吓了一大跳。

颜丽最先呼呼地爬上来，她要看高朗的手，高朗却说："没什么。"

紧接着几个人爬上山都围了上来，他们都关心地看着高朗的手。高朗说："划破点皮而已，没事。我们继续！"

颜丽就说自己带着创可贴，说着话就赶紧地翻包去找。可是越急越乱，此刻她把包翻了好几遍就是找不到。抬头再看时，高朗已经又爬出去了一段距离。颜丽就仰着头放声高喊："等一等，我给你找创可贴！"

高朗头也不回地说："不用了，已经好了，不碍事。你注意点安全比什么都好。"

蔷薇边爬边瞪一眼"珠山飞侠"骂道："都是你个死飞贼，要不是你，高朗会划伤手背吗？"

"珠山飞侠"做个鬼脸："你也心疼？"

蔷薇说："你再胡说我一脚把你踹山下去！"

"珠山飞侠"说："能的你。"

蔷薇说："你等着！"

张大珩喘着粗气说："你——你们闲的，光——山还不够爬的？"

他说着一屁股坐在地上呼哧呼哧地喘着粗气。

蔷薇对着张大珩说："刚才要不是他惹的祸，高朗能伤着了手吗？"

"珠山飞侠"对着她做个怪脸说："你有完没完？要是闲着没事，

我给你找点活。今晚你安排一桌，让我们几个下山有填肚子的地方。"

蔷薇没好气地说："美的你。请谁也不请你。"

"珠山飞侠"揶揄道："知道你想请高朗。可你也不看看，有盯梢的呢。"他说着指指走在前头去追高朗的颜丽。

张大珩对"珠山飞侠"说："让——让我说呀，这客还是得你请。"

"珠山飞侠"伸伸脖子："凭什么？"

蔷薇说："就凭人家救你一命！"

张大珩也凑话说："对——连——这也不懂，怪不得蔷薇不待见你。"

"珠山飞侠"转过头瞟一眼蔷薇，嘴一撇道："就她。"然后狡黠地对张大珩一笑，"她待见你吗？"

蔷薇生气地骂道："混账东西。"

"珠山飞侠"冲她做个鬼脸说："别打骡子——马惊，咱也没说你。"

蔷薇一脸不屑地说："吆——吆——我知道你尿颜丽，可是你也不撒泡尿照照自己，颜丽会尿你吗？"

"珠山飞侠"没好气地说："去去，一边去。别以为自己是万事通，她尿不尿管你屁事？"

看着"珠山飞侠"有些恼羞成怒的样子，蔷薇竟然幸灾乐祸地大笑起来。

就在他们几个打哈哈的时候，颜丽已经咬着牙追上了高朗。此时高朗也就不好意思把她一个人撇下自己继续爬了，他停下来坐在一块石头上。颜丽可真是累得不行了，她几乎是上气不接下气。还没等到高朗近前，她再也坚持不下去了，干脆就一屁股坐在地下，话也说不出来，只管喘粗气。那汗，顺着脸流了下来，后背都溻湿了。

高朗装作看不见，他故意不去看颜丽，却对着依然在下面的张大珩他们喊："喂——你们几个快一点呀！"

下面的蔷薇指着在高朗近处的颜丽说："高朗也真是的，催什么催，难道就不明白我们这是在给他们创造机会？"

"珠山飞侠"说："就你明白。真是皇帝不急太监急。"

蔷薇说："闭了你的臭嘴。"

张大珩看着"珠山飞侠"幸灾乐祸地嘿嘿笑声说："一天——不挨打，皮——就痒痒。"

一直领先的高朗，本想有意跟他们拉开点距离，这样颜丽也就不至于跟他黏糊。但是他完全没有想到，这样反而刺激了颜丽。不管他爬得多快，颜丽都是紧追不放。高朗没想到像颜丽这样一个娇生惯养的女孩子却这般坚毅。这不仅出乎他的意料之外，也让他有些无所适从了。颜丽长得高挑个，白皮肤，蛾眉凤目，可以说是女孩子中的佼佼者。人家对他是一往情深，可是高朗却一副拒人于千里之外的样子。难道高朗是铁石心肠吗？这倒不是。他一时不能接受颜丽则是因为他的心里还对那个李梅念念不忘。

颜丽可真是，放下娇小姐的架子，一个劲地对高朗展开攻势。怪不得说，女人一旦犯傻，那可是没救。高朗的态度，已经很明白无误地给予她信息：那就是高朗并不欣赏她。可是这个颜丽却还是不退缩，不但一如既往，甚至还加紧了攻势。有时候他面对颜丽的攻势几乎要招架不住了。看着颜丽紧跟在他身后那挥汗如雨、娇喘吁吁的样子，他真有些不忍心，他甚至想回身拉她一把，可最后还是忍住了。他强迫自己不要这样，他要让颜丽明白，他根本不在乎她。这样，也许她会知难而退。

突然，一块又大又陡的石坡挡住了颜丽。颜丽以前爬过好几次，这个对于她其实根本不成问题。但是今儿颜丽却爬了几次都上不去，她只好喊了一声：

"高朗，你拉我一把嘛。"

高朗在上面看着颜丽说："没吃饭是怎么了，以前爬得可是好好的呀？"

颜丽说："以前是以前，现在是现在。"

高朗说："那就绕个地方走嘛。"

高朗是揣着明白装糊涂。他掉头就要走开。

颜丽急了，用嗔怪的语气说声："这地方近嘛，你这人……"

颜丽说得不假，要是避开这个大石坡，那得绕个大圈子，从侧面的沟底上去。但那样得多走好多路。高朗再也不能无动于衷了。他停下来，但却没有走下去伸手拉她。他只是解下身上的绳子顺着石坡递了下去。

颜丽仰着头，看着那根自上而下的绳子，心里生起一股不满，她真想骂高朗一句，但是终于憋了回去。她多么盼望高朗能伸出一只手啊！高朗的手拉住她的手，那该是个什么感觉呢？她在心里憧憬着，畅想着，甚至出现了幻觉，她突然看到那根绳子变成了高朗那只结实有力的大手。但是这只是刹那间的幻觉而已，随着高朗的一声"抓牢"的提醒，她定睛细看，悬在面前的却是一根千真万确的绳子。她稍稍犹豫了一下，不得不抓住了绳子，然后在高朗的拽动下，慢慢爬上了斜坡。

颜丽一上去，连口气也没顾得上喘，就要上前去看高朗那只伤着的手。高朗却转身避开，并拒绝说已经好了。

高朗的举动，实在有些不近人情，这让颜丽有些失落。看着颜丽悻悻的样子，高朗却连句安慰的话也没跟她说，就借口去方便，撇下颜丽转到山岩背后的那丛树林里去了。

看着高朗匆匆消失在丛林中的背影，颜丽不免有些失望。她多么希望趁着后面那几个人没有上来的时候，能有和高朗单独待在一起说话的机会呀！她甚至觉得高朗的离开是在寻找借口。

颜丽一个人孤独地坐在一块岩石背后。此时天空飞来一朵流云，刚才还是暖暖的太阳被覆盖了，一阵风吹来，让颜丽感到了一分初春乍暖还寒的凉意。

等到那几个人爬上来的时候，山上的雾气早已散个干净。晴空下的大珠山群峰巍峨，怪石巉岩。赶早的几种野花，已经迎着灿烂的阳光绽开妩媚的笑脸。放眼望去，那山谷上，峭壁处，峰顶之上，到处是一股儿红，一簇儿黄。还有那耀眼的新绿，一抹一抹地从高高矮矮的树枝上，从枯黄的大地上，争先恐后地冒出来，大地之春，就此蔓延而灿烂。

"太美了，大珠山，我爱你！"

"哦——"

"珠山飞侠"放开喉咙大喊大叫。

山谷回音，绵绵不绝！

站在高处看风景的蔷薇突然问一言不发的颜丽说："高朗哪儿去了？"

"珠山飞侠"仰躺在一块石头上，望着流云漫过的天空说："放心，不会被狼叼去的。"

蔷薇剜他一眼："什么话？"

颜丽朝着对面那块大岩石向蔷薇指了指，她就明白了。

高朗磨磨蹭蹭地在树林里转了一会儿，他听着后面的几个人已经赶上来了。就回转原地，这个时候已经过了十几分钟。高朗招呼大家抓紧行动。就在这时，人们发现蔷薇不见了。一开始大家也没在意，只是觉得她可能找地方方便去了。可是，当大家等了她二十几分钟后，还是不见影子。此刻高朗最先着急起来。他埋怨说："这个蔷薇，干什么去了，这么久？"他让颜丽给蔷薇打电话。可是一连打了几遍，一开始是没人接，后来就无法接通了。

高朗让颜丽对蔷薇进行定位搜索，可是颜丽的高智能电话反馈的信息是盲区。

蔷薇的突然失踪，让高朗感到某些不安。

颜丽站起来，对着山谷放开喉咙喊："蔷薇，你在哪儿？快回来，我们要走了。"

这样一连喊了好几句，只有山谷的回音，不见蔷薇的半点动静。

高朗看着连绵的山峰，自言自语地说："这个蔷薇，关键时候就掉链子，她到底上哪儿去了？"

高朗等人通过高智能手机对蔷薇定位搜索，可令人失望的是，蔷薇的信号是屏蔽的。

"这个蔷薇，到底去哪儿了呢？"

高朗自言自语地说了这么一句，四下打量着空蒙的山谷，想了想，无奈地对着大家说："我们分头找一找吧！"

"珠山飞侠"不阴不阳地说："说不定跟哪个帅哥约会去了呢！我们去找不太方便吧？"

颜丽说："你个懒虫。"

"都什么时候了还开这样的玩笑。"

高朗的口气里带着一种责备和焦虑。他拿眼扫一下深山，接着又说："可不要出什么意外！"

颜丽俯下身子照着躺在岩石上的"珠山飞侠"的肋骨捣了一拳，说："起来！"

"珠山飞侠""哎哟"一声爬起来，瞪着眼大喊一声："你要杀我呀！"

"叫唤什么？找人！"

"珠山飞侠"嘟嘟囔囔地爬起来，边摸肋骨边拿眼斜颜丽。

当下四个人分四个方向，一边喊一边找。

"蔷薇！"

"蔷薇，你在哪儿呀？"

"蔷薇，快出来吧！"

……

让人奇怪的是，几个人喊破了嗓子，既没有回音，也不见人。

高朗感觉有些不妙，他的头上微微冒出细汗。

颜丽找了一圈，也不见人。哪儿去了？这个时候，几个人都着急起来。

高朗突然想到了蔷薇的包，如果蔷薇是暂时离开，那么她就不会把包背在身上。可是等高朗他们回到原来的休息地时，只看见几个人的包堆在那里，只是独独不见了蔷薇的包。这让在场的几个人更加不解。这蔷薇到底去了哪儿呢？难道她返回去了？这个可能的概率很小，因为蔷薇要是返回的话，不会不告诉大家。那么，难道真是摔下山谷去了，还是？这个念头一出现，高朗一下子紧张起来。他不敢再往坏处想了。于是，他告诉大家一定要全力找到蔷薇。

几个人又找了一圈，而且寻找的范围也扩大了一半。但是高朗接到反馈的信息都是无果。这个时候，他真有些毛了。他突然想到该是报警的时候了。正当他在想着报不报警的时候，他的高智能手机却接到了颜丽的呼叫。颜丽说蔷薇找到了。高朗急不可耐地问说她在哪儿？那头颜丽说她在原来的地方等着我们。高朗点一下五维图像移动搜索，那蔷薇的立体图像就出现在高朗面前。高朗压抑着内心的不满，冲她喊一句："你去哪里了？让这么多人找，电话都不通，怎么搞的吗？"

蔷薇说："对不起！我……"

"你关电话干吗？"

"手机……"

高朗把憋在心里的一腔火气压了压说："可把我们吓坏了。"

他刚想问为什么刚才手机打不通时，蔷薇的手机又挂断了，再打，信号也没了。

高朗说了句："这怎么回事？"

不管怎么说，蔷薇找到了，高朗悬着的一颗心也总算落了地。但是他的心里却有一种莫名其妙的惶恐感。这种感觉就像第六感一样，他似乎老觉得今天爬山去大石龟会有什么意外。但是他对这种感觉又说不出什么依据。刚才蔷薇的突然消失，让他加重了这种感觉。当颜丽和蔷薇一前一后出现在他的视野里时，他甚至生出了要打道回府的打算。

蔷薇刚才到哪里去了？这是大家都关心的问题。可是任凭大家你一言我一语地问来问去，她却说不出个所以然来。这让大家在不满的同时，更多了一份疑虑。这个蔷薇，这是怎么了。以前没这样啊！

最生疑虑的是高朗。从蔷薇遮遮掩掩的回答中，他突然联想到自己，想到那天他和他们几个人飞越大石龟那座山峰时出现的异象。又想到昨天晚上的梦境。究竟这一切有没有联系？

"珠山飞侠"回来的时候，那是一肚子不满。他对着蔷薇冷嘲热讽地说："我的个天，这算什么事，自己跑去会情郎，让我们无边无际地去找，这不是折腾人吗？"

颜丽把对高朗的一肚子不满都转到"珠山飞侠"的身上了，一听他这样说，就气不打一处来。她刚刚坐下喘口气，此时却一下子站起来，对着"珠山飞侠"就是一脚。

"你个死飞贼，净胡说八道，谁去会情郎了？"

"哎哟吷——报复！报复！有了新欢，就对旧爱如此下狠手。真是歹毒莫过妇人心！"

颜丽又一把扯住他的耳朵，狠狠拧住说："再胡说！看我不揪下你的耳朵？"

随着颜丽下手的加重，"珠山飞侠"连连求饶。他见颜丽不松手，只得向高朗求助说："高朗，高朗，快让她住手。"

高朗虎着脸对他们说："行了行了。你们今天都怎么了？从一见面到现在，就闹腾个没完，'珠山飞侠'你就是记吃不记打。不就是你刚才差点出事？爬山安全是第一位的。谁要再吵吵，我就回去，要爬你们爬。没劲！"

张大玳忙打圆场说："算——了，算了，别跟他们一般见识。"

颜丽见高朗说到这份上，就松开了手。

"珠山飞侠"却摸着耳朵一边龇牙咧嘴，一边对高朗说："谁惹你不高兴了，不是我啊！是颜丽这丫头片子吧？"

颜丽说："你的嘴又兜不住风了。是不是要拿针给你缝上？"

一直没出声的蔷薇才说句："他这是嫉妒！"

"珠山飞侠"咧着嘴对蔷薇说:"我嫉妒谁也不会嫉妒你呀!"

高朗不耐烦地道:"停停!还有完没完?大家喝口水,一会儿继续赶路,这都几点了?"

他说着话又看看手表接着说:"都快十点了。刚才要不是找蔷薇耽搁了,就到前面的山头了。"

他看了一眼蔷薇又说:"大家以后不要掉队。单独离开要打声招呼!"

张大珩说:"这——才爬了不到一个小时嘛!"

高朗说:"这地方是观音台,才走了不到六分之一的路。"

不知为什么,蔷薇从突然走失到回来后,变得不像以前那么爱说话了。这与以前那么喜欢打打闹闹的蔷薇判若两人。其他人也许没怎么注意,但是高朗还是观察到了。他在心里一直想着这个问题——蔷薇刚才到底去干什么了?

五

从观音台到大石龟,要翻越几座较大的山峰。因为有蔷薇和颜丽两位女性,今天他们走得较慢。

十二点刚过的时候,几个人在孔雀石的北面山坡,找了一块较大的平面岩石,停下来野餐。

饭毕,稍事休息,就又出发了。

走过一道山梁,大石龟已经历历在目。

"大石龟,大石龟,太好了!亲爱的大石龟,我终于又和你见面了。"

颜丽高兴得手舞足蹈,几乎跳了起来。

与颜丽的高兴不同的是,高朗远远看到那只引颈往山顶上攀爬的大石龟没有半点兴奋之情，而是内心产生了一种隐隐约约的莫名不安。

实际上，这一次，高朗的担心是多余的，他既没有晕厥，也没休克，脑袋也一反常态地不晕不痛，而且比平常更清醒，这让高朗稍稍心宽。此时他想，也许是自己过虑了。天下本无事，庸人自扰之。再看那大石龟，它一动不动地趴在那半山坡上，迎着金色的阳光，任凭山风从它身边徐徐吹过，也一样毫无知觉和反应。它依然以固有的姿势，面向东南，引颈昂然。

颜丽又呼又叫，竟然不顾疲劳，走在最前面。激动让她暂时忽略了高朗的存在。她率先登上靠近大石龟不远的一块岩石上。她站在上面变换各种姿势，不停地和大龟进行摆拍。

其实，如此近距离地观看这块龟石，远没有从远处看那么惟妙惟肖。这样面对面地咫尺相望，它也不过是一块矗立在半山腰上的象形石而已。当然，这块象形石的好处是，即便你近在咫尺，甚至是触手可及，它也还是大龟的造型。而且那龟背之上，另有一块比较突出的椭圆形石板，恰到好处地附着在龟背之上。于是，从高朗他们所处的这个角度看去，像极了一个巨大的乌龟壳。

"珠山飞侠"说："我们爬到大石龟的背上看看？"

"好啊！"颜丽第一个响应。

张大珩结结巴巴地说："就——是有点险。"

颜丽紧盯着高朗的脸说："高朗，你不是说要带我们爬龟背吗？"

高朗说："就怕你们吓尿了裤子！"

颜丽嗔怪一声："看你说的，谁尿裤子？谁要尿裤子谁就别去！"

她说着故意拽一下身边的蔷薇说："蔷薇，你会尿吗？"

蔷薇并没有像往常一样做出积极的反应，她这会儿脸上只是有些勉强地挤出一丝僵硬的笑意。

颜丽突然神秘地走近蔷薇附在她耳朵上不知说了什么。蔷薇也还只是毫无表情般机械地应付着没有出声。

颜丽见此，有些沉不住气地问她："你说是不是呀？"

蔷薇迟钝地木然"嗯嗯"着算是做了回答。

见蔷薇如此，颜丽似乎有些自讨没趣，她有些责怪地说句："你咋的了，没睡醒还是没吃饭？"

蔷薇对颜丽的诘问无动于衷，只是默默地看着颜丽，一声都没吭。

颜丽只好盯着高朗问："到底上不上啊？"

高朗斜眼瞟了颜丽一眼，然后转头指着大石龟说："那是三十多米高度，最陡的地方坡度几近九十度垂直。那么陡的坡度，我看你们俩女的就不要上了。"他说着不由自主地扫了两个女子一眼，又说句"毕竟安全第一嘛。"

颜丽一听，第一个提出反对意见。

"女的怎么就不能上了？你这是性别歧视，我反对！蔷薇，我们一定要上。"

蔷薇站在那里不出声，还是木然地点点头又摇摇头。

张大珩说："蔷——薇，你到底爬还是不爬？"

"珠山飞侠"对张大珩说："你背她不就行了吗。蔷薇，别怕！有大珩哥。"

蔷薇只是僵着个脸，还是没有出声。

"珠山飞侠"又对颜丽说："颜丽，有高朗在，刀山敢上，火海敢闯。"

"又咧咧！"

颜丽白了"珠山飞侠"一眼。

高朗见颜丽这么坚决，知道她的性格，今天一定要征服这只大石龟的。如果高朗不答应，她绝对不会善罢甘休。既然是这样，也就不差蔷薇一个了。

高朗围着大石龟转了一圈。此刻他看着这只矗立在眼前的庞然大物，觉得也没什么，它只不过就是一块石头而已，想起几天前飞跃大石龟的奇特遭遇和昨晚上的那个梦，他就觉得也许是自己过于敏感而已，一切都是巧合罢了。想到这里的时候，高朗心下释然。他当即下定决心，今天一定要爬上这只大石龟的脖子，去查验一下那大石龟究竟有啥秘密，还有那踏足龟背，立身傲视山野的豪迈。

高朗卸下背包，拿出软梯，仔细查看一番，就说："我就知道你们都是不怕死的鬼，那好吧！我答应你们。大家好好休息一下，等恢复一下体力，我们就爬龟背。一会儿我先上去，等把软梯放好之后，'珠山飞侠'再上去。'珠山飞侠'负责放安全绳，我负责软梯。大珩，你在下面断后。"

"珠山飞侠"打个立正，胸膛一挺说："遵命！"

张大珩说："好——吧！"

等几个人略作休息后，高朗就招呼开始行动。高朗在前，几个人在后，他们一起顺着岩石爬近大龟头部贴近的山腰，高朗拿出一根登山安全绳，选好角度，用力甩了出去。绳子的一端铁环做成的安全扣，就在力的作用下嗖地飞起，然后绕过大石龟的脖子落到高朗面前。高朗将绳索缠住大石龟的脖子上，然后打个结，让绳子死死拴住，然后用力拽了拽，绳子拴得很结实。他拿着绳子的一端顺势溜到大石龟的屁股下，他对身边跟上来的几个人说："一会儿我拽着绳子从这里爬上去，大石龟头下面脖子的部位有那么一块地方，可以站几个人。等我上去放好软梯，'珠山飞侠'先上，然后颜丽、蔷薇跟上，大珩断后，听明白没有？"

大家看着高朗一一点头。

高朗自个儿检查一下装备，他紧紧腰带。戴好攀岩手套，然后吸一口气，双手抓住绳子，两脚紧蹬石龟背面，噌噌就用力往上爬。

"小心啊！"

颜丽担心地喊句。

"珠山飞侠"阴阳怪气地说："还不赶紧上去托着。"

颜丽只是用手一指"珠山飞侠"，并无任何动作。她此刻两眼的视线始终不离高朗分毫。

只见高朗爬到半截，正处在大石龟的背部中心。那个部位立陡，从上往下看，跟大地呈九十度垂直。这个地方也是最艰难的部位。一般上到这个部位，大部分人的力气都耗去一多半了。这个地方上下立陡立陡，既没地方下脚可以固定，也没什么东西可攀附。唯有靠双手用力抓住绳子，然后双脚用力蹬住石头表面，靠鞋底与石头摩擦力的支撑来减缓身体下垂的重力，让双手用力得以减轻，如此也还节省一些力气。这样停顿一小会儿，稍稍歇息，待力气恢复一下，再竭尽全力攀过这个最艰难的部位，等越过这最危险的一段，再往上坡度就越来越小了。等攀到了大龟脖子处，坡度就缓得多了。而且那个部位还有一大块平缓的部位，足以站开十几个人歇脚。

高朗此时已经爬到最陡的那个部位。他双手紧抓绳索，双腿伸展开来，两脚紧紧蹬住龟背石头的表面。那动作，极像把一个大大的"人"字写上了大石龟的背部。

这是一个让人看着害怕的动作。

人贴在大石龟的背上，离地二十多米高。站在下面看，上面的人就像要随时摔下来一样危险。

下面的人见高朗一动不动地攀附在那儿，知道那是高朗没有了力气，就担心起来。特别是颜丽，她几乎是用惊讶得要哭出来的声音对着高朗喊："高朗——你当心呀！"

"珠山飞侠"也喊："加油！千万别松劲，你能行！"

张大玽："歇——一歇，攒足劲再爬！"

尽管下面的人一再鼓劲，可是高朗却既没有回音，也没动作。他就像凭空挂在那里的静物一样，对周围的一切无动于衷。

面对此情此景，下面的人竟然一时不知所措。他们不知道高朗能否爬得上去，有人甚至后悔不该鼓动他去爬这危险的龟背。

正当他们担心得要死时，稍事歇息的高朗已经缓过劲来，他没法低头往下看，但他知道下面的人是怎样的一种担心。所以，他就缓着力气说了句："我没事！"

高朗这一句话，虽让下面的人放松了不少，但是他们仍然担心地看着挂在龟背石头上的高朗。

就在众人都为高朗捏着一把汗时，唯独那个蔷薇一言不发地站在那儿，此刻的她却脸色煞白，浑身颤抖。

但是此时此刻，人们已经没有谁顾得去关注她了。

缓过劲来的高朗憋着一口气，双手用力，两脚紧蹬。他的身子立刻向上动了起来。

颜丽的心跟着一紧，但马上就松弛下来。她明白此时高朗已经恢复了体力。但是她还是指着爬动的高朗喊："千万小心啊！"

说话的当儿，高朗就爬过了危险区。

颜丽一见，竟情不自禁地鼓起掌来。

高朗用了不到十分钟的时间，就爬到了大龟的脖子上面。此时的他也感觉身虚气促，脸上身上有细汗流出。他一屁股坐到石头上，喘着粗气。他得歇一会儿。这个大石龟的身子，长度有几十米，人从龟背往上爬，那可真是直线上升。高朗从部队转业好几年，已经没有像以前那么高难度的训练了，再加上身体也胖了一些，故而，他也觉得有些累。

颜丽看见高朗成功爬上龟背，高兴得在下面跳着喊起来。

"成功啦！成功啦！我们可以爬大石龟了。"

高朗坐在大石龟的脖子上，他摘下那副攀岩手套，这才发现划伤的手背因刚才用力过猛，又渗出血来。高朗并没怎么注意，他连擦一下都没有，就站起来，目视远方。双目所及，山头林立，四野空旷，松涛微微，峰谷嵯峨，百花稀疏。远方的海面湛蓝如染。高朗对着远处的山峰放开了喉咙喊一句："我来了——"

空谷传音，群峰涌动。

高朗一时感到豪情满怀，想起曹操的《龟虽寿》，情不自禁地吟诵起来：

　　神龟虽寿，

犹有竞时。

腾蛇乘雾，

终为土灰。

老骥伏枥，

志在千里。

烈士暮年，

壮心不已。

盈缩之期，

不但在天；

养怡之福，

可得永年。

幸甚至哉，

歌以咏志。

高朗咏毕，目视天空，遥看千峰，顿感激情荡漾。他不禁双臂奋张，做拥抱状。此刻那划伤的手背渗血不断。他挥洒而去，殷殷鲜红，寥寥落落。高朗这个不经意的动作，将几滴鲜血，洒落到大石龟的脖颈和头部上。

大石龟头部，沾染斑斑血红。突见那血像水滴渗入泥土般，并有刺啦刺啦的裂帛声。只不过此刻松涛阵阵，把这声音掩盖住了而已。随着这声音的发出，大石龟头就像触电般出现不易察觉的微微翕动。而滴落在大石龟头部的滴滴血斑也如落在宣纸上一样慢慢洇湿般地扩大着。高朗其时正在豪情万丈地看着风景，竟然忽略了石龟这些突异的变化。

当高朗将目光从远处收回时，他不经意间对大石龟头轻轻一瞥。倏忽间，高朗好像看见那大石龟头动了一下，他的心也跟着动了一下。

高朗抬眼仔细向着大石龟头看去，怎么发现那昂然向上的大龟头有几处发红的部位。想起几天前的事，他心里突然咯噔跳一下。

就在这时，下面的颜丽一个劲地催开了。

"高朗——你快点放绳子呀！光顾着自己看风景抒情了，把我们忘了？"

"珠山飞侠"扯开喉咙喊："高朗——你抓紧点，我们也上去饱饱眼福。"

下面的催促让高朗顾不得多想，他连忙放下软梯，又把安全绳子也一同放下去。

颜丽要争着第一个上去。高朗不得不在上面大声阻止她说："让'珠山飞侠'先上，让他上来帮我。"

颜丽见高朗如此说，也只好松开抓住不放的绳子。

"珠山飞侠"把绳子拴在腰上，踩着软梯就往上爬。刚一踏上软梯，颜丽就从后面照着他的屁股踹了一脚。

"珠山飞侠""哎呀"一声，回转身做出一副恶狠狠的样子对她说："等着！看我不让你哭鼻子。"

颜丽说："你敢！"

高朗在上面看得清楚，高声提醒说："别大意，注意安全，麻利点！"

"珠山飞侠"虽然臂力不如高朗大，但是他身材轻盈，再加上有了软梯，他几乎不怎么费力就爬了上去。

"珠山飞侠"上得大石龟，解下安全绳，对着下面的颜丽做个鬼脸，而后凌空抛了下去。

"快点。上面好得很！"

颜丽在张大珩的帮助下，拴好了安全绳，然后踏着软梯，一步步往上爬去。其间，"珠山飞侠"吓唬她，被高朗狠狠骂了一句。

颜丽上得大石龟，竟然不顾"珠山飞侠"在场，突然抱住高朗，说句："胜利了！"

就在颜丽抱住高朗时，他突然觉得大石龟的身子好像晃了晃似的。因为怕引起他们的恐慌，高朗没有吱声。

当"珠山飞侠"将安全绳再度递给下面的张大珩时，大石龟的身子已经发生了微微的倾斜。只是他们几个都沉浸在兴奋之中，除了高朗，谁都没去注意罢了。

高朗此时心里有些举棋不定。他有心阻止张大珩的攀爬，结束这次爬龟行动。但是高朗对大龟的晃动又不十分确定，他甚至怀疑是自己眼花或出现幻觉。

张大珩也没费什么力气就爬了上来，而且张大珩还拿出一块红色绸带要给大石龟的脖子挂红。

高朗心中刚刚消失的那份莫名的担心突然又出现了，一种不安悄然而生。他隐隐感觉会有什么事发生。对于今天的行动，他有些后悔。张大珩正忙着要去给大石龟挂红的时候，待在大石龟下面的蔷薇却没有去抓"珠山飞侠"放下来的绳子，她满脸惶恐地用手指着大石龟往后退着。

上面的"珠山飞侠"却在催她说："你快点呀！"

蔷薇没有去抓绳子，而是不断后退。当"珠山飞侠"催她快点时，她却惊叫一声："不好了，大石龟要倒了。"

"珠山飞侠"指着蔷薇嘲笑说："你害怕了是吗？害怕就别上来了。"

而紧贴大石龟脖子要高朗给她拍照的颜丽也突然发觉了什么，她觉得靠在身上的龟脖子突然热了起来。

正在忙于给大石龟往脖子上挂红绸的张大珩突然惊叫一声："大——石——龟怎么是热的？"

还没等高朗做出反应，大石龟下面忽地刮起一阵旋风，大呼小叫的蔷薇忽然就被风吹起来飞上天空，而后又重重地摔在地上。摔在地上的蔷薇发出一声怪叫，这叫声很是凄厉，让人听了感到毛骨悚然。接着是"刺啦刺啦"的声音响起，只见此时的蔷薇全身冒烟，随即一阵抽搐并伴有阵阵惨叫。众人一见，目瞪口呆，眼看着蔷薇被烧成一堆零部件，这才恍然大悟，原来蔷薇只是一名智能机器人。

蔷薇的惨死惊醒了众人，他们意识到了危险，慌乱中的"珠山飞侠"率先抢抓着绳子就往下溜。

高朗来不及说什么，他推着颜丽让她赶紧抓绳子往下爬。可是，此时大石龟的身子已经开始左右摇摆，而且表面发烫。那个高高矗立的巨大石身已经由淡黄变成墨绿，而且渐渐活络起来，甚至有了弹性，人踏在上面就像站在橡皮道具上一样，原本冰冷的石头也变成发烫的肉体。高朗拉着颜丽抓着绳子就往下溜。但是大石龟一摇头，凭空刮起一阵风，颜丽和高朗的身体被抛在半空中。颜丽惊得是花容失色，她大呼大叫着双手在空中乱抓乱挠，双腿乱蹬，可是任凭她如何努力，那身子却像秤砣一样直直地往下坠落。高朗体量重，他坠落的速度较快，并很快跟颜丽快速拉开距离。本来在刚刚抛入空中之时，他想伸手去拽颜丽的衣服，颜丽也想去抓他。但只是一瞬间的工夫，高朗就先她跌落下去。

当高朗的身子挨近一个山谷的时候，那大石龟突然一吸，就把高朗吸入口中。颜丽刹那间目睹了这一恐怖的景象，她连喊叫都来不及，也被一股旋风般的力道卷入了大石龟的口中。

此时的颜丽像待宰的羔羊，挣扎和反抗毫无作用，她只有绝望地闭上眼睛，等待着死亡的来临。泪水，顺着她的脸颊像断线的珠子一样滚落下来。

颜丽被吞入大石龟口中的瞬间，她的脸和手触碰到的是软软滑滑和黏糊糊的软组织。她的身子也像被什么拽着一样往下滑落。她闭着眼，想哭，但是又哭不出声音。她想喊，嘴巴也透不过气来。她只觉得周围是湿的，是滑的，又是热的。她想挣扎，但是手却动不了，腿也动不了。那身子，整个被一团肉乎乎的东西包围着，包裹着。她在无助中想到了高朗。高朗呢，是不是高朗也在里面呀？她想问一声，想喊一句，但就是张不开嘴，也说不出话来。她这是哑巴了吗？一想到这层，她绝望起来。但是四周漆黑一片，这可真是叫天天不应，喊地地不灵。她只得在恐惧中无助地等待死亡。她好像已经闻到了死亡的味道。这种味道，是从她所处的环境中得来的。此时她真是欲哭无泪，怎么会是这个样子呢？

就在她的身子下坠的过程中，她的脚突然触碰到一个东西。那是什么呢？因为她的鞋子在坠落的过程中被踢蹬掉了。所以，她的一双脚是赤裸着的。当她的脚一接触到这个硬硬的有毛发的东西时，在片刻的惊恐中又恢复了平静。她很快就意识到，这像是一个人的头部。她试着又踩了踩，感觉让她更加确定。她突然想到这可能是高朗的头顶。一想到高朗，她的心里立刻就闪出一丝希望。但是，这希望就像在漆黑的夜空中飞过一个萤火虫，只是那么一闪就马上熄灭了。因为她意识到高朗此时也和她一样身处绝境。纵使高朗一身本事，此时此刻、此境此地也毫无施展的余地。

颜丽的眼泪已经流干了，眼睛也睁不开了，不是睁不开，而是压根也不敢睁。因为一睁眼，就有液体往眼里渗，那些液体会让眼睛刺疼，所以她就不敢睁，而且就是睁开了也什么都看不见。她的意识是清醒的，她的恐惧也在有增无减。随着身子下坠的速度加快，她就像突然间踏空了一般急速跌落。颜丽也顾不上去考虑身处何境了。她就像一叶浮萍般随着风浪任意漂流。

在凌空坠落的过程中，颜丽的身体一直不断地触碰到一些软乎乎热腾腾的肉体。这些肉体，让她感到了一种像内脏一样的东西。她忽然想到这是在大石龟的腹中。此刻她明白自己此生很可能就要葬身龟腹中，既然无法逃避，她就不断地在心中祈祷。她几乎每次到大珠山石门寺去拜佛时，都会祈祷。她还听一位老居士说，只要人在临死时连续不断地诵念阿弥陀佛，人的意念中就会出现金光，灵魂就会被引导着去西天极乐世界。

于是，颜丽就想起身打坐，默念阿弥陀佛，只是此刻的她身不由己，她的身体依然在不断地下坠。就在这时，她忽然意识到自己的脚不知何时已经接触不到高朗的头部了，这让她感到一阵惊慌和失落。不管高朗现今如何，只要能跟他在一起，能感觉到他的存在，颜丽就觉得心里有无限的安慰。

没有了和高朗的接触，让她恐慌异常。她一时间也顾不得念什么阿弥陀佛了，赶紧四处抓摸，踢蹬，找寻，但仍一无所获！

大石龟好像在爬动，这让腹内的颜丽感受到了一种颠簸和晃动。她的身子东一头西一头地滚动不已，她的身体也在不断地触碰到这里又触碰到那里。一个剧烈的倾斜，她的身子飞起来又跌落下去，像跌到一个什么陌生的部位了。在坠落的过程中，她的身体感觉到某种热浪的冲击和刮擦的疼痛。

此时的她已经彻底进入到大石龟的胃部。这个地方虽然也硕大无比，但是这里却是热浪滚滚，一种液体像要把她融化了一般，憋闷让她感到了窒息。这里面的空气稀少，不像在胃的外部，从大石龟口吸进的风，保证了颜丽能够有足够的氧气。这里炙热难耐且像有无数小虫子在她全身噬咬般地疼痒，让她面临着一种死亡的恐惧和危机。颜丽平躺在大石龟的胃里，非常无助地等待着胃部将她消化。颜丽想到高朗，此刻她似乎已经奄奄一息，她几乎连挣扎的力气都没有。她只是无奈地伸手摸摸这软软的、湿湿的、滑滑的胃壁。胃壁在不断地蠕动着，这种蠕动就像要吞噬她的躯体一样，让她感到了火辣辣的疼感。

就在这时，有一只手伸过来，抓住了她的一只脚。她分明地感到了这手的力量。那只手在摇晃，在暗示。她忽然明白了，这是高朗在暗示她。颜丽赶紧向着伸过来的手靠去。是高朗！她激动得紧紧抱着他灼热的身体。然后用嘴去吻他。高朗对她的热烈并没有做出回应，他只是手忙脚乱地在摆动着双手，好像急切地翻找着什么。

高朗在找匕首。当他找到那把挂在腰间的匕首时，他又用力握了握颜丽的手，那意思是让她放开自己。

颜丽似有不舍，高朗只好用指头在她胸部画来画去。颜丽误解了高朗的意思，她误以为高朗要她脱衣服。颜丽就想，这都什么时候了，还顾忌这些呀。当她自己去解衣扣的时候，高朗制止了她。高朗拿着她的手，让她摸了摸匕首，然后拿着她的手做了个刺杀的动作。颜丽明白了，她知道高朗这是要用匕首去刺穿大龟的腹部，以期逃出去呀！

颜丽高兴极了，她忽然感觉到有了一种希望。

高朗使劲攥了攥她的手，那意思是让她等着。

颜丽使出浑身力气狠狠抱了一下高朗，又恋恋不舍地松开。当高朗离开她时，她的心又是一紧，就像怕失去他似的又伸手去抓。但是她伸出去的手却抓了个空。一股莫名的恐惧又袭上心头，她急切间摸着黑四处划拉，试图找到高朗。经过一番努力，她却失败了。因为这个大石龟的肚腹实在太大，再加上里面漆黑一团，让她难分东西。她只有这里动动，那里爬爬。她的身体不时触碰到大石龟的胃囊，那胃囊里混浊腐臭，让她几乎窒息。

好像是"嘭"的一声。有什么东西被弹起来，弹到她的身边，又重重落下。砸在她的胸膛上，她疼得浑身一颤，几乎要昏死过去。

当她意识到砸到她身上的是个人的时候，她就立刻清醒起来。她用手四处摸索，找到了高朗的头。高朗活动了一下，然后又翻身爬起。颜丽高兴极了。虽然她也明白，高朗想用匕首去破腹逃生的希望已经破灭，但是只要有高朗在，即便是死，她也心甘情愿。

正当两人相拥着等待死亡的时候，突然有一个闪亮的东西把大石龟的胃部照亮了起来。那东西圆圆的像皮球一样在滚动，它发出的光亮将高朗和颜丽周围的液体隔绝，让他俩不但睁开了眼睛，也不再感到窒息。高朗和颜丽惊异之时，又见圆形光体内有一个小小的绿色圆点。那圆点晶莹剔透，它像从一个喇叭状的细长管子中飞动着向他们靠近。而且这个圆点随着飞近的速度加快也逐渐变大，也越来越清晰。那圆点看似就在眼前，其实它是从一个遥远的地方飞来的，也只有那无限的遥远，才可以让一件物体变成一个几乎可以无视的小圆点。

渐渐地，那个绿色圆点已经变得形状可辨。它根本不是什么圆点，而是一个身穿绿色紧身衣、披着一头绿色头发的妙龄女子。等那女子完全进入圆球体，那根喇叭状透明的管子就像魔化般地一点一点地从他们眼前消失掉了。高朗和颜丽看得是目瞪口呆。就在这时，圆球体突然喷射出一道金光，罩住他俩，然后那金光又将他俩人裹进球体。

球体很大，它就像一座豪华而又露天的房子。人在这里面温暖如春，空气清新。四周空阔无边，一边是山，一边是海，一边是原始森林，一边是清澈湖泊。让人觉得这又不是在什么房子里，而明明是一个小天地里。

高朗和颜丽正看得出神，那个长着绿色头发蓝眼睛像大型超市里的模特道具般的美女微笑着上前跟他们说："你们好。我叫咪咪。欢迎你们的到来。"

高朗和颜丽看着眼前出现这么一位美女，不免大感惊奇。

颜丽惊讶万分地打量着她说："你是谁，从哪里来，怎么这个样子？"

高朗见颜丽这样直接质问人家，觉得有些唐突，他用胳膊肘悄悄从侧面拐了她一下。可颜丽毫不在意，她又说："这是哪儿？"

咪咪轻启朱唇，露出一口洁白的牙齿笑着说："我叫咪咪，来自旺旺星球的。"

颜丽惊讶地叫一声："旺旺星球，什么旺旺星球，没听说呀！"

咪咪像明白了什么似的说："我就是你们地球人常常说起的外星人，不像吗？"

高朗先是惊讶地发出一个"咦"字，然后看着咪咪又说："外星人？还真像呀，像呀。太像了！"

高朗一边说一边从头到尾细细打量着她。

咪咪还是微笑着说："这么说你见过我们旺旺星族的人了？"

面对着咪咪的问话，高朗连忙摇头否认说："没有没有！"

咪咪见此，又说："请坐吧！"

她指着不远处的那对橡皮凳子。

见他俩尚在犹豫，咪咪就说："既来之，则安之。"

高朗和颜丽对视一眼，不待颜丽有所表示，高朗率先走到凳子上坐下。那橡皮凳子软软的，很是舒服。高朗向颜丽说了句："真不错，这地方挺舒服的。"然后示意颜丽也过来。颜丽见此，这才放心地走了过来，也坐下了。

此时高朗和颜丽不断打量着周围，咪咪的突然出现让他们既感意外又感到庆幸。是的，不管怎么说，他们起码不用在暗无天日的大石龟腹部垂死挣扎了。

只是目前的处境让他俩怀疑这到底是真是假，是已经死去了呢，还是逃出生天？

咪咪看着他们，好像对他俩的想法了如指掌，她便说："你们不要惊慌，也不要有顾虑。听我慢慢跟你们解释。说起来，其实我们原来都是住在地球村上的一家人。听我父亲讲，我们的祖先是来自地球上的人类。某年，因为流星撞击地球，致使地球发生巨大的环境灾难，住在地球一域的人类全部罹难。他们死后，其灵魂在宇宙天际中游荡了很久很久，一直过着居无定所的日子。因为在宇宙空间虽然有数不清的星球，但这些星球绝大多数是不适合他们生存的，只有为数不多的星球适合他们的生存，只是这些星球又被不同的生命种类所占据。后来，我们在宇宙漂泊了数万年，才找到了这个旺旺星球。尽管这个星球是苦寒之地，一度荒芜废弃，但是这个星球也是宇宙之星智慧生命的领地，没有他们的许可，我们是不能在那里安家落户的。后来，我父王献上族群至宝才得以晋见宇宙之星的老星王，那个老星王在听了我父亲的一番陈述后，才勉强答应让我们族群暂且借住在那里。后来，发生了一系列不愉快的事情，才导致我们旺旺星族跟宇宙之星反目成仇。宇宙之星有个叫勃罗特的副星主，这个人阴险狡诈。他想破坏我们跟宇宙之星的关系，挑起争斗，他好从中实现渔翁得利的目的。所以他诬陷我们私吞旺旺星球之宝 K 金元素，让宇宙之星跟旺旺星族发生战争。"

见高朗和颜丽听得入迷，咪咪接着又说："K金元素是我们祖先从地球上带来的种子，它在旺旺星球生成，才具有了一种特异的能量。而勃罗特却非要说那是旺旺星球的原产货，该归于他们宇宙之星所拥有。后来宇宙之星老星王听信他的谗言，下令让我们交出K金元素原生密码并放弃对K金元素的使用，如果我们不从，那么他们就要从旺旺星球把我们赶出去。我们旺旺星族之王跟他们解释，跟他们交涉。我们可以给他们K金元素，但是K金元素是我们种植发明的，我们拥有无可争议的使用权，所以，我们要求保留对于K金元素技术的研发和使用。但是宇宙之星老星王在勃罗特的蛊惑下，一意孤行，强令我们在规定的时间内交出K金元素原生密码。如果我们不听，他们就要消灭我们。后来，宇宙之星的老星王真的出兵攻打我们。要不是我们手里有K金元素原生能量，我们旺旺星族就会被他们赶尽杀绝。借着这次攻打我们旺旺星族，等宇宙之星老星王把身边亲信调走之机，这个勃罗特就鼓动老星王之子夺权。老星王之子发动政变，和勃罗特使用诡计把老星王搞掉。只可惜小星王的位子没坐多久，就让勃罗特联合一帮子亲信，寻机把小星王也搞掉了，他自己篡夺宇宙之星的王位。勃罗特现在又要勾结你们地球人败类，使用魔力让大石龟复活，制造一种魔毒，毁灭地球有色种类。然后从地球人类灵魂身上，获取K金元素的种子，只要他们掌握了这种K金元素的再造技术，就可以打败我们。因为他们具有比我们更加高明的智慧和先进的技术，他们可以利用K金元素制造出更加巨大的能量。"

高朗和颜丽听了咪咪的一番话，有些天方夜谭的感觉。

咪咪知道这不是一时半会儿就能让他们接受和理解的，所以就对他们进一步解释道："你们别怕，到了这里，我敢保证你们没有任何危险的。"

高朗见她说得这么诚恳，又这么热情，就和颜丽悄悄说句："好歹是人家救了我们，我们应该向人家道声谢，顺便介绍一下自己。"

此时的颜丽毫无主意，见高朗这样说，她便点头同意。

于是，高朗和颜丽就一起站起，上前说："你好。我叫高朗，她叫颜丽。打扰了。感谢你的出手相救。"

咪咪说："我知道你们对我很好奇，不光好奇，还有警惕和怀疑。"

咪咪这样一说，让高朗感到有些不好意思，忙掩饰说："我们是被大石龟吞到肚子里的，一连串的惊险奇遇，让我们惊慌失措。有时候难免会风声鹤唳，草木皆兵。请你理解！"

咪咪淡然一笑说："这个我知道。"

高朗说："能告诉我们你是怎么来到这里的吗？"

咪咪说："这个说来话长。以后有时间我会详细告诉你们的，现在顾不得，救人要紧。"

高朗一听，有些摸不着北地发出一声疑问："救人？"

咪咪说："是呀！你们感染了一种魔龟病毒，要是不马上治疗，就会溃烂而亡。请跟我来吧！"

高朗与颜丽相视一眼，犹豫着！

咪咪说："既然都这样了，还有别的选择吗？请相信我。我的出现就是为了来救你们的。如果没有我，你们现在还得在大石龟腹内。估计这个时候，在大石龟的胃部，恐怕早就被化成水了，然后再变成异形了。"

高朗想想也是，如今的他们没有任何选择，也只有听之任之了。

颜丽一直抱着高朗的一只胳膊不离不弃。刚刚体验了葬身大石龟腹部的惊心动魄，让她还有些惊魂甫定。此时的她，好像还没有从惊悸中完全恢复过来。所以，一切皆唯高朗马首是瞻。高朗拉过颜丽的一只手，使劲攥了攥，那意思很明白，不要怕，跟她去。

颜丽紧紧偎着高朗跟着咪咪向前走去。咪咪在一片大树林前停住，她伸出手指在空中画了画，一组建筑群便出现了。待仔细一看时，让他俩更为惊奇的是那分明是一座漂亮的医院。

咪咪转身，对着他们一招手，一道金光把他俩罩住，然后他们的身子就像被风刮起来一般，随着金光和咪咪一起被收进医院去了。

这又是一处让高朗他俩感到新奇的地方。从建筑和设施构造来判断，这分明是一座很现代化的医院。

医院里干净整洁，寂静无声。和通常的医院所不同的是，这里没有人走动，只见人们一个个躺在传送机上，他们就像流水作业一样按照次序被一个一个分类送入诊室，而后又一个个从规定的出口被输送到既定的地方。高朗和颜丽不觉好奇，颜丽就问咪咪："这是什么医院？"

咪咪说："这是太空医院。"

"我的天，太空医院？"

颜丽惊异地叫了起来。

"这怎么可能？"

一个声音忽然出现在颜丽耳边提醒道："医院重地，请勿大声喧哗！"

颜丽被吓了一跳。她左看右看，想找到那个说话的人。

咪咪轻声说："那是虚拟音像提醒。只要你说话的声音超过了医院规定的分贝数，就有虚拟提醒跟踪你。"

颜丽说："哇！这么发达？"

虚拟提醒："这位女士，请勿大声喧哗。如果继续这样，会被记录为不受欢迎的人。"

颜丽一下子意识到了什么。她不由自主地捂住了嘴巴！

咪咪小声说："我就不带你们参观了，先挂号诊疗吧！"

她说着又在面前用手指画了画，一个屏幕出现。她对着屏幕点画一下，然后输入数字。再点一下确定，屏幕出现了序号。

咪咪做了一个推送的动作，屏幕消失。她又重新画了画，两个自动机械床出现在面前。咪咪对着高朗和颜丽说："我现在送你们去急诊室，因为你们身上感染了一种魔龟病毒，这种病毒不仅会让你们全身溃烂，还会让你们幻化成魔龟异形祸害人类。这种病毒还会传播，而一旦你们在龟腹日久，就会魔变成魔龟异形之体。当你们再次从大石龟的腹部被孵化出来的时候，你们就是变异的魔龟之子。人类即将被你们身上的病毒所感染，并魔变成上百亿个魔龟。那个时候，地球万物灭绝，地球最终也会被毁灭。"

颜丽说："怎么会呢？"

虚拟提醒："你已经被黄牌警告！"

颜丽还想争辩，被高朗拉住手暗示一下，就忍住了。

咪咪对着他俩做了个推送的动作，他们俩的身体就缓缓地浮起来，然后各自慢慢地躺倒在那两张移动的机械床上。

就见咪咪对着他们又做了个推送的动作，高朗和颜丽就渐渐地淡出视野，消失于无形。

高朗和颜丽此时是清醒的，载着他们俩的床像智能机器人一般一会儿飘浮，一会儿落地，一会儿穿过墙壁，他们躺在床上，就像变成空气般有影无形，以至于所有的东西都对他们毫无阻碍。高朗感到莫名其妙，他以为是在梦里。他睁眼看看和他并躺着的颜丽，想问一声。他张嘴说话，但是却没有声音。这让他更加怀疑是在梦里。他想起身试试，也是活动不了，好在他的头还可以左右转动。他向颜丽使眼色，颜丽好像没有表示。他忍不住大喊："颜丽！颜丽！你怎么了？"

没有回音。

此时他才意识到，不但自己身子动不了，连声音也发不出来了。

高朗感到很失望，也很无助。他突然后悔起来，为什么要相信一个来历不明的陌生人呢？她的话可信吗？

正在高朗思前想后懊悔万般之时，他们已经进入了一个金光四射的房间，房间四周光亮如洗，但就是看不到外面的东西。

高朗正在纳闷，突然进来一位外套白大褂而内里穿着像咪咪一样绿莹莹紧身服的女子。这女子头上戴着一个翠色织锦头饰。那织锦十分地好看，映衬得女子细腻的皮肤更加光亮白皙。让高朗感到奇怪的是那织锦不时有萤火般的绿光闪烁。

高朗刚才被她的头饰吸引，没有太在意她的面相。等他此时仔细去看时，竟然有些怔住了。高朗不看则已，这一看，让他格外吃惊起来：这个人像极了他的外祖母。虽然他从小没有见到外祖母，可是母亲却有一张外祖母年轻时的照片。母亲有时会拿出来看。高朗记得很清楚，外祖母的眉心上有一颗小小的痣，而且外祖母的丹凤眼也很好看。高朗母亲继承了外祖母的一切优点。高朗觉得自己的母亲很像外祖母，只是母亲没有那颗眉心痣而已。

高朗此时已经激动不已，他放开喉咙大喊着："姥姥，姥姥！是你吗？你怎么在这里？"

没有人回应。

他连喊数声。可是他的喊叫根本没有任何声响。

高朗虽然用尽力气，可就是发不出声音。他急得不得了，用尽全力抬手蹬脚，但是那手和脚依然不听使唤。难道自己残废了吗？高朗这样想着，去看颜丽时，他见颜丽嘴唇翕动，但也是发不出声。她正拿求助的眼神看着他，那目光里满是期盼。他明白了，颜丽跟他一样。

更令他失望的是，这个被他认为长得跟姥姥一模一样好看的女人对他的喊叫毫无反应。她只是机械地来到他俩跟前，对着他们用手做个召唤的动作，他们的身体就轻飘飘地浮起来，随着她的手势飘向一个保温柜样的设备。等他们的身体接近那设备时，柜门慢慢开启，他们就不由自主地飘落到里面去了。

一时间，高朗眼前一阵模糊，大脑也进入混沌状态。只是残存的一点点意识让他想挣扎着爬起身来。但是一切挣扎都是那么徒劳，因为此刻他所处的地方完全是一个虽然目光可及，但是触摸却又毫无存在感的虚拟世界。高朗心里一凉，完了，大概我是到了阴间的虚幻之境了吧？

六

　　"珠山飞侠"连滚带爬地溜下大石龟背，那张大珩就没有那么幸运，他被大石龟摔到对面山坡的一棵松树上刮了一下，却没有停住，而后就骨碌碌滚落到山谷里去了……

　　眼见着张大珩被摔下山谷，死活不知，而高朗和颜丽又活生生被复活的大石龟所吞没。"珠山飞侠"真个是魂飞魄散，这要不是他亲眼所见，打死他都不信。

　　大石龟在慢慢复活。它的头左右摇摆着，身子先是像过电一样发出刺啦刺啦的响声，随即又闪过一阵阵蓝色火焰，那火焰先从大石龟的头部灼起，然后一点一点地烧向脖颈，而后又顺着脖颈向下蔓延而过。凡是被火烧过的地方，不仅颜色大变，而且不再僵硬如石，而是活络络的皮肉了。大石龟就如同沉睡了亿万年被突然烧醒了一样。它摇头晃脑，抖肩晃身子。那形态，已经是活脱脱一只巨大的活乌龟。此时狂风陡起，四周飞沙走石，太阳被腾起的尘烟所遮蔽，整个天空变得昏暗无光。

　　侥幸逃脱的"珠山飞侠"，远远看见那大石龟的身子又是过电又是燃烧又是摇首摆尾，那嘎嘣嘎嘣震天的响声，就是大石龟要复活出山的开始。

　　那场景可是惊心动魄呀！如此危情，他也顾不得去管张大珩是死是活，只是惊恐地看着大石龟迈动四肢，挣扎着身子爬过山坡，爬向一座座山峰。所过之处，石飞土崩，树木摧折。腾起的烟雾，弥漫了天空。此情此景，"珠山飞侠"再也不敢在此多逗留一分钟，连滚带爬地往山下逃去。

　　"珠山飞侠"慌不择路，一步踏空，滚下山沟，幸被一棵老刺槐树挡住。他的衣服当即被划破，脸部和手都被划得血肉模糊。他爬起来，惊恐地向后望去。此刻他虽然看不到那只活了过来的大石龟，但是他能听到那大石龟爬动而引起的山石滚落的巨大声响。那声音哗啦啦轰隆隆，震动山谷。大珠山被搅动了，在他的后面是烟尘升腾，响声不断。想起颜丽和高朗的遭遇，他是又惊又怕。听着那声音越来越近，他怕那大石龟追上他，也把他吞入腹中，于是，他也顾不得伤痕疼痛和疲惫不堪，挣扎着爬起身没命地向山下蹿去。

一路上，"珠山飞侠"看见沿路的人们对着响声和滚滚烟尘不断发出惊呼和打探的议论声。

"哪里打炮？"

"是不是山体滑坡？"

"怎么会呢？又没下雨，而且大珠山是座石头山。"

……

他虽然累得上气不接下气，但是还是没命地一边沿着台阶往山下跑去，一边对着莫名其妙议论不断的人大喊："不好了，大石龟复活了，它吃人了。你们赶快跑吧！"

他的喊声引得人们纷纷注目。

尽管人们被他的喊声和狼狈不堪的样子所吸引，但是所有人对他的提醒毫不当回事。

有人惊诧，有人怀疑，更有人不置可否。

"这人疯了吧？"一个说。

"有点像。还大石龟复活，还吃人？"

有一个说。

"我看是中邪了！"

……

尽管"珠山飞侠"喊破了嗓子，可就是没人拿他的话当真，更没有谁拦住他问个清楚。一帮子男女老少就像看热闹般望着失魂落魄的"珠山飞侠"叽叽喳喳。

所以他只得又喊："赶快跑啊！大石龟真的复活了！"

谁也没把他的提醒太当回事，更没有人拿他的话当真。人们仍然只是好奇地看着不远处山头腾起的烟尘，听着石头滚落的隆隆声看光景，瞎猜测。有的人还对着一路狂奔的他指指点点，说他是神经病。大石龟怎么会复活呢？

"珠山飞侠"见人们对他的话不信，他是又气又急，几乎是气急败坏地大声喊道："你们不信是吧？那好，那就在这里等着吧，等着大石龟来了的时候，那就晚了，到时你们跑也跑不及的。"

一位中年人看他衣服被树枝刮破，身上脸上到处伤痕，就嗤笑他说："你大概是摔糊涂了吧？"

"你才糊涂呢！""珠山飞侠"一边跑一边回头说。

那人又指着他说："撒谎也不会，你明明是从山上摔下来的嘛，还不承认！"

一位年龄稍大的男子说："要不要打120？"

还有人说："你是不是遇到狐狸精了？"

又有人调侃他说："狐狸精没把你留下，要给你当媳妇？"

"呵呵呵！"

……

人们一阵哄笑起来。

也有人说要真的是大石龟复活了，那我们就看看，那个大石龟是不是像白垩纪时代的恐龙那样厉害？

当这些人还在把他的提醒当笑话、还在闲谈观望八卦的时候，"珠山飞侠"不觉一阵悲凉从心底浮起。他对这些浑然不知危险到来的人感到了一种深深的无奈，他真的不明白，为什么就没有人相信他的话？

于是，他突然像疯了般大喊一声："是我疯了还是你们疯了？你们就在这里等着大石龟吧！它要是来了，看你们往哪里跑！"

"珠山飞侠"说着，推开挡道的人群，一路顺着台阶继续往下跑去。不小心，他一个趔趄摔倒了，惹得后面的人们哄然大笑起来。

当他跌跌撞撞地跑到景区大门口的时候，已经见到有警车向这边开了过来。他就大喊着拦住一辆警车。

随着一阵刺耳的车轮摩擦地面声，警车在离他前面不远的一米停住了。

好险！一位看上去很年轻帅气的警察下车，将他带过来。

"快，快，大石龟复活了……"

他上气不接下气地把事情的经过简单说了一下。

几位警察听了他的叙述，既感到惊诧，又半信半疑。真假他们不好做出判断，只得向指挥中心如实报告。

指挥中心已经接到报警，也从卫星图像发现了大石龟活动的情况，命令他们在现场保持高度警戒，维持秩序，等待后续增援。

突然，大石龟从大珠山的一个山头上冒出头来。

那些张望的人一见巨大的乌龟突然爬动着出现在眼前，顿时像炸了锅一样惊呼连连。

大石龟一个前倾，一块大石头被它推下山头。石头带着轰然巨响，一路滚落山下。树木断枝噼啪不断，土石坷垃被带动也哗啦啦地向下滚落不止。

众人这才吓得惊呼连声，奔跑不迭！

大石龟一扬脖子，一摆头，一个略小的山头被撞塌，顷刻间乱石横飞，尘土飞扬，石块合着尘土轰然向山下倾泻。那隆隆的响声是惊天动地。

人们这才呼啦一下子拥挤起来，争先恐后地向山下跑去。

刚才那些凑在一起闲谈议论耻笑"珠山飞侠"神经病的人，这才感到了大难临头，他们纷纷鸟兽散般地奋勇向山下逃窜。一时间，景区下山的台阶上人满为患，拥挤不堪。有的跌倒被踩踏，有的被挤下山沟，惨叫和呻吟声并起。

人们由于惊慌失措，有的踩空摔下山沟，也有的地方把道路都堵死了。

警察赶紧疏散众人，并向指挥中心发出紧急求助。

不一会儿，警笛齐鸣，警灯闪烁，大批警车纷纷赶来。

远处的大石龟像一座会移动的小山一样，昂颈向前爬动。它每前进一步，便激起一片烟尘，并伴有轰隆隆石头滚落，山崖坍塌的巨响。

大石龟在一步步向前，它的速度虽然不快，但是要不了多久，它就会步出大珠山，爬行到平地。它巨大的力量，足以摧毁任何建筑。

警察们荷枪实弹，如临大敌。

当大石龟在爬到接近大珠山水库的一座山头时，它一伸脖子，那脖子就像弹簧般一下子拉长到几千米。那脖子伸到大珠山水库上空停住不动。它垂下头，将嘴巴落到离水面十几米高的空中，张开嘴，然后用力一吸，一股强劲的旋风掠着水面形成一股扭曲盘旋的水龙离地拔起，那水龙呼呼地往大石龟的嘴巴里钻，大石龟变成了一个无限的容器。不到一刻钟的工夫，整个水库里的水就被它全部吸到肚子里，大珠山水库里立马变成了一座干涸的深坑。

不远处的警察们在看到这一幕时，惊得是目瞪口呆。

现场指挥的警官向上级汇报这一情况并请示行动命令。

在市公安局应急指挥中心里，副局长兼应急指挥中心主任郝帅站在大型电子屏幕前把这一幕清清楚楚地看在眼里。他的两道粗黑的浓眉紧锁：这个大石龟怎么就活了？这个突发事件简直太令人出乎意料了。此事非同小可，他必须向上级进行紧急请示，自己不敢擅自下命令。

还没等他来得及向上面汇报和请示，公安部最高首长的指令就来了。

首长说，他们已经全面了解了大珠山石龟复活的情况以及目前面临的危局。因此，命令：

一、立即对当地群众做好紧急疏散。

二、在当地群众没有安全撤离前，全力阻击大石龟，保护人民生命安全。

三、不得恋战，最大程度保证所有人员的生命安全。

四、中央军委已经密切关注，并随时调集力量进行支援。

大石龟在有恃无恐地步步紧逼，前沿特警们如临大敌，几十把特制加长狙击步枪一齐瞄准。

大石龟已经将景区的部分建筑毁坏殆尽，附近来不及撤走的游人也有死伤。

一线指挥官不得不下令向大石龟开火。

特警们组织起一道密集的火力网，但是，对于大石龟来说，简直一点作用也不起。面对着那些枪弹，大石龟要么不理不睬，任凭弹雨打在它身上，毫无知觉，继续前进；要么口中吹气，将一颗颗子弹吹落。

大石龟晃着身子，伸着长长的脖颈向前爬动着，那巨型爪子踏在地上，发出啪叽啪叽的闷响。

大石龟离第一道警戒线也越来越近，普通火力对它毫无作用，警方紧急调来了重火力，力求将其击毙。

一辆军用装甲车驶上前来。车上那挺大口径速射机枪立即开火，密集的、带有穿甲功能的枪弹，像雨点般向大石龟倾泻而去。特制的子弹打在大石龟身上，就如同马蜂密密麻麻地叮在了那儿，景象如在大石龟的表皮上缝上了一张古代甲胄一样。大石龟一开始的时候好像还没在意子弹对它的作用，但是当它被不断射向前来的子弹冲力阻遏住的时候，它有些恼怒起来。它的两只眼睛先是发出两道红光，然后大嘴巴一张，口里喷出一道灰黄色光圈，一下子罩住了它身子。那些射来的子弹就纷纷被光圈挡住，而后砰砰落在地上。

装甲车只好对着大石龟发射了炮弹。大石龟身子一抖，发出一阵光波，不但打出的炮弹没炸，连后发的炮弹也哑巴了。

而后大石龟伸长脖子，一下子就把装甲车给掀翻了。

特警又调来了威力巨大的肩扛式火箭弹。火箭弹打在它身上，就像子弹打在僵硬的岩石上，爆个火花，却对石龟不伤毫毛。

当后续火箭弹继续攻击时，大石龟好像不高兴了。它喷出一股气流，让射来的火箭弹统统反射回去。这些火箭弹全部落入到警察们的阵营当中，一颗颗爆炸。警察们可是遭殃了，一时间，警车被炸上了天，警员们是死伤无数。

现场指挥官刚刚发出求助，就被一颗落下的火箭弹炸断了胳膊。

大石龟肆虐的场景早已经传到各级指挥中心。

见此情景，郝帅果断下令，让他们施放烟幕弹，掩护一线警员火速撤离，并立刻向上级紧急求助。

上级动用运输机向大珠山输送了一批机械战警。

这些机械战警，个个身怀绝技。

它们在指挥部的统一指挥下，对大石龟进行了立体包围。

大石龟面对着突然出现的这些机械战警，站在那儿晃动着身子，它的四只巨大的爪子，不时地前后左右上下起落。它踏过的地方，坚硬的水泥地被生生砸破，砸出一个个脸盆一样的坑来。

一个机械战警上前就打开火焰喷射器，一道火舌，像赤红的火龙般向大石龟扑去。

立刻，大石龟被火焰罩住，一时间烈焰腾腾，大石龟已经变成一只熊熊燃烧的火龟。

火光映红了半个天空。

一开始，机械战警们觉得大石龟这么容易对付，还没开一枪一弹，一具火焰喷射器就解决了。

看着那团越灼越旺的大火球，他们以为这次大石龟肯定完蛋了。因为自着火开始，没见大石龟一点反应。它是死了还是……

无论是现场的机械战警还是作战室里正在屏幕前观看战况的指挥官们，他们一个个都目不转睛地看着那团火光发愣。

　　这种异常的寂静让站在指挥室观摩屏面前的指挥官们心中升起一种难以言状的不安。

　　但是这火一直熊熊燃烧不止，那团火球也是越烧越大。渐渐地，火团向四周膨胀蔓延开来。一阵风刮来，一团火苗呼地烧向那些围观的机械战警，机械战警们避之不及，火苗就像会吞噬的怪兽一样，机械战警们凡被火苗扑到的，扑到哪里哪里立刻化为灰烬。

　　阵风过后，那些机械战警死伤无数。有的头没了，有的胳膊没了，有的腿没了，还有的被从中间一烧两半。其景之惨，其状之烈，无以言表。

　　没有受伤的一边展开对同伴的救助，一边向指挥部求助。

　　大石龟还包围在火光里。

　　火突然之间又像被扔了一颗炸弹一样"嘭"的一声闷响，顿时，火花飞舞，见地灼地，见山烧山。大珠山下，顷刻变成一片火海。

　　救火车从四面八方赶来，立刻救火。但是，让人惊奇的是水喷在火苗上不但没有作用，反而更助长了火的势头，浇上去，就像往火苗上浇油一样。火顺着喷水枪呼啦一下子烧过来，救火员一下子就变成个火人，火又飞速地沿着水枪向前烧去，像火龙般只是在眨眼间的工夫就烧到车厢，整辆救火车就立刻淹没到火海里。

　　就这样，好几辆救火车连同救火队员被大火吞噬。

　　指挥部紧急下令撤退。

　　上级紧急调动直升机。但是出乎意料的是，飞机喷出的灭火剂也同样燃烧，而且还把直升机都引燃坠毁。飞机坠毁时引起油箱爆炸。飞溅的汽油，却让火势略减。

　　看到这种奇怪的现象，郝帅突然萌生出一个大胆的想法，这种邪门的火焰是不是要用汽油才能灭掉？他把这个大胆的想法向上级汇报后，得到了首肯，因为上级指挥中心也从观摩屏上看到了这一奇怪的现象。汽油灭火，天下奇谈。可凡事不能教条主义，此情此景，就是最好的说明。上级斟酌后同意用他的方案进行一试。郝帅立刻调动几部油罐车前往灭火。为了避免伤亡，这次调用了机器人充当操作手。

几辆大油罐车很快就到达现场。一声令下，四名机器人分别从东西南北向大火开始喷洒汽油。说起来也怪，那火见到汽油，非但没有烈火烹油，而且火势真的被压下去了。

站在电子屏幕前心都快提到嗓子眼的各级指挥官们见此心立刻放松起来。

火渐渐熄灭。大石龟也在大火熄灭后露出真容，变成一具浑身半透明而又赤红的怪兽，它又像一个被火烧得快要熔化了的巨型铁人，身上灼灼的红色，随时向外散发着逼人的热浪，让人看着胆战心惊。

郝帅一见这般模样，刚刚放松的心又紧了起来。

大石龟忽然仰头，两道火线从它的眼睛喷射而出，射向天空。空气也像被点燃了，同时发出噼啪噼啪的爆响。

这惊惧的一幕持续了几分钟后，空中爆响渐消，火线也慢慢缩短，不一会儿，射向天空的两道火线，就一明一暗地减弱。

当大石龟眼中的两道火线消失时，它的上半身已经恢复了原来的样子。

少顷，大石龟收回火线，低下头，张大嘴巴，对着大地吐一口气，一道白色气体像刀子般划向大地。顿时，就听几声咔嚓咔嚓的巨响，白色气体所过之处，大地被生生划开了一道深深的口子。

这一连串的动作之后，大石龟的躯体才完全恢复了原来的样子。

郝帅看过这一切，立刻明白了，大石龟这是在释放热量。

看来被大火烧过的大石龟毫发未损，它还会继续肆虐，那么接下来怎么办？

郝帅的脑子打开了转转。有人说用巨型工程车把它围住，也有人说用大吊车将它吊起来，也有的说用高爆炸弹毁掉它，各种意见纷纷。最后郝帅决定用重型工程车试试，也有人主张向军方寻求支援，

观音度灵龟　解中才 作

珠山晨雾　解中才 作

调动坦克比较好。

郝帅说先用工程车吧，要是没有效果的话再调不晚。

大石龟一路前行，一路破坏，真是所向披靡。

当它快要到达景区大门口的时候，几辆重型大工程车轰隆隆地开过来，把它团团围住。

几辆大工程车开足马力，分四路一齐向它逼近。几辆大型工程车分前后左右对它形成了合围之势，他们想用这样的方式把它控制住。

但是从实际情况看，这个想法过于简单。不待那几辆大工程车靠近它，大石龟就先用前面两只爪子左右开弓踢翻了两辆，又用后腿蹬翻了两辆。

郝帅一见，只得向上级汇报，以期上级协调调动军队力量进行支援。

当地军方在接到上级命令后，立刻展开火力支援。

正当军方要对大石龟采取精确制导导弹打击的时候，大石龟像是有预感一样，回转身就往山坳里快速爬去。

大石龟下山的时候是慢条斯理的，可这会儿却爬得很快，那速度简直像飞奔一样。

军方前沿指挥部一见这种情况，立刻下令对其进行精确制导导弹攻击。几枚导弹从军舰上射出，直奔大石龟而来。

眼看大石龟就要隐入山谷，几枚导弹呼啸而至。一阵猛烈的轰炸之后，大石龟的身子先是被剧烈的爆炸掀翻，然后又被巨大的气浪冲起，它硕大的身子随后被摔落到一座山头上，而后又骨碌碌滚落到山沟里去了，滚滚烟尘将其淹没在崇山峻岭之中。

一号舰作战室内，指挥官宗顺通过大型电子屏幕查看前方战况，因为烟雾弥漫，从屏幕上看不到大石龟的影子。

这可真是活见鬼了，死不见尸，活不见龟，它到底到哪里去了呢？

大石龟的突然消失，虽然让人感到莫名其妙，但是又同时会让人生出侥幸。毕竟这么猛烈的轰炸，那大石龟就是金刚不坏之躯，也难保全。

当烟雾稍稍散尽，还是不见那大石龟的踪影。卫星探测器通过定位对大石龟滚落的地方进行了精细的扫描侦察，但却毫无踪迹。

舰长宗顺下令无人侦察机出动。

无人侦察机对大石龟滚落的部位进行近距离侦察时，一道红光闪过，无人侦察机突然坠落烧毁！

面对出现的这一奇异现象，宗顺和其他指挥人员马上做出判断，他们认为大石龟依然活着，是它对无人侦察机发动了攻击。但是那道红光究竟是什么？怎么会让无人机一下子就烧毁和坠落呢？难道大石龟身上还有激光武器？

宗顺请求上级调请古生物专家，要他们解答这样的大龟，到底在世界上有没有出现过，它到底是个什么怪物？

一帮子参谋和干事可忙坏了。他们通过电脑进行查询，没有结果。

当宗顺和古生物专家通过视频对话后，他给古生物专家回放了刚刚对大石龟发起的打击实况，那位古生物专家也没办法给出答案，因为无论在哪个世纪，都没有这么大、这么有能量的龟类。

古生物专家的答复，让宗顺的心一下子揪紧了。他由此判断，这个大石龟在此沉睡了亿万年，而今突然复活，绝非寻常。它的出现，会不会对人类带来毁灭性的灾难……

宗顺不敢掉以轻心，他把自己的想法如实向上级汇报后，然后考虑着下一步行动方案。他明白，这头复活的神秘大石龟，要是没死的话，也一定在准备着发动下一次攻击。那么，下一步，应该采取什么行动方案好呢？

宗顺在指挥室内走来走去。

他一会儿紧盯着屏幕，一会儿远眺大海，一会儿驻足沉思。这只大石龟现在到底怎么样了，它为什么就突然间销声匿迹了呢，它到底去了哪里？

宗顺一边考虑下一步如何行动，一边向上级首长汇报近况，一边建议调用智能机器战士前来搜寻。

总部首长高度重视，经过慎重考虑，决定同意调动智能机器战士参战。

青岛西海岸大珠山风景区天然大石龟的复活，吸引了全世界的眼球。

一时间，各大新闻媒体全部聚焦，对准了这里。

七

大石龟吃了几颗威力巨大的导弹，它的原体早已破碎，只不过人的肉眼看不到而已。而它身上那股不死能量所产生的幻体被炸成六部分，头部和身子分离，四肢也各奔东西。

大石龟的头部落在一座山峰的南面，两条前腿崩到了山沟里。两条后腿飞到山峰北面的山坡下，唯有那硕大的身子，骨碌碌一直滚到半山腰，被一块巨大的岩石挡住，身子和那块巨大的岩石紧靠在一起，一动不动，也变成了僵硬的石头。如此，当无人侦察机前来侦察的时候，那块大石龟的身子分明已经变得如同石头一般。所以，那架无人侦察机怎么也看不到那大龟身在何处。当无人机开启热源探测器，准备要对此地进行扫描侦测时，触动了大石龟身上携带的自动感应攻击系统，中弹休眠中的大石龟突然有了反应。它的自动光源攻击系统启动，并对着无人侦察机发出了光源攻击波。无人侦察机猝不及防，被击中坠毁。

大石龟看上去已经死去，其实它正在假死，以期待宇宙之星的智慧生命帮助它还原肢体，重新复活。

对于大石龟的遭遇，宇宙之星的智慧生命们当然了如指掌。他们正在通过时光隧道给大石龟输送还原的能量。只是这种能量被来自大石龟周围的 K 金元素所发出的一种奇异光能量所阻隔。

这种神秘 K 金元素的存在，延缓了大石龟还原肢体的时间。如此拖延下去，那么在人类派出的援兵到达后，依照人类目前的技术，那些智能机器战士很快会找到大石龟断掉的肢体。这些肢体一旦被人类获得，他们就一定会带回去做化验分析。当人类通过科学检测手段破解大石龟复活的秘密时，就是宇宙之星的灾难来临之日。这样不但会让宇宙之星毁灭地球人类的计划流产，而且还会让地球人类通过这次获得破解宇宙秘密，掌握更先进的科学技术。这对于宇宙之星来说是极为不利的。他们不但阻止不了地球人类向世界更未知的领域进军，还会撼动他们宇宙之星遥遥领先于人类的地位。这也是他们极难接受的。因此，要想尽一切办法，排除一切干扰，尽快实现输送宇宙精气——还原能量，让大石龟能在极短的时间内重新复活。

宇宙之星。

星王勃罗特开启长在头顶上的无极限天眼，洞悉了大石龟的情况，但是他的无极限目光却无法穿透隐藏在大石龟腹部内的那座类似橡皮的房子。他知道那是旺旺星族早已捷足先登，在大龟腹内设置的驿站。这种房子是用特殊材料制成的。这种材料所含有的神秘 K 金元素除具备巨大的防攻击防辐射功能外，还可以屏蔽所有信息源，也可以阻挡宇宙之星的输送通道。

勃罗特多次输送未果，他恨恨地说："又是那个旺旺星族的人在跟我们作对。当初让他们的灵魂落户旺旺星球，那简直是最愚蠢的决定。我们宇宙之星正因为有了这次失误，才给自己树立了一个潜在的敌人。所以，我们绝不能让地球人类步他们的后尘。那样的话，我们宇宙之星就又多出了一个劲敌。都是那个老东西做出的错误决定，才导致了今天的局面。"

言毕，他冷笑一声对着空中说："出来吧！我们曾经的老星王，我好久没有看到你了，出来吧，出来吧！让我好好看看你，最近过得怎么样了？"

他说着一眨巴眼睛，眼前一道蓝光闪烁之后，一个身披铁蓑衣样披风的老者就出现了。那件铁蓑衣披风，其实是一件缚魂魔咒衣，穿上这件铁蓑衣披风，不管是谁，不管他有多大的本事，都无法施展。这衣服有收魂诅咒之魔力。穿上它，越是反抗，便越是痛苦不堪。它会随着管控人发出的指令而令穿衣者有万箭穿心的痛苦，也会让那人的身体自动收缩变形甚至消失于无形。

这位老人虽然瘦骨嶙峋，看上去就像营养不良，大有一戳就会倒下去的样子，但是又具有一副凛然不可侵犯的威严。

面对勃罗特带有戏谑的问话，老人轻咳一声道："很不错呀！"

勃罗特说："开什么玩笑，别自欺欺人了好不好？你从一个星球之王，落到今天这个地步，难道就如此心安理得，就没有反思后悔之意？骗鬼去吧！"

老星王说："有啊！"

勃罗特冷冷地看着他说："说来听听。"

老星王两眼一眯，那两只眼睛变成细长的两条缝。从那两条缝里透出两道轻蔑的光线射向勃罗特。

"我最大的后悔就是听信你的一面之词，逼迫旺旺星族交出 K 金元素！"

"这个不能怪我，要怪就怪你当初收留了他们。还有，你养了一个脑残的儿子。"

"呸！"

老星王恨恨地啐一口说："别提那个畜生，我权当没有这个儿子。"

"把责任都归咎到你儿子的身上，这不公平。你就不想想你自身的原因吗？"

老星王脸上的肌肉一阵抖动，自语道："我？"

勃罗特说："是啊！即便你的儿子当初不夺位造反，你也难逃众叛亲离的下场！"

"你胡说！"

老星王说这句话的时候全身颤抖，显然他是很生气了。

勃罗特怪笑一声说："这么一大把年纪了，还生气，不知道生气对身体不好吗？你怎么就不想想，都是当初你自己独断专行，将那些反对你意见的亲信一个个打压下去，这才导致你今天的孤立。你让人类幽魂占据旺旺星球，才造成了他们今天敢与我们分庭抗礼的局面。即使你儿子不串通我起来造你的反，我也会跟别的人一起推翻你！宇宙之星苦你久矣！"

"哈哈哈！是这样吗？"

老人突然笑了。他因为笑得太急，引起一阵急咳，等他缓过气来，说："是你觊觎这宇宙之星的王位久了吧？你想当王，完全可以通过长老动议推荐，也可以在每次的大众选举中获胜。当初你私下极力撺掇我儿谋取当王，你明明知道他没有这个能耐，我也不会同意。但是你如此三番离间我们父子，其目的是另有阴谋吧？你想当王，可你有那德行吗，有那威望吗，有那本事吗？你除了挑拨离间，搬弄是非，搞阴谋诡计外，别的屁本事没有，要不是我那昏了头的混蛋儿子，上了你的当，就凭你十个勃罗特，又奈我何？"

勃罗特说："这就是本事呀！你有本事，可以力拔山河，可以运筹帷幄，那又怎么样？还不是一样做了我的阶下囚吗？别忘了，我们是智慧生命，靠的就是动脑子！"

老星王说："别说那么多废话了，自古胜者为王败者寇，我既中了你的诡计，败在你手，要杀要剐，悉听尊便吧！要想让我替你做什么，那是痴心妄想。"

勃罗特说："先不要急着表态嘛！有些事情是不以人的意志为转移的。就像你，本是我们宇宙之星的开创人，凭你的功劳和威望，按理说我不该这样对待你，只是不这样的话，那现在穿这身衣服的就是我了。有道是风水轮流转，人生无常。你大概怎么也不会想到，曾几何时费尽心机为反叛你的部下制作的这件缚魂魔咒衣，到头来会穿在你自己的身上？"

老星王说："那又怎样？穿就穿了，你又怎么知道它不是为我自己做的呢？"

勃罗特说："好，有种。你不会感到很受用吧？"

"是很受用啊！怎么了，不可以吗？"

"好好，那就让你多受用受用！"

勃罗特阴阳怪气地说。

"随便！"

"那我不客气了！"

"我呸！有什么手段全使出来。我要是拉稀，你就是我大爷。你个黄口小儿，看你能奈我何？你想让我哀求你吗？办不到！"

"事到如今还这么嘴硬。我知道你贼心不死，还想着有朝一日能东山再起。可你也不想想，就是你当初八面威风的时候，你的那些所谓的亲信，也都是跟你离心离德。现在你都树倒猢狲散了，谁还在意你，关注你，更别说救你了。再说了，你的那些真正的亲信，在你得势的时候，不是被你打压，就是被你关进天牢。如今你垮了，有谁会来救你？别指望那些别的星球，门都没有。当初他们归顺你，是迫于你的强势。现在你成了阶下囚，而宇宙之星的当家人是我，哪个不识数的会为你出头卖命？你要是现在还指望他们，那就是白日做梦。我知道你心中还有一线希望，那就是旺旺星族，只有旺旺星族的 K 金元素才能去掉你身上的缚魂魔咒衣，但是，旺旺星族这帮子忘恩负义的东西，他们会来救你吗？"

老星王说："救不救是他们的事，你说了不算！"

"原来你还真在做千秋大梦呢！"

"旺旺星族不是你说的那样。他们今天和我们宇宙之星反目成仇，完全是中了你的离间计。没有你在其中挑拨离间，旺旺星族何至于跟我们闹翻？都是你这个狼心狗肺的东西做的坏事。"

勃罗特阴笑一声说："自己不行，反倒怪起别人来了。难道攻打旺旺星族不是你下的命令？"

老星王没有回话，他的脸色变得很难看。勃罗特一看心里一阵得意，他明白，这是说到他痛处了。

勃罗特说："现在你只有两种选择。"

"哪两种？"

"一是你像现在这样永远消失不为人知，二是你出来当着大家的面主动禅位于我。"

"你不是开玩笑吧，你现在不是已经是宇宙之星的新星主了吗，还用我禅让？"

"这个嘛……"

"抢来的毕竟不是那么名正言顺。你觉得不踏实，你是既当婊子还想立个牌坊？"

"别说得那么难听，我这是给你个机会罢了。不管你禅让不禅让，这个王我是当定了。抢又怎么着？那是本事。"

老星王说："有本事，你真有本事。除了这两条，没别的选择？"

"没有！"

老星王说："禅位于你，你这不是做梦吗？"

勃罗特说："你别无选择！"

老星王说："你有何德何能？"

"你说呢？"

老星王说："你既无德也无能，纯粹就是个无耻之徒。宇宙之星要是掌握在你的手里，整个宇宙将永无宁日，地球人类也会因你而遭殃。你这个祸害，我就是变成厉鬼，也不会放过你的！"

勃罗特一听，气得鼻孔直哼哼。他朝着老星王骂道："你个老不死的，看我怎么收拾你！"

老星王双目圆睁，对着勃罗特"呸"地吐一口说："来吧！你个畜生！谁尿谁是孙子！"

"好，好！我看你……"勃罗特咬牙切齿地说，"我今天就看看你有几条命！"

"龟孙子，来吧！爷爷我怕你不成！"

勃罗特气得脸色铁青，他怒对着老星王，然后快速默念起咒语来。

老星王身子立刻抽搐起来。他那件铁蓑衣披风突然间刺啦刺啦地冒起了火花。老人立刻痛苦万分，他的身子整个儿收缩起来，在渐渐变小。

勃罗特双目紧闭，只管嚅动嘴唇不停地念着咒语。突然间他睁大眼睛，看着老星王那副痛苦万分的样子，不由得高兴万分。他还一边念咒一边不忘用嘲讽的口气对着老星王说："这样就满意了吗？"

见老人还是不理他，就更加生气了，他嘴里不断地加重咒语，而后还重重地吐出一个字："缩！"

说完这个字，他用一种恶狠狠的语气说："老东西，只要你穿上了这件缚魂魔咒衣，不怕你嘴硬。我就让你尝试一下作茧自缚的滋味！"

说罢便发出一阵得意忘形般的狂笑，"哈哈哈！"

在勃罗特不怀好意的笑声里，老人的身子抖动加速，他的全身收缩得更加迅速，直至消弭于无形。在他的身体完全消失的时候，他凄惨的叫声不断传来。那声音，让人听了感到毛骨悚然般的恐怖。

眼看着摩罗老星王的身体渐渐消失于无形，勃罗特才慢慢气消。

对老星王的处置，让他感到非常解气。但是一想起旺旺星族染指地球，他又坐不住了。

他立刻招来手下金、木、水、火、土宇宙之星五大能量前来听命。

这五大能量合体就是宇宙精气。因此，它们被勃罗特视为五大金刚。勃罗特牢牢掌握着宇宙精气分体幻化而成的五大金刚，这五大金刚也是他的心腹干将。看着五大金刚悄悄地聚合在他跟前，勃罗特阴着个脸严肃地对他们说："旺旺星族霸占了 K 金元素，如果我们没有 K 金元素，在不久的将来，他们就会超越我们，成为宇宙的新主宰。这是我所不能容忍的。你们就能容忍吗？"

五大金刚异口同声地说："不能，坚决不能！"

勃罗特说："好！有你们这样的表态我也就放心了。只是我们要想抑制住旺旺星族，就必须得到K金元素。而K金元素已被旺旺星族那群混蛋霸占。我们要想从旺旺星族那里得到它是不可能的。地球是另外一个能找到K金元素的地方。但是我们没有K金元素，就没有办法实现宇宙空间实体输送。没有空间实体输送通道，就不会把实体K金元素运回宇宙之星。当然，还有一个办法，那就是乘坐魔光飞行器，可那得要多长时间哪？从我们宇宙之星到达地球，乘坐魔光飞行器，来回得上万年。这他妈黄花菜都凉了。"

五大金刚之首的金说："那怎么办？"

"想办法，抢！"

金就问："抢？"

"对，抢！"

金一脸迷茫地说："怎么抢呢？"

勃罗特神秘地说："你们只要听我的，这K金元素就唾手可得！"

五大金刚齐声说："愿听我主吩咐！"

勃罗特闻言一扫脸上的阴云，笑眯眯地说："好好！"

紧接着，勃罗特立刻给他们布置任务，要他们火速赶在地球智能机器战士找到大石龟残肢之前到达地球，充当大石龟的头和四肢，用自身的能量，让大石龟借肢复活，这样就可以打败地球人制造的智能机器战士。他特别交代五大金刚，千万不能让地球智能机器战士找到那些残肢，哪怕是粉身碎骨也不能。只要等到他破解旺旺星族在大石龟腹内设置的那座地球探测驿站，解除那神秘的K金元素对宇宙之星输送能量的阻隔，大石龟就会即刻复原。

勃罗特说到这里，挨个扫视了他们几个，紧接着又提高声音说："那个时候，就是宇宙之星的胜利之日，也是你们回归时刻的到来。"

五大金刚齐声回答说："没问题，我们一定能够完成任务。"

勃罗特就说："你们都是宇宙之星的英雄，我知道胜利一定会属于你们的。只是因为旺旺星族把持着神秘的K金元素不让我们染指，所以，我们无法像他们那样在地球和宇宙星球间开通无极限输送通道。他们把控着K金元素，就是为了封锁我们。这些吃里爬外的旺旺星族败类，有朝一日，我会跟他们新账旧账一起算！"

他说着又看了一眼站在他面前排成一行的五大干将说："为了赶时间，你们就不能以有形的方式通过时光隧道。你们只能以光源体的虚幻形式通过时光隧道才能及时到达。这样的话，就只有委屈你们把形体留下了。"

五大金刚中被誉为第一金刚的金说："此次出征，我们不单是跟几个愚弱的地球智能战士交手吧？还有更厉害的对手在等待着我们是吗？"

勃罗特说："你不愧为宇宙之星第一战将，什么事都瞒不住你。"

金说："你让我们五大金刚一齐出征，这不明摆着吗？要不是遇到什么强大的对手和棘手的任务，何用我们五大金刚全部出动？"

勃罗特说："你猜得没错，旺旺星族比我们先行一步了。"

金说："什么，他们已经派出人手了？这群败类！我们当初真不该让他们在旺旺星球上居住。就让他们在宇宙飘荡当游魂野鬼得了，也省得今天的麻烦！"

木马上跟腔说："可不是！"

土说："这还不都是老星王那个糊涂鬼惹出的麻烦！"

勃罗特说："别提那个老东西了，一提我就生气！"

金说："我们不以实体下去，如何能把K金元素带回来？"

金发出疑问，其他四大金刚也同样有质疑，但它们只是互相对看一眼，谁也没有出声。

勃罗特说："你们只管按照我说的去办，只要让大石龟复活了，接下来就有好戏看。至于其他，本王自有妙计。"

金说："有星王这句话，我们就放心了。"

勃罗特说："跟着本王，一定会打败旺旺星族那群混蛋，重振我们宇宙之星雄风。我坚信，只有我们，才是宇宙的主宰！"

五大金刚突然一齐喊道："宇宙之星必胜！"

勃罗特也用一种不容置疑的语气说："是的，我们宇宙之星必胜！"

勃罗特说完这话，又说句："上酒！"

话音刚落，三个妙龄女童像天女从空而降般慢慢飘来。她们裙纱飘飘，就像古代飞天一样随着距离的渐渐飘近，人也越来越大。三位女童发丝飘逸，面如冠玉，她们手中各端一琉璃托盘，盘中各有玉杯两只。那玉杯白里透亮，杯中液体清澈。

勃罗特对五大金刚说："此番出征，任务艰巨。本王为你们壮行。"

五大金刚一起说："谢星王厚爱！"

勃罗特说："这酒是采用日精月华所制。喝了它，保元固力，能量剧增。你们每人一杯。"

勃罗特说着，示意中间的女童把盘子举到头顶，他对着盘子中的一杯酒一招手，那杯子就到了他的手中，然后他又一一对着盘中剩下的五杯酒念了句一、二、三、四、五后，那几只杯子就冉冉从盘中飘起来，飘到五大金刚的手里。

勃罗特至此又说："来，为了你们的马到成功，干！"

五大金刚也一齐举杯说："为星王效劳，为宇宙之星献身！"

勃罗特说："勇士们，胜利在等待着你们，我在宇宙之星等你们的好消息！"

五大金刚就说："请我主放心，我们一定不辜负您的期望的！"

勃罗特说："好！你们抓紧去分魂室把自己的灵魂分离出来后，就立刻行动吧！"

"是！"

五大金刚答应一声，随后像幽灵般次第消失了。

正日午时。

时光隧道开启。

五道白光——闪过。

不到半个时辰，五大金刚即时到达目的地。

笼罩在硝烟里的大珠山风景区，沉浸在爆炸声消弭后的寂静里。

此时，五大金刚已经到达大珠山景区。他们的到来，让这一片归入短暂沉寂的地方再度热闹起来。

大石龟残存的主肢静静地躺卧在那块巨大的岩石旁边。此时，它僵死的躯体与其他岩石并没有两样。五大金刚之首的金先期找到了这里。它的到来，没有瞒过大石龟腹内的咪咪，只是咪咪此时无暇他顾。按照旺旺星族的最高指令，无论大石龟出现什么情况，让她千万不要盲动。她的主要任务是在等待高朗和颜丽康复后，借助高朗身体携带的特异功能，破译宇宙之星和地球某国借助大石龟来毁灭地球有色人种的秘密计划。M国已经凭借自己的高科技，先与宇宙之星达成协议，一旦该计划成功，人类毁灭，M国则可以获得移居宇宙之星管辖的星球上居住。而宇宙之星则可以轻而易举地占领地球，然后聚合地球有色人种死亡灵魂携带的能量，提炼 K 金元素。从此以后，宇宙之星则会成为真正的宇宙霸主。其他星球和生命，要么做他们的奴隶，要么被他们消灭。而 M 国却把勃罗特这个魔头当作救星，为了一己之私，不惜牺牲整个地球人类。

不过，应该说勃罗特这种以地球人来消灭地球人的计谋，确实是玩得技高一筹。

本来这五大金刚下来是准备先期找到各自对应的部位，然后利用自己的能量将断掉的大石龟部件一一给对接上后激活。这样大石龟即便不能得到宇宙之星输送的能量，也可以复活。但是他们还没有开始展开寻找行动，勃罗特就命令他们立即跟大石龟对接并激活，因为人类派出的智能机器人已经开始行动了。情况十万火急，没有时间了。要是让那些智能机器战士抢了先，那一切就都前功尽弃了！

五大金刚立即行动。金一马当先。

金化成一道金光，在大石龟断头的脖颈上照射了几秒钟。那断裂的部位就像被催生的树木般噌噌地往上长，长到一定的长度，最顶端就变出龟头和眼睛。长出来的大龟头慢慢睁开眼睛。大石龟的主肢动弹了一下，然后全身就活动起来。

大石龟活了。

木、水、火、土依次跟进。

水在大石龟断掉的右前腿部位滴落。那断裂的部位在水湿润的地方冒出了一只小腿，腿不断长大，不用一分钟的工夫，那里就复原长出了一条活生生的龟腿。

而木则是附在大石龟断掉的左前腿上，它让左腿长出一棵树，然后青光环绕闪烁，不一会儿，那棵树就变成了一条可以活动的腿。

火和土也各显其能。

只是，这些四肢和头部，暂时也还是虚幻形体，普通人的肉眼并不能及时看到。

不一会儿，大石龟又活了过来。

就在这个时候，人类智能机器战士也赶来了。

金、水、木、火、土这五大金刚来到地球只是以一种能量出现，它们和大石龟残缺的肢体对接，只能是一时之需的幻化形体出现。

大石龟的复活，让智能机器战士们面临着巨大的危险。

八

智能机器战士枪王带领着宝剑、尖刀、匕首、鱼雷四位组成的特战小分队，直插大珠山腹地。

这五位战士身着特战纳米服，他们利用高科技装备，在卫星导航的指引下，很快捕捉到了线索。

"一号一号，我是枪王。正前方十二点钟方向距离两千米处，发现大石龟躯体。"

"我是一号，保持警戒，做好攻击准备，继续前进。"

"枪王明白！"

枪王说："宝剑宝剑，目标右前方三点钟方向，保持战斗队形前进。"

枪王是一名身经百战的老战士。他多次在执行艰难任务中立下战功。现在总部调他前来，也说明上级对这次任务的难度有一个清醒的认识。

因为对这只大石龟复活的前期情况没有任何的了解，枪王非常小心。他让其他几个战士尽量隐蔽前行，在没有对大石龟发起攻击前，最好不要让它发现。

好在他们身穿的纳米特战服，不仅具有防弹功能，还有隐身、助飞、助力功能。这种特制纳米服可以在野战中随着环境的变化而改变颜色。

当枪王和他的战友们借助多功能的机械腿和机械臂，展开身手，悄悄隐蔽前进的时候，对面几千米之外的大石龟已经完成了异体复活的整个过程。大石龟借助金、木、水、火、土携带的能量，开始了全部功能的运转。它伸伸前后腿，摇摇头，晃晃脑，然后把脖子伸了伸。

复活的大石龟比原来更加可怕。

躲在大石龟腹内的咪咪，通过影像反馈器的反馈功能，对外来能量的加入心知肚明。但是，她在没有接到命令之前，不敢轻举妄动。她知道大石龟再次复活一定会向人类发起报复行动的。这对于人类的居住环境不仅会带来巨大的破坏，更会给当地居民造成巨大的生命和财产损失。急切间，她开启眉心那只隐形天眼，利用宇宙飞波通信系统跟旺旺星王进行联系。咪咪得到的答复却是静观其变，不得妄动。

枪王和战友们此刻对大石龟的复活并没有完全察觉。因为金、木、水、火、土给大石龟续接的肢体还没有完全立体固化成形，人类仅凭肉眼还一时看不到刚刚长出来的断肢复活体，它们只是以虚幻的形式给大石龟安装了四肢和头部。此时，只有在特殊的成像仪器下才能发现。

枪王和他的四位战友一路翻越大珠山的重峦叠嶂，如履平地。

为了不被发现，枪王们没有启用助力飞行功能，只是利用常规行动隐蔽前进。

一堵峭壁挡在枪王面前，他伸出机械手臂，在陡峭的石壁上攀爬不止。不一会儿，他就爬到了石壁顶端。这里居高临下，视线开阔，他藏身在两块陡峭的岩壁形成的一线天内，从这条一线天的缝隙里向前看去，那具大石龟的残躯一目了然。枪王呼叫战友对大石龟形成扇形包围。为了谨慎行事，他提醒前进的战友继续隐蔽前进，他要仔细观察一番再采取行动。这些智能机器战士的眼睛安装了高倍成像功能仪，他们的眼睛要比正常人的眼睛视线既远视野又开阔，视力比一般正常人的视力要高出几十倍以上，他们的自我调节功能也远比常人要灵活得多。所以，枪王的眼睛就像一个功能优异的瞄准仪，当他拿眼对准那个大石龟仔细观察时，他突然发现大石龟残缺的肌体有了活动的迹象，马上发出警告。

"一号。我是枪王，大石龟有异动。它的躯体有生命迹象。是否发起攻击，请指示！"

"我是一号。可以发动火力侦察。"

"枪王明白！"

枪王通过定位搜索，锁定其他四位的位置。

枪王看过之后，他觉得其他人的狙击位置没有比他更佳的了。所以，他命令其他队员不要行动，暂且原地监视，由他向大石龟开火试探一下，看看那大石龟到底是死是活。他伸出右手，那只机械手臂立刻跳出一架微型近程腕炮。这腕炮的瞄准系统和眼睛是联系在一起的，有自动定位瞄准功能。枪王只要拿眼睛对准要打击的目标，腕炮便会自动调节瞄准的方向，然后搜索定位瞄准。

枪王本来是要对准大石龟的心脏部位开炮的。可是就在他要开炮时，却突然发现本来没有头没有四肢的大石龟，怎么在一刹那间长出了四肢和龟头。枪王顿时意识到不好，立刻命令其他四位埋伏的战友找好射击方位，在他率先向大石龟开火后，一起发起攻击。

枪王在说完的同时，立刻开动腕炮射击。

但是在他开动腕炮之时，大石龟也向他射来一道金色的攻击波。枪王的腕炮在击发的同时哑然失声。那光波扫在他身上，他感到皮肤一阵发烫，并伴有阵阵剧痛。

枪王措手不及，他赶紧躲在岩石后面。那道金色的光波在四处扫描搜寻，所过之处，石头变黑，草木皆焦。枪王因为怕被那光波灼伤，不敢轻举妄动，等那金光消失的时候，他又跟其他四位战友及时进行了联系和沟通。

其他四位战友同样遭到了不同程度的攻击。

而他们所受到的攻击也很邪门。宝剑受到的是一棵大树的攻击；尖刀受到的是水柱的攻击；匕首受到的是火焰的攻击，而鱼雷受到的是飞土的攻击。虽然他们受到的攻击是象征性的，但是这样的情况出现，让枪王意识到事情的严重性。

躲在峭壁后面的枪王启动头盔上的曲线视觉功能。他打开隐藏在头盔上的伸缩曲径探望镜，在不暴露自己的情况下，对大石龟进行观察。

让他感到惊奇的是，他清楚地看到视觉里出现了两只龟眼正在瞪着他。枪王赶紧移开视线。他骂一声："见鬼了。"

枪王当真是感到束手无策了。

他只有如实跟指挥部联系，报告这里遇到的奇异情况。

指挥部听到报告后，在反复询问之下只回了句"继续监视，等待指示"。

枪王明白，如此回复，是没辙的表现。因为这种奇异现象，不但枪王和指挥部没有遇到过，就连最高当局，恐怕也是鲜见。

　　难道就这么坐以待毙吗？

　　就在这时，埋伏在左侧十点钟方向的宝剑告诉他，大石龟现在静止不动了。

　　枪王问他怎么发现的？

　　宝剑说那棵攻击他的大树突然消失了，他这才启用曲线视觉功能观察到的。

　　枪王听宝剑这样说后，他还是小心翼翼移动身子，利用曲线视觉，仔细放眼观察。

　　枪王这时没再看到那双瞪得老大的龟眼出现在视觉中，看到大石龟还是躺在那里，刚才那些诡异的景象却不见了，那闪着金灿灿的光亮的龟头也没有了。其他四肢，左前腿像弯曲的树木，右前腿像晶莹透亮的液体。后腿一只像燃烧着的火苗，另一只则像泥巴做成的土黄。这一切统统都没有了。

　　难道刚才是幻觉？不对啊！枪王清楚地记得，就在刚才，他明明看到，大石龟那只由树木长成的腿是绿色的，水长成的腿是液体透明的，火长成的腿是火红燃烧着的，土长成的腿是土黄色僵直的。它们各自对枪王和几位战友发起不同程度的攻击，但是却损失不大。这一轮攻击只让他们使用的武器神秘般地失去作用。

　　这是怎么回事？

　　这种结果的出现，让枪王感到不可思议。他在向其他几位战友证实时均得到了完全肯定。

　　他只得再次跟指挥部汇报。

　　指挥部通过卫星定位监控，虽然看到一些情况，但是并不如枪王他们观察得那么仔细。因为大石龟借助了金、木、水、火、土的能量，只是让自己虚幻般地复活了那么短暂的一瞬间。卫星图像对这种情景显像并不那么容易捕捉。

指挥部虽然对枪王的汇报持怀疑态度，但是枪王既然那样说了，一线指挥官也只能相信。枪王作为战斗英雄，他是不会谎报军情的，更何况还有其他特战小分队队员的证实。

可是因为上级的指示还没下来，指挥部也不便立刻下达命令。毕竟这几位智能机器战士是上级专门调过来的，要是出了什么差错，也不好交代。

枪王等不及了。

枪王说："一号，枪王请求指示。"

一号说："我是一号，暂缓行动。等待上级指示。"

枪王说："枪王明白！"

就在枪王他们等待上级指示的时候，金、木、水、火、土已经离开大石龟主体，分头去找大石龟分散在各个不同方向的残肢和头部。

它们各行其道，幻化于无形。所过之处，像影子般无声无息。

大石龟腹部内的咪咪看到这一切，心急如焚。她知道，要是让金、木、水、火、土这五种宇宙能量找到大石龟那些散落的肢体和头部，那么大石龟真正复活的时间就更快了。如果让大石龟完全复活的话，那么，在侵入金、木、水、火、土这五种宇宙能量之后，这头巨龟就会成为金刚不坏之躯，以后人类的常规武器是摧毁不了它的。而且大石龟得到这五种能量，会催化魔龟的生成。这样，她借助高朗身体的特异功能破译宇宙之星阴谋的计划会显得尤为困难。这种情况一旦出现，对咪咪完成任务是非常不利的。让她不明白的是，为什么旺旺星王就是不让她行动？不让她从大石龟的腹内出去阻止这五种能量的行动，以防止它们轻易找到那些断肢残体。

咪咪待不住了，特别是她看到人类对此还一无所知时。要是让这五种能量得逞，那么，对她下一步的行动会造成不利不说，也将是整个人类的灾难。既然她潜入大石龟腹部最终的目的是拯救地球人类，那么，她就不能眼看着他们的诡计得逞而无动于衷。所以，她干脆豁出去了。仗着自己的父亲是旺旺星族之王，她就斗胆抗一次命吧！

想到这里，咪咪从那个小橡皮房子里"嗖"地一下子飞出来。

枪王看见一道绿光从大石龟腹部闪烁而出，在大石龟身上幻化出一个绿色美女。这女子一身绿色的紧身衣，她的头发也是绿色的，她的样子像极了七彩姑娘。此刻她站在绽放着光彩的祥云之上，身子冉冉从大石龟残缺的肢体上升起。

枪王正惊诧间，他的耳边先是突然传来一种异常的声音，而后又听到一个女性悦耳的说话声。

"我是旺旺星族的智慧生命，宇宙之星的智慧生命派来金、木、水、火、土五大干将帮助大石龟复活，它们会将大石龟断掉的头部及其他四肢重新安装在大石龟身上，让它恢复如初并完成复活。刚才它们对你们发出的攻击是为了阻止你们先它而找到大石龟的断肢。现在它们的计划就快要实现了。如果让它们先于你们找到这些东西，那么大石龟就会真正完成复活。一个再度复活的大石龟会更有魔力，更具破坏力。所以，千万不能让它们得逞，我会尽力阻止这五种魔力。你们快快离开这里，按照我发给你们的方位，跟你的战友们去寻找那些断肢吧！"

枪王还没回过神来，这位神奇美女就一闪不见了。

顷刻间，天空中忽然传来打斗之声，但是枪王只听到声音，却看不到人，只是看到有几种不同的光在交错闪烁。

枪王急忙跟指挥部联络，可此时信号时断时续。

枪王从指挥部断断续续的回话中听明白了，指挥部也接到了一位陌生女子同样的声音。据此，指挥部决定让他们特战小分队立刻去寻找大石龟的断肢和头部。

枪王不敢怠慢，马上传令各人分头行动。

空中激战正酣，隐隐有铿锵之声传来。六道不同颜色的光线，带着裂帛般的响声，不时在空中交错闪耀。不一会儿，天空像被一潭搅浑了的水，刚刚还是晴朗朗的天，这时就变得昏暗不堪烟雾升腾。西去的太阳，也被渐渐遮蔽到暗影里。天，昏黄昏黄的。

枪王和他的战友们，顾不得去关注这种奇异的战况。他们要完成寻找大石龟残肢的任务，有了咪咪发给枪王的那个定位，他们各自按图索骥，在助力飞行器的帮助下，几乎是一路畅通无阻，不一会儿就很轻松地到达了各自的目的地。

　　但是，当他们在到达各自的目的地将要展开搜寻时，却突然遭到了意想不到的攻击。

　　一道道神奇的光波像利剑一般向他们挥来。

　　枪王眼看就要拿到那只大龟头了，但是就因为天空中有向他不断射来的光波阻止了他，使他不能得逞。要不是他身上那种纳米特战服的保护功能，这种光波射在普通人身上，非被烧煳了不可。枪王即便有纳米特战服的保护使他免于受伤，但是这种超级热量却是他从来没有遇到过的。因此，枪王身体那些被光波扫过的部位，还是如同被火烤过或者是被开水烫了一般火辣辣地疼痛不已。

　　此情此景，让枪王感觉到一种前所未有的危险。

　　枪王执行过很多艰巨的任务，但是像今天这样的任务还是头一次遇到。他想用武器去攻击这些潜在的敌人，但是又看不到它们具体的形体。他明明知道在空中打成一团的那六种光线，其中只有一道是他们的朋友，但是这些光线闪动之快，不是他枪王所能分辨得清的。

　　枪王将身体紧贴在一块岩石下，望着近在眼前的那只一动不动的大石龟的断头，他几乎没有了办法，几次上前，不是被空中的金色光波扫射，就是被那一圈红色的光晕所阻挡，如此一来，枪王感到了问题的严重性。看来，这个东西还真是被宇宙智慧生命所操控。

　　尽管枪王身上还是火辣辣地疼，但是他下决心要完成任务。既然这大石龟头他拿不到，那么把它毁掉总可以吧？只要毁掉了它就安不到大石龟脖子上了吧？那大石龟就不会复活。枪王想到这里，掏出一颗微型高爆手雷，拉开保险栓就扔了过去。

　　可奇怪的是手雷竟然没炸。他又解下一颗扔了过去，还是没炸。枪王觉得奇怪，难道是那围绕在大石龟断头周围的红色光晕起了作用吗?

枪王又解下一颗,对着手雷仔细查看一番。他觉得手雷没有问题。他想了想,就又扔了过去,大石龟的断头突然从地上飞起来。枪王一见这还了得,他举起手枪,对准那大石龟头就扣动扳机。枪弹射到大石龟头部外围,就被光晕阻挡在外,而后便噗噗落在地上。面对这种突如其来的变故,枪王一时不知所措。恰在此时,他先前扔出的那几颗手雷却接二连三地爆炸了。

枪王猝不及防,被一块弹片击中头部。

那弹片将枪王的头盔磕得"当"一声脆响,迸出几朵火花。

枪王身上一阵不适,他此刻顾不得自己,拿眼去看那大石龟断头。大石龟断头像长了翅膀一样,正在向着前方飞去。枪王知道这东西是要和大石龟的身子对接复活,要是让这东西飞到大石龟的脖子上,那可不好。

可是他的微型近射腕炮已经受损,无法发弹。他取下那把多功能变形特战手枪,以极其熟练的速度把它调装成狙击功能,然后举枪向那大石龟断头射击。枪弹打出去,但就是穿不过那层红色光晕。枪王连发几枪,毫无用途,他急忙向指挥部求救。

就在这时,远在高空中打斗的那几道光波一齐向着大石龟断头奔来。先是一道绿色光波射向正在空中飞行的大石龟断头。绿光所到之处,围住大石龟断头的红色光晕立刻就像被刀子豁开了一道口子。

枪王又听到那女子的声音。

"赶快对准它的缺口射击!"

枪王一听,立刻心领神会,举枪射击。

枪弹打进那豁口里,发出一阵阵吱吱的尖叫声后,大石龟断头的光晕消失,龟头就像折断翅膀的鸟儿一样,一下子从空中摔下来。

五道光波一齐向绿光发射,绿光立刻反射回击。一时间,它们又相互纠缠厮杀在一起,在伴有阵阵金属摩擦声中向高空渐行渐远。

枪王顾不得观阵,赶紧去找大石龟断头。

枪王启动助飞功能，像老鹰般掠过山头，放目四顾，他记得那大石龟头是从空中摔落到对面不远处一座突兀的山峰上去的。等他到达山峰降落时，找来找去，并不见大石龟头的任何踪迹，在大石龟断头坠落的一瞬间，枪王已经启用坐标定位功能对其进行了定位，应该是没有错的，那么这东西又去了哪里呢？

宝剑："注意身后！"

然后是几声枪响，有子弹从他身后射来，像击中他身后什么东西一样发出"砰啪"的响声。

枪王一个急转身，突见危险正在向他袭来，他不由得大吃一惊。

只见他苦寻不见的那只大石龟断头飘在他背后头顶上空几百米开外，此刻正张开嘴巴，露出牙齿，虎视眈眈地想要从后面对他进行凌空一击，眼看大石龟断头就要咬到他的脖子了，在这千钧一发之际，枪王来不及拔枪，他举起右拳以闪电之势对着迎面扑下来的大石龟断头拼力一击。石头碰铁拳，这硬碰硬，不是响声震耳，也得火星四射，然而现场只听得"扑哧"一声，枪王的机械钢拳就像打碎了一只西瓜那样发出一声闷响。当他拿眼细看时，不禁更加惊异万分。枪王原以为以他拼力这一击，那大石龟的断头不是当场被击飞就是被击碎，可现实是断头里面如棉花一样软软的，却具有万般吸引力，将枪王的拳头牢牢吸住，如同深深陷进一个被包裹得紧紧的陷坑里，任他千般用力，就是无法拔出。

枪王虽然身经百战，但是面对这种情况，也不免有些手忙脚乱。他右拳被牵制，无法动弹，只能仓促间用左手快速出枪，对着大石龟头就连开数枪。

砰砰砰！

枪弹全部打进那大石龟断头，却又无声无息。枪王直到把弹匣的枪弹打光，他的右手照样纹丝不动地被大石龟头吸住。

枪王用尽全身之力，那大石龟断头就像跟他的拳头长在一起一样，根本无法拔动分毫。

此情此景，让枪王顿感焦灼万分。

他极速向同伴喊话："我是枪王，火速支援，火速支援！"

枪王一边呼叫同伴支援，一边向指挥部告急。

宝剑等其他几位战友通过远视距功能，对枪王的遭遇十分清楚。情况危急，他们只好暂且放弃各自的搜寻任务，一齐火速向枪王赶来。

但是，他们在各自赶往救援的途中，全部受到来自宇宙之星五大能量幻化之体的狙击。

那四只断裂的龟腿，刚才还让宝剑等四勇士搜寻不见，这会儿却又突然出现。它们幻化成四只小龟，从四面八方飞奔而来，以各自不同的方式向他们发动车轮式攻击。

一边是枪王被困，一边是四勇士被缠住不得脱身。战局对枪王他们极为不利。

万分危急之时，指挥部派出两架无人攻击机，不断向这些被赋予魔力的断腿发射导弹。可是导弹爆炸的冲击波只能将它们幻化的形体破坏，却不能从根本上让它们遁形。所以，导弹炸过之后，它们稍稍消停几分钟，马上就会恢复原状又来纠缠。

两架无人攻击机在消耗完弹药后，只得返航。

好在无人攻击机的轰炸也起到了压制的作用，四位智能机器人勇士才乘机向枪王所在位置接近。四勇士离枪王越来越近，那四条断腿幻化成的乌龟也同样紧追不舍。四勇士们一边用枪射击，一边快速向枪王靠拢。

宝剑甩出一颗手雷，将一条大龟断腿的幻形炸没了影子。他乘着断腿没有纠缠之时，快速靠近枪王。

此时的枪王已经奄奄一息。从那只被陷住的拳头里，爬出了好多如蚂蚁般的小乌龟，它们正顺着枪王的手腕，向他全身爬去。

枪王不断地用左手捉捏，但是那些小乌龟却越来越多。如果让这些小乌龟爬到他的中枢部位，那么一定会引起电路紊乱而导致短路从而全身烧毁。一代特战勇士不死枪王就要殒命当场。

就在这万分危急时刻，一道绿光从空而至。那道绿光沿着枪王的胳膊肘以下快速扫过。所过之处，那胳膊肘立刻像着了火一般燃起莹莹绿火，而那些爬动的小乌龟，在这火焰燃过之后，纷纷四处钻咬。枪王纵是金刚之身，也一样颤抖不已。

片刻之后，只听"噗"的一声，火焰熄灭，刚才还从胳膊肘不断繁殖而出的小乌龟们不见了踪影。

枪王肘关节以下的部分像是充满了绿光的容器，它不仅透明而且颜色通体绿莹莹发亮，好似一段打磨得浑圆润泽的碧玉。

这绿光是咪咪的幻形。她以这种形式潜入枪王的胳膊，是要杀死里面的魔龟之毒。

而宇宙之星五大能量对此心知肚明，它们要阻止咪咪的行动。如是，它们如影随形般跟踪而至。它们化成五道光波一同对准枪王的胳膊肘射来。好在咪咪先入为主，自内而外对其展开对抗。这五道光波受到了绿光的阻止，它们想轻而易举地植入枪王的胳膊肘，那是办不到的。此时，枪王的胳膊肘成了两大势力的搏击场，两大宇宙能量体在一个小小的胳膊肘上上演对抗的攻守道，这可让枪王受苦了。随着几道光波内外冲击对抗，宇宙之星五大能量想植入，咪咪的旺旺星族旺旺紫气却拼命地抵制。如此内外搏击，使得一条小小的机械胳膊如何能承受得了？枪王觉得他的那条胳膊一会儿紧缩，一会儿膨胀，一会儿热，一会儿冷，一会儿像被锻压，一会儿又像被撕裂。眼看着那条胳膊肘在光燃下像肿胀般越来越粗。此时此刻，枪王感到自己那条胳膊肘像被亿万个小虫子钻咬似的，一会儿又像被人一边用刀刮一边搓盐般疼痛难忍。枪王不由得脸部扭曲，全身觳觫抽搐。近在眼前的宝剑看到这一幕，大为惊恐，他举枪向着空中光波来源的地方盲目乱射，一边射击一边大喊大叫。

"打死你们打死你们！"

"砰"的一声，宝剑被一道强光击中跌下悬崖。

"啊——"

在下坠的同时，宝剑发出一声措手不及的惊叫。

枪王看着宝剑坠落悬崖，他忍不住惊喊一声："宝剑——"

他这一喊，身上的内力外泄，枪王的胳膊失去对抗的作用力，它撑不住两大宇宙力量的对决，他的钢筋铁臂便砰然爆裂成齑粉。

枪王禁不住身子一抖，怒目偾张，全身火花迸射。一阵刺啦刺啦之声不绝于耳。

随着响声，不死枪王的身子像一堵瞬间坍塌的墙一样倒了下去。

也就在枪王的胳膊粉碎的瞬间，两大宇宙能量也骤然止战。

两股能量光波骤然分开。它们及时脱离纠缠，各自回归本体去了。

九

枪王的半条胳膊就这么废了，大石龟的头也骨碌碌滚落到一边去了。

大珠山无名峰上的战况，所有各方几乎都能凭借各自的方式看得清清楚楚。他们都在想办法，如何能在接下来的斗争中成为赢家。

而地球人类更是如此。

地球人类在这三大势力中处于最弱势的一方，如何能赢得下半场的胜利，关乎整个人类的存在和消亡。但是，对于这种危险，绝大部分地球人类好像还远远没有意识到。

在枪王胳膊爆掉的同时，一道绿光倏然而出，咪咪借着绿光现出原形。宇宙之星的五大能量也骤然中断与咪咪的交战，它们变换方式，以备对咪咪发动重新攻击。咪咪不敢懈怠，她重整旗鼓，奋力再战。宇宙之星五大能量也不回避，迎头而上。咪咪使出浑身解数，跟金、木、水、火、土大战特战。双方都竭尽全力，但谁都没有罢战的意思。

双方酣战正浓时，宇宙之星五大能量突然又幻化成跟名称对应的物象，然后一改先前那种一拥而上的围攻方式，联袂向咪咪发力攻击。

　　咪咪先是感到一种排山倒海的力量向她压来。虽然她沉着迎战，但是五大能量这一合力，竟然起到了汇万力攻其一的作用。咪咪顿觉一根银针般的锋利向她的左眼直插而来，这股力道，势不可当。眼睛是咪咪最薄弱的部位，假若被其击中，纵有 K 金元素和旺旺紫气的双重保护，那也会受到伤害。咪咪知道厉害，她丹田提气，用力吹出一口真气。真气在 K 金能量的助力下，化成一团紫气，紫气像一堵铜墙铁壁，阻挡了能量银针的攻击。只听得一阵金刚钻头钉在金属上的瘆耳的摩擦声，在两大力量的胶着部位，火花迸射。一声巨响，咪咪全身闪过一圈一圈的光焰，而五大金刚的幻体突然间像被雷电击中一样，一刹那间全都变成了火红色。同时一道闪电自半空闪过，随着闪电的出现，一条银龙般的怪虫像影子般忽闪一下融入五大金刚的幻体，刚才还是火红色的幻体顿时恢复正常，咪咪身上的光焰熄灭。双方就像从中间被一股巨大的力量断开一样，只听"嘭"的一声闷响后骤然分开。咪咪身上的能量一下子失去了对抗的主体，便幻化成无数的彩色光线向四下迸射。一时间咪咪就像一团在空中绽放的五彩缤纷的礼花。而五大能量也被这股自空中突然贯入的外力冲击得呼啸一声直上云霄。

　　地上的几位智能机器人看得是如痴如醉。这些个身怀绝技智勇双全的机器战士，本来也是战斗力超群，但是看了刚才咪咪和宇宙之星五大金刚的交战，见识了世间还有如此变化无常的超凡能量。他们刚才还在为咪咪绷着一口气呢！

　　此时，一见咪咪获胜，几个智能机器人紧张的心才放松下来。

　　尖刀扶起枪王，大喊着他的名字，可是枪王却毫无反应。

　　这个时候，匕首和鱼雷也纷纷赶来。

　　他们一齐对枪王进行施救。

　　他们打开枪王的机械躯体，然后跟总部制造枪王的工程师联系，根据构造，一一检查。经检查，枪王并无大碍，只是断臂要回到工厂才能修复。

咪咪趁着这个空隙，躲到一边的岩石后，开启K金元素接收通道，接受旺旺星族的远程检修和能量补充。

宇宙之星五大金刚被咪咪打败后，退入天际深处。

勃罗特同样用时光隧道让银龙特使来给他们助力。经过银龙特使给它们注入能量后，它们又恢复了元气。为了能向勃罗特交差，宇宙之星五大金刚只好再度和咪咪交战。

战友们刚刚给枪王检修完毕，还没激活，宇宙之星五大金刚就联袂从空中飞奔而来。

尖刀、匕首、鱼雷见势不妙，各自开动火力，向它们射击，宝剑急忙给枪王按下激活开关，然后迅速加入到枪击五大金刚的行列。

五大金刚为了确保足够的能量对付咪咪，这次对这几位机器战士视而不见，他们只管一齐向咪咪扑去。

咪咪起身迎战。

咪咪数次单挑五大金刚，虽然胜多败少，却也感到吃力。当其再次迎战，就更觉压力巨大。因为这次又不同于往常，五大能量在得到银龙特使的能量输送后，也增加了自信，所以就肆无忌惮地向咪咪展开全力攻击。

咪咪沉着应战。

几位机器战士也一齐赶到近前，他们开足火力，对五大能量展开猛烈的攻击。

三位勇士的加入，虽然没有改变这种胶着的局面，但是却令咪咪为之一振。毕竟她不再是以一敌五和它们单独对阵。几位智能机器战士的参战，让咪咪信心倍增，信心就是力量。

虽然智能机器人在这些宇宙能量面前几乎微不足道，但是，只要他们团结一致，有决死的勇气，加上咪咪的智慧和力量，是完全可以将这股劲敌击败的，即便消灭不了它们，也会让它们占不到一点便宜，从而使它们的阴谋不能得逞。

咪咪身上那身绿色紧身衣是K金元素制成。这种衣服不仅有百变功能，可以幻化无穷，也能化解外力的打击和进攻。它既可以防御，也可以进攻。穿上它，简直可以说是攻守兼备。正是因为有了它，咪咪才一人单挑宇宙之星这五大金刚。咪咪仗着K金元素百变衣护身，跟五大能量势均力敌。可是，打着打着，她突然觉得这五大能量的攻击越来越强，自己倒是显出穷于应付的窘况。咪咪明白这是宇宙之星给它们输送了能量。K金元素虽有切断宇宙之星输送能量的功能，但是如今因为自己全力迎战五大能量，不仅削弱了K金元素这种功能，也根本无暇顾及，故而让勃罗特有机可乘，如今要想坚持，只有用自己的真精元气和旺旺紫气合力来抵住五大能量的发力，才能做到势均力敌。咪咪虽然有些力不从心，但是她依然竭尽全力奋勇抗击。因为她明白，只有坚持下去，待那五大能量被三勇士射击的子弹分散注意力，那么，这种能量均衡的抵消局势就会被打破，三勇士身上的高能石墨烯电池就具有吸收五大能量的作用，它们的能量就会被削弱，而三勇士的力量会瞬间倍增。如此的话，他们就会一同绝地发起反击，这种借力打力的办法就是打败宇宙之星五大能量的最好方法。

单说宝剑被打下悬崖之后，他很快恢复过来。他发现山峰上正在展开殊死搏斗，便启动助飞功能，以最快的速度赶来助战。有了宝剑的助力，几位智能机器战士更加勇猛。而五大能量被咪咪死死缠住，已是无暇他顾。这就给了宝剑、尖刀、匕首、鱼雷四人攻击的机会，他们便从不同角度对其展开射击。枪弹的冲击力，给五大能量体的组合造成了极大的干扰，又因为它们被咪咪紧紧吸住，几乎没有余力来设置能量保护层。纷飞的子弹和腕炮炮弹，不断击中它们幻化的形体，给它们造成了一定的纷扰和消耗。如此，面对咪咪绵绵不断的攻击波，它们不但无法将其压制回去，相反还有出现崩溃的可能。五大金刚之一的土是最外围的力量，它承受子弹打击的数量最多。为了阻止这些子弹，土就想给这些智能机器战士点苦头尝尝。它稍一松懈，想分力来对付子弹，可是就这样一分神的工夫，它瞬间感到咪咪的攻击波如波浪般汹涌而来。这是一种危险的信号，土想收回刚刚分散的力量。可是晚了，它感到一股无法抗拒的吸力呼啸而来，突然间对准了宇宙五大能量体。这股吸力把宇宙之星五大能量的攻击波紧紧吸住，让它们承受了一种分化的作用力。在这吸力的作用下，五大能量不再是凝聚在一起不可分散的组合体，而像被一股强劲的风吹散分流一样四处散失。而这些散失的能量却生生被四勇士吸去。

咪咪感到压力骤减，她不由得心中一喜，机会来了。她用静电直线传译功能对着地球四勇士大喊："手拉手，合体发动电力攻击！"

不待宝剑、尖刀、匕首、鱼雷回应，重伤的枪王也忽然从地上跃起大喊一句："上！"

他伸出左手拉着宝剑，其他几人也一起手拉手。然后对着宇宙之星五大能量合力发动电力攻击。

鱼雷伸出一只手，一道电光从鱼雷的手掌射向正在和咪咪对决的五大能量。五大能量的幻形顷刻间就像触电一样发出战栗般的抖动和紊乱的光波晃动。咪咪借机发力，五大能量的幻形受不住前后夹击，顷刻间分崩离析。它们就像被旋风裹挟着一样顷刻间向着遥远的天宇飞去，直到消失于深邃的宇宙中。

咪咪看着渐渐消失的宇宙之星五大能量，脸上现出微笑。就在这时，突然从空中射出一道透明筒状的光柱，那光柱像吸盘一样一下子就把咪咪吸进去了。

看着宇宙之星五大能量被打败，枪王等几位智能机器战士无不沉浸在胜利的喜悦中，他们正想着向咪咪这位神秘的美女道谢，但是眼前这突如其来的一幕让他们大感惊诧莫名。正惊疑间，凭空突然刮起一阵大风，一片黑云飘忽而至，黑云张牙舞爪，像一头凶残怪兽般向大地扑来。眼见那云越来越低，快要把整个大珠山盖住的时候，一声爆响，黑云四分五裂。宇宙之星五大能量突然毕现，它们以迅雷不及掩耳之势对五位勇士发起雷霆袭击。五位智能机器人猝不及防，他们全被击中倒地，无一幸免。

一线指挥部洞察了珠山峰谷上枪王他们遇袭的情况。因为事发突然，他们既没有接到呼救，也没有来得及增援。不幸就这么发生了。情急之下，只好连忙派出无人攻击机，并动用精确制导炸弹对宇宙之星五大能量发起攻击。只可惜，无人攻击机发射的精确制导导弹不但没有打中目标，反而回击自毁了发射的无人机。后来指挥部又发射了多枚巡航导弹，可这些导弹不是找不到目标，就是误击到山头上。

至此，人类对其一筹莫展。

咪咪刚才被旺旺星王硬生生追回到本星球上。由于她擅自离开大石龟躯体的核心方位，给了宇宙之星勃罗特可乘之机。勃罗特利用调虎离山之计骗咪咪离开这个大石龟的核心方位，而他却另外派银龙特使将一种宇宙精气能量送入大石龟腹内。大石龟在得到输送的能量后，会自行复原。那些被抛在四野的断肢和头部，在得到大石龟这种复活能量的召唤下，会像吸铁石一样被吸引过来。这样，大石龟自动复活已经没有悬念。至于那五大能量，它们的使命已经完成。但是它们在跟咪咪激战后，能量已经消耗得差不多了，勃罗特能否再派银龙特使给它们输送能量，让它能够安全返回宇宙之星，那就是勃罗特的事了。如果勃罗特不给它们输送能量，那么这五大金刚就会因能量枯竭而不能返回宇宙之星，最终成为宇宙垃圾漂流在无限的天宇空间而成为孤魂野鬼。

咪咪在毫无思想准备的情况下被生生召回旺旺星球，她以为是自己擅自行动才导致被召回受罚。其实，咪咪的父王旺旺星王这次将她叫回来，除了教训她，还要给她的身体修复元气。因为咪咪在跟宇宙之星五大能量对决时动用了真气。真气消耗，便会导致体能下降。星王将爱女召回来，并不只是单纯惩罚她。

这次地球之行，旺旺星王本来另有人选。咪咪作为旺旺星族之王的女儿，却坚决请战。凭着星王对咪咪的了解，他认为让她去执行这项艰巨的任务，也是一种锻炼。出于对咪咪的有意栽培，星王最终同意了她的请求。可是她这个任性的脾气差一点坏了大事。要不是星王对此早有预防，那么，这一次就会导致整个计划的失败。

通过这次犯错，咪咪自我感觉成熟了很多，她在旺旺星球上不敢久留，略作休息之后，以戴罪之身再度回到地球。她只有完成任务，才能将功赎罪。

大石龟得到了能量补充，它已经完全复活，这次是真正的复活。复活后的大石龟变得更加肆无忌惮。因为它从此以后就是金刚不坏之身。人类拿它无可奈何，它完全可以为所欲为。

因为自己的冲动，错失了对付大石龟的最好时机，大错已经铸成。咪咪现在唯一的办法是安心听从旺旺星王的命令，潜伏在大石龟腹内，等待时机的到来。

十

高朗和颜丽醒来的时候，已经坐到一处引人入胜的观景台上。这座观景台被一团祥云环绕着。此时的高朗和颜丽都换上了跟咪咪一样的衣服——绿色的紧身衣。

颜丽问高朗说："我们这是在哪儿呢？不像是在大石龟的肚腹里呀！"

高朗说："我们不是被咪咪送到医院里去了吗？"

颜丽说："这里也不像医院呀？"

高朗四下看看说："还真不像医院。我也搞不明白！"

颜丽说："你说我们还能回去吗？"

"这个我也不知道啊！"

"那怎么办，我们就在这里吗？"

"你问我我又问谁去？咪咪也不见了。我们不会是在做梦吧？"

"做梦也好，我喜欢留在这种梦里。"

"为什么？"

颜丽突然靠近高朗，把头靠在高朗的肩膀上说："只要跟你在一起，我什么都愿意！"

高朗赶紧挪动身子移开肩膀说："别这样，让人看见不好！"

颜丽突然嗔怪说："你骗人！这里有人吗？你明明是不喜欢我嘛！"

高朗难为情地说："不是。"

颜丽说："什么不是！我又不傻！"

颜丽说着，扭过头去，竟然抽泣起来。

高朗看着颜丽哭了起来，心中一软。他试图去拉她的手，被颜丽甩开了。高朗有些尴尬地说："不是你想的那样。我在想我们怎么才能回去的事呢！我心里躁得慌！"

"我不要回去。回去你更不理我了。"

"不是那样的。"

"又骗我！还真把我当傻子了？"

颜丽说着就噘起了嘴巴。

高朗皱皱眉，装出一副很认真的姿态宽慰她说："真的！"

颜丽看着他那个认真的样子突然又破涕为笑了。

突然间一道祥光从眼前闪过，他俩睁大了眼睛看着。

就在这时，有人踏着祥云而来。祥云渐渐在他们面前降落。那位驾驭祥云的女子美如天仙。

高朗一看，来人就是给他们检查的那位好看的女医生，一位长相跟他年轻姥姥一样的女人。

不待他俩问话，女子就说："这里怎么样啊？"

颜丽抢话道："这是哪里啊？你这是把我们弄到什么地方来了？"

女人说："这里是旺旺星球疗养院。"

"啊？"

高朗和颜丽几乎是同时发出惊讶的声音。

女人说："你们感觉还好吗？"

高朗说："什么意思，你为什么把我俩弄到这里来，我们还能回去吗？"

"当然。只要你俩身上感染的魔龟病毒消失，就可以回去了。"

高朗问："这个需要多长时间呢？"

女人说："不会太长。"

此时颜丽抢着说道："我不要回去，让我们留在这里！"

女人看了颜丽一眼说："不可以的。你们地球人不能留在这里。"

颜丽不服气地反驳道："别骗人了，既然你们能留在这里，我们又为什么不可以？"

"当然不可以！没有为什么！"

"我知道，因为你们是一群鬼魂，而我们才是真正的人。"

颜丽话音刚落，凭空一声霹雳，震耳欲聋，一阵飓风当空刮起，并伴随着阵阵刺耳的风声，那飓风就像要把整个观景台掀翻。高朗和颜丽的身子一下子被刮倒，眼看着就要被刮出观景台，情急中他们各自用手使劲抓着观景台上的护栏才免遭被吹走的危险。刚才还是云海碧天的明媚景象，突然之间就变得风云欲摧起来。而且那风就像要把他们俩吹走一样。他们的身体已经被飓风刮得吊在空中，要不是他们各自拼命抓住观景台的栏杆，没准就被吹得不见踪影了。颜丽吓得花容失色，一边死死抓住栏杆，一边乱呼乱叫。

"快来人啊，救命啊！"

就在这时，一位穿红袍红脸铁塔般的汉子站在云端之上，对着颜丽断喝道："大胆女子，何方不速之客？竟敢在此胡言乱语！此乃星王休养之地，尔等擅闯禁地，该当何罪？"

女人即刻上前，对着那汉子低头一揖说："王侍在上，碧云有礼！"

身子同样悬空的高朗正挣扎着要通过努力攀爬回到观景台的时候，突然闻听那女子自称碧云。他心中一动，她死去的姥姥不就叫刘碧云吗？难道这人还真是他姥姥？正想着的时候，就听那个叫王侍的红脸汉子也对刘碧云回礼说："原来是碧云御医，这两个聒噪的东西是谁，怎么会在这儿？"

碧云忙说："是咪咪公主送来的。"

王侍一听，口气缓和了许多，说道："原来是这样。"

碧云说："他们是公主的客人。"

王侍扫了他俩一眼，然后跟碧云说："告诉他们，星王要来此静修。别再嚷嚷，要是惊扰了星王，那就是罪过了。"

碧云说："好的。"

王侍冲碧云微微点头，说句："告辞！"

汉子说着一转身就消失了。

随着红脸汉子的消失，风也立刻住了，云没了，一切又恢复到原来的样子了。高朗和颜丽各自松开了抓栏杆的手，重新回到了观景台。

当惊魂甫定的颜丽重新回到观景台的时候，她的坏脾气又来了。她大声地嚷嚷说："这是什么破地方，一会儿风一会儿云的，高朗，我们走吧！"

那个叫碧云的女人急忙上前制止她说："请这位姑娘切莫大声。星王随时就会驾到。"

颜丽说："那你带我们离开这儿吧！"

"你们现在不能离开，要走也得等身上的魔龟之毒消除才行。"

颜丽赌气地说道："我不要待在这里嘛！"

高朗制止她说："别闹，我们就等等吧！"

女人也说："姑娘少安毋躁。一会儿让你看个风景就不会吵着要离开了。"

"骗人，我才不呢！"

女人没有理会颜丽的不友好，她把目光从颜丽脸上移开看着高朗说："知道这个地方为什么叫观景台吗？"

高朗此时正目不转睛地看着女人想心事，他在想，这个女人为什么长得跟死去的姥姥那么像，而且她的名字也叫碧云。自己是否可以问问，她到底是谁？只是因为刚才颜丽的乱嚷乱叫，差点惹出麻烦，让高朗有所顾忌。他正在犹豫，突见女人把目光一下子转向他，高朗怕被她发现自己那么专注于她，引起误会，就慌忙把目光移开。颜丽把这一切早就看在眼里，她心里不免醋意大生。她之所以一个劲地嚷嚷着要离开这里就在于此。

高朗刚才因为想着心事，并没有完全听清楚女人的问话，所以，他只是含糊其词地答应了一声。

颜丽见他那副心神不宁的样子，有些憋不住了，她一把拉着高朗说："管它是什么，我们走！"

高朗使劲甩开她的手说："又怎么了？"

"你不走我自己走！"

她说着恨恨地瞪了女人一眼，就气咻咻地往旁边走去。

高朗站起要拉她，就听女人说："让她走！"

颜丽听了，突然站住，转身对着她，一脸怒容地道："你算老几，高朗会听你的吗？"

女人也不生气，她一脸平静地说："不是那个意思，我是说你走得了吗？这个地方可不是你想走就走想来就来的。"

"别吓唬我，我可不是吓大的。"

"不服就试试？"

高朗一见颜丽的拗脾气又上来了，他马上劝阻说："颜丽，别任性！"

颜丽怨恨地看着高朗说一句："我恨你！"

她说着就向外跑去。

一道彩光把她挡了回来。那彩光就像一堵看不见的墙壁，只要她一走到那个地方，那道彩光就把她挡在里面。她一离开，那彩光就消失。颜丽转来转去，几次碰壁，就是出不去，最后她干脆对着彩壁手脚并用地又捶又踢，见毫无作用，最后干脆用头使劲地撞起来。

高朗一见大惊，立刻奔过去将她死死抱住。

颜丽却用尽全力挣扎，她用手对着高朗又撕又抓。只是因为有 K 金元素保护衣护体，高朗才没受伤。颜丽一边抓一边喊："死高朗，你不要脸，你狼心狗肺！"

女人站在那儿看着颜丽发疯，她伸出一指，对着颜丽一指，一道紫光射向颜丽，颜丽一下子昏过去了。

高朗见此，就质问女人："你对她做什么了？"

女人还是一脸平静地说："她没事。让她这样下去会坏事的。"

"人都昏过去了，还没事吗？"

"我说没事就没事。我只是把她的魂魄关起来了，先让她安静一会儿，等下我会让她醒来的。我们还是办正事吧！"

"什么正事？"

"一会儿你就知道了。"

"我能知道什么？"

"你看了不就知道了。"

"那就给我看好了。"

女人说："在这里你可以看到地球发生的任何事。不管是过去还是现在发生的，只要你想看。"

"真的吗？"

"不信可以一试嘛！"

"可以，但是她怎么办？"

高朗指着昏迷的颜丽说。

女人说："我来处理吧！"

女人说完对着颜丽吹一口气，颜丽的身子就轻飘飘地飞走了。

高朗不解地说："你要将她弄到哪里去！"

"放心，我让她到房子里睡觉去了。"

女人转身，用不容置疑的口气说："跟我来！"

高朗随着女人来到观景台前，望着台下云海浩渺，一无所见，高朗心生疑窦。只是因为这个女人跟印象中的姥姥相似，他又觉得对她有一种特别的亲切感。有几次，他都几乎要问问她是不是叫刘碧云了，但是因为某些顾虑，又终于忍住了。

女人站在围栏处，指着下面浩瀚无垠的云海说："你现在想看地球上的哪些事情？"

高朗心里想了想，问："过去的现在的都可以看吗？"

"是的！"

女人点点头。

高朗就说："我想看一个叫刘碧云的过去。"

高朗说这话的时候，用目光全力注视着女人的脸，他想从她的脸上看出点什么。但是让高朗感到纳闷的是，女人还是那么平静如常，从她的脸上根本就看不到丝毫的变化。

女人并没有立刻回答他，只是停顿片刻后，才说："我明白你的意思。但是我告诉你，在这里我只能给你看到过去一年的事情。再往前，我就没有这个权利了。要看的话就只能找主管了。"

"还得找主管？"

"对！"

"那你去给我找啊！"

"主管有主管的规矩。找来主管，没有星王的指令，他也不会随便给人看！"

"还这么严格！"

"当然。它涉及地球人类的起源和所有人的生死记录及秘密。没有星王的指令，一般人是绝对没有机会看的。"

"这有点像我们地球人的高层档案。"

"不错！只是你们地球人是有形的记录，而我们是无形的记录。你们是主观记录，而我们则是客观记录。"

"何以见得？"

"你们地球人类的历史都是出自庙堂高层史官的记录。这些记录，都是做了过滤的，有的被当朝美化，有的则被后代妖魔化，根本不值得信。而我们则不同，我们有无限记录仪，可以把你们地球人类发生的任何事都翔实地记录下来。"

听着碧云的解释，高朗觉得不可思议，他同时顺口说了一句："这么厉害？"

"我们是智慧生命，不同于你们地球人，还处在初级生命阶段。所以，我们的高科技要比你们高出万倍甚至十万几十万倍都不止。"

"别吹了。让我看看再说！"

高朗很想看看她说的是不是真的，就这么用激将法说出了一句。

"你想看什么？"

高朗低头一想，感觉脑子很乱，一时竟然没有头绪。

碧云说："你脑海中大石龟出现的频率比较多嘛，就给你放刚刚发生在大珠山石龟复活的那段吧？"

高朗被她一点，突然就冒出这个念头，于是就忙说："可以。"

碧云又问："从哪里开始？"

高朗使劲想了想，终于有了一个明确的思路，他忙说："就从大石龟复活开始！"

女人说："那好。"

女人一伸手，凭空取下一副防风眼罩。她让高朗戴上防风眼罩，还说让他最好闭上眼睛。高朗说："为什么要闭上眼睛呢，闭上眼睛能观景吗？"

女人说："你可以不用闭眼，但是在我没有定格图像位置时，你几乎看不清什么。好在你戴着防护眼镜，对你的眼睛不会有伤害。"

高朗说："这样最好。"

女人说完，径自走前一步。只见她目视前方，伸出双手，手背向前，然后对着云海做频频招手状。只见画面不断被拉近，这种拉近越来越快，最后让高朗感到目不暇接。高朗置身于景海中被极速推动着，眼前的景色快如闪电般一晃而过，最后，他只感到自己像是在宇宙中做快速向前穿行一样，整个天体都在他的眼皮底下一闪而过。这种闪电般的速度，已经让他无法分辨出什么，而只是感觉到整个天宇在翻转。

他真的是什么也看不见，眼前只有一种动感而已。

他甚至觉得有些打瞌睡。他的眼皮在不断地打架，他强力忍住不让那眼皮合上。因为他知道，这个时候只要他一闭上眼睛就会睡过去，但是他终于没能止住，最后还是靠在栏杆上睡着了。

在睡梦中他见到了颜丽。颜丽躺在一张小单人床上正在呼呼入睡，她的身上盖着一床白色的床单。那份安详的样子，极像永远都醒不过来似的。高朗悄悄走近她，他尽量放轻脚步，他怕真的惊醒了她。因此他几乎是蹑手蹑脚地上前，再上前。走近了，更近了。他突然看到她翻了个身，将白床单抖落在地上，就在他上前从地上捡起白床单要给她重新盖上时，熟睡的颜丽突然起身。高朗一见，甚是惊喜。可还没等他说话，颜丽就一眼看见高朗，她抢先问道：怎么是你？

高朗伸手想抓住颜丽的手，但是还没等他抓到，颜丽突然从床上跳下来，突然间不见了踪影。

高朗对着空荡荡的屋子喊一声："颜丽，你在哪儿？"

就在这时，颜丽突然从后背抱住了他，说句："看你往哪儿跑。"

高朗一惊，一回头，却看到一只乌龟张着口向他的后脑勺咬来。

高朗"啊"地发出一声惊叫。

高朗突然醒了。醒了的他睁开眼一看，可不得了了，只见眼前不再旋转，宇宙不再飞翔。而出现在眼前的是一头巨石大龟和围剿它的警察……

大石龟还真是大珠山那头巨大的石龟，此刻它正在和警察们对峙。

女人说："你慢慢看吧！"

女人说着就像天女般飘飘然从他身边飞走了。

高朗对着她飘去的身影喊道："别走！"

十一

女人不知道是听到了喊声还是忘记了什么，她果真去而复返。

高朗看着她像仙女一样飘然而至，就问说："怎么没有声音呢？"

女人伸出无名指，对着他脸上的眼罩一勾，那眼罩就离开他的脸消失了。高朗摸摸眼部，调侃地说："刚想戴着眼镜装个斯文人，你就把它没收了。"

女人也不说话，她退后几步，在高朗面前的地上用手指划一道暗线，随着暗线的划过，立刻在高朗的面前出现一道玻璃幕墙般的光幕，把他和女人里外隔开。

高朗想上前，但是玻璃光幕将他挡住。高朗拍着那光幕说："这是怎么了，你要把我关起来吗？"

高朗的声音被光幕挡住，是传不到外面的，这也是女人去而复返的原因。她刚才离开时，听到了高朗的喊声，她想星王要是此时到这地方来，那么声音会传到星王的耳朵里，星王要是怪罪下来，就不好了。

所以，女人去而复返。她用手指点一下光幕，光幕透开一个小孔。女人说："我去去一会儿就回。你先在这里看看吧。看看你们地球的故乡都发生着什么样的大事。我一会儿给你打开声道，这样你就能听到声音了。"

女人一说完，光幕上的小孔又自动复原。女人的耳朵里突然飘出两缕白色烟雾。那烟雾慢慢飘近光幕，然后穿透光幕，嗖地飞向大石龟打斗现场。立刻，现场声音响起。

高朗就像看电影般全程观看了大石龟复活发生的一系列惊心动魄的打斗场面。直到咪咪重新回到地球，回到大石龟腹内，这个观景过程才戛然而止。

高朗正看得津津有味，就像电影黑幕一样，眼前的一切突然就消失了。

就在这时，那个叫碧云的女人也突然出现在他面前。

高朗说："你来得正好，怎么看不到了。"

碧云说："你还想看？"

"那当然了。"

碧云犹豫了一下说："再看你就回不去了。"

高朗迫切地问道："你的意思是说我现在可以回去了？"

"不是现在，是身上没有了病毒。"

高朗突然有些不高兴的样子，他沉着个脸说："既然不能回去，为什么不让我继续看下去？"

"你该回到病房里去了，你的同伴正在等着你呢。"

"你是说颜丽，她醒了？"

碧云说："可不是，真奇怪，她一醒来就大声嚷嚷着找你。她是你的女朋友吗？"

高朗连连摇头说："不是不是！"

"可是她说她是你的女朋友。"

"我说不是就不是，我有女朋友了。"

碧云直视着他的脸说"哦？你俩的事，让人搞不懂。"

"你们旺旺星球的人也谈恋爱吗？"

碧云听了这话，犹豫片刻点点头后又摇了摇头。见高朗还想问下去，她打断他的话说："跟我来！"

女人说完，就在前面带路。高朗感到前面的女人像有吸力似的，让他不由自主地跟在身后向前走去！

　　高朗见到颜丽的时候，颜丽正躺在一幢透明玻璃房子里的那台他说不出名称的仪器上。此时的颜丽正在安睡。颜丽静静地躺在那儿，她好看的睫毛上还沾着泪珠。高朗突然想起他做的那个梦，原来这个梦是真的呀！他想，一定是颜丽在进入这个房间的时候闹过。高朗想到这里的时候，心里有些暖暖的。他知道颜丽对他的感情是热烈而真挚的。可他就不明白，为什么自己在心里对颜丽一点爱不起来？为什么？

　　他爱李梅。可李梅已为他人妇，而自己的心却一直被她所占有，这就是他一直不能接受颜丽的原因。理智告诉他，无论是现在还是将来，李梅不可能再在他的生活中出现，更不可能成为他生活中的一部分了，他早该把她从心中清除掉，但为什么又往往适得其反，难道这是一种病态吗？他该不该去看心理医生？

　　正当他这样想着的时候，碧云说："事到如今，也该告诉你实情了。"

　　女人的话立刻把高朗从思绪里拉回到现实中。他看着女人的脸说："你们有事瞒着我是吗？"

　　女人说："她真不是你的女朋友？"

　　"什么意思？"

　　"你先告诉我是与不是！"

　　"不是！"

　　女人的脸上稍微有点变化，这种变化，你要是不留意，一般是看不出来的。她接着说："你知道她为什么躺在这里吗？"

　　"我也想知道。是不是你们对她做了什么手脚？"

　　碧云说："你错了，我们是医院。医院是治病救人的，怎么会做那样的事？"

　　高朗以讽刺的口气说："如今挂羊头卖狗肉的事多着呢！医院治病

救人是没错，但是过度医疗，小病当大病治，没病给人治出病来的医院也不在少数。"

"那是你们地球人干的事。"

"谁敢保证你们不会干？"

碧云打断他的话说："好了，不说这个了，还是说正事吧！"

高朗依然不依不饶地说；"你快告诉我她为什么会是这个样子！"

"她身上的魔龟病毒已经侵入到脏器，她可能没有多少日子可以活了。"

高朗有些惊讶地说："什么，不可能！什么魔龟病毒，这根本就是个阴谋！"

高朗情绪有些激动！

碧云制止他道："你可以不信任我们，但你不能激动。因为情绪激动会产生一定的毒素，让潜伏在体内的魔龟病毒有机可乘。这种人类因情绪产生的血液病毒就是魔龟病毒繁殖的养料。它们会借助这种病毒而加快繁殖。特别是生气和过度激动，会导致血液流动过快，这无疑加快了病毒在全身的传播速度。"

高朗听她说着，身上好像有某种意识上的不适。碧云的话，已经在他心里留下了阴影。但是他却说："别吓唬我。"

"这不是吓唬。我在陈述事实。你最好不要拿自己的生命开玩笑。"

"我跟颜丽有共同的经历，怎么她那么严重，而我却没有事呢？"

"你的基因和她的基因不一样，对魔龟病毒所具有的抗体也不一样。而且她性子急，情绪波动大，这是她病情加重的原因。除此之外，还有一个更为重要的原因，是因为你……"

碧云说到这里，却突然把话头停住。

高朗不解地说："因为我？"

"是的，因为你。皆因她对你用情太深，所以，她才常常处在为情所困的波动中，而这种情绪，会导致自身免疫力的极度减弱。正因为如此，魔龟病毒才可以有恃无恐地在她的身体里极速繁殖和扩散。

她的这种情况，一开始我并不了解，故而才有所疏忽。"

高朗听了碧云的话，有些自责地说："这可如何是好呢！难道就没有办法了吗？"

碧云再一次摇头。

高朗看着她质问道："你们口口声声说自己的科技比我们地球发达多少倍，这点病都治不了？"

碧云瞟了他一眼说："你说得没错，我们的科技是要比你们发达，但这不是一般的病。这种病毒是宇宙之星研发的，并不是普通病毒，而要彻底消灭这种病毒，在目前来说还得宇宙之星才能办到，因为我们旺旺星族也是刚刚发现它的存在，至少在很短的时间内还不能研制出杀死它的药物，而且它又传染到你们地球人身上。你们地球人的抗病能力远远不够。要不是咪咪发现得早，把你们送到这里来治疗，你们感染的这种魔龟病毒恐怕早就发作了。你们的身体会变成魔龟的温床，以一种极速的传播速度，在地球上传播蔓延。那时，地球人类就会被这种病毒所毁灭。"

高朗听了她的陈述，感到有些毛骨悚然。他知道这个叫碧云的女人没有骗他，于是就说："我在来到这里之前，曾经遭遇一件奇怪的事，也做过一些关于宇宙之星的梦，看来，还真是无风不起浪，这件事好像对我早有预警，只是我本人一直蒙在鼓里而已。但是我就不明白，我们地球人在那里活得好好的，招谁惹谁了，非得把我们置于死地。你说的这事有可能真实存在，但是直到现在我都不敢相信，我甚至现在还一度觉得自己就像在梦里。"

碧云说："你错了，这不是谁招谁惹谁的事。看过狼和羊在一条河中喝水的故事吧？这个世界，包括宇宙，本来就是弱肉强食的丛林法则。"

"你说的也是。"

高朗信服地点点头。

碧云又说："如果你还不相信这种现实存在的话，你就自己捏捏自己的腮帮子，试试疼不疼。"

碧云这样一说，高朗就用手去捏自己的腮帮子。他使劲捏了一下，果然很疼。这会儿他才相信自己确实是活在现实中一个真实的自己。

碧云说："你这会儿信了吧！"

高朗说："是的。"

高朗看着躺在玻璃房子里一动不动的颜丽说："难道就一点办法没有吗？"

碧云没有说话，只是站在那儿摇了摇头。

高朗突然对着碧云走前几步，以恳求的语气说："求你了，救救她。她才二十几岁呀！只要你能救活她，我愿意为你赴汤蹈火，在所不辞！"

"好一个重情的男儿。只是我不明白，既然她不是你的女朋友，你又何必为她做出这样的牺牲？"

"因为她爱我！"

碧云听了这话，用赞许的口气说："这个理由好。"

高朗期望地看着她说："你答应了，这么说她有救了？"

"你想错了，我说过，对于魔龟病毒目前还没有杀死它的有效药物，起码在我们旺旺星族是没有！"

高朗一听有些着急，他说："那怎么办？你可不能见死不救啊！求求你，一定要救活她。"

高朗恳求着，他见碧云一直不说话，就有些失态，情急之中突然伸出手去抓碧云的手。碧云在猝不及防中被他抓了个正着。刺啦一道火光，像触电一样将高朗击得连退几步。待高朗好不容易站稳了，却见他一时脸色蜡黄，那副虚弱的样子像得了大病一般。

碧云见此，急忙问道："你没事吧？"

高朗大喘一口气，定定神，然后有气无力地说："怎么会这样？"

碧云有些歉疚地说："对不起！忘记告诉你了，可能我们旺旺星族和你们地球人身上的静电互相排斥吧！这种排斥使我们不能肌肤相接的。好在你穿有 K 金元素保护衣。要不然刚才就会被烧焦的。你站好，让我给你疗一下伤吧！"

高朗突然吃力地说："你——说得不对！那个咪咪怎么可以跟我接触呢？你是要害我吧？我怎么感觉到喘不动气呢？"

说完这话，他有些站不住。他只得慢慢蹲下身子，最后几乎要瘫坐在地上了。他大张着口，使劲喘着气，脸上有细汗沁出。

碧云一见他那样子，有些着急。她问高朗："我没骗你呀！你跟咪咪接触过吗？"

高朗此时已经没有力气说话，他费力地点点头。

碧云连忙说："你先别乱动，我给你疗伤。否则魔龟病毒会趁着你体虚而兴风作浪。"

高朗一听到她这样说，真的有些害怕。他感到此时身上一点力气也没有了。

此刻，就见站在面前的碧云伸开双掌对着他的前胸一阵运气。只见她的双手掌心蹿出两道紫光，直击他的胸部而来。

高朗瞬间感到自己体内热浪滚滚，全身通泰，体力慢慢恢复。他双目紧闭，干脆坐在地上闭目养神般接受着碧云的疗伤！

大概过了几分钟的工夫，碧云停止了疗伤。高朗睁开眼睛，听见碧云对他说："可以起来了。"

高朗慢慢起身。此时的他竟然浑身舒畅，恢复如初。他活动活动手脚，见没什么挂碍，就对碧云说："谢谢你呀！"

碧云歉意地说："这事因我而起，你不要客气！只要你没事就好！"

"我现在身上的魔龟病毒不要紧吗？"

"暂且没事。只是，要彻底杀死你体内的魔龟病毒，需要跟感染这种病毒的人进行血液置换，这样可以起到以毒攻毒的作用。目前，在尚没有药物对付这种病毒的情况下，这可能是唯一的方法。"

"你不是说这病毒没法杀死吗？"

"以前是没有。但是幸运的是我刚刚发现了这种方法。"

高朗忽然好像明白了什么，他立刻说："你的意思是让我跟颜丽的血液进行置换，那置换之后的颜丽呢，她会好吗？"

碧云口气坚决地说："不会！"

高朗头一仰，脖子一梗，倔强地说："那我不接受这样的治疗！"

见高朗说得斩钉截铁，碧云就说："那如果这是颜丽的意思呢？"

"别骗我了，怎么会呢？她连话都不能说。"

碧云对空一伸手，一张信纸飘然而至。她把那张信纸递给高朗说："你看看这个就明白了。"

高朗接过来一看，见上面写着满满的字，还有滴落的泪痕。那字果然是颜丽的笔迹。只见上面写道：

亲爱的高朗：

请允许我这样称呼你。

我知道你并不喜欢我，但是，这不影响我对你的爱。

从第一次遇见你，我就喜欢上了你。这种喜欢是发自内心的，它不带任何功利。你是我从小就在心中期盼的那个白马王子。你高大、英俊而又心地善良，有责任感。虽然有时候有些不苟言笑，甚至还有那么一点严肃和一本正经，但是这不影响你在我心中的美好形象。我是一个很自信的女孩，也有几分傲气，有时候会带有某些刁蛮和任性。我知道我这样的性格不会得到你的喜欢。但是我自信能够改掉，特别是在你面前。为了你，我真的能够低到尘埃里去，而且是心甘情愿的。你的出现，彻底击垮了我的那份自信和傲气。在你面前，我就是一只殷切期待着被你爱怜的小白兔，甚至是一只丑小鸭。

我爱你，爱你到骨髓。我不知道，我的这份爱会不会对你造成伤害。有时候看到你那么有意地躲避我、害怕我，我是既伤心又难过，我真想一个人躲起来大哭一场。为什么爱一个人会是这样一种痛苦的感觉？

跟你在一起，再苦再累我也不觉得苦。只要跟你在一起，上刀山下火海我也愿意。

原以为今生今世遇到你，是上天对我的恩赐，会让我得到一份爱的幸福，会有一个美好的未来。我时时刻刻盼望着那个美好的时刻的到来：当有一天，我与你共同携手，走过婚姻的红地毯，完成一段美满的婚姻。现在看来，这一切都是奢望了。

但是我不后悔。因为在我最后的一段日子里，曾经得到过你的陪伴，能有这个，我就已经很满足了。

高朗，今生做不成你的妻子，那就下辈子吧！

我知道你并不喜欢我，我这样跟你说，你不会生气吧？如果你生气的话，我只好在这里说声对不起了。因为我爱你，我不能够隐瞒自己的爱。我是有很多缺点，要是做了你的妻子，我会慢慢改掉。不要认为我这是开玩笑，这是真的，真的能改掉。遗憾的是今生没有这个机会了。

我们已经感染了魔龟病毒。我已时日无多，但愿能用我的血，治愈你体内的病毒。只要你能活下去，我就心满意足了。因为能为你做一件事，是我一生的期望。因为我的整个生命都属于你的。请你不要拒绝！答应我这个最后的请求，答应我！

如果有来生，那就来生再见吧！

真想让你抱抱我，只可惜没有机会了。

爱你的颜丽绝笔

×年×月×日

高朗读到最后，都读不下去了。他的两眼已被泪水模糊。他跑到玻璃房子跟前，用两手拍打着玻璃说："为什么会这样？颜丽，我来看你了，你醒醒呀，醒醒！"

碧云见到高朗那伤心欲绝的样子，她自己的眼睛也湿润了。

两天后，高朗按照颜丽的遗愿，接受了换血手术。

康复后的高朗将要被再次送回到咪咪那儿去，他接受了旺旺星族要他协助咪咪毁掉复活的大石龟完成拯救地球人类的任务。临行，碧云领他来到盛着颜丽尸体的那具水晶棺材里。

高朗说："为什么不让我带她去地球安葬？假若我们成功毁灭掉大石龟，我回家的时候，怎么向颜丽的父母交代？"

碧云说："她虽然死了，但是身上的魔龟病毒还得等到七七四十九天后，经过我们的封闭消毒处理，才能慢慢消亡。在此期间，任何接触都会传染，也将导致灾难性的后果。"

"那等她的病毒彻底消亡了呢，你们可不可以把她交给我？"

这个叫碧云的女人扑闪一下那双好看的眼睛说："还是让她留在旺旺星球好。我们需要她的病毒进行医学研究。"

高朗一听，有些着急地说："不行，你们一定要把她交给我，我要将她带回地球安葬。"

碧云说："我理解你。但是，我还是建议让她留在旺旺星球。留在这里，她的灵魂可以得到一个理想的安息地。再也不用到处流浪做孤魂野鬼。你要是把她带回到地球上，她一个没有归宿的幽灵，何以安身立命？"

"我会以丈夫的身份安葬她。"

"你这样做纯粹是感情用事。你们不要说没有夫妻之实，甚至连个任何形式上的名分都没有。这种虚假身份，在你们地球可以蒙混过关，畅行无阻，可是在冥界就不行了。他们可不管这一套。你把她带回去安葬，她还是免不了孤魂野鬼的下场。我看还是留在旺旺星球吧！"

高朗听了碧云的话，一时间无语。但他依然心有不舍，还在犹豫。

碧云就又说："别犹豫了，地球有劫难，吉凶难料。将来，连你也有可能要来我们旺旺星族投靠。为了颜丽将来的归宿，就把她留下吧！这也是旺旺星王的指令。"

高朗见她说得认真，不由得沉思片刻。细细思忖，他觉得碧云说得有道理，但是一想到这样做没法面对颜丽的父母，他还是犹豫不决。

碧云知道他的难处，可是既然旺旺星王指令将颜丽留下，那就是不可违抗的事实。故而，碧云就劝他说："这件事是不可改变的。再说了，如果不把颜丽身上携带的魔龟病毒彻底消除，让你把她带回到地球，那可就正中宇宙之星的诡计。所以这事没得商量。请理解！"

高朗听后，好长时间竟然没有说话。碧云的话让他无法拒绝。后来，他只好点点头，说："既如此，那就罢了。"

碧云说："我理解你的难处。但是你要明白，你面临着的是一项极其艰难的任务。"

"你的意思是我和咪咪没有把握将那只大魔龟毁掉？"

"谋事在人，成事在天。"

高朗自言自语地说："好个'谋事在人，成事在天'，好一个天意。果真如此，我们还折腾什么？"

"不折腾难道坐以待毙不成？连我们旺旺星族的人都在帮助你们消除这场灾难，作为一名地球人更应当义不容辞！"

高朗听碧云如此一说，顿生羞愧之心。是啊，面对地球灾难，人家一个外星人都能做到不袖手旁观，更何况自己是地球人类的一员呢。碧云的话激起了高朗铁肩担道义的男子汉豪情。

"地球几十亿人口的生命在等待着你的拯救，还有那么多生灵，你能忍心这些生灵遭受涂炭吗？更何况地球上还有你的亲人和朋友。时间不多了，你还是赶紧准备动身吧！"

高朗看着碧云说："我知道自己该怎么去做。临行，我有个问题要问你。这个问题自从第一次见到你的时候我就想问。只是……只是……"

高朗说到这里竟然变得吞吞吐吐起来。他略一停顿，马上接着说道："如果这次不问，也许将来就没有机会了。"

"有什么话你尽管说，只要是我能告诉你的就一定会告诉你！"

高朗似有难言之隐，他把眼睛从碧云脸上移开，低下头想了想，好像下定决心般地又抬头看着碧云说："你认识不认识一个地球上叫刘碧云的女人？"

高朗说着话，将目光紧紧盯住碧云的脸。他想从碧云的脸上看到什么。

碧云一如既往地平静，高朗从她的脸上一点看不出什么。见高朗拿迫切的目光盯着自己，她却只是淡淡地说："不认识。"

"是吗？我怎么觉得你跟她长得一模一样呢？"

"是吗，你不会看错了吧？"

"不会！她是我姥姥，怎么会看错？"

碧云故意避开高朗的目光说："这个我就不知道了。"

"你就是我姥姥嘛！为什么不敢承认？"

碧云马上否认说："一定是你搞错了！我根本就不认识一个叫什么刘碧云的。你们是地球人，我们是旺旺星族的，我们所处的是两个截然不同的世界，我跟那个你说的什么刘碧云根本就扯不到一块，你我之间怎么会有这样的关系呢？不会的。"

"怎么不会？咪咪告诉过我，旺旺星族的人本来就是地球幽魂游居到旺旺星球的，这个你会不知道？"

"什么？咪咪公主跟你这样说的？那我不知道啊！我们旺旺星族的来源，一直是我们族群的秘密，只有星王和几个元老知道。我们这些下属，都是经过了思维程序改造的。只要经过了思维程序改造，就会与以往的一切尘缘断绝记忆。"

高朗有些失望地说："原来是这样啊！"

"请不要对旺旺星族任何一个人提起这事。否则，不但你会受到最严厉的惩处，咪咪公主也会受连累。"

"好，我知道了。"

"你可以走了！"

高朗突然提出一个要求，他看着碧云说："能让我叫你一声姥姥吗？听我妈说，在我出生的那年，我姥姥就去世了。没能当着她老人家的面叫她一声姥姥，是我今生的遗憾！"

碧云脸上突然一改以往一潭静水的神态，有些难堪地说："别说了，我根本就不是你的什么姥姥。你走吧！"

不待高朗开口说话，碧云突然对着空中说一句："开！"

随着她的喊声，一喇叭状光线形成的管道立刻出现，她又举起手对着他用力一推。只见两道紫光射在他的身上，他的身子就像被什么推着似的身不由己地进入管道。管道里端像有巨大的吸力一样，吸着他快速向遥远的无限飞去。

光线管道则随着他的极速离去而快速消失。身在管道里的高朗，转眼间就不见了踪迹。

十二

当高朗再度回到大石龟腹内那个橡皮房子里的时候，他跟咪咪不同的是：咪咪是清醒着的，而他是睡着的。

咪咪将他放倒在一张橡皮床上，等待着他的醒来。

咪咪开启眼睛的外视功能，只见她的蓝色眼球中射出两道虚光，两道虚光从大石龟腹部透视而出。两道虚光就像两只眼睛一样居高临下俯视着大石龟的一举一动。

此时大石龟已经开始收拢断肢复位。

时过正午，阳光正好，这是一个有些雾气的日子。天空中不时有浮云飘过，天气就有时阴时晴的变幻。倘若有人此时站在大珠山的某个山头上，向东眺望，依稀的城市景观，在云雾缭绕中，迷隐迷现，宛若漂浮在水面上的海市蜃楼。不远处的大海，朦胧一片。虽然不时有船只驶过，但是因为有雾，你几乎看不清船身的轮廓，只能是若隐若现的影子漂在水面上晃动。而栖身在海水中的灵山岛，则躲在雾气中掩藏了原有的灵秀身姿，只是偶尔随着阴晴的转换不时露出个隐隐约约的影子，让人生出向往的神秘来。

山中，一块巨大的岩石斜卧成一张巨型的大床。那大石龟的残体就和大岩石相依相偎地躺在那儿。

此时山谷空蒙，物静人稀。大珠山经过大石龟复活这么一闹腾，整座山像被清空了般变得一片死寂。不但不见了游人的踪迹，连飞鸟走兽也无声无迹。

大石龟残体先是活动了几下，然后脖子上冒出一道道红光。一时间，这些电波一样的红光闪闪烁烁地在不断跳动。它们越过山峰，越过山谷，像在寻找着什么一样，围绕着大珠山四处游荡。

而那个滚落在大珠山溪流里的大石龟断头，此时好像感受到了某种召唤般地处在复苏状态中。它本来在滚落到水里的时候，经历了一阵淬火般的冷却，所有的能量，在和水的反应中几乎消耗殆尽，此时的它已经到了油尽灯枯的地步。如果不是大石龟肢体发出能量召唤，它就会永远沉睡在这个溪流中，风化成和其他石块一模一样的石头。

这种能量的召唤就像把它内部的细胞激活了一般，使它如初春的大地，在沐浴了阳光的明媚和春风的和煦后，将那沉睡的意识渐渐苏醒。

在这种外力的感召下，大石龟休眠的意识总算彻底清醒了。

它睁开眼，看到的是空蒙的天空和高耸的山体。它看到了不断流动的溪水和身旁参差的乱石。它这是在哪儿？哦！它再次眨动着那双有些发涩的眼皮。它这会儿看清楚了，自己这是沉在山涧的溪流中。自己怎么会在溪流中呢？记忆中的它是长在一具高大的身体上的。此刻，它的思维开始活跃了起来。它想啊想，但是为什么自己会是这样的？它还一时记不起来。但是它又感觉自己不该在这里的。对，这里是溪流，它有家，它的家是长在大石龟的脖子上的。它该回到自己的家，回到它该去的地方。想到这里的时候，它的身体就不安分了。它不由得转动着眼珠子四下搜寻。它感到了那种本能的召唤，它立刻活动筋骨，它要行动了。

大石龟断头此时跃跃欲动，但是它几番挣扎，只能原地活动，身子却不能移动。它在溪流里一阵扑腾，搞得水花四溅，可就是挪不了地方。

正当大石龟的断头几经挣扎，毫无作用，感到非常沮丧的时候，几束红光在它断头上方像鸟儿一样盘旋晃动。只听"啵"的一声，一束红光闪入大石龟的头部。顿时，大石龟的断头就像一个被饿昏了头的人突然吃了几口饭一样，有了一点体力，它先是在水边打个滚，然后便四处晃动地试探一下，同时它不断尝试着抖动几下身子。当它感觉到活动起来轻松自如，已经恢复如初的时候，便跳跃着想脱离溪水。这个时候，又有两束红光"啵啵"两声连续闪入大石龟断头，断头的周边出现一片光晕，那光晕托着大石龟的断头就飞起来，飞向大石龟主肢。

大石龟断头越飞越快，它翻山越岭，直奔大石龟主肢。它飞过的轨迹，留下一道耀眼的火红色光焰，就像夜晚天际里的流星。

一号舰艇指挥室里的宗顺已经从观摩屏上看到了这个飞行的怪物，他立刻下令无人机出动跟踪进行电子侦察。但是还没等无人机出动，那光焰就消失在山谷里。

这个时候，大石龟的断头已经自动飞落到断龟的脖子上。

在断头和龟体连接的一瞬间，连接部位喷出焊接般的火花，而且火花却并不熄灭，它们不断喷溅而汇聚成一团，光彩般的闪烁，灿烂而炫幻。这些火花，在不断放大中演变成一道美丽的彩虹，彩虹像一顶魔幻的保护伞罩在大石龟上空，并自上而下将大石龟保护起来。

无人侦察机刚好把这一切都拍录下来。

站在观摩屏前的宗顺意识到不好，他立刻下令对大石龟再度进行轰炸。

三枚导弹呼啸而出。

当导弹快要接近目标时，却在彩虹的光彩照射下突然失去了方向，在彩虹的上空像无头的苍蝇般来回盘旋，最后对准几块岩石飞去并先后爆炸。

宗顺将这一切看得是清清楚楚。

这个大石龟，就像一个有智慧的生命体，对付它，看来得动脑筋。

宗顺一时苦无良策，只能向总部求助。

就在宗顺等待上级指示的空当，大石龟的四条断腿，也纷纷跟大石龟对接上了。

大石龟全身像过电一样，经过一阵阵战栗之后，再度从岩石上爬了起来。

此时的大石龟就像刚从炼钢炉里爬出来一样，全身赤红。它的滚滚热量，把身边的岩石烤红了，把四周的山体也要烤煳了，要是继续下去，整个大珠山就要被烤化了一般。

大石龟就像一个浑身燥热难耐的发烧病人，它全身散发着逼人的热量。它对着天地喷出一道火线。天空霎时间就像被点燃般发出"嘭"的一声巨响，一条火龙直上云霄。

就在这时，天空突然飞过一道黑云，紧接着一道闪电，一条银龙般的水柱直向火龙飞来，顿时，天空电闪雷鸣，暴雨如注。

大石龟赤红的身体和冷水相遇，冷热相交，水火不容，一阵阵刺啦刺啦的巨响，飞腾的水汽直冲云霄，大石龟全身笼罩在一片水烟升腾中。

宗顺看着这个大石龟如此的能量，不由得自言自语说："这到底是个什么怪物，这般厉害！看来，大珠山要遭殃了。"

宗顺这句话刚刚说完，雨却突然停了。

雨后的大石龟，虽然余热尚存，但是蒸汽已少。透过水雾，宗顺看见大石龟站在岩石上，全身不再通红，只是云烟缭绕。它青石般的身子在云烟的消退中渐渐明晰。

宗顺正在想这头怪物下一步会怎么样，它是下山还是继续在山上破坏？好在大珠山周围数十公里范围内都已经疏散，只要它不离开大珠山周围，就不会产生更大的灾难。只是，宗顺想得过于简单了些。

宗顺正在思考的时候，忽见大石龟面朝东方，对着大海把脖子用力一伸，这一伸就是几千米，大石龟脖子伸到海中，宗顺就明白了。因为他曾经看到过它一下子吸干了大珠山下那座水库！

大石龟将头伸到海上，然后张嘴就对着大海吸开了。

大石龟靠着吸进的海水来降低自身多余的热量。

一时间，平静的海面就被大石龟搞得波浪滔天，随着旋风的刮起，海面卷起巨大的水龙。那水龙直直往大石龟的口里钻，顿时，大海就像要被抽空一样。眼看着宗顺的一号舰船也要随着海水被吸入龟腹，宗顺下令发射舰炮和导弹向大石龟射击。

一时间炮弹齐鸣。

让人惊异的是，无论是导弹还是舰炮，不是失去准头，在非目标处爆炸，就是随着海水进入大石龟的嘴里。吸到大石龟嘴里的炸弹爆炸后，只看到爆炸的烟雾和弹片从大石龟的躯体里爆出，但是却不见大石龟有什么残缺，更没对大石龟造成任何破坏。

宗顺一看不好，他的一号舰也要葬身龟腹。

他在得到上级指示弃舰的命令后，眼巴巴地等待直升机来救助舰上人员。

当几架直升机飞来的时候，那艘一号舰眼看就要被吸进大石龟腹了。

宗顺此时已经登上了那艘舰载直升机，首长命令他即刻起飞。但是他望着那些等在甲板上的战士，不忍心。正在这时，一个巨浪打来，一些战士被打进海水里，转眼间，战士就随着海水进入了大龟腹里了。

在指挥部的一再命令下，宗顺的直升机虽然飞离甲板，可他只在上空盘旋，却不忍离去。此刻一号舰甲板已经被海水覆盖，两架运输直升机无法降落，只得放下软梯。有几位战士好不容易抓住了梯子，但是一个巨浪打来，他们被卷入大海。

宗顺眼看着他心爱的一号舰也被巨浪吞噬，愤恨地说："这个大石龟，你等着！"

总部："零七，零七！我是零一，请你立刻起飞，请你立刻起飞！"

"我是零七，零七明白！我们马上起飞，马上起飞！"

接到命令，直升机不再盘旋，快速升高飞走。

宗顺两眼死死盯着下面那艘被水浪卷走的一号舰，心里像波浪翻腾的水域一样激荡不息。

在总部的六号指挥室里，总部六号首长和一群专家正等在那里。

此时，指挥室那硕大的直播观摩屏上正在播放着大石龟的现场实况直播。

宗顺对总部首长敬礼后，被首长让到了发言席上。宗顺简明扼要地向大家介绍了他们跟大石龟现场对决的一些情况后，古生物专家刘京说："就目前的情况看，这只复活的大石龟，不是简单意义上的复活。它的复活，极有可能被外星智慧生命赋予的能量所左右。根据你们曾经接收到神秘女子发来的提醒看，这只复活的大石龟背后，一定隐藏着由外星智慧生命主导的某种阴谋。"

总部六号首长接着说："据总部信息网络中心发现，近期有宇宙神秘信号频频光临地球，根据M国频繁跟其发生对接的现象推测，这个大石龟的复活，不是简单的某种意外，而是M国和神秘星球联合制订的一种有计划的行动。当然，这种计划的内幕到底是什么，我们目前还一无所知。所以，总部命令——"

在座的所有人听到命令两个字，立刻呼啦一下全体起立。

总部六号首长用锐利的目光扫了所有人一眼说："根据总部指示，从即日起，成立 AM 小组，你们各位都是 AM 小组的成员。我们的首要任务，就是搞清楚大石龟复活的原因，找到治服它的办法，查清大石龟复活背后的真相。我们所讨论的每一个问题，都是绝密。任何人必须严格执行保密条例，不得外泄。"

"是！"

总部六号首长说："请坐下！"

大家坐下后，总部六号首长让宗顺跟几位专家和小组成员介绍一些关于大石龟复活的详细情况。

而后，装备总工程师张阳开始发言。他谈了枪王等几位智能机器战士被毁的情况。当电子屏幕上出现被毁的身架时，张阳又说："能在瞬间摧毁这种由纳米特种复合新材料制成的特战防护服的能量，目前在我们地球任何国家都不存在。我们专门对这种能量进行过数据测算，它具备的破坏力远远超过了任何高爆炸药的数倍甚至数十倍。如果这几位智能机器战士不是穿着这种纳米复合特战服，那么，换作普通人，即便是钢材，也得化为灰烬，甚至根本连灰烬都留不下，直接人间蒸发。"

宗顺说："而今这只大石龟连炮弹也奈何不了它。真是恐怖！"

总部六号首长说："你们说说，究竟什么样的武器能制住这头要命的大石龟。它待在山上还好，要是继续下山搞破坏，那可就麻烦了。"

宗顺说："它有下山的迹象，先前就已经下过一次。"

总部六号首长说："那么，我们最迫切的任务就是要将它消灭或者拦截在山上。"

张阳说："现在还没有更好的办法。先用激光武器对付它看看。"

总部六号首长盯着张阳说："是否有把握？"

其他人都期望地看着张阳。张阳先是摇摇头，而后说："目前还真是没有制服它的有效办法。如果激光武器还不能制服它的话，我想唯有一样武器似乎可以。"

总部六号首长看着张阳问："什么武器，你说！"

张阳说："从爆炸当量上看，核弹或许可以吧！"

张阳此言一出，在场所有人都惊得说不出话来。

大家都呆愣愣看着总部六号首长，一言不发。时间就像停止了一般。

总部六号首长表情严肃，他看着在座的 AM 小组的成员们，嘴巴翕动了几下，但是却没有发出声音来。他此时的心情很沉重。张阳的发言，绝非危言耸听。这只复活了的大石龟，其破坏力超出了想象，它确实是人类的一大劲敌。在人类科技如此发达的今天，要摧毁这头大石龟，普通的武器却对它无能为力。这不能不让当局陷入困境。要是大石龟真的跟外星智慧生命联系在一起，甚至和地球 M 国有关联，那么，就不单是毁灭一只大石龟那么简单的事了。这是最高当局最不愿意面对的现实，可如今又必须面对。沉默了好久，他只好打破这种沉默的局面说道："刚才张阳同志提到核弹的问题，这是根本不可能的。我相信，凭着我们大家的智慧，还远远没到那种山穷水尽的地步吧？即便激光武器一时不能毁灭它，我们群策群力，也一定会想出更好的办法来对付它的。"

炸弹专家鲁海说："我们的反物质武器不是有突破性进展吗？可以尝试用反物质武器去摧毁它，也许不成问题。"

张阳马上说："反物质武器对环境的破坏力并不次于核武器，也是国际禁止的。最理想的该是伽马射线弹。可是目前这种伽马射线弹因为只有我们国家领先，所以也一直受到 M 国及其联盟国家的抵制。他们联合同盟国，要挟联合国，要将其列为国际禁用武器。尽管伽马射线弹威力巨大，破坏力惊人，但是不存在辐射和核污染，对人类生存环境破坏有限。如果不是 M 国及其同盟国作梗，完全可以使用。只是目前这种情况，恐怕不行。可我们等不及呀！要是这只大石龟在这个时候下山，怎么办？拿什么去阻止它。"

总部六号首长看着大家说："大家开动脑筋，集思广益，我就不信，就这么一只大石龟，会让你们束手无策了？你们在座的绝大部分是各个领域数一数二的专家，我想你们一定会想出一个切实可行的办法来的。"

他给大家打气。

鲁海对张阳说："你是装备总工程师，把你们最新研制的武器装备拿出来亮一亮，兴许其中就有对付大石龟的利器。"

鲁海的话，一下子把大家的目光都吸引过去了。

张阳抬眼望望总部六号首长，只见他正用期待的眼光看着自己。张阳就说："我建议让巨型机器人出场。这种巨型机器人所用的特殊材料，或许能抵挡住外星能量的攻击，而且他们还配备了最尖端的攻击武器。"

总部六号首长说："关于你的这个建议，可以考虑。等我跟一号首长单独汇报后再做决定吧。其他人还有什么更好的建议吗？"

他说完扫了在座的各位一眼，见没有人要说的意思，他又说："这样，我们先来看看这个大石龟现在怎么样了。"

他的话音刚落，大型观摩屏就自动切换到大石龟的实况频道。

一个画面，一个惊奇。观摩屏上，只见那只大石龟正在张嘴喷射海水。它把不久前喝进去的海水喷射出来，整个大珠山被海水围住，成了汪洋泽国。

十三

高朗终于醒了。

他一个猛然起身，四下转头看看。四周除了那个外星美女咪咪，别无他人。在这寂静的环境里。他突然感觉到自己就像出了一趟很远很远的门一样，正是这种远，让他再次面对这种环境时，才产生了一种陌生感。

咪咪见他醒来，很高兴地说了一句："你醒了。"

他没有回答，只是静静地拿眼注视着面前的这个美女。此情此景，面对着这个咪咪，让他感到既陌生又熟悉。

咪咪穿一身绿色紧身衣，给人一种玲珑毕现的苗条感。她那双深蓝色的眼睛恰似两潭蓄满秋水的天池，看着不由得让人生出遐想来。她的脸蛋是凹凸有致的黄金搭配，那种绝妙的构图之美，很好地体现了美轮美奂的精妙构思。她的肤色是白里透着青春的光晕。她的头发尽管是绿色的，却给人一种春色满园的靓丽和飘逸。高朗只有这个时候才能聚精会神地去欣赏面前的这位青春美少女。当他第一次看到咪咪的时候，是警戒之心将那固有的爱美之心冲淡了，加上颜丽不离左右，他几乎无暇他顾。如今一个人静静地面对咪咪的时候，让他这种对美的向往膨胀了起来，也就是在这个时候，他忽然想起一个人来——泼辣而大方、美丽而热烈的颜丽。想到颜丽，他的心情一下子忧郁起来。说实话，在这之前他压根就没有爱过颜丽。但是，自从有了这次生死经历，特别是颜丽的那封信，已经彻底把他心中那座爱的堡垒击垮了。他知道从此之后，那个李梅已不可能再独占他的内心了，而替代李梅的则是颜丽无疑。

这个外表看着高大坚强的男子汉，其内心却是如此脆弱。面对颜丽的生死相许，他几乎是不堪一击。

咪咪已经从他的脸上观察到了这种变化，就关心地问："怎么了，不舒服吗？"

高朗听了咪咪的问话，把目光从她的脸上移开，他摇了摇头，算是作了回答。

咪咪走近他，说："你的脸色有些难看。"

高朗说："没事。"

咪咪在靠他很近的地方站住了，看着他说："你的一切我都知道了。你现在最重要的是振作起来，不要被儿女情长所影响。因为你身负拯救地球人类的重任。"

高朗听了咪咪的话，瞪大眼睛，惊讶地说："我？"

咪咪说："你现在已经完全康复了。现在的你已经从一个具有特殊静电的普通人变成了一个具备特异功能的人。正是这一系列磨难才成就了你，你的这一逆袭，是战胜大石龟的必然首选。我想，当你打败大石龟的那天，颜丽也会为她曾经爱过你而高兴和自豪吧！"

"真的吗？我怎么觉得这一切就像早被安排好了似的。拯救人类，我有那么大的本事吗？"

咪咪说："也许以前没有，但是现在有了！"

高朗听着她这话感到有些莫名其妙起来。他说："我不明白。我本来就是个普通人。在你们这些无所不能的外星智慧生命面前，我深感无能为力。"

咪咪说："不会的。现在的你跟以前大不一样了。自从你换上了颜丽的血，杀掉了体内的魔龟病毒，将魔龟病毒的能量转换到你的身上。你们地球人有个说法叫：物质不灭。其实能量也同样不灭。物质是有形的，能量是无形的。这个世界，包括整个宇宙，物质不灭定律才是永恒的。现在只要你有胆量和信心，就可以做到这一切。"

"什么意思？我高朗从来就没怕过谁！"

"你的勇敢，在你被吞入大石龟腹中的那一刻就证明了。"

"何以见得？"

"你本已被吞入大石龟腹，拿一般人来说，可能早就被吓得魂飞魄散，只等一死了。可你没有，你不但没有等死的念头，还要拿匕首割破大石龟腹逃出去。就冲这个，星王才派我来到这里救你，成全你。"

"哦！这就怪了。我被吞入大石龟腹部的事你们怎么会知道呢？"

"因为我们是智慧生命。"

"难道智慧生命就可以无所不知？"

"也不完全是。只要我们想知道的就可以知道。"

高朗直视着咪咪说："既然这样，那么这个大石龟到底要干什么你们应该知道吧？"

高朗突然这么一问，倒一时把咪咪问住了。这件事，目前还不能百分之百地告诉他。但是该怎样回答才能让他释疑和满意呢？咪咪竟然一时不知该怎么说起。但咪咪就是咪咪，她沉吟了片刻，就说："知道一些。但是其真实意图并不十分明确，有些猜测现在也不好下结论。"

高朗说："不会吧？你既然都能来到大石龟的肚子里，怎么会不知道？"

咪咪说："宇宙之星居住的是智慧生命，他们的科技要比我们发达得多。我们只发现他们对大石龟做了手脚，也由此推断这个大石龟会对人类制造灾难，至于宇宙之星的智慧生命为什么要这么做，其真实意图到底是什么，这其中还藏有多少不可告人的秘密？还有，他们跟你们地球 M 国的勾结，出于什么动机，目前对于我们还只是个猜测。"

"这么说来，第一次见到你时跟我说的那些事，都是你们凭空想象的吗？"

"也不完全是这样。我跟你说的那一切，不是凭空想象，是根据现状做出的推测。因为宇宙之星已经在行动，而这项行动计划是宇宙之星的绝密，我们旺旺星族对于这项绝密计划还一无所知。但是种种迹象判断，这其中很可能还有更加不可告人的阴谋，所以，我们就要千方百计获得这项计划的绝密内容。"

"那你救我是有目的的吧？"

"不错。你身上有一种特殊的静电，在特定的条件下可以和宇宙之星发来的信号重叠对接。我们可以从你的静电中截获这种信号，然后尽最大可能去破译，从而获取他们的计划。"

高朗听了咪咪的话，他觉得似乎可信。但是既然这旺旺星族能派她下来救自己，难道就不能帮助人类避免这场灾难？他们是智慧生命，总比人类要强得多吧？为什么又说自己可以拯救地球。自己一个地球普通人又有多大能力？高朗觉得咪咪的到来绝非像她说的那么简单。至于咪咪究竟还有何种目的，也不是他所能问出来的。他这样想着，想着下一步自己该怎么办。在他看来，为今之计，也只能顺水推舟，和咪咪保持合作，兴许从中会慢慢搞清楚的。

咪咪对高朗的心思是心知肚明。她也明白，面前这个高朗，也不是那么好糊弄的，尽管人类的智商比起他们智慧生命还有遥不可及的距离，但是跟高朗在一起，尽量不做欺骗他的事，不说欺骗他的话，只有这样，才能够取得他的信任，得到他的配合。

想到这里，咪咪就很诚恳地说："地球人类是我们的先祖。只不过我们捷足先登一步，来到了旺旺星球。即便我们成了智慧生命，但是我们永远不会忘记我们的祖先就是来自地球人类。这是旺旺星球之王派我前来的时候跟我特意交代过的。如今我奉星王之命来到这里，就是想借助你身上的静电，来获取宇宙之星让大石龟复活的真正目的。而当我发现你不仅自己被吞入大石龟肚腹，而且还跟进了一个颜丽。巧合的是你们两个都感染了魔龟病毒。经过我们旺旺星球太空医院的检查，得知颜丽的血液可以跟你体内的血液进行融合交换。利用这样的方式不但可以杀死你体内的魔龟病毒，而且还可以让你变成一个超能量的地球战士。这样的话，我们不仅可以利用你身上的静电来破获宇宙之星的秘密，还可以利用你自身具备的超级能量，跟我们结成联盟，在关键时刻，助我们一臂之力，共同对付那只向人类肆虐的大石龟。"

"然后呢？"

"至于以后，那得等获取了宇宙之星的计划后，再按旺旺星王的指令行事。"

"我真的有你说的那么厉害，还能具备超级能量？"

"从我们见面到现在，我说的每句话，所做的每件事，哪个骗过你？"

"我一直有在梦里的感觉。不管是在太空医院，跟那个叫碧云的女人在一起，还是现在面对着你，我所经历的一切，都像梦一样，离奇、荒诞而又历历在目。尽管我曾经一度试过的确不是在梦里，但是留在梦里的那种感觉却从没消失过。"

"我能理解。因为你的经历超出了现实的可能，你有这种感觉很正常。"

咪咪的一番话，让高朗想起了他先前做过的那个怪梦，还有在飞临大石龟时他身体出现的怪异现象。从中可以联想到，而今的这一切，都是宇宙之星早有预谋的。所以，咪咪说的话，他还是觉得可信的。当然，他并不单纯地认为咪咪到这里来只是为了救他，为了拯救地球人类。他一直觉得这里面肯定会有更复杂的原因。但是如果他现在想让咪咪一下子跟他说出实话，这几乎是不可能的。所以，他目前只有跟咪咪合作，走一步看一步，总会有真相大白的时候。想到这些的时候，高朗就说："我相信你。告诉我，要我怎么去做？"

咪咪当然知道高朗的心里在想什么，只是她不便点破而已。今见高朗主动请战，那就不妨让他见识见识，这只大石龟是如何肆虐无忌，给他们人类带来巨大灾难的。想到这里的时候，咪咪就说："你需要看看这只大石龟正在干什么。"

"你是要我出去观阵吗？"

咪咪微微一笑说："这点小事，何用如此麻烦。你看着我的眼睛，我启用外视功能转给你看。"

咪咪说着，她的眼球突然一转动，而且凸出来，变成两个镜头。那镜头里面是两个大石龟的画面，那两个画面渐渐变大重叠成一个画面。画面越来越大，高朗看着，不知不觉如身临其境般了。

高朗看到大石龟口里喷出的水柱朝天射去。水柱在空中散开，散成雨滴洒落下来，形成倾盆大雨。大珠山大半已泡在水里，而且水位还在渐渐上涨。

随着镜头的东移，他还看到东部大部分城区已经被淹成泽国。而他居住的世博园小区的那栋高层，也大部分泡在水里。咪咪好像知道他的心意，故意把镜头拉近，让他看到自己的空中花园也已被水淹没。而他的那位家政机器人梅梅和几位邻居因为没有来得及撤离，被困在楼顶上。梅梅正站在楼顶，望着大水漫天，吓得花容失色。此刻她正在忙着报警，不一会儿直升机飞来，飞到楼顶时，大水已经浸到楼顶。眼看着他们就要被水淹没，而因为水位不断上涨，直升机已经无法降落，救援人员只好攀着软梯下去救人。

高朗心急如焚。就在这时，咪咪眼皮一眨，眼中景象全失。高朗回到现实中来。

高朗对着眼前的咪咪着急地说："快去救救他们，快啊！"

咪咪说："这个只要你按照我说的去做就可以办得到。"

高朗迫不及待地说："你快说！"

咪咪说："你看着我的眼睛。"

高朗说："你还让我看啊！"

"想救他们就看着我！"咪咪的语气不容置疑。

高朗说："我们不是在大石龟的肚子里吗！难道就不能在里面杀死它？"

咪咪说："如果那么简单的话就不会是这个样子了。"

高朗说："不可以吗。为什么？"

咪咪说："现在我们所在的大石龟只是个虚幻的形体而已。它原先的实体早已在受到导弹的攻击时就被炸成齑粉。现在的大石龟，只是宇宙之星能量借助原来的大石龟复制的替代品。虽然它看上去有影有形，但是这只大石龟根本就不是原来那只大石龟的质地了。它是超级能量的幻化者。我们虽然处在它的腹中，要想毁灭它，那得在破译宇宙之星控制它的密码，掌握它幻化的秘诀后，才能彻底让它消失，否则，就是枉费心机。"

高朗说："你说得我越来越糊涂了，我们不是都在大石龟腹部吗？如果大石龟被炸成齑粉，那我们会安然无恙？"

咪咪说:"看来你太低估我们智慧生命了。我让你看样东西。"

咪咪说着,对着自己的左眼睛做了个抠的动作,然后她的手里多了一个眼球,她把眼球往空中一放,眼球就浮在空中。咪咪眨一下右眼,右眼就射出一道白光照在浮在空中的左眼球上,那左眼球一阵快速地转动之后,一下子停住。

高朗此时正在目不转睛地看,见那眼球里忽然出现了大石龟被炸翻的一幕。这时,那眼球一下子放大拉长,高朗的视线跟着被拉入境况里去了。高朗看到的是大石龟被炸后的瞬间,一只大石龟的影子同时从龟体里闪电般地飞出来。这个飞出来的影子,又分成头和四肢还有身子。当高朗看到大石龟被炸后的一切,以及咪咪和宇宙之星五大能量的决斗时,眼前的景象便突然消失,那个浮在空中的眼球也回到了咪咪的眼眶里去。

高朗问:"这是怎么回事?"

咪咪说:"只能到此为止。"

高朗说:"我们去了哪里,还在大石龟腹部吗?"

咪咪说:"我们当然会随着那影子脱身啊!难道你还想跟那具石身一样被粉身碎骨吗?"

高朗说:"有意思,像神话。你又是怎样把这一切录下来的?"

咪咪说:"我的眼睛就是个万能影像库,我看到的一切都可以存储下来。这个不像你们地球人的眼睛,随看随被覆盖。"

高朗说:"好神奇!"

咪咪说:"神奇的还在后头。"

"那以前的一切不会是假象吧?"

咪咪说:"看你说的,这怎么会啊!我让你看的是它幻化成魔的过程。"

高朗说:"既然你们知道这个大石龟会这样,那为什么不能制止它。"

咪咪说:"我被更厉害的角色骗了。就在我出去跟宇宙之星五大能量恶斗的时候,宇宙之星那个星王趁我不在之时,对这个虚幻的龟体做了手脚，才让它成就了金刚不坏之体。当然，这只是个虚体，只是这个虚体比实体更厉害。"

高朗说："那就没有办法了？"

咪咪说："有！要破译宇宙之星对大石龟的控制密码，解除它的魔咒秘诀，就能破除它聚变的能量并让它消失于无形。只是当务之急，还是先救人要紧。"

高朗迫切地附和道："是啊是啊，我们该怎么办呢？"

咪咪说："只要你听我的就行。看着我的眼睛。"

高朗不解地说："看着你的眼睛？"

咪咪说："对。看着我的眼睛！"

咪咪以不容置疑的口气命令道。

高朗只好看着她的眼睛。

大珠山的一幕又出现了。

咪咪说："一会儿我给你输入旺旺紫气，让它激活你身上的超级能量。然后再用 K 金元素无形输送渠道把你送出去的时候，你就是一种百变超级的能量，我可以让你先变成一个收纳袋，把大珠山周围的水收尽，然后你再飞到大石龟的嘴里，将它的嘴封住，让它喷不出水。这个时候，大石龟会羽化出翅膀。它要飞出大珠山，去祸害别的地方。这时我就会让你变成一道乾坤锁，将它牢牢锁在大珠山。当然，这时你的肉身会在这里承受千刀万剐的痛苦。你愿意以自身的痛苦去解救你家乡的亲人和生命吗？"

高朗回答得是义无反顾。他说："只要你说的是真的，我愿意！"

咪咪说："请相信我！"

高朗说："我相信！那以后呢？"

咪咪说："你只要熬过几天，等人类最新改装的巨型机器人将那大石龟困住，你就可以回来，我们再共同想办法破译宇宙之星控制它的密码。"

"好！那你呢？"

咪咪说："我还有更重要的事情要做，我要看住这里，不让宇宙之星再钻了空子。"

"哦！"

高朗恍然大悟般地点一下头。

"转过身去！"咪咪突然以命令的口气跟他说道。

高朗没有再问什么，只是很顺从地转过身之后，咪咪双手一个推送，将两道紫光射向高朗的背部！

随着咪咪把旺旺紫气的灌入，高朗顿觉全身像过电一样战栗，而后便是热流激荡。热流所经过之处，像有什么东西被瓦解融化了般地舒畅。当他的全身都被这股热流占据时，他分明感觉到他的全身就像要膨胀一样，变得飘飘然了。

高朗此时全身冒汗，头上热气蒸腾，他感觉自己便要在这种通泰中随时睡去一般。

过了一会儿，高朗头上的热气渐渐变成了一种光芒，那光芒源源不断，在他头顶化成一道祥光。

咪咪见火候已到，立马收了紫气。

咪咪将两手做了个分的动作，只见从高朗身体里走出一个通体透明的白光闪烁的影子来。那个实体的高朗在咪咪的手势指挥下，慢慢步入橡皮床下，躺下。

咪咪将目光投向前方，她的目光像 X 光线一样透视而出。随着她的目光所及之处，一道光线形成的线桥立刻横亘在大珠山上空和高朗虚幻的影子当中。高朗那虚幻的影子像被遥控了一般，突然起身跃入线桥之上。只听"啵"的一声，高朗的影子飞到了大珠山上空，转眼幻化成一个银色的布袋。一时间，那布袋不断放射着银色光线，那光线就像无数根吸管一样，将大珠山的水全部吸进那些管子里。

围困大珠山的水渐渐减少。大石龟嘴里喷出的水柱，也被全部吸进口袋里。

橡皮床上的高朗，此刻却像承受千刀万剐般的痛苦。只见他肢体不断抖动，脸部抽搐，虽然他不能够说话，但是从他全身的状态和脸部的痛苦之情就可以一目了然。

十四

总部六号指挥室。

AM 小组成员们正在全神贯注地注视着前方那幅特大型观摩屏。此刻，他们正好看到了高朗化身银色收纳袋在大珠山收水的那一幕。

当围困大珠山的水被吸收得一干二净时，那个不断闪着银光的收纳袋图案突然飞进大石龟的嘴里。奇迹出现了，大石龟的嘴巴像被瞬间塞住了一般，水柱也消失了。

宗顺说："这是个什么东西？"

张阳说："谁知道呀？看来我们对宇宙神秘现象的探索还处于原始阶段。"

古生物专家刘京说："是呀！宇宙智慧生命的存在，对我们地球人来说是一种巨大的挑战。他们是敌是友目前尚不能确定。即使他们无意与我们地球人为敌，但是他们自身的高超智慧和超级能量，还有差距巨大的进化基因，都会对我们的生存环境构成极大的挑战。所以，霍金生前曾一再告诫我们：在人类对宇宙智慧生命尚处在完全陌生和毫无有效防备措施的阶段内，应停止试图跟宇宙智慧生命进行任何的对接企图，以免受到意外伤害。霍先生的话不无道理，但是科学如果没有冒险精神，那么人类可能还停留在原始社会状态下吧？"

天文专家余深说："其实人类从二十世纪后半叶开始，对宇宙星球的探索就从来没有停止过。遗憾的是直到今天，我们对宇宙智慧生命的发现还几乎处于零的地步。如果大珠山上的这只大石龟真能让我们发现宇宙智慧生命的存在，那么，我们付出一些代价也是值得的。正所谓坏事变好事。这就是辩证法。"

宗顺说："你说得轻巧。如果我们在短时间内没有想出制服大石龟的办法，继续任由它肆虐下去，那得有多少财产遭到破坏，有多少人会死于非命？"

宗顺想到被毁的一号舰和那些牺牲的战士，心中充满郁闷和忧伤。

余深说："人民战士爱人民，这个可以理解。但是现实就是现实。"

张阳说："这怎么还长出翅膀了？"

如果没有张阳的这句话，宗顺和余深的辩论还要继续进行下去。而此时，张阳的这句话把他们的注意力一下子吸引到电子观摩屏上，他们被眼前的一幕惊呆了。

只见大珠山上那只大石龟在停止喷水的一刻，龟背两侧突然长出一对翅膀……

正当人们惊奇地议论时，忽见那银色布袋图案从大石龟的嘴里飞出来，化成两道银光。那银光像两条游鱼，倏尔游到那对新生的翅膀上。那两道银光在接近翅膀时，就如同两把锋利的刀子，又像两道乙炔切割线，对着那翅膀就切了下去。只见火花闪现，伴随着"刺啦刺啦"的声响，那对翅膀被生生切断。

立刻，那两个巨大的翅膀就像被烧红的铁屑一样纷纷四散消失。

"这是什么东西呀？"宗顺最先发出疑问。

人们正诧异间，总部六号首长来了。

"起立！"

随着喊声，大家全部起身。

总部六号首长进来的时候，他的身后还跟着一位穿军装的年轻人。这个年轻人三十岁左右，他细高个，一身戎装，显得特别英武干练。从佩戴的军衔上看，两杠三星。这么年轻的人就已经是上校了。

首长进来的时候朝着大家微笑招招手说："都坐下，都坐下！"

等大家坐好了的时候，首长却没有坐下，那位年轻人也没坐，此刻他静静地站在首长的一边，在座的人们都把他当成首长的参谋或随从人员。

总部六号首长此刻指着观摩屏上的大石龟说："这个大家伙怕是遇到什么麻烦了吧？"

总部六号首长说着这话的时候，只见大石龟迈动爪子，想跃跃欲试般地向前爬动。那银色布袋图案突然间像沙子一样散开，然后又重新形成一道绳索。这绳索一下子套在大石龟的脖子上。那绳索一粘在大石龟的脖子上，就像渗入般悠忽一下子不见了。

那个大石龟好像感到了不适，一阵挣扎，四爪乱抓乱动，身子不断抖动。刚刚平静不久的大珠山又被搞得是惊天动地，那块跟大石龟紧靠着的巨型岩石被踢蹬得滚落山谷，轰隆隆的巨响响彻山间。

张阳说："还真是遇到了麻烦！"

总部六号首长说："这是好事。说明有人在帮我们。"

宗顺不解地插话说："有人帮我们？"

总部六号首长说："是的，是有人在帮我们。我们刚刚接到一个奇怪的信号之后，接着就出现一位女性用明码跟我们说话。她说要我们设计一款巨型机器人困住大石龟，那个巨型机器人要加装更大容量的石墨烯电池，这样她可以给我们输送一种能量。巨型机器人有了这种能量，就可以和大石龟进行博弈。否则的话，无论多少机器人都经不起大石龟超强能量的攻击，而且她还用影像传输方式给我们发来了改装的结构图纸。根据她的设计图纸，这款新型机器人是够先进的。"

说着，他指着身边的年轻人对大家介绍说："这位是信息专家秦浩教授。也是我们信息网络部队最年轻的专家。从此刻起，他就是我们AM组的一员了。我宣布一下任命。"

不等人们起身，首长挥手意示不让大家动身。

总部六号首长说："总部任命秦浩同志为AM小组副组长。"

几个人一听，顿时恍然大悟，短暂的沉默之后，就是一片掌声。

等掌声一停，首长对秦浩说："下面的就留给你了！"

秦浩一个敬礼说："是！"

他用那双细长的眼睛扫了大家一眼，然后转过身去指着屏幕上的大石龟说："这个家伙，给大家带来了不少麻烦。如果不是它的话，我们就不会见面。单从这一层来说，我还是要感谢它，让我认识这么多老师。"他突然一停顿，那双细长的眼睛稍稍眨动了一下接着说，"从截获的信息来判断，这家伙被宇宙智慧生命操控了，而且不是一般的操控。这个对我们是个坏消息。但是还有一个好消息，那就是还有另外的智慧生命在帮我们。我们面对着的现实状况是既有敌人，也有朋友。能否很好地利用朋友，消灭敌人，对我们下一步的行动至关重要。所以，我今天来就是要告诉大家，目前仅靠我们，是难以对付这只大石龟的。大石龟的后面，是宇宙智慧生命，我们不只是简单地对付大石龟，而是要对付宇宙智慧生命群体！"

张阳说："具体该怎么做，你直接下命令就行。"

秦浩说："话我已经说到这里了，命令还是由首长下吧！"

他说着看了首长一眼。

总部六号首长说："你这个小秦呀，这是要卖关子呀，这可是你的任务，我不能越俎代庖。"

秦浩又一个立正，给首长唰地来了一个敬礼，说了声："是！"

然后他又向着大家说："据我们收到的陌生人来电，证明有一位女性正在帮助我们。从信息来源看，她离我们很近。但是让我疑惑的却是一时找不到具体方位，她好像是在某个若隐若现也很封闭的地方。她离我们那么近，几乎是近在咫尺，可是我们就是追寻不到信息的具体来源，更发现不了她的存身之地。只是，她给我们提供的线索值得考虑。所以，经过研究，总部决定我们可以按照她的建议去进行尝试。"

宗顺说："这个信息来源会不会在大石龟身上？我曾经看到从大石龟身上发出过绿色光团。而且也同样听到这样一个女性声音。如果真是这样的话，会不会是大石龟背后的宇宙智慧生命在迷惑我们？"

秦浩说："你说的这种情况我们早就考虑到了。所以，我们加强了对来自大石龟本身所有信息的监控和捕捉。但是令人失望的是：跟我们直接用汉语发音的信息来源地每次都是不同的地方。我们也怀疑这是宇宙智慧生命故意为我们布下的迷魂阵，其用意就是转移我们的视线，干扰我们的思路，给我们造成误判，把我们引入歧途。所以，总部一直没有放松对大石龟周围信息的监控和各种分析。从监控的结果及综合所有信息来源判断，这个异常信息的出现，好像并非恶意为之。"

宗顺说："智慧生命就是智慧。"

秦浩说："魔高一尺，道高一丈。我们在战略上要蔑视他们，在战术上要重视他们。鉴于目前还没有更好的办法，不妨就先按照她提供的方案试一试。各位老师还有什么更好的建议，请大家畅所欲言。"

鲁海说："这要看你们装备总部的了。"

张阳说："怎么只是我们，既然大家都坐在一起，务望各位都要群策群力嘛！"

鲁海说："我的意思是说把你们最拿手的家伙亮出来试试。你们把好东西都雪藏着，不让它露脸，怎么能检验它的性能？"

张阳说："这个还用你说。你们搞炸弹的也别闲着，拿出能要大石龟命的炸弹来，就更省心了。"

秦浩说："两位老师不妨谈谈你们的建议啊？"

秦浩打断了俩人的话。两人同时摇头。

秦浩又看着其他人说："其他各位老师呢？"

见大家都不发话，秦浩就说："能否在最短的时间内把大容量的石墨烯电池安装到巨型机器人身上，就看张老师你们的了。"

张阳说："这个不成问题！"

秦浩说："那么，就请大家观看一下，我们的巨型机器人都有哪些绝招。"

电子观摩屏立刻转换频道。

秦浩说："还是请张老师上来给大家介绍一下他的宝贝吧！"

张阳闻言，也不客气，立刻起身上得前台，对着观摩屏上出现的那个巨大的机器人，郑重地对大家说："这就是我们最新研制成功的巨无霸智能机器战士。我们给他取名刑天。刑天这个名字大家也许都知道，他是我们华夏上古时期最著名的战神，刑天原来叫形天。关于形天的故事，《山海经·海外西经·形天与帝神》中有过记载：'形天与帝至此争神，帝断其首，葬之常羊之山。以及乳为首，以脐为口，操干戚为舞。'后来因陶渊明诗句'刑天舞干戚，猛志固常在'，是谓'形天无千岁'的手抄错误而致。他是炎帝大将，在他身上，体现了一种反抗意识，不怕死的精神，屡败屡战的勇气，以及视死如归的凛然正气！"

不等他继续说下去，秦浩插话说："刑天这个名字好是好，但是他是个失败的英雄。我们这个机器人，只能胜利不能失败。我看给他取个不死战神是不是更好一点？"

秦浩说着，用征询的目光看了一眼六号首长。六号首长此时也正在认真听着大家的发言，就说："我个人觉得，用不死战神这个名字要好一些。我们中华民族虽然历经劫难，但又总能从历次的劫难中存活下来，并且生生不息，这个名字就是代表了我们中华民族不屈不挠的精神。你们说呢？"

宗顺首先说道："首长说得是。我觉得这名字好。你们觉得呢？"

其他人相互看一眼，也都赞许地点点头。

六号首长对着张阳说："名字先这样，你就说说这位机器人有什么本事吧？"

张阳说："还是让他自我表现一番吧！"

六号首长点点头，然后就走下前台坐下了。

观摩屏上，出现了几个字"战神刑天"。

刑天高大威猛，他头戴战盔，一身铠甲，左手操盾，右手板斧。乍一看，极像一位古代战将。若不是他那身鼓鼓囊囊、略显臃肿的异形战甲，还真会让人误以为这是穿越到了古代，看到了古代战将。

张阳指着画面上的机器人介绍道："这款巨型机器人具有变身性。他在需要的情况下，可以完全变成一套完整的导弹发射系统。他巨大的腹部就是他的弹仓，他的骨架是用一种经过特殊提纯加工的第五代合成钛金材料制成，他的外衣则是第五代碳纤维复合纳米材料制成。除此之外，他的关键部位还有一层抗暴力对冲保护装甲块，就是这种看起来由许多不规则方块组成的东西。"

他指着机器人身上那些如同鳄鱼皮一样块状的东西说道："别小瞧了这些东西，有了它，再加上第五代复合纳米防护衣，任何威力巨大的爆炸力都无法摧毁它。还有他的头盔，那可是高科技的体现。他的眼是千里眼，他的……"

宗顺说："还是让他露两手看看好。"

张阳对着宗顺微微一笑，那份自信便都在这微笑里。

他停止了继续介绍，拿眼看着画面。

此时的观摩屏上出现了一群荷枪实弹的海豹特战队队员，他们轮番向刑天发起攻击。刑天面对飞来的弹雨，毫不畏惧，枪弹打在他身上，就像打在坦克坚硬的装甲上一样。

张阳对着大屏幕对大家说："这可是真枪实弹。"

面对团团围住他的海豹特战队队员，刑天攥了攥手中的那枚大板斧。特战队队员们见枪弹不管用，就投掷手雷。手雷的爆炸同样奈何不了他。队员们就发射红旗 N 反坦克导弹打击。这种反坦克导弹的穿甲能力目前在世界上数一数二，还没有一种坦克的装甲能抗得过它的打击。导弹打到他身上爆炸开来，一声爆响过后，腾起一团烟雾，烟雾散尽的时候，那机器人还是岿然不动。

刘京看到这里，觉得不可思议，他说句："这个厉害！反坦克导弹都无法撼动他分毫，这得多大的定力呀！"

张阳说："他是双层保险，既有碳纤维纳米防护衣，又有抗暴力对冲块，这样他才刀枪不入。"

鲁海说："这宝贝，他可以抵挡几十斤 TNT 当量的爆炸威力。所以，一般的常规炸弹，对他也不具备毁灭性。"

当那些海豹特战队队员在万般无奈之下一拥而上，想以蛮力制服刑天的时候，刑天双手一甩，左手盾牌就自动附在后背上，右手那枚巨型板斧也自动插入后背的兵器盒里。只见他挥动那两只有力的机械臂，左右开弓，拳打脚踢，把那些试图靠近他的人一个个摞倒在地。

一轮下来，那些海豹特战队队员全部趴在地上起不来了。

画面翻过一页。

屏幕中一辆坦克由远而近轰隆隆开过来了。

塔炮转动，炮管缓缓升起。

刑天通过远视距目测功能对这一切了如指掌。当大炮轰鸣，炮口火光闪现，刑天那巨大而矫捷的身子在巨炮轰鸣的一刹那间就跳跃着闪开了。坦克不住地追逐他，但是却次次炮击落空。坦克发射导弹时，刑天身上的电子自动干扰系统一阵闪亮，飞来的导弹却失去目标在荒漠中爆炸。当坦克接近他迎面驶来的时候，刑天却不躲不闪，而是上前直接将它掀翻了。

张阳又说："这个机器人安装有智能电子预警系统，只要进入战斗模式，那预警系统就会自动运行。"

当空中出现隐形无人攻击机时，刑天安装在脑袋上的那台微型多功能自动感应雷达早已发现飞机的踪迹，并把数据传到他的大脑，出现在他的眼睛中，刑天左肩膀上安装的激光发射器发出攻击波，隐形无人攻击机被击落。

当他的头顶出现一架武装直升机，用速射机关炮向他超低空扫射时，刑天借助弹跳机械腿，一个蹿高，将那架直升机生生扯落在地。

直升机在一阵爆炸声中坠毁。

宗顺说："他身上的攻击武器呢？"

张阳说："热闹还在后头呢！"

张阳的话音未落，从数百海里的舰艇上发射了一枚巡航导弹，这枚导弹以超十倍音速向他飞来。刑天突然变形，变成了一台微型导弹发射架，并向着飞来的导弹发射了一枚超微型拦截导弹，这枚超微型拦截导弹在空中将对方攻击的导弹击落。

宗顺说："这么神！"

张阳说："看看这个就知道我们为什么将他起名叫刑天了。"

画面上，一门高爆直射炮对准了刑天的脑袋。一声炮响，刑天的脑袋没了，躺倒在地上一动不动。

宗顺说："怎么会这样，他不是金刚不坏之身吗？"

张阳说："这是用来迷惑对手的。一会儿你看！"

正说着呢，刑天的肚脐眼突然变成一张大嘴，他的两乳也变成两只眼睛，他那刚刚变成嘴巴的肚脐眼突然伸出一根火箭发射筒。一声爆响，火箭弹发射，一下子就把那门直射炮炸毁了。然后刑天起身，他挥舞着巨斧，举着盾牌，寻找着作战对象。

宗顺就说："他以后就成这样了？"

张阳说："你看。"

宗顺再看时，刑天的脑袋又长出来了。这让观看的人大为惊叹。

张阳说："刚才炮击时，他的脑袋是自动隐藏的。你们看！"

张阳手指屏幕。

这时，画面的天空中一架轰炸机飞临，几颗巨型炸弹从天而降。

刑天右臂一挥，那柄巨斧一边噢噢而响一边发出阵阵七彩光圈。那光圈像弹雨一样向飞速降落的炸弹射去。只听天空传来轰轰几声震耳欲聋的剧烈爆炸声，那几枚巨型炸弹在空中爆炸。那架轰炸机被炸弹冲击波击伤，冒着黑烟一头向东面的海里载去。在炸弹被击毁的同时，刑天的左手也同时对天一举，他手中的盾牌立刻变成一把撑开的保护伞，将刑天的身子自上而下严严实实地护住。那雨点般的弹片虽然倾泻而下，但是有了那坚不可摧的伞形保护板，弹片全被挡住，刑天不受丝毫攻击。

张阳得意地说："这块挡板形的盾牌，是特殊材料制成的，它不仅可以抵挡炸弹的威力，甚至可以抵挡原子武器的核辐射！"

刘京说:"这个好!那个板斧发出的光圈是什么?"

张阳说:"那是高强电压弹,这种高强电压弹,是电磁弹的升级版。它不仅可以摧毁电子系统,而且具有强大的杀伤功能。"

张阳说到这里的时候现场发出一片啧啧称奇声。

张阳得意地说:"请继续过目!"

这个时候,屏幕上出现一个飞碟。飞碟降落后,下来了一群手持武器的外星人。这些外星人一齐对着刑天开火,他们超强的火力将刑天的脑袋打爆。没了脑袋的刑天被击倒,他还是躺在地上一动不动。几个外星人见刑天倒在地上没了动静,以为他死了,一齐上前想看个究竟。

当他们靠拢过来围住刑天的时候,刑天突然一个鲤鱼打挺起身。他的两乳像眼睛一样睁开,他的肚脐像口一样张开。他的眼睛喷出两道火线,将近前的几个外星人击倒。他张开那肚脐嘴巴,里面闪出一门微型速射炮。那炮对准外星人就是一阵扫射,这些外星人猝不及防,被他打得是东倒西歪,一时没有还手之力。

当外星人反应过来的时候,立刻展开更加厉害的攻击。刑天举起左手中的那块盾牌,一边抵挡他们的强火力攻击,一边挥舞着右手那柄大斧对着那些外星人抡了个圆。那枚板斧释放的高压电流火花四溅,将那些外星人一个个击倒在地爬不起来。

当那些外星机器人全部死去的时候,刑天又长出了脑袋。

宗顺说:"这个刑天还真有两下子。只是这些外星人不是真的,要是真的外星人就很难说了。"

张阳说:"关键的问题是外星人长什么样子对我们至今也仍然是个谜啊!他们具备什么样的单兵作战能力我们一无所知,所有一切还都是猜测中。"

刘京说:"外星智慧生命可能的确存在,但是他们到底属于何种生物还真是无法断定。因为我们迄今为止还没有确凿的迹象发现和明显的证据来证明他们究竟长成啥样。"

张阳说："但愿这次能从大石龟身上找到突破口！"

刘京说："但愿如此！"

张阳又说："你们觉得这个刑天有什么缺点，大家不妨提提意见，也好在以后的改装中加以修正。"

张阳是诚恳的，大家从他的语气和态度上分明感觉到了。话说到这份上，大家也就不再隐瞒自己的观点，他们纷纷说出自己的看法。

十五

大石龟被困住，但是它依然在动用能量跟高朗拼，在较量。高朗虽有超级能量和旺旺紫气的帮助，但是究竟只是肉体凡胎的地球人所幻化的影子，其本身的能量储备就没法与大石龟相比。他只有苦苦支撑着，他的这种苦苦支撑还在于咪咪对其不断地进行能量补充。即便如此，他在跟大石龟的这场博弈中，吃尽了苦头。咪咪知道这种痛苦，但是正当危急时刻，她不能让他放弃。她在利用 K 金无形输送渠道对其不断补充能量的同时，也把这种决不放弃的意念输送给高朗。好在高朗的意志也是万分坚强的。尽管他的肉体真身在承受着如亿万只虫豸撕咬、千刀万剐般的痛苦，但是他依然咬牙坚持。

躺在橡皮房子里的高朗全身变形，他的肉身像是要随着幻形和大石龟对冲能量的加剧而被一点一点抽空。

守在他身边的咪咪眼看着高朗的身体在不断戳搣中抽搐而渐渐变得干瘪下去。高朗不但全身痉挛，而且咬牙切齿，他的手脚也在不断地抖动，脸部也因痛苦不堪而扭曲，他的喉咙虽然喊不出声来，但是可以看到他的嘴巴不时地开合，那是叫喊的特征。此时的咪咪非常明白，如果大石龟的能量继续加大，那么，高朗的肉体就会受到极大的伤害。到时候，他的脂肪和血肉也会因为他自己的能量幻体跟大石龟对抗的不对等而极度受损，只剩下一具皮包骨头的标本。即便不死，也会变成植物人。对于这种风险，当时的咪咪并没有跟他仔细说。她虽然知道高朗的勇敢，但是这种令人恐怖的过度风险会不会给他造成心理阴影？心理阴影会给他带来负面影响，所以，咪咪就没有详细地告诉他，她只是仓促地让他这么去做了，这也是没有办法的办法。

躺在那里的高朗，他的身体一会儿像充气的帐篷一样鼓胀，一会儿又像被抽干了水分的标本变得干瘪瘦削。

咪咪从他不断颤抖的身体中，甚至能感觉到那种抽筋剥皮般的痛苦。好在高朗能够坚持住，这实在让她大为感动。

咪咪不断向他的幻形输送着能量，而外面的那头大石龟也在不断加大能量攻击。这一点，倒是出乎咪咪的意料之外。

咪咪就想，看来自己实在低估了勃罗特。

咪咪只有竭尽全力，勉强支撑。眼看就要支持不住了，她不得不向父王发出求救信号。

就在这时，一道紫光突然闪现，旺旺星王的能量支持来了。咪咪一下子感到全身力量大增。她立刻对高朗的幻形加大了能量输送，大石龟在受到高朗这种源源不断的强大能量对抗下，攻势也逐渐缓慢下来。

咪咪终于可以喘一口气了。

高朗的肉身也在渐渐恢复常态。

昏迷中的高朗承受着万般的痛苦，他在咪咪的意念引导下，以坚强的毅力和大石龟拼死搏斗着。

正当高朗和大石龟的对抗势均力敌之时，颜丽突然来了。颜丽还是那么热烈而奔放，她几乎是奋不顾身地来到他面前的。

其实，颜丽只是一个影子而已。跟大石龟对抗的高朗也只是自己身体的幻形，他跟颜丽这种意念纠结才产生了彼此相见的意识幻觉。看着颜丽越来越近，高朗急了，他想提醒她不让她过来，告诉她这里的危险。可是此时的他一点也不能分力气，一丝都不敢分神，他甚至连喊一声的力气都不能使出来。那大石龟的能量虽然被暂时压制，没有了先前那种凌厉的攻势，但是此时如果他稍有松懈，大石龟便会乘机再度发起攻击，让他招架不住。这样的后果会导致他自己魂飞魄散不说，大石龟失去了对等限制，则会重新向人类发起报复，他肚腹里的那些海水就会泛滥，大珠山又要水漫金山，他们的一切努力就要功亏一篑。可是颜丽却不管不顾，一如既往地向他奔来。高朗既不能提醒，也不能阻止，他几乎要绝望了。

就在这时，一道红光，将他和颜丽隔开。那红光像一匹锦缎般将高朗裹住，一下子将他和大石龟从胶着状态中摆脱出来。

那红光同时截住大石龟攻击的力量，而后是颜丽在红光的照射下，像水流一样慢慢融入了红光中，成了和大石龟博弈的替代者。

高朗心生不忍，他忍不住喊一声不要！

他的喊声同样无声无息，不但他自己听不到，颜丽更是听不到。而他自己也被一股巨大的力量抛入一个深不见底的隧道里，然后身不由己地向着莫名的地方飞去。

橡皮床上的高朗像被从万劫不复的地狱中解救出来，他浑身释然，昏迷中的他忽然醒来。

可是因为全身肌筋受损，他刚一活动，就像散了架一样疼痛难忍，他不由自主地呻吟起来。

咪咪说："别动，我给你疗伤。"

她说着话，对准高朗就发起力来。

两道紫光从她的手掌心射出，贯入高朗体内。高朗立刻感觉到有一股暖暖的气体，舒缓地进入体内各个部位，他身上的疼痛一下子减轻许多。

高朗觉得身上有了一些力气。他张开嘴巴，说了句："我到底怎么了？"

咪咪说："你被大石龟身上的外星煞气击伤了。"

高朗说："大石龟呢？"

咪咪说："你暂时不要去想这些，先养伤。"

高朗说："我见到颜丽了。她怎么会来了呢，她不是死了吗？"

咪咪点点头又摇摇头。

高朗说："她现在在哪里？"

咪咪说："是你的感知出现了幻觉。"

高朗说："幻觉？不对。我记得清清楚楚，是她的出现才替代我脱离了危险，我得找她！"

高朗说着就挣扎着起身。但是因为他的体质还没有完全恢复，所以，他一活动，全身疼痛不已，"哎哟"一声，又重重倒下。正在给高朗输入旺旺紫气的咪咪始料未及。她来不及调整，紫气岔入其他穴位逆向进入高朗的体内。高朗即刻间全身燥热如焚，大喊一声，口吐鲜血，昏死过去。

咪咪一见高朗受伤，心里非常着急。她在内心不断责怪自己，不该同意让颜丽的幽魂替代高朗。这两人虽然阴阳相隔，可因为血液置换，导致了这种基因的藕断丝连，故而才能一见如故，使颜丽的阴魂不散。她这一来，虽然替代了高朗，暂且让高朗脱离了苦海，只是，高朗身上自此会打上颜丽情感的影子。这个影子，如影随形，挥之不去，高朗背上这份感情债，将终生难以脱离这悲情苦海。

咪咪想：像这样的事情，他的父王作为旺旺星王，应该掌握着宇宙万物未来与既往的一切信息，他早该明白这种现象的出现。难道他是故意的？那他这种故意究竟是为了什么？

咪咪一想起这个，脸上不由得现出一片红晕，她的心也同时在怦怦直跳。难道星王这样做是故意为之还是……

通过连日来的接触和交往，她对高朗这个普通的地球人心生好感，只是这种好感碍于两人之间的差距，让她一直控制着自己不去多想。虽然她也明白，她跟高朗完全来自两个不同的星球，这种遥远的距离，决定了他们不可能在一起。可是，这种情由心生的自然天性，让她这个时值妙龄的女子有时几乎无法自控。父王对于她的这种情感信息波动，难道会一无所知吗？因为只要父王利用万源探测法，根据她的 DNA 密码追踪，就可以一探究竟，她的大脑思维，将完全暴露在旺旺星王的眼皮底下。星王通过这种方式，可以实现对部下的绝对掌控，难道他就不能对自己实施监控吗？完全有可能！是她自己的疏忽。此时此刻，此情此景，她是不该儿女情长的。

只是，感情这东西，并不是单靠人的理智就能控制得了的。接下来，她该怎么办？

咪咪觉得高朗身上有一种让她着迷的东西在吸引着她，这种若隐若现的东西，让她心生情愫，不能自已。她甚至隐隐感觉到，她跟高朗在前生前世有某种交际和约定。这种约定是不是存在，完全可以通过无限记录仪查找自己的来源和过往之事而获得。只是，这个要经过星王的批准和几大元老的动议通过，否则的话，任何人是没有这个权力的。特别是对于个人的自我查找，那是被严格禁止的。因为每个人要是都知道了既往和未来的信息，那么整个宇宙就没有秘密可言。没有了秘密，也就没有了吸引力，没有吸引力的宇宙就是自我毁灭的宇宙。

这个道理谁都明白，但谁都又想知道。

咪咪闭上眼睛，调息内力，将自己混乱的思绪平静下来。她努力控制自己尽量不去想这个，知道自己目前面临最重要的任务是什么。

高朗身体异常虚弱，因为他的穴道被岔入的紫气所伤。咪咪现在还不能继续用紫气给他疗伤，唯一的办法，就是再次将他送入旺旺星球太空医院。可是，一旦高朗离开，外面正和大石龟胶着对抗的颜丽的幽魂会分神，这样势必影响到对大石龟的克制。那么，在人类还没有将跟大石龟对抗的巨型机器人改装出来的情况下，贸然将高朗送走，就会出现不可预料的后果。可要是不把高朗送去太空医治，恐怕他性命不保，即便能苟延残喘地活下来，也是残废。

看着高朗那奄奄一息的样子，咪咪心里一阵难过。

尤其是看到他的脸部在渐渐变黑。她明白，那是曾经感染的魔龟病毒乘机在复活。经此内力消耗之后，高朗体内的免疫系统受到极大摧残，他的免疫力降至最低，这给了那些魔龟病毒起死回生的机会。如果不及时送入太空医院，那么，高朗体内一度被杀灭的魔龟病毒就有可能借机复活。如此的话，高朗要再度恢复如初，那可就麻烦了。他的肉体只有经过父王和几大元老的混元真气治疗才能够复原。否则的话，将会导致整个躯体溃败。如果真是这样，那她来到地球的努力将会付诸东流。作为旺旺星族智慧生命，他们完全可以克隆一具复制品，将他的血脉和灵魂移植过去。但是那样的话却又无法绝对保证能将他身上的特殊静电复制。如果不能的话，在这个过程中，高朗的特殊静电会不会流失，即便不会流失，那以后会不会正常发挥作用，目前可都是个未知数。因为高朗身上的这种静电有可能无法复制，这对于他们这些智慧生命同样是一种挑战。毕竟高朗身上所带的这种静电，实属罕见。目前，它的源头在哪里，它是怎么被储存在高朗身上的，简直是个谜。

有时候咪咪想，这种静电难道会是宇宙之星的杰作吗？

这个问题，到目前连一点眉目都没有。如果不是宇宙之星所为，那么这个高朗真的是有些来头。在他的身上，藏着多少秘密，也不得而知。

急切间，咪咪只得跟父王求助。

咪咪眉心中间的那只隐形天眼开了，她开启宇宙飞波通信系统。一道亮光透过大石龟腹直射天宇。旺旺星王一接到她的信号，就立即接通。在接通的刹那间，只见一波细碎的光点自天外向大石龟腹内汇聚而来，令人感到神奇的是，那些光点在咪咪面前一下子变成了一个活生生的外星男子，他就是旺旺星王的虚幻之身。不待咪咪说话，旺旺星王就说，我知道你要什么，我马上就给他治疗。只是你要记住，最近宇宙之星有可能随时跟地球 M 国联系，我们除了保证这个高朗的绝对安全外，你还要跟他寸步不离。

旺旺星王话毕，立刻开启K金输送通道，一道金光自天宇照到高朗的身上。那金光从头到尾将高朗扫了个遍，被扫过的高朗立刻恢复如初。高朗起身时，旺旺星王也随着金光立刻散去。旺旺星王临消失时说了一句"别忘了你的任务"。咪咪知道这是星王通过K金输送渠道给高朗用混元真气疗伤，她心里一阵感动。星王永远急她所急，想她所想。

高朗并没有发现旺旺星王的幻体影像出现。他起身后四处看了一眼，然后走近咪咪，用几乎恳求的语气说："我可以出去吗？"

咪咪赶紧说："你刚刚恢复，不可以的。"

高朗却说："我自己的身体我自己知道。放我出去吧！求你了。"

咪咪明知故问地说："你为什么要出去呢？"

高朗说："我要出去看看颜丽是不是真的回来了？"

咪咪说："她早已死去，连尸骨也去了旺旺星球。这个你不是不知道。"

高朗听到这话，脸一下子变得阴沉下来，他不高兴地说："你骗我，我明明看见颜丽回来了，她在替我受苦。我已经欠她太多了，让我去吧！"

高朗说着竟然转身就往外跑。可是无论他如何跑，走着走着就又回到原来的位置。高朗生气了，他对着咪咪发火道："你让我出去！"

面对发脾气的高朗，咪咪不温不火地解释说："颜丽真的死了。是她的幽魂自愿回到这里代替你对抗大石龟。她已是冥间之鬼，让她来代替你对抗大石龟，再合适不过了。因为她没有肉身之累。她不会像你那样感到痛苦无边的。"

高朗说："她为什么要这么做？你们不告诉她，她怎么能知道，又怎么来到这里。一定是你们让她这样做的。她这样做了之后，难道魂魄就不受影响，你在骗我吧？"

咪咪说："不错，没有我们的同意她根本就不会离开旺旺星球半步，即便离开了，也到不了地球。"

高朗说："这就对了。说来说去，还不是你们的阴谋？我真怀疑，这只大石龟是不是你们安排的？"

高朗故意这样刺激咪咪说道。

"你要是愿意这么想的话，那就这么想吧！正应了你们地球人的那句话，'狗咬吕洞宾，不识好人心。'"

高朗说："我是个内心不设伏的人。我平生最讨厌的就是表里不一、口是心非的人。"

咪咪听他这样说，也不生气，也不辩解，只是平静地说："路遥知马力，日久见人心。我是不是表里不一、口是心非的人，时间会证明一切的。"

"但愿如此！"

"事到如今，信不信由你，我问心无愧！"

"要我相信你可以，答应我一个条件。"

"你还想出去？"

"为什么不可以。你既然知道，那就该明白如何去做。"

咪咪为难地说："你怎么这么固执？放不放你出去，我说了不算。而且，你出去了也于事无补，只能添乱。你下一步的主要任务是养好身体，配合我截获破译宇宙之星跟地球 M 国的秘密联络事宜，这可是当务之急。至于那只大石龟，暂且有颜丽跟它抗着，它不会挪动半步。我已经跟你们地球人联系过了，要他们按照我的意思，去改装巨型机器人。只要扩大了石墨烯高能电池的容量，我就会给他输送宇宙能量。只有这样，他才可以具备跟大石龟对抗的资本。"

"只要放我出去，我什么都可以答应你！"

咪咪一脸柔情地看着他，有些为难地摇着头说："不行。"

高朗坚决地说："那我就不听你的。"

咪咪以一种商量的口气说："别这样好吗？你已经没有别的选择。这不只是关系到你个人的事。"

"我不管！"

高朗态度异常坚决。

咪咪耐着性子跟他讲道理，她说："别赌气。你是一位有理性有正义感的男子汉，不是意气用事的毛头小子。我想你不会只顾儿女情长而置救人危难之大义而不顾吧？"

咪咪的这句话，让高朗情绪平静了不少。他的眼前一下子浮现出那只大石龟肆虐的情景，想到了大珠山被淹，殃及周围居民的惨状。他叹了一口气，说："难道出去一趟就会置大义于不顾了吗？"

咪咪说："道理说一千遍还是那个道理。你出去于事无补不说，还会有意想不到的麻烦，因为你的身体已经受伤。再说了，只有你留在这里，可以让我不失时机地近距离、更确切发现和捕捉到宇宙之星跟M国的联络信号。这个只有你才能帮助我，你是唯一的。"

"那么为什么不久前我可以出去，而现在就不能了？"

高朗直视着咪咪发问道。

咪咪说："刚刚我和旺旺星王通过话，他说根据宇宙之星近期的异动情况判断，他们随时有跟M国进行联系的迹象，所以你必须回来，一刻也不能离开这个地方，更不能离开我。这也是旺旺星王破例用混元真气给你治疗的原因。也正因为如此，这才不得已让颜丽回到地球替代你。"

"原来这样啊！你怎么早不说呢！"

听了咪咪这番解释，高朗一下子释怀起来。

高朗突然用双手抱一下头，自言自语地说："就是不知道颜丽她现在会怎么样，她能行吗，就不能派别人来吗？你们智慧生命比我们地球人强多了，随便派一个也比颜丽强啊！"

咪咪说："旺旺星球正面临与宇宙之星交战的危局，一时还派不出更合适的人选。而且颜丽跟你心脉相通，是她决意要求来的。她若能在这里表现突出，取得业力，就可以在既定的时间里加入我们的旺旺星球，成为我们这个大家庭真正的一员。要是真能这样，她就算功德圆满，有一个好的归宿，这不也是你所期望的吗？"

高朗说："你的意思是说，她这样就会成为智慧生命了，她就算重新活过来了？"

咪咪说："差不多吧！当然，跟你们地球人活的状态是不一样的。但是要真正成为一名智慧生命，这只是第一步，还要经过许多修炼。"

高朗说："成为一名智慧生命比我们地球人好吗？"

咪咪说："那当然了。"

高朗说："我倒觉得未必吧！"

咪咪说："能得道成仙，是多少俗世中人求之不得的事情。而你却不屑一顾，像你这样的人也不多见。而且能成为我们智慧生命，要比神仙还要神仙。"

高朗说："就算你说的是真的，那跟我也没多大关系，我既不能成仙，更不会成为智慧生命。我就是我，凡人一个。我现在最想做的就是能见到颜丽，这个我想你会办到的，我请求你玉成。"

咪咪见他还是铁了心要见颜丽，心里有些嘀咕。看来不跟他说明白，恐怕会纠缠不休。想了想，就说："我可以让你看，但是你看不到的，她在地球就是在阳间，只能是个影子。只有我能看到，而你却看不到。"

见咪咪这样说，高朗并不十分相信，他反问说："方才我看到的那个颜丽是怎么回事，难道你也是幽魂？"

咪咪明白高朗并不完全相信她的话，为了打消他的顾虑，就进一步解释说："方才你只是在虚幻的梦境中看到颜丽，根本就不是真实的人。而且我跟颜丽不是一个类别。她是幽魂，而我已经升华为智慧生命，颜丽还远没达到我这个层次。"

"就算你说的是真的，那我也想试试。"

咪咪见他那副不撞南墙不回头的样子，只好勉强地点了点头。咪咪开启了外视功能，让高朗好好去看。

高朗通过咪咪的外视功能，只看到了那只处于静止状态的大石龟，颜丽在哪里他却毫无发现。

高朗看后失望地说句："怎么会是这样呢？"

咪咪说："是这样的，因为阴阳不通。颜丽没有肉身之累，而且在来之前，又承受混元真气的补充，她比起你来，对付大石龟要轻松得多。"

高朗无奈地说句："但愿是这样。"

而后他抬起脸看着咪咪诚恳地说："我真的很想见到她，很想！你能不能帮帮我？我知道你一定会有办法的。"

咪咪说："这不可能！原谅我，我真的没法帮你实现这个愿望！"

面对咪咪的拒绝，高朗没有生气，他只是再次说："你们是智慧生命啊！怎么就不能？"

他说这话的时候几乎是恳求了。

"不错！我们是智慧生命，但你不是，颜丽也不是。她只是一个有些超人之力的幽魂而已。如今你们阴阳相隔，不在一个维度不说，阴阳是相冲相害的。你们要是见了面，那就是相克相害的冤家，这是万万不可的。"

高朗听了，一时无语。

咪咪又说："你们一旦相见，即成万世冤家。你愿意出现这样的结果吗？"

高朗闻言，当即问说："那我们今生今世永远见不到了？"

咪咪说："除非颜丽成为智慧生命，但是，但是……"

咪咪却没有把话说下去。

高朗听了，一脸的忧伤，他说："你的意思是这个时间很长，我等不到是吗？"

咪咪没有回答，只是点了点头。

高朗此时心中异常难过，他的眼中不时浮现颜丽的音容笑貌。人就是这样，在的时候不觉得珍贵，一旦失去，却又万分难舍。

咪咪见高朗如此心境，也不知说什么安慰的话才好。她想让高朗尽快忘掉颜丽，让他的心情好起来。只有这样，他身上的静电才能释放正常的频率，保证接收到宇宙之星的信号。若是长期沉浸在这种低沉的心境，则会影响他们的任务，怎么办？

究竟用什么办法才能让他忘掉眼前的忧虑，高兴起来。想到高朗是位登山爱好者，咪咪认定他一定喜欢旅游。不妨带他去至真虚幻的世界里看看风景，也许会让他高兴起来。

想到这里，咪咪灵机一动地说："我带你到几个非常美妙的地方去走走怎么样？"

"到哪里去？"

咪咪这样一说，高朗的兴趣也来了。但是他又疑惑地补充了一句："你不是说我们不能离开这里吗？"

咪咪说："我们可以让分离的幻体离开，让真身留下。再说了，只要我们不离开，就没有影响。"

"是这样啊！"

"是这样。你是去杭州到断魂桥上去看许仙与白娘子相会，还是去看罗密欧和朱丽叶？"

高朗说："许仙和白娘子是神话传说，哪有真事？"

咪咪说："你想不想看吧？"

高朗说："是看电影吗？"

咪咪说："真实版的白娘子与许仙相会。"

高朗说："能吗？"

咪咪说："去看看不就知道了。要不咱们到美国好莱坞去看他们拍电影？"

高朗说："那还是去杭州吧！不信你还真能变出个白娘子来。"

咪咪说："要不我带你去白宫，让你见识见识美国总统是怎么样工作和生活的。"

高朗说："可以，只是我还是愿意先去杭州！"

咪咪说："好，那咱们就去杭州。"

"怎么去？"

咪咪朝着他的身后指着说："你看那儿！"

高朗刚刚转过身子，两眼往前看的时候，却什么也看不见。

当他刚要问咪咪时，身后的咪咪口里吹出一口气。那气在空中变成一团祥云，那祥云飘啊飘着渐渐向他飘近。这祥云在飘近的过程中，不断变幻着，最后变成一片开阔地，那片开阔地里，有一座小型机场，机场上停着一架类似于直升机的飞行器。

高朗看着面前的这片开阔地，就像是一幅挂在他眼前的图画。他伸手去摸，但是他的手伸出去的时候，总是隔着那么一段距离，够不到。他就一再往前走几步，再走几步。可是无论他怎么走，那距离一样不缩短，也触摸不到。他甚至怀疑自己的眼睛。如是，高朗使劲闭上眼睛，又睁开，那片开阔地依然还在那里。

在他和飞机场之间，有一段无法缩短的距离。

"这是怎么回事？"

高朗瞪着不解的眼睛问咪咪。

咪咪没有回答，她只是轻启朱唇说声"落！"

只见那悬在空中的开阔地慢慢落到地上。

咪咪又说了一个字："开！"

那开阔地突然闪出一道亮光，亮光过后，就像在高朗他们面前打开一道门。

站在他后面的咪咪就说："跟我来！"

她说着，身子就像被风吹着一样一下子飞了进去。此时，正看得出神的高朗也感到自己的身子被一股气流吹着，随着咪咪飞进了开阔地。

十六

高朗感到自己的身体像棉花一样轻，他几乎轻轻一跳，就从地上飘起来。俩人就像蝴蝶一样轻飘飘飞到了开阔地上，然后又飞到了机场。

机场上有一架高朗从来没有见过的像科幻电影里面的飞行器。咪咪领他上了那架被她说成是直升机的飞行器。

此时的咪咪转眼间换上了飞行服装，见高朗用惊奇的眼光看着她一声不吭，咪咪就说："怎么了？感觉奇怪是吗？"

高朗眯一下眼，说："我是不是又在梦里？"

咪咪笑了一下说："这不是在梦里，但也绝不是在现实中。"

高朗就说："你说什么，不是在梦里我们这是在哪里，我怎么被你搞糊涂了？"

咪咪说："我们这是在至真幻境。"

"什么是至真幻境？"

"这至真幻境嘛，就像你们地球人五D电影。而我们智慧生命的至真幻境，是能够让场外之人零距离进入场景。"

"这么厉害？"

"那当然了。"

咪咪说着用目光对着仪表盘轻轻扫视了一下，就像遥控一样，咪咪用视觉意识开启了飞机马达。

高朗说："要不要我来？"

咪咪一边驾驶一边说："你还是当我的乘客吧！这架飞机可跟你们地球人的飞机不一样。它靠的是思维意识驾驶，而且它也并不是一架真实的物体飞机，它不过是一种飞机的幻体而已。"

"还有这种事？"

咪咪说："你伸手摸摸。"

高朗伸出手摸了摸，硬硬的，那种真实的感觉是实实在在的。他就说："这不好好的吗？"

咪咪又说："你再试试。"

高朗又伸出手摸了摸。

奇怪，这会儿无论他摸到哪儿，那些物件就像空气一样毫无存在感，他的手掌可以任意穿透。

"这到底是怎么回事？"

咪咪看他一眼说："有些事，说了你也不明白。就像我们要去的南宋时代，那时的人们，你要跟他说起今天坐飞机的事，能说明白吗？"

高朗有些吃惊了，他看着咪咪说："我们要去南宋？"

咪咪边目视前方边说："对啊！不到南宋时代怎么能亲身感受白素贞和许仙的恋爱经过？"

这时，飞行器翱翔蓝天，放眼大地，像一幅铺开的画卷。那万水千山，那江河湖海，那都市村落，那田野密林，那画中的景色，一边向前快速伸展，又一边快速向后退去。

高朗看着高空下那不断闪幻的风景，心中不觉愉悦万分。

他有些激动地说："太美了。"

天空中飘来一片云，飞行器一头扎入云中。

视线被云层遮住。

不一会儿，飞行器冲出云层，高朗眼前又是一亮。

绿水田园间，波光浩渺的西湖边，一座繁华的宋代都市就依山傍水地坐落在这美丽富饶的地方。

高朗对着下面说："这地方真不错。"

咪咪说："南宋时代的临安，用你们现代人的话来说就是古杭州。"

高朗一听，高兴起来，他说："怪不得这么美，那就别飞了，停下来，我们下去看看吧！"

咪咪说："这是我们此行的目的地，我们当然要下去看看了。"

咪咪说着话的时候，也不知她使了什么手段，俩人的身子突然从飞行器里飘出来，飘在空中。悬在空中的高朗看着那架飞行器一直往前飞，直到消失在眼前。

高朗俯瞰着斑驳陆离的大地，刚想说话，咪咪突然抢在他前头说："闭上眼睛，我们来一次大穿越。"

"穿越？"

"对！穿越。不穿越我们又怎么能到南宋去看白素贞和许仙？"

"你就不能让我见识见识怎样才能穿越到宋代？"

"速度太快，你什么都看不到，那样还会对你的眼睛造成伤害。"

"那我就闭着眼睛！"

"这样最好。"

"万一要是我控制不住自己睁开了怎么办？"

咪咪并没有回答他，她只是向着面前的空中比画了几下。一副很精致的眼罩就飞来蒙在了高朗的眼上，他立刻就什么也看不见了。

咪咪这个动作，是宇宙智慧生命的意识购置法，用现代地球人的话来说相当于物联购置法。

那么这个意识购置法是怎么样完成的呢？这是宇宙智慧生命利用引力波和生命思维编制的程序来完成的，就如同现代人的互联网购物。

咪咪对着高朗说一声"我们走"，高朗的身子又轻飘飘地飞起来，飘进一个他看不见的神秘隧道里。此时的他就像一个失去活动能力只有感知的活死人般，任由咪咪摆布。正当高朗不知所以时，他又听到"嗖"的一声，就觉得自己像坐火箭一样飞了出去。

在此同时，他就像睡着了一样什么也不知道了。

当他睁开眼睛的时候，眼罩早已不见了。他看到自己一身宋朝的打扮，而眼前的景象也是南宋时代的临安。

咪咪此时也是南宋打扮，只见她身上早已不见了那绿色的紧身衣。她的头发也不是绿色的头发了，而是满头青丝盘云鬓，几许银饰缀花冠。她身穿粉色织金短衫儿，下穿黄罗银呢长裙，系一条香花裹肚儿。而更让高朗吃惊的是，她的一双脚也变成了三寸小金莲。

一身南宋青年男子打扮的高朗看着眼前面目一新的咪咪，真个是惊诧莫名了。

高朗看着咪咪用疑惑的口气说："我们真的来到南宋了？"

"这还有假吗？"

说着话，她在高朗面前转一下身，那衣裙飘飘，袅袅娜娜。她微笑着问高朗说："怎么样，像不像南宋人？"

高朗说："像！像极了。"

咪咪又指指他说："你看看自己，明明就是一个许仙嘛！只不过少了一些文雅。要不要我给你化化妆啊？"

高朗站起来走几步，尴尬地说："不用不用！"

"你看我像谁？"

高朗不明其意，看着她想了想，说："不知道。"

咪咪莞尔一笑，逗他说："像不像白素贞啊？"

一句话像把高朗点醒了似的，他立刻恍然大悟地连连说："像啊，太像了。"

听了高朗的夸赞，咪咪脸上倏然飞出一缕羞红。但是这缕羞红稍纵即逝，如果不是留意观察，不会被人轻易发现。

"什么意思？你要扮演白素贞？"

"不可以吗？"

"可以可以！你要是扮演白素贞，绝对胜任。"

高朗说着上下打量她一番，然后又看看自己身上的那副打扮，像忽然明白了什么似的，说："那我要扮演许仙了？"

咪咪看着他那副认真的样子，不由得脸上一红，笑了笑说："美得你！！你当过演员吗？许仙也不是那么好演的。"

高朗有些诚恳地说："可不是，我还从未当过演员呢！许仙一个小白脸，我也不喜欢。要是让我扮演个舞枪弄棒的角色还差不多。"

咪咪就说："跟你开玩笑的，我还是领你去看白素贞跟许仙相会吧？"

"我们真的穿越了，真的可以看到活生生的白娘子和许仙？"

"是啊！"

"这又是什么魔法？"

"其实我用的是时光倒流法。只有在这个年代、这个环境里把白娘子和许仙请出来，才能让你彻底融入到他们的现实情景中。这就更能增加真实感。"

高朗说："世上事，可真的是千奇百怪。还有这种办法，你们智慧生命不得了啊。"

咪咪见他这样说，心里忽然冒出一个想法。她想，要是这个高朗能够通过这次的合作，产生一种对智慧生命的向往，那么，她可否能够说服旺旺星王和众元老，在以后的时间里，对他输入混元真气进行助修，让他早日进入旺旺星球，成为智慧生命。这样的话，岂不是两全其美吗？只是她又觉得这件事情比较遥远。因为要进入旺旺星球，那是要靠缘分的。像颜丽这样的个例真是少之又少。她也不明白，星王怎么会轻易让颜丽进入旺旺星球呢？这个前因后果到底是什么，咪咪却毫无所知。尽管咪咪的想法还很遥远，但是她不能不想，所以她就以试探的口气问高朗说："这么说你很羡慕我们智慧生命了？"

高朗说："也说不上是羡慕，倒是觉得挺神奇。我有一事不明。你刚才说宇宙之星要跟地球 M 国联系，那我们穿越到南宋，耽误不了正事？"

咪咪告诉他："这个你放心，只要你跟我在一起，就不会耽误。无论宇宙之星什么时候跟 M 国联系，你身上的静电都会有显示，我们就是利用这个来截获他们的信息。"

高朗一听点点头"哦"了一声，他看看咪咪，又问："这个时光倒流法是怎么回事？"

咪咪说："宇宙本来是一个具有多维度的空间，每个维度都是一个不同的世界，不同的生命体所处的维度不同，这就造成了每个维度的生命体各不相通，不可越界。你处在哪个维度，就会看到哪个维度的世界。这就如同一个人穿着几层衣服，最外面一层是一种面料一种颜色，也是最易被人感知的世界。普通人看宇宙光怪陆离，群星闪烁。其实，这肉眼看到的也只不过是一种象体而已。它是什么形状，都是宇宙主宰早就设计好了的。主宰给人一双眼睛，让他能看到自己设计好的状物的形象。这形象就是通过眼睛这种肉体成像仪器跟大脑记忆连接起来的产物，这种状物形态和意识结合才给予地球人类活生生的视觉感知。"

"是这么个理。你带我到这里来不会只是为了玩吧？"

咪咪从高朗的语气里，察觉到他对此行的疑虑。为了打消他的一切顾虑，她只能对他实话实说。于是，咪咪就很认真地跟他说："就是为了玩，只要你高兴了，你身上的静电接收功能就会越强。只有如此，才不会漏掉宇宙之星跟 M 国来往的任何信息。"

她说完这话，刻意地瞄了一眼高朗。此时的高朗就站在她不远的对面，他的两眼一直没有离开她的脸。他没有说话，但是从他平静的神态上可以感觉出来，高朗对她的话是相信的。

咪咪看看天，说句："差不多了，我们上断桥去等白素贞和许仙吧。"

高朗听了这话，很高兴地说："好啊！"

咪咪在前边走，高朗在后面跟着。

他们像平常人一样，一路走来。只是让高朗感到诧异的是，这一路上，他看到的景色都是南宋的景色，人也是南宋的人。无论是自然景色还是人文景色，一模一样。这种身临其境的感觉逼真得让人分不清真假，他跟咪咪走在街上，看着大街上人来人往。他不仅能听到他们说话、交谈，也能看得到唱戏演出的；看到做买卖的；看到买卖东西的……他在他们中间走动穿插，却丝毫没有引起他们的注意。高朗在他们身边走过，他们竟然毫无察觉，就如同高朗这个人根本不存在似的。高朗也听到他们的说话声，但是他们却听不到自己的说话声。他想停下来问一问，跟他们交谈一下，可是无论他如何跟他们打招呼，竟然没有一个人回应他。面对此种现象，既让他感觉意外，也很惊奇和莫名其妙。看到一位年轻俊朗的富贵男子迎面走来，他干脆上前去拦住他。但是，他的阻拦同样毫无作用，这个年轻人很自然地就从他的身体横着穿过去了。高朗转过身去看着那位已经渐渐远去的男子，大为不解，刚才高朗可是很真实地感觉到了他衣袂的拂动。这个时候，又有一位中年男子来到他的身边。中年男子一样地对他视而不见，他为了让那人感觉到自己的存在，就伸出手去拉那个中年男子。高朗明明看着他的衣服被自己抓到手，但是无论他怎么拉，都无法拉住对方，更让高朗感到奇怪的是那人好像一点感觉都没有。高朗对那人的身体触摸是真实存在的，他感受到了他那件衣服的质地，感受到了那个男子肉体的弹性，他甚至还用力捏了捏。不错，那是一只真实的胳膊，有体温，有弹性。但是无论他如何在他的身体上做什么动作，那位男子不但对他视而不见，也一样不知不觉。

高朗非常纳闷，他又想到这会不会是在梦里？

这个时候，他忽然发现咪咪不见了，他立刻睁大眼睛，在来往的人群中四处张望。大街上熙熙攘攘，有贩夫走卒，有富豪商贾，有小商小贩，有唱戏的，有玩杂耍的，有骑马的，有赶驴的，有拉车的，有赶牛的。小摊小贩，各种人物应有尽有。

望着万头攒动的人流和罗列在街道两边的店铺，却哪里还有咪咪的身影？高朗一时着急起来。

就在这个时候，走在前面消失在高朗视野外的咪咪就像知道他正在四处寻找自己一样，忽然间一下子从人群里飞起来，飘在半空中。

仙女般飘逸而美丽的咪咪见高朗正在人群中苦苦寻找她不得，就张开嘴吐出一个气泡，那气泡飞动着向他砸去。

高朗因为看不到咪咪，正在着急的时候，一个什么东西碰了他的额头一下，然后就又飞走了。高朗循着那飞去的气泡看去，却见咪咪正飘在人们的头上向他招手。高朗心中一喜，刚要迈动脚步，就觉一股力道将他的身子托起来，他就身不由己地飘在了空中。处在空中的高朗不由得往下看去，大街上的人们依然如故，像没有任何人看到在他们头上悬着什么人似的。

咪咪向他一招手，就像平地刮起一阵风，他的身子便跟着咪咪向着前方飞去。

一路上，眼前美景一幕幕闪过。他想停下来，但是却往往身不由己。

飞在前面的咪咪，就像要赶时间一样，领着他是越飞越快。大地就像一帧巨幅山水画卷，此刻被风吹动着往后退去，四周的山河、树林、村落就像长了腿一样，相互簇拥着迎面跑来，又迎面跑去。当他正全神贯注地沉迷在景色里的时候，他的身子突然停止了飞动，然后又轻飘飘地落在地上。

咪咪也同样落下来。

高朗落到地上的时候，这个地方正淅淅沥沥地下着雨呢。

南宋的清明时节，雨天的临安还是有点微微的凉。

高朗被雨水淋得有些狼狈。咪咪看着他那个样子，竟然忍不住轻轻一笑。咪咪这样一笑，让高朗也觉得有些尴尬。

雨下得似乎更大了，雨水将他的头发都快淋湿了。他不得不四下张望，希望能找到一个避雨的地方。可是此时的西湖岸边，烟雨迷蒙，除了杨柳依依，没有任何房屋和设施可以避雨。他跑到一棵大柳树下，没想到，他刚一站到树下，一阵冷风吹来，树头摇曳，柳枝拂动，大滴的水珠哗哗落下来，砸到他的头上，落到他的脖子里。他不由得打个寒战，皱起了眉头。抬头看看站在不远处，置身在雨幕中的咪咪，竟是一身干燥，滴水不沾。他就想，他们同样都处在一个天底下，怎么咪咪就不会被雨淋湿呢？

他仔细看去，那雨点就像怕她似的，落到她头顶时就绕开飘向别处。

雨中的临安，此刻早已没有了昔日阳光明媚的敞亮，它在一层冷凄凄的包裹中显现出一种诗意般的迷蒙。天空也不再有晴日的空阔，那雨雾的茫茫不仅调暗了一座繁华古城明丽的光色，也加重了一分岁月沧桑的古朴。

高朗那件绸布衫被雨水打得半湿，风一吹，还是很有些清冷。看着天上源源不断的雨丝纷纷飘落，他感到了丝丝寒意的袭来，高朗竟然忍不住打个寒战。

虽然高朗不愿让咪咪看到他的窘态，但是，冰冷的雨水让他体会了那种不可抗拒的寒意。

咪咪看着他那个样子，就投去了关注的一瞥。当她发现这个平日里坚强勇敢的男子汉在羞怯地回避她的目光时，她便明白了他的心思。看来，越是高大的男人越怕在女人面前表现出怯懦和退缩。

咪咪实在不忍心让他在湿漉漉的衣服中经受寒冷的侵袭。她想了想，问了句："冷吗？"

高朗说不冷。

咪咪又说："给你弄把伞吧？"

高朗说："哪有伞啊！"

咪咪就说："你等着啊！"

咪咪说着又是对着空中一比画，一把伞就来到高朗的手中。

高朗把伞拿在手里。他看看咪咪，嘴唇嚅动了一下，但没有马上打开。他终于忍不住问站在雨中的咪咪说："你呢？"

咪咪说："我不用，你快打开啊！"

高朗打开伞，挡住了不断下落的雨滴。

雨继续下着。

蒙蒙雨丝像断线的珠子一样不断下坠，形成了一道雨幕，让所有景色全部笼罩在一片烟雨迷蒙中。

有道是"西湖美景三月三，春风如丝柳如烟……"

此时的西湖，整个沉浸在阴雨绵绵中，它像被一位高超的国画大师涂上一层若隐若现的淡墨，使湖面氤氲骤起，气韵生动。此时驻足西湖，望一眼雨中黛翠，一份冷凝的美便油然而生。

雨伞来得很及时，它替高朗挡住了那些带有寒意的雨滴。尽管身上还有些湿漉漉的，但是，没有了那种劈头盖脸的浇灌，要比挨淋好多了。他充满感激地向咪咪投去一瞥，嘴上想说句谢谢，但不知出于什么原因，终是没有说出来。

高朗这个感激的眼神让咪咪感觉到了，她心中不免一阵高兴。她知道高朗是一个什么样的人，她也明白现在的高朗目前心里装着的是什么人。可咪咪对这个地球人的喜欢却在不知不觉的潜移默化中产生了，她虽然明白他们之间是不可能的，但是，这份说不清楚的情感却又那么让她割舍不下，却也无可奈何。

咪咪又是一个招手，一条毛巾来到高朗手中。这可真是雪中送炭哪！高朗赶紧用一只手将头和脸擦个干净。等他把脸擦干净时，那条毛巾就忽然不见了。

高朗见咪咪正在朝他微笑，想着刚才的一切，他心里一时暖洋洋的。这个浑身充满着神奇的女人，自从见到她的第一天起，她的神奇就层出不穷。高朗忽然意识到自己不由自主地关注起她来，想到这里的时候，他的心里有一种说不清楚的感受，同时心中也荡起一股莫名的涟漪来。

不远处的湖中，一艘渡船在渐渐冲开雨幕，一点一点地向岸边驶来。

站在不远处的咪咪冒着纷乱的雨丝向他走来，那曳动的裙裾，亭亭玉立的身影，是雨中一道亮丽的风景。

高朗竟然一时看得呆了。

这不就是一个活生生的白娘子吗？

正当高朗看着走近的咪咪陷入遐思的时候，咪咪已经来到他的身旁。咪咪对他说："一会儿，白素贞、小青和许仙就要来了。你只管在一边跟着他们看。"

咪咪这样一说，高朗立刻从遐思中醒来，他拿眼四处打量着说："这还真要来呀？"

咪咪说："看你说的，我何时骗过你？"

高朗见咪咪这样说，心生歉意，是呀，自从跟她相识，这个神秘的外星女子还真没骗过自己。想到这里的时候，他对着咪咪谨慎地说："那我们要不要躲起来？"

咪咪很干脆地说："不用！他们看不到我们的。"

高朗突然想起刚才在街市上出现的情景，于是就问咪咪说："可不是，你用的什么法子。我们刚才在过街市的时候，那些人也一样看不到我们呀！"

咪咪说："我不是跟你说过吗？这是至真幻境。我们跟他们不是处在一个维度，所以，我们对他们来说是不存在的。"

"那我们又怎么能看到他们呢，至真幻境就是这个样子吗？"

"这个至真幻境啊！就是根据某个年代发生的真人真事复制的一个幻境。你一个肉体凡胎是不可以随便进入另一个维度的。在你们地球人看来，有阳间和阴间之说，其实这就是两个不同的维度。阴间之鬼也在宇宙中真实存在，只是跟人类不在同一个维度。鬼看不到人，人也看不到鬼。其实，无论是人还是鬼，他们常常就在彼此的身边。正所谓鬼在鬼界，人在人界，仙在仙界。"

"哦！那么，刚才见到的那些人是鬼吗？"

"他们是南宋时代的，都是跟你们一模一样的人。"

"既然是同类，为什么不可以交流？"

"这个嘛，以你现在的状态是根本不可能的，因为他们已经是过去时了，你不可能回去，回到他们中间，你跟他们既不在一个空间维度，更不在一个时间维度，所以，也只能作为一个局外人看看而已。只有到了高层，成为智慧生命，才能做到来去自如。"

"你的意思是说我只要成为你那样的智慧生命就可以吗？"

"那当然，你愿意吗？"

"这个……好像不是那么容易的吧？"

"是的！所以，所以……"

咪咪说到这里，把话又止住了。此时咪咪觉得要是把能成为智慧生命说得过于漫长和艰难，只会打消高朗的向往和努力，让他知难而退。所以，她就把话打住了。她抬头看看天说："时辰到了，我们过去吧！"

　　高朗不解地说："去哪里？"

　　咪咪说："断桥啊！"

　　"白娘子和许仙相会的断桥？"

　　"不错！"

　　高朗说："这个不是神话故事吗，还真有这么个白蛇和许仙相配？"

　　咪咪说："有没有你去看看不就知道了。"

十七

　　高朗见咪咪说要去看白娘子和许仙相会，心里有些嘀咕。毕竟这白娘子也只是一个传说故事，还会有真人真事？只是高朗和咪咪这一路走来，见到的稀奇古怪事儿多了，什么不同维度，什么至真幻境呀，等等。他也就不再说什么，只说："好吧，我听你的。"高朗说了这个话后，本以为咪咪又要让他飘飘然飞起来，却见咪咪并不行动。他就又忍不住催一句说："走啊！不是去看白娘子和许仙吗？"

　　咪咪正在聚精会神地想着什么，见他这样说，却连看他一眼都没看就说了一句："别说话，你先站在那儿不动，我一会儿让你看着我的眼睛时，你赶紧过来看着就行了。"

　　咪咪说完这话就全神贯注地目视前方了。高朗就有些纳闷。他正在想着这个咪咪又在搞什么名堂时，咪咪又说了："到我前面来，看着我的眼睛。"

　　高朗只好迈动脚步，走到她的面前，两眼直视着她的眼睛。

　　高朗这一看不要紧，他的目光一接触到咪咪的视线，只见那两道视线里就像有两股旋风样形成两个大大的旋涡，他的人一下子分成一个肉体一个影子，这肉体和影子被两个大旋涡吸引着直往那两个深不见底的隧道里钻去。

高朗出来的时候，就像睡了一觉，已经不记得自己是怎么从那隧道里出来的，他只是好奇地看着四周的一切。

现在他所处在的地方，已经不是南宋时代的临安了，而是二十世纪末的杭州。

咪咪也已经换了一身现代打扮。她穿一身西装套裙，依旧是亭亭玉立，青春靓丽，而高朗也换了一身休闲春装。

高朗向四下扫了一眼，又看看咪咪说："这怎么又回到现代了？"

咪咪说："你本来就是现代人嘛！"

高朗一想，就说："也是！"

咪咪指着白堤上的一座桥问："你知道这座桥叫什么名字吗？"

高朗顺着她的手指看去，旖旎西湖，岸柳依依，桃花妖娆。一座石桥，贯通了白堤与孤山。于是他就说："那不是断桥吗？"

咪咪说："你知道这断桥的来历吗？"

高朗说："知道，来源于白娘子与许仙的故事嘛！"

咪咪："也是也不是。"

看着高朗疑虑的眼神，咪咪接着说："这断桥名字的由来，本来众说纷纭。但是自从有了白娘子和许仙的故事，有关白娘子与许仙相会断桥就占了上风。因为这是一段缠绵悲戚的爱情故事。白娘子与许仙相会于断桥，又分离于断桥。段桥之断，便也坐实了。其实这个断桥有多种说法：一种说法是孤山之路到此而断，所以称其为断桥；还有一种说法，这桥是一家段姓人所造，简称段桥，谐音为断桥。另一种说法是古石桥上建有亭，冬日雪霁，桥阳面冰雪消融，桥阴面仍然玉砌银铺，从葛岭远眺，应桥与堤断之感，得名'断桥残雪'。而传说中的白娘子与许仙断桥相会，为断桥景物增添了浪漫色彩。也有人说，南宋王朝偏安一隅，多情的画家取残山剩水之意，于是拟出了桥名和景名，由此看来，后一种说法似是更为可取。"

关于段家人修桥的故事是这样的：传说很早以前，这西湖白沙堤，从孤山蜿蜒到这里，有水阻隔，才使白沙堤与孤山相断。不知哪年哪月，谁人在这儿修了一座无名的小木桥。这小木桥与湖岸紧紧相连。游人要到孤山去游玩，都要经过这座小木桥，日晒雨淋，桥板经常要烂断，游人十分不便。

桥旁有一间简陋的茅舍，住着一对姓段的夫妇。两人心地善良，手脚勤快。男的在湖里捕鱼为生，女的在门口摆个酒摊，卖家酿土酒。因为酒味不佳，顾客很少上门，生意不佳。

一天，日落西山，夫妇俩刚要关门，来了一个衣衫褴褛的白发老人，说是远道而来，身无分文，要求留宿一夜。段家夫妇见他年老可怜，热情地留他住下，还烧了一条刚从西湖里捕来的鲤鱼，打上一碗家酿土酒，款待老人。老人也不客气，一连饮了三大碗，便倒在床上，呼呼入睡。

第二天早晨白发老人临别时，说："谢谢你们好心款待，我这里有酒药三颗，可帮助你们酿得好酒。"说罢，取出三颗红红的酒药，告别而去。

段家夫妇将老人的三颗酒药放在酿酒缸里，酿出来的酒，颜色猩红，甜醇无比，香气袭人。从此，天天顾客盈门，段家猩红酒名扬杭城，生意一天比一天兴隆。段家夫妇拆了茅舍，盖起了酒楼。他们为了感谢白发老人，积蓄了一笔钱，准备好好答谢他。

岁月流逝，一晃三年。这年冬天，西湖大雪，白发老人冒雪来到段家酒楼。夫妇俩一见恩人来到，喜出望外，留老人长住他家。然而老人第二天便要告别。临别之时，段家夫妇取出三百两银子送给老人。老人笑着推辞说谢谢你们夫妇一片好心，我这孤单老人，要这么多银钱何用？你们还是用在最要紧的地方吧！说罢，便踏雪向小桥走去。段家夫妇站在门口相送，只见老人刚跨上小木桥，脚下一滑，桥板断啦，老人也跌进了湖里。夫妇俩急忙跑去相救，忽见白发老人轻轻立于湖面，如履平地，微笑着向他们挥挥手，飘然而去。

段家夫妇这才知道，白发老人不是凡人。想起老人临别说的话，便用那笔钱在原来的小木桥处，造起了一座高高的青石拱桥，还在桥头建了一座亭子。从此，游西湖的人，再不怕路滑桥断啦。乡亲父老怀念段家夫妇行善造桥的好事，便把这桥称为段家桥。后来，因为"段""断"同音，便被称为断桥。

高朗听得入迷，咪咪讲罢他竟意犹未尽。他就说："这个传奇故事我觉得要比那个白娘子与许仙的故事有一些真实的东西，说不定这断桥还真是那姓段的夫妇建的呢。"

咪咪点点头又摇摇头说："传说就是传说，不可不信，但也不足以全信。有的传说只是有那么一点现实的影子，有的则根本就是子虚乌有。"

高朗说："这个你们智慧生命是应该知道的呀！"

咪咪说："我当然知道了。"

"那你说哪个更靠谱一点？"

咪咪说："我都已经说过了，有便有之，无则无之。你全信全有，不信则无。"

高朗说："那你还要带我来看白娘子与许仙？"

咪咪当下就说："白娘子与许仙深入人心，心有便有。"

"哦——"

高朗沉思了一下，对于咪咪的话似懂非懂。

正说话间，却见咪咪用手往前一指说："你看，他们来了。"

高朗闻言向她说的方向看去。就像转换镜头般，西湖的景色突然间焕然一新，连天气都变了，刚才还是朗朗的天气，现在立马又变得阴暗起来。

西湖岸边，白堤之上，一身宋代白色裙衣的漂亮女子和青衣女子姗姗走来。高朗拿眼一看，这白衣女子不是别人，竟然是赵雅芝。他正惊讶间，叶童扮演的许仙也走上了断桥。

高朗眼看赵雅芝扮演的白素贞和那位青衣姑娘从身边走过。她们衣袂婆娑的倩倩丽影，看得他是如痴如醉。这个赵雅芝可是他的青春偶像，他想悄悄跟上去，但是脚步却就是挪不动。

原来有一种像闪电的东西突然袭击了他，让他全身麻木酥软。他的意识也像被人操控了一般，恍恍惚惚地跑出大脑，向着一个无限遥远的方向飞去。

宇宙之星。

勃罗特正在为跟 M 国联络的事情发火呢。

让他生气的是，他跟 M 国秘密联络的信号多次被一个叫高朗的地球人吸收。尽管他对这个地球人预先采取了措施，将他送进大石龟的腹部，准备为己所用。但是，旺旺星族的人却捷足先登，不但对这个地球人施救，而且还把他保护起来，从而脱离了他的控制。现在，这个人躲在大石龟的腹部安然无恙。勃罗特明知他的存在会对整个 A 计划构成危险，却不能对其采取任何毁灭措施。而最让勃罗特头痛的是此人已经得到旺旺星王的混元真气能量，他就是出手予以毁灭，也是力不能及。如今的勃罗特是进退不得，他明明知道旺旺星族是他的最大敌人，但却因为他们手中有 K 金元素，却不能对其采取行动。如今他跟地球 M 国的合作正进行得如火如荼，倘若他们之间的秘密计划被旺旺星族的人截获破译，那么，一切就要功败垂成不说，为此而获得 K 金元素的努力就会统统失败。没有 K 金元素，宇宙之星统治宇宙的主宰地位就要被旺旺星族替代。那个时候，这个旺旺星族卧薪尝胆这么多年，肯定会对宇宙之星进行清算。真要到了那一天，他不但成不了宇宙主宰，恐怕要被置于万劫不复的深渊而永远不得超生。如此，那可真是生不如死了。勃罗特查阅了高朗的来龙去脉，在所有生灵的信息源里，竟然没有这个人的记录。他不由得大惑不解，一定是旺旺星族的人利用 K 金元素这强大能量对其进行了轨迹覆盖。是的，一定是，因为只有一个被覆盖的 DNA 密码才可以掩去一个地球生灵的信息。找不到这个人的来源，就无法从源头上发现漏洞，从而找到对付他的办法。勃罗特近来心情特别不好，早先派出去的五大金刚全部被旺旺星族的人击败。这五大金刚向来都是所向无敌，而今却成了残兵败将。而且，他们所受到的是 K 金元素、旺旺紫气、混元真气三大能量混合体以及地球人的联合攻击。这些能量，均在他们各自的幻体里留下残余毒素。这也是旺旺星族最为恶毒的一手，假若他把这五大金刚的幻体召回，那么这些毒素就会带到宇宙之星，它们在宇宙之星上会像瘟疫那样传播蔓延。那个时候，整个宇宙之星将不战自溃。迫于无奈，勃罗特只好让他们永远飘荡在宇宙空间当起孤魂野鬼，成为宇宙垃圾。

勃罗特一想到这里，心中有一种隐隐的痛，更产生一种对旺旺星族的无比仇恨。他暗暗发誓，一定要实现 A 计划，得到 K 金元素，一定要消灭旺旺星族和地球人类。

旺旺星族仗着手上的 K 金元素，有恃无恐，这是下定了决心要跟他们作对到底。从旺旺星族对地球的布局来看，他们早有预谋。看来，他们宇宙之星还是晚了一步。怪就怪宇宙之星老星王那个老王八蛋，昏庸而没远见，更没有做到未雨绸缪，当初对旺旺星族的怀柔政策完全就是个失败。对付这些个垃圾，就要斩尽杀绝，不能让他们在宇宙中有任何生存的空间。至于地球人，更是如此。垃圾动物不仅占用宇宙生存空间，还要浪费宇宙能源。他们的存在，就是对智慧生命未来的挑战。只有消灭他们，从他们身上榨取能量，才能促进宇宙之星智慧生命更高级的进化。

勃罗特很明白，要实现 A 计划，必须保证他们跟 M 国来往的秘密不被旺旺星族获知。他最大的希望，是手中有大石龟这颗棋子。因为当初咪咪中了他的调虎离山之计，让他钻了空子，他的银龙特使才能够把自己的宇宙精气输送给了大石龟，让大石龟成了真正的金刚不坏之躯，成了不死之魂。只要旺旺星族破译不了掌控大石龟的密码，任凭地球人用什么武器，也难以摧毁这只大石龟。即便他们动用核武也不能，因为这只大石龟可以无限地幻化，无限地复制。这个秘密，只有他自己心里明白。这恐怕是他们旺旺星族所没有想到的吧？当下，这只大石龟就是毁灭地球人类的先锋。而且，他还可以利用 M 国的霸道，挑动地球人类的自相残杀，如此一来，他的 A 计划何愁不成？

当然，按照 M 国所提出的条件，这个 A 计划只能针对地球有色人种。他虽然表面上答应了 M 国的所有要求，但是内心里，勃罗特却有自己的打算。他当然并不希望像 M 国所要求的那样，对地球人类有所保留，当 A 计划一旦实施成功，那这些 M 国的臣民就要离开地球，在太空星球另选驻地。卧榻之侧岂容他人鼾睡？他不想看到在宇宙星空里，再出现一个旺旺星族似的群体。

勃罗特这样盘算着，本来沉重的心情又轻松起来。

就在这时，一名部下前来报告，他们没法阻止发往地球 M 国的信号不被那种怪异的静电所吸收。勃罗特一听，有些不高兴起来。他一怒之下，竟然下令处罚这两名手下。即便这样，情况也没有丝毫好转。他也明白，这种情况的出现，压根跟部下的工作失误没有半点关系，所以，当他的情绪平复之后，他又想起要宽恕那两名部下了。

勃罗特心情稍稍平静之后，又把那两名部下叫来，安慰了他们几句，感动得那俩部下是热泪盈眶，他们发誓要誓死效忠勃罗特。勃罗特挥挥手，让他们下去了。

看着两名部下的离去，勃罗特陷入了沉思。他在想，为今之计，就是要千方百计地防止密码被破译，信息遭到泄露，只有这样，这个 A 计划才能顺利进行，他继续统治宇宙的理想才能够实现。可是有这个旺旺星族在从中作梗，中间又出现了这么个怪异的地球人，难保不出疏漏。事情到此地步，也大大出乎他的意料之外。

旺旺星族仗着有 K 金元素这个法宝，已经对他的 A 计划开始了全面的狙击。他到现在也不太清楚，为什么他的 A 计划还没有完全开始的时候，旺旺星族就先他一步在地球布局？是泄密还是身边有叛徒。如果不是身边有叛徒，不是泄密，怎么会有如此的被动？如果这两种可能都不是的话，那么，还是旺旺星族借助 K 金元素跟那个有特异功能的地球人合谋才做到了未卜先知？这个很有可能。从这个奇特的地球人信息源被有意覆盖的现象来看，这一步有可能是旺旺星族早就布下的巧计。毕竟，他们最初都是来源于地球，很难说这位有特异功能的地球人不是旺旺星族先人的后裔，正是这种血缘基因，让他们一拍即合地联合起来对付宇宙之星。

勃罗特越想越感到可怕。果真是这种情况的话，他可得更要小心了，绝对不能让他们破译密码。尽管勃罗特对密码加密了数次，他还是不放心，也亏他还有一种绝招。这个绝招就是一旦密码被破译，还有自我修改功能。要是密码不幸被完全破译，自我修改功能可以在万分之一秒内完成更新修改，而自动保护功能也会启用新的密码。如果外敌入侵能够在万分之一秒内开启密码，那么自我更新功能也将失效。他不相信谁能够在万分之一秒内将密码输入启用，除非旺旺星族能把 K 金元素从 A 级升级到 B 级。

据勃罗特所知，目前旺旺星族手中的 K 金元素只能是 A 级。因为他们是亿万年前从人类幽灵当中获取的能量种子，而那个时代的人是原始的，远没有现代人的智慧。故而，旺旺星族提取的 K 金元素只能达到 A 级了。

可是他勃罗特就不同了，他要利用现代人提取 K 金元素，而他提取的 K 金元素将是 B 级甚至可以达到 C 级。

假若旺旺星族的人先他一步获取了 B 级 K 金元素的话，怎么办？

他还有更为厉害的一招，那就是在密码被破译的瞬间，他可以在有效的时间内复制无数个大石龟，为他继续完成 A 计划。

目前他还不敢完全确定旺旺星球能不能将他跟 M 国联络的信号截获并破译。一旦他们真的破译，那就启用备用方案。这套备用方案，虽然会杀敌一千，自损八百，也比彻底失败强，他没有勇气做旺旺星族的俘虏。

目前对作为宇宙主宰的勃罗特来讲，旺旺星族敢于明目张胆地跟其对抗，就是对他权威的挑战，他是绝对不能容忍的。为了联合地球M国实现那个绝密的A计划，早日得到K金元素，勃罗特可谓费尽心机。只有这样，才能打败旺旺星族。所以，他不能容许这个绝密计划出现丝毫的失误。

然而百密一疏。

勃罗特也许什么都想到了，就是没有想到那个被他打入太空当了垃圾的老星王。

十八

高朗悠悠忽忽地来到了一个既熟悉又陌生的地方。这到底是个什么地方呢？恍惚中他好像有印象，但是却怎么也想不起来了，他就一个人站在一座空阔的地宫似的建筑里面。四周光滑如镜，但是却没有门。他想出去，可是他转来转去，总是找不到门也找不到出口。他正在犯愁的时候，对面光亮的墙壁好像被拉开窗帘的窗户般一下子透进光亮来。他的眼前顿时一亮，他的目光透过这面玻璃一样的墙壁，看到里面坐着两个长得有些怪异的似人非人的怪物在议论着什么。

这两个怪物看着是一老一少。老的头戴金冠，耳大触肩，他们的眼眶凸起，眼窝深陷，眼珠是红色的。他们的鼻子长得像鹰鼻，又尖又弯又长，特别是两个鼻孔跟老鹰的鼻孔一模一样。再看他们的嘴巴，似乎有明显的嘴唇，就那么一条缝。他们说话的时候，高朗看到那牙齿是长到舌头上的。高朗看着有些惊呆了，这到底是些什么怪物？

年轻一些的说："既然这个地球人有这样的特异功能，那我们干脆想办法灭掉他得了，什么样的事能难得倒我们宇宙之星智慧生命？"

年龄大的就说："哪里像你想的那么简单，关键是旺旺星族把他保护起来了。这个旺旺星族有 K 金元素，我们目前还奈何他们不得。只等我们得到了 K 金元素，那么一切都好办了。"

年轻者就说："他们这样跟我们为敌，就不想想后果？"

年长者说："旺旺星族野心不小，他们敢这样跟我们明枪明刀地对抗，说明他们有了十足的把握！"

年轻者就说："狂妄。就算他们有 K 金元素，我们也有宇宙之星精气，谁怕谁？"

年长者说："都怪我们以前轻敌了，旺旺星族早有图谋。"

年轻者说："那又如何，我们也有独门秘器，又何必怕他呢？"

年长者说："你又急躁了。这不只是怕的问题，是要谋略。"

年轻者说："我担心的是他们把密码破译了，那就被动了。"

年长者自负地一笑说："就是让他们知道那又如何呢？螳螂捕蝉，黄雀在后。到时候，他们就知道我到底是谁了？"

年轻者说："那个地球人把信息的触角都伸到我们秘宫里来了，你都不管？"

年长者说："他来得正好。我正想要他捎回点什么给那个旺旺星族的小娘儿们，她不是正在信心满满地要破译我的 A 计划吗？"

年轻者说："那我们就斩断她的触角，不让她再到这里来。"

年长者说："少安毋躁。我自有主张。"

年长者说完这话，就把眼一闭。

当对方把眼一闭，高朗就什么都看不到了。就在高朗茫然不知所措时，他感觉自己好像身不由己地被什么力量推动着换了个地方。

当他眼前再度一亮时，他看到了一个熟悉的面孔，那是一个曾经在梦里出现的大外星怪物。这个大外星怪物此时还是坐在原来的那个地方。一样的环境，一样的屋子，一样的设施，一样的装束打扮。

高朗有些迷糊，难道又是做梦？他刚想要求证的时候，那个大外星怪物用汉语跟他说："你也该回去了。我们宇宙之星感谢你的光临。为了能够表达我们的心意，本星主特意送你一件礼物，请务必笑纳！"

他说着对着空中一招手，只见一顶古代的礼帽飞来，直接戴在他的头上。

高朗有些猝不及防。这是怎么回事？不待他说话，那个大外星怪物又冲他一摆手，说句："去吧！"

不待高朗有所反应，他的身子忽然被一股推力推进了一个大大的黑洞，至此他就完全失去了知觉。

当初高朗看到赵雅芝扮演的白素贞和小青出来的时候，他一阵激动，悄悄跟在赵雅芝她们身后，想仔细观看她和许仙是如何相会的。就在这个时候，高朗突然一个趔趄，就什么也不知道了。

咪咪知道这是宇宙之星又开始了和 M 国的联络，她立刻用脑力波去吸引那时断时续的信号。

只见咪咪的两眼射出两道绿光照在高朗的额头上，高朗像被接入了高压电一样全身立刻颤抖起来。

咪咪将吸收的信号通过 K 金输送通道传给旺旺星王。

咪咪睁开眉心的那只隐形眼睛，那眼睛里有一道蓝色光线射向空中。

立刻，旺旺星王又活生生地出现在咪咪面前。在旺旺星球的另一端，咪咪也同样神灵活现地出现在旺旺星王面前。

咪咪的这只眼睛，是天眼。这天眼不仅有观测宇宙的功能，它也是一部智能通话器。但是这只天眼是隐形的，普通人根本看不见。

只见身穿铠甲，头戴金盔，一身战备打扮的旺旺星王威严地立在咪咪面前。他告诉咪咪，旺旺星族跟宇宙之星随时都有大战的可能。从这次宇宙之星一反常态地发出毫无内容的信息看，这个宇宙之星是在释放战前烟幕弹，他们这样做，无非是在试探或者故意摆乌龙。所以，我们绝不能掉以轻心。看来，宇宙之星这个勃罗特对我们早有防备，这也说明他们早已经发现了高朗的存在。他告诫咪咪，在此紧要关头，一定要小心，一定要牢记自己的使命，不能有丝毫懈怠。

咪咪认真地听着，连连点头。

他又特别叮嘱咪咪要始终牢记任务，决不能被任何私心杂念所左右。

咪咪听了这话，知道星王对她的心理动向有所了解。不知为什么，此刻的咪咪心里感到一阵委屈。

看来，星王让颜丽重回地球，是对高朗和自己的牵制。此时此刻，尽管咪咪有千般不快，但是她不敢有丝毫表露，她只能向星王保证一定会按照要求不折不扣地去完成任务。

通话结束后，旺旺星王又利用 K 金输送通道给她进行了能量补充。

高朗再度醒来时，他发现自己又回到那座特别的房子里，而且还是躺在那张橡皮床上。周围的一切依旧，咪咪正守候在他的身边。高朗用力起身，可是他觉得自己身上没有力气。

咪咪见此，就说："你还是躺着吧！"

高朗没有停止，他努力站了起来，看着咪咪说："我刚才睡着了吗？怎么感觉哪里不对啊！"

咪咪说："不是睡着了，是晕倒了。"

高朗拍拍脑袋说："我好像记得我们一起去了杭州，怎么回来的，我就是想不起来了。"

咪咪说："你还记得什么？"

高朗看着咪咪说："我刚才做了一个奇怪的梦，梦见一老一少两个长得怪怪的人，他们好像父子，在一起密谋着什么。可是……"高朗闭上眼睛想了一会儿又说："可他们说的什么我一点想不起来了。"

咪咪一听，有些着急起来，她就催问说："你好好想想，他们到底说了些什么？"

高朗皱着眉头，使劲想，可是他越是想，头就越痛。他不住地拍打着脑门，自怨自艾地说："后来，后来那两个怪人不见了，我又梦到了当初的那个大外星人，我好像记得那个大外星人说要送给我一件礼物。"

咪咪说："什么礼物？"

高朗忍着头痛，想了好久，摇着头说："想不起来了。"

咪咪走近他，说："你闭上眼睛，我给你观察一下。"

等高朗闭上眼，咪咪开启那只隐形天眼，对着高朗的头部扫视了一下。高朗的头部在一道光影的照射下现出一顶礼帽的阴影。咪咪关闭那只隐形眼睛，轻蔑地一笑道："这个勃罗特，果然做了手脚。这点雕虫小技，哪能瞒得过本公主。"

咪咪说完这话，就让高朗睁开眼睛。

当高朗睁开眼睛时，她又让高朗躺好别动。

高朗说："这又要做什么？"

咪咪说："我得给你动手术！"

高朗一听，惊愕地张大了嘴巴只说了一个字："啊？"

咪咪就安慰他说："别怕，只是无痛手术。有人给你戴了顶帽子，我得给你把它摘下来！"

咪咪这一提醒，高朗似乎想起来什么。但是尽管他努力去想，记忆还是模糊的。

咪咪就对着他的头吹口气说："先去去妖气吧！这样也会清醒些。"

咪咪这一吹，高朗还真的想起了什么，他赶紧跟咪咪说："想起来了，是一顶帽子。"

咪咪说："你就收下了？"

高朗赶紧摇头否定说："没没！没等我说话，那帽子就戴到我头上了，以后的事情我就不记得了。"

咪咪说："他们给你戴上这个东西，是想要控制你的思维和记忆。"

"啊！会吗？"

高朗蒙蒙的样子有些可爱，也实在难为他了。让他置身于宇宙智慧生命之间的争斗，再聪明的人也会被搞糊涂的。

咪咪见他那副担心的样子，就安慰他说："别怕，有我呢。你躺好，我给你把帽子摘掉。"

高朗又摸摸头，疑虑重重地说："没有帽子啊！"

咪咪说："你身上的静电跟宇宙之星发送的密码电波重叠，所以，你的灵魂就会随着密码的发送轨道被裹挟着进入宇宙之星。宇宙之星的勃罗特星王利用这个机会可以绑架你的灵魂，这会儿你是被放回来了。要不是你身上有混元真气护体，他们早就把你的灵魂扣住了，怎么能让你回来呢！"

高朗说："明明就是一个梦嘛！何必说得那么神神秘秘的，还绑架灵魂？"

咪咪说："不信就算了，一会儿你就知道厉害了。你别动，我给你把那个帽子摘了。要不然，你以后就会失忆的。"

咪咪刚刚把话说完，高朗的头就开始疼痛不已。他用手摸摸额头，隐隐中他觉得自己的头上好像被一个东西套住了。正是因为这个东西的存在，让他感到了一种痛。

高朗一旦察觉到不对，就拼命地在头上抓挠，试图把那顶看不见的帽子摘掉。可是他越是抓挠，那个不见影子的东西就越是明显。他抓着抓着，忽然昏了过去。

咪咪知道不好，赶紧使出 K 金无形化解法，将他头上的那顶紧箍咒去掉。

一会儿工夫，他的头上冒出一缕白烟，高朗渐渐清醒过来，但是一时半会儿却又说不了话。

咪咪见他醒来，就问他感觉哪儿不舒服。他看着咪咪却说不出话来。

咪咪只好开启天眼跟碧云通话。

碧云也如旺旺星王般出现在咪咪面前，咪咪问她如何能让高朗恢复过来？因为高朗有了被旺旺紫气伤害的经历，她特别小心。

碧云告诉她："你如今身上还多了一种混元真气，这两股能量真气，本来足以让高朗恢复。只是像这样的高强能量，他一个肉体凡胎，难以承受之重，治疗次数多了，也会对其真元有所伤害。这种后遗症，会给本人带来极大的损伤。即便他体质好，抵抗力强，但是也经不住三番五次。"

见碧云这么说，咪咪有些犹豫不定。她既想让高朗不受痛苦，但又怕用这种方法给他重复治疗，会给他造成内伤，导致他自身抵抗力的下降。但是有一个办法可以免除他的痛苦，就是封住他全身的穴道。只是这样就等于要了他的命，那强大的能量不能在他全身流通，会导致他全身经脉断裂，严重则会让他的身体崩裂。

碧云从她的神态上看出了咪咪这种矛盾的心理，于是，碧云就说："从道理上讲，最好是让他自己扛过去。这样的话他的自身会形成一种抗体，以后受到这种攻击，因为有了抗体，就会越来越轻。不过，这种罪，作为一个普通肉体的地球人，没有超人的毅力，是绝对熬不过去的。当然，你要是继续用旺旺紫气给他治疗，他很快会好。只是这样的话，以后依赖就会很重。我只能跟你说这么多，至于如何做，你自己看着办。如果你自己拿不定主意，不妨向星王求助，毕竟，还没有什么问题是星王解决不了的。"

咪咪凝目沉思片刻，看着碧云说："星王真有办法的话，他怎么不告诉我呢？"

咪咪的疑问，让碧云想起了什么，她连忙掩饰说："也许还没到时候吧。"

咪咪听了，觉得她话里有话。想再问得更仔细一些时，碧云好像察觉到了她的意图，立刻说："我还有事，就到这里吧！"

碧云说完，就结束了通话，她的幻形也立刻在咪咪面前消失。

此时的高朗可受罪了。他的全身就像钻进了千万条虫子一样，那些虫子在他的身上又钻又咬。她分明看到高朗的脸上隆起一根根粗线，那根根粗线就像一条条虫子在爬动。随着他脸上的这些起伏攒动，高朗浑身颤抖、抽搐、痉挛，他使劲咬着牙，嘴唇都被咬破了。

咪咪看着他的样子，心里一阵难过。她知道，他是被宇宙之星的信息能量所损伤。这个勃罗特，他在信息源里添加了另外的破坏能量。他们想用这种方式来摧毁高朗的身体，也只有这样，才能损毁高朗体内的高强生物静电，进而保证他们的信息不被高朗所接收，确保他们的计划万无一失。

但是他们没有想到高朗身上不仅有旺旺紫气和混元真气两大能量护体，还有 K 金元素，勃罗特根本就无法将高朗的灵魂囚禁在宇宙之星，所以，他们只好玩了这么个小把戏。不过，勃罗特毕竟是宇宙之星的星主，他的手段也是层出不穷。当见高朗不再是一般的肉体凡胎，他见招拆招，将计就计，就趁高朗魂魄处于半清半醒没有辨别能力之时给套上了一个礼帽的幻体，这就像给他戴上了一个无形的信息破坏装置。这还不算，他又在与地球 M 国的信息联络中加入破坏的能量。既然他暂时阻止不了高朗接收他们的信息，那么就让高朗在接收他们的信息时，也同时吸入破坏的能量。如此，当高朗的体内储存到一定的破坏能量后便会自我毁灭。而且，这顶无形礼帽，可以让高朗在短时间内失忆。只要高朗接收了他们的信息，这种信息的存在时间也会很短暂。当他们停止跟地球 M 国联系的时候，高朗就会自动醒来。但是，在他醒来时，有关于他们的信息就会被自动抹掉。

勃罗特的算盘打得不可谓不精。

正当咪咪思绪万千的时候，高朗突然忍不住从床上滚落到地上，打起滚来。咪咪立刻上前，想把他扶到床上，可是高朗先发疯般对着她是又抓又挠。咪咪赶紧闪开，用旺旺紫气封住他的穴道，让他动弹不得。

咪咪已经顾不得了，她必须立刻停止他的痛苦，不能再让他继续活受罪了。

咪咪二话不说，她凝目运气，正要对着高朗用两大真气能量实施治疗。

就在这时，她额头上的那只隐形天眼闪了一下就一下子打开了。

立刻，一道虚幻般的点状光斑犹如雪花般闪耀着从太空中散射而至。那光斑在临近咪咪时突然聚集成人形，一个鲜活的旺旺星王即刻出现在咪咪面前。

旺旺星王就如同一个大活人一般站在咪咪面前，对咪咪的行为进行了制止。

咪咪见父王跟她通话，心里一阵高兴，就立刻向父王请求出手救助。

旺旺星王这次一改以往有求必应的做法，他不但拒绝，还说高朗外有 K 金元素，体内有旺旺紫气和混元真气，他熬得住，只有熬住了，才能使他身上的静电更加强劲。如此的话，才有把握把宇宙之星发出的信号留住。

咪咪明白父王说的话没有假，因为碧云也这样说过。但是碧云好像还说过一句：没有旺旺星王解决不了的问题。她只好求助父王，她实在不忍心让高朗承受这样的痛苦。

然而让她失望的是，星王拒绝了她的请求，而且拒绝得是那样坚决。

对于星王的态度，她很不理解。她觉得这样对高朗不公平，既然星王有办法，那么为什么还要让他受这个罪？

咪咪对父王一向唯命是从，今日见父王对高朗的痛苦无动于衷，心生不快，她质问旺旺星王："我知道你一定有办法让他不受这个痛苦，可你为什么就不帮帮他，这样让他生不如死，于心何忍？"

旺旺星王一听她这说话的口气，分明是在责怪自己了。虽然他早已对咪咪心仪高朗的情况了如指掌，但是咪咪这种明确的态度，却也出乎他的意料之外。尽管他对于咪咪和高朗可能出现的感情问题预先做了设防，可事情的发展有没有失控的可能，这就要看咪咪的自制力了。目前，他的主要精力是做好对宇宙之星和旺旺星族发生战争的准备，最关键的是阻止宇宙之星利用 M 国毁灭地球人类，从而吸取人类幽魂做能量引子，获得 K 金元素种子。只要挫败了他们这个计划，宇宙之星就得不到 K 金元素。没有 K 金元素，宇宙之星就不可能战胜旺旺星族。旺旺星王语重心长地对咪咪说："为了大局，只能这样。不是我心狠，谋大局者不谋小利。想当初，是你自己极力要求来完成这项任务的。以你的智慧和能力，我相信你有百分之百的把握能够完成。当此我旺旺星族生死存亡之时，你不可舍大义而顾私情。那样就太令我失望了。"

咪咪急忙分辩说："不是你想的那样。咪咪不敢舍大局而谋私情。只是只是……"

她说着看了一眼在痛苦中挣扎的高朗却再没有说下去。

旺旺星王对咪咪的表情看在眼里，他知道咪咪此刻的心情，所以，他就解释说："相信我，只有这样才能提高他自身的抗体。只要提高了他的抗体，就能加强他身上特有的静电功能。我对他的这一现象早已做过观察，这也是没有办法的办法。勃罗特想毁掉他的这种特异功能，我们就来个将计就计。我估计，短时间内，勃罗特不会再向地球 M 国发送实质联络内容。我们只有瞒过了勃罗特，让他相信他的诡计已经得逞时，才会有所行动。"

咪咪听了，不由得眉头紧蹙，她还是心有不甘地说："就没有别的办法吗？"

咪咪的话让旺旺星王听了感到不快，自己这个爱女以前可不是这样的。真是环境可以改变一个人呀。想到这里，他就用责备的口气说："我的话你都不信了吗？你可知道，要不是我在大石龟外围加强了布控，阻断勃罗特所有信息探测的渠道，我们所做的一切，早在他的掌握之中了。以现在地球人类进化的程度和智力，这些地球人类灵魂的潜在能量要比我们那个时候大得多。勃罗特想利用现代地球人类灵魂提炼 K 金元素，而这种 K 金元素，会比我们拥有的 K 金元素具有几万倍强的能量。到那个时候，我们旺旺星族就要面临亡族灭种了。孰重孰轻，你自己想想吧！到目前来说，利用高朗获取他们的秘密，这是解决问题的最好方式，也是对付勃罗特唯一的办法。"

不知为什么，咪咪听了这句话，又自责又难过，同时心里还有某种委屈。她侧过脸，控制住眼中那要溢出的湿润。

　　咪咪的这一切，没有逃过旺旺星王那双距此亿光年之遥的眼睛。旺旺星王看到咪咪这个举动，他的神色不由得一下子变得凝重起来，他有些无奈地对咪咪说："女大不中留，这么快就胳膊肘往外拐了？真是不知轻重。你不该这样的。"

　　咪咪突然回过头来，倔强地辩解道："我没有！"

　　旺旺星王语重心长地说了一句："你是旺旺星族的未来和希望，该怎么做，你自己掂量着吧！我相信你不会令我失望的。"

　　不待咪咪说什么，他就终止了通话，从咪咪眼前消失了。

　　旺旺星王的话异常沉重，她让咪咪陷入一种深深的矛盾中。她站在那里，看着痛苦中的高朗，心里像扎了一把刀子般痛苦不堪。

十九

　　话说颜丽的幽魂替代高朗和大石龟进行能量对抗，暂时稳住了大石龟，一度受到大石龟破坏的大珠山也趋于平静起来。但是这种平静是短暂的，在没有完全毁灭大石龟之时，一种潜在的危险会随时到来，这让所有的人都处于一种高度戒备状态。

　　无论是空中还是地上，或者是海上，所有的监控都对准大珠山这只大石龟，所有的高端武器也都瞄向这里。只要大石龟有异动，它就会招致海陆空火力的立体打击。

　　大石龟还是那只大石龟，它只是换了个地方，此时它静卧在那座半山腰里一动不动。与前几天肆虐完全不同，它就像又恢复了原来的样子，成了一块被日晒风吹的石头。

　　只不过现在与以往不同的是，大石龟已经不在原地，而且它的上空老是覆盖着两层金紫色的光晕。

时光在这种寂静中慢慢熬去。

宇宙之星勃罗特开启天眼，看着包裹在大石龟四周的 K 金元素及旺旺紫气等真气形成的能量保护层，感到一筹莫展。突然，一个来自颜丽身上的小小波动让他看出了端倪。他知道一定是颜丽哪里出现了什么不对，才导致了这种情况的出现。这种波动尽管是微小的，但是又怎能逃得过勃罗特的天眼呢？

原来一直处于静止的颜丽突然出现了一种很轻微的颤动，这种颤动引发了彼此对抗的能量失衡，从大石龟身上发出的能量攻击波便出现强烈反弹。虽然这种情况的出现稍纵即逝，可终是没能逃得过勃罗特的天眼，他不由得注意起来。

当他发现这种情况每隔一个时辰便会出现一次，而且一次比一次激烈时，这让他感觉到这种现象不是偶然，而可能是颜丽自身的某种弱点导致的。

勃罗特立刻动用一切手段，查找颜丽的所有信息源。

此刻的旺旺星王，因为对 K 金元素的过度依赖，竟然一时忽视了高朗和颜丽灵犀的对应。加之咪咪对高朗的过度心仪，让本来情绪不稳定的颜丽爆发出逆反的倾向。颜丽的这一弱点，被日夜盯着大石龟的勃罗特悉数获知。当他查到颜丽在地球出生的日子恰好是这天中午十二点的时候，他产生了从颜丽身上找到解除对大石龟能量对抗的妙计。

当天空的太阳正当午的时候，跟大石龟处在抗衡第一线的颜丽突然间一阵抖动，她在冥冥中产生了回想的强烈愿望。在她的意念中被一种美好的回忆所占据，这让她的意念不再专注，她不再以战胜大石龟为主要目的。今天这个日子，是一个特殊的日子，在二十四年前的这个日子里，她从母体来到人间。二十四年后的今天，她重返地球，却是以幽灵的方式出现。她不再是人间的那个她。人们看不到她，她也看不到别人，她只是一个影子，一个和大石龟纠缠在一起的影子。她不甘心，她想到她的父母、她至爱的男朋友。本来人间这一切，从她来到阴间变成幽灵的那一刻，她该把所有的都忘掉了。可是，她是被旺旺星族的人引导着来到了那个生存着智慧生命的星球的。这个地方不是往常的地狱，而对她来说就是天堂。可是又因为她的业力浅，没法融入到这个智慧群体里面，为了增长自己的业力，她通过碧云向旺旺星王提出了重回地球的要求。

旺旺星王明知她跟高朗的关系，但是为了用她牵制高朗，达到隔阂咪咪的目的，所以，竟然在碧云带她来到宇宙之星时保留了她的部分记忆。她靠这种残存的记忆，极力维持着对地球和高朗向往的欲念。所以，她竭力要求重回地球，不仅是要代替高朗牵制大石龟，争取立功，还有潜在的意识，那就是离高朗更近一些。谁想到她的生日到了，在这个特殊的日子里，她将迎来回想的欲望期。这个欲望期虽然短暂，但是她可以有机会跟最想念的人通过意识上的对接进行一次交流。尽管这种交流也只是一瞬间的一个闪念，可是这种交流足以让她得到一种慰藉。有了这种慰藉，她在以后既定的日子就可以不再分心，得以静心修炼。因此，当出生的时辰越来越近时，她的这种欲念就越加强烈，以至于强烈到不能自持。她要去找高朗。在她浑浑噩噩的意念里，总是有高朗这么个人让她魂牵梦绕。

而她的分神，导致她内在的混元真气过度消耗，她分明地感到了大石龟那攻击的力量以压倒性的优势向她袭来。

这种感觉就像一开始。其实这种现象倒也不是说那只大石龟获得了外来能量的补充，更不是加强了攻击性。主要是颜丽的意念有了外在的东西，注意力分散导致了能量的消耗加大而已。

为了防止颜丽的弱势，抵消大石龟的能量攻击，一直在外围充当保护层的K元素和旺旺紫气也不得不对她进行补充。当这种补充的需要越来越大时，那层围在大石龟外围的能量保护层便逐渐变得薄弱起来。

宇宙之星的勃罗特观察细微，他根据颜丽的指纹锁定她的 DNA 密码，又利用万源探测法对颜丽的生前身后查了个一清二楚，并精确地获得了颜丽的出生日期和时辰。作为一位尚未成为智慧生命的地球幽魂，勃罗特自然从中发现了颜丽的弱点。当他终于想出了一条从颜丽身上打开缺口的妙计时，不由得笑了。

勃罗特立刻将银龙特使招来。他将银龙特使叫到跟前，对他说出了自己刚刚想到的妙计。

银龙特使听后不由得倒吸一口冷气。虽然银龙特使也是个无毒不丈夫的货色，但是这么残酷的手段连他也不得不感到惊诧万分了。看到银龙特使惊愕的表情，勃罗特得意地冷笑一声说："为了宇宙之星，这是不得已而为之。只要把这件事情做好了，以后的我们就是这茫茫宇宙永远的主宰。你说呢？"

银龙特使突然哭丧着脸说："难道就没有更好的办法？这些智慧生命，可都是经过亿万年修炼才至今日的呀！再说了，他们也都是宇宙之星的生力军，是身经百战的功臣啊！"

勃罗特突然一阵冷笑，他说："你银龙特使什么时候也变得这么妇人之仁起来。没有我勃罗特，没有宇宙之星，哪有他们？正所谓'皮之不存，毛将焉附？'"

"只是……"

"好了！"勃罗特打断他的话说，"我只要你说同意还是不同意？"

银龙特使头上的汗都出来了。只要他这一句话答应下去，那这亿万兵将就会迎来灭顶之灾。他难啊！

勃罗特的脸色越来越难看。他在等，等银龙特使的回答。

银龙特使脑子很乱，他熟悉那些兵将，也对他们有感情，现在勃罗特要这样，他实在是不忍心！只是他知道勃罗特已经等得不耐烦了。勃罗特是个说一不二的人，事已至此，不答应又有什么用！即便他不答应，勃罗特照样会一意孤行下去，而且他也会受到重重的处罚，如今他这样征求自己的意见，也不过是一种试探罢了。想到这里，他只好平静一下心态说："我同意！"

勃罗特一听，立刻笑了起来。

"这就对了嘛！谋大事者，不计小利。"

他看一眼银龙特使又说："你好像有什么心事吧？"

银龙特使的确正在想着什么心事，他根本没有去听勃罗特的话，而今勃罗特这样问他，他只好警觉地否认说："没没！"

勃罗特拿眼看了他一下，银龙特使也下意识地和他对望一眼。双目相对，这一看不要紧，银龙特使一下子被他的眼神吓了一跳，他觉得勃罗特看他的眼神太复杂，这眼神含有很多东西，有探测，有疑虑，有霸气，还有其他说不清的一些东西。这目光又像一把锋利的匕首，就像是要穿透他的五脏六腑，穿透他的大脑，把他的所思所想都曝光出来。

银龙特使心中不由得一紧。

勃罗特对银龙特使的这一切看在眼里，他明白银龙特使的恐惧。

这位由白蛇进化而成为智慧生命的银龙特使，一直是自己的心腹。也正是有了他的帮助，勃罗特才推翻了老星主。

勃罗特一开始让他主管宇宙之星将兵事务，后来银龙特使再三要求放弃将兵之事，只担任勃罗特的总管特使，勃罗特竟然爽快地答应了。银龙特使这么做，其实是在避祸。因为他明白功高震主这个道理，如若自己继续手握重兵，岂能不让勃罗特忌惮？

将兵之事，可一直是宇宙之星最核心的要事。

可是如今勃罗特自己掌握兵权，却让他来代为传令召集部下，这又是什么意思？

难道是勃罗特怀疑自己有二心，在试探自己吗？

想到此，银龙特使不由得吓出一身冷汗。这个勃罗特心狠手辣至极，他连对待自己恩同再造的老星主也能痛下杀手，更不用说自己了。

银龙特使脑袋急切间转了好几道弯，还是推辞说："不在其位，不谋其政。如今是星王您主管兵事，还是由您来亲自下令才能服众。"

"是吗？"

"是是！当然是！"

"那好。我就试试？"

银龙特使就讨好地说："星王您才是我宇宙之星的统帅，也只有您才能号令三军！"

勃罗特嘿嘿一笑，然后长长地"嗯"一声说："随我来。"他说着这话时假意心不在焉地瞥一眼银龙特使，并调侃道："你银龙特使也是身经百战，见过大阵势的人，不至于为此而大汗淋漓吧？"

"不不！"

银龙特使一边擦着头上的汗一边搪塞说。

"呵呵呵！"

勃罗特笑毕，将银龙特使带到宇宙指挥中心。

只见他对着茫茫空宇一挥手，眼前立刻出现一座星状建筑。那建筑的底部喷着火焰，缓缓来到他们面前落下。

这是宇宙之星指挥中心。这个东西，只有发生大事的时候才可以启用。而今勃罗特启用宇宙指挥中心，说明他已经下定决心了。银龙特使的心一直紧绷着，他多么希望勃罗特能在这一刻出现反悔。没有，不可能了。

那些将要被召集而来的兵将，他们永远也不会想到，这个一直被他们拥戴的星王，今天就要用他们的全部牺牲，来成就他的霸业。

银龙特使就这么看着勃罗特登上宇宙之星指挥中心，并发布命令。

银龙特使就跟在他的身后。可是他却连丝毫反抗的勇气都没有，因为他根本就不是勃罗特的对手。也许，勃罗特正在布置好了圈套等着他钻呢，他又怎么敢轻举妄动？

勃罗特熟知万源信息探测法，难道他就不能对自己随时随地进行监控？

会的。所以，他立刻屏蔽了自己的思绪，把精力集中到现实中来。

勃罗特在宝座上一坐。他的右手一举，能量信息光波立刻光焰四射。

这种能量信息光波像在空中飞动的萤火虫一样，向各个方向飞去。

得到召集令的兵将们顷刻间聚集而来。

勃罗特看一眼这些面貌各异的兵将，这些经过了亿万年进化而成的各种智慧生灵，此时还不知道宇宙星王召集他们是何用意，他们也许还认为是要对旺旺星族重新发动攻击呢。

可真实情况却是：勃罗特今天要吸尽他们的能量，牺牲他们，去完成自己的愿望，这是他们万万想不到的。

这些历经千难万险日夜精修的智慧生命体，从今往后，他们都要从零开始，去太空里继续他们的修炼了。

勃罗特在心里说声："对不起了。"

看着面前罗列成人山人海的兵将们，他问了一句说："你们愿不愿意为了宇宙之星的存在而献出你们的能量智慧，直到为了这个大家庭牺牲一切？"

众兵将们异口同声地说："愿意！愿意！"

勃罗特说："好！"

一言既毕，银龙特使以光的形式出现在勃罗特头顶，勃罗特举掌，一道刺眼的暗红光线和银龙特使的银色光线重叠。随着激烈的燃烧般爆响之后，一圈光晕围绕着勃罗特闪烁，紧接着万道光波从光晕里发射出来，向着罗列的兵将们扫射而去。

这些兵将被光线扫过之后，他们身上的精气就化成一根根光流，从各自的身上发散出来，随着一股强大的召唤力，汇聚到一起，被快速吸收到勃罗特的身体里。不一会儿，他们便像被抽空了般一下子摔倒，成了一具具干枯的躯壳。

勃罗特像一位吸血怪兽，此刻的他全身由红变成紫红，又由紫红变成蓝色，一直到深蓝。

他的身体有一团幽幽蓝色火焰在燃烧。

此时的勃罗特感觉自己变得越来越强大，越来越膨胀。他对着天宇发一声喊："宇宙之星，天地动容！宇宙精气，能量无限！"

他的喊声穿透云海，无数道闪电般的蓝光划过太空。一时间，宇宙波动，天地动容。

勃罗特不由得哈哈大笑说："我成功了，我成功了。"

勃罗特双手一挥，银龙特使从空中跌落，现出原形。

一条白蛇，赤条条躺在勃罗特面前奄奄一息。

勃罗特说："我现在就要破解旺旺星族布在大石龟周围的 K 金元素和旺旺紫气的混合保护层。只要击破了这层保护，大石龟就可以接收我的无限宇宙精气。有了无限宇宙精气的补充，大石龟的能量就会在瞬间提升数倍。我倒要看看这个颜丽到时如何接招，没有了 K 金元素的保护，没有了旺旺紫气的补充，她一个幽魂如何能接得住无限宇宙精气的攻击。让这个幽灵到太空当垃圾吧！他旺旺星王太过自负了，以为有了 K 金元素，有了旺旺紫气、混元真气，就天下无敌。"

勃罗特说罢，一仰脖子，对天哈哈哈大笑起来。他这一喊，震得日月星辰乱颤抖。

银龙特使用微弱的声音请求说："星王，任务完成后，我请求您准许我回山中静养吧。"

勃罗特看着这条白蛇的化身得意地说："我勃罗特能有今天，你功不可没。好好跟着我干吧，我岂能亏待于你？一会儿跟我一同攻破那保护层吧，让他们的混元真气去太空混元吧！"

银龙特使请求说："我的真元受到伤害，恐怕帮不上星王了。"

勃罗特说："别怕！有我呢。只要你答应了我这个条件，以后去留随你，我决不阻拦。"

银龙特使此刻明白他无法拒绝，勃罗特不会轻易放自己走。勃罗特决意要做的事，他一定会做下去，谁也阻挡不了。银龙特使看到了他亲手扶植上台的这个勃罗特，其实就是个"宁叫我负天下人，也不叫天下人负我"的家伙。从他这次为了达到目的，不择手段地将众兵将作为牺牲品的那一刻起，他就清醒地认识到，自己不知哪一天也将是这个下场。如此他才产生一种早知今日何必当初的后悔。

面对此境，如今的他别无选择，只有先顺从，然后再审时度势寻求其变了。

此刻的勃罗特踌躇满志，他知道该怎么对付这个颜丽了。只要把颜丽的幽魂打入太空，让她永远不再有回归的可能，那么大石龟就会被解放，就会借机从旺旺星王设置的能量保护层里突出来，继续进行对地球的破坏行动。而此刻，这只被解放的大石龟就更加厉害了，再加上无限宇宙精气的能量补充，那么这只大石龟就有了无坚不摧的巨大威力。它可以应对任何攻击，是战无不胜的神龟。

想当初，勃罗特将一种魔龟病毒植入大石龟身体，他是想让大石龟一边对地球进行破坏一边传染魔龟病毒，这样，消灭地球人类就会更快一点。但是没想到会节外生枝，高朗被卷入了大龟腹部后，却被旺旺星族的人救了，他们帮他灭掉了感染的魔龟病毒。而这一突然的变故打乱了他原来的计划，更何况这个高朗身上还带有特殊静电，而这一切都是旺旺星族跟他们宇宙之星对抗早就布好的局。都是自己一时大意疏忽所致。

旺旺星族这一掺和，让事情变得更加复杂起来。

勃罗特一想到旺旺星族，就气愤难平起来。

随着降生时辰的到来，颜丽被回想的欲望搞得心烦意乱，她不再沉浸于这种对抗的平静中。当回想高朗的这个意念越来越强，已经占据了她的整个思维时，她几乎忘记了她在这里的任务是什么了，她的幽魂被一种欲念吸引着，她要去找一个人。对，这个人就是高朗。她想和高朗水乳交融，难舍难分。虽然此刻他们阴阳相隔，但是这种意念的强烈，是任何力量都不能阻止的。她要挣脱一切束缚和羁绊，她要自由。因此，她突然对自己的现状感到很厌烦。是大石龟缠住了她，让她不能脱身。所以，她要抗争，要尽力挣脱开大石龟的纠缠。当她跟大石龟对抗的意愿完全动摇的时候，她的能量也在消失。这种自我消耗让大石龟渐渐占了上风。

勃罗特的天眼一刻也不离地球大石龟。

他要等待颜丽用尽全力挣脱与大石龟抗衡时乘虚而入。他会让银龙特使打头阵，使他和自己的无限宇宙精气合体，然后幻化成一股威力无比的攻击力量，他会倾尽全身之力，发动雷霆之击，这样才能穿透贯通K金元素、旺旺紫气及混元真气的混合保护层。一旦穿透这保护层，他就可以把无限宇宙之精气的能量补充给大石龟，然后借助颜丽的挣脱使大石龟摆脱这种相互胶着状态。颜丽此时会借机逃离此地，大石龟就可以紧跟其后，从他们击破的空隙中随颜丽出逃。这种借力打力是攻破K金堡垒的最佳措施，堡垒最容易从内部攻破。这可是个千载难逢的机会。

这个机会也是稍纵即逝。因为颜丽只有在她出生的那一刻，才是最分心的。

那时颜丽的幽魂会因为时光重现出现瞬间的休眠。

这就是他发动攻击的最佳时机。

勃罗特蓄势待发，而旺旺星族却似乎对此还一点反应都没有。要说旺旺星王是大意失荆州的话，也并不完全正确。因为旺旺星王绝对没有想到，这个勃罗特竟然对自己的部下使用吸精法，靠着牺牲部下达到助长自己能量的增长。这个勃罗特无所不用其极，甚至是到了丧心病狂的地步。

本来旺旺星族对大石龟外围布设了三道能量保护层。在旺旺星王看来，凭着勃罗特现在的力量，是根本无法破除他这数道防线的。特别是对K金能量，他勃罗特简直可以说是束手无策。但是勃罗特狗急跳墙，他孤注一掷，这是旺旺星王所没有意料到的。

大珠山上空，几缕淡淡的白云飘飞着。

山是矗立的山，树是林立的树，景是美丽的景。

时光在平静中流淌。

当钟表的双针指向十二点时，天空突变。刚刚还是艳阳当空照的晴空里，一道闪电，一声惊雷，一道裂痕。

没有风，也没有雨。

一条白色的银线，闪着耀眼的光波，从深邃的天宇骤然而至，直直向大石龟方向飞射而来。它白晃晃刺眼的光亮，竟然逼得太阳也退避三舍，让宇宙空间银白交织。它带着一股凌厉的攻势，像一枚锋利而所向披靡的银针那样直向大石龟方向刺来。

大石龟外围的那层 K 金能量和旺旺紫气及混元真气合成的光晕突然像意识到了什么似的，它们忽然间膨胀起来。这膨胀像骤然升起的三色彩云般带着迸射而出的攻击波，迎头向着对方扑去。

空中一声剧烈的爆裂声，犹如凭空响起个惊天动地的炸雷，那声音足可以让百音消弭。

银色的攻击波被稍稍逼退后，又发动更加凌厉的攻势。它的后半身燃起一阵大火，而前身却变成一根细如毫发的金刚钻，一下子对着三色彩云钻来。

金属碎裂声，喷溅的火花，在大珠山空域扩散弥漫。

银龙特使在勃罗特的能量助力下，将自己的头部变成了一枚细如毫发的金刚钻。随着勃罗特后续将无限宇宙精气的不断贯入，那汹涌的能量也是一浪高过一浪，而银龙特使的这枚光线银针也便无坚不摧，它以一股无可阻挡的霸道，硬生生钻入三色彩云。

就像坚硬的冰块被火红的铁丝嵌入，注定要引起激烈的物理反应。

而两股力量的对抗，也注定会搞得天翻地覆。

大珠山上空，先是闪过一阵耀眼的光影，接着空气像是被点燃般响起爆竹般的炸裂声，继而又见一大片一大片喷溅着的炫幻而怪异的火花在空中迸射飘散。它们犹如魔术般时而浓艳欲滴，时而玄黄混沌，时而紫绿闪幻。

一时间，大珠山上演着一场奇幻的宇宙大战。

随着一阵巨大的金属燃烧所引发的持续爆响，接着是灿若流星般的火花腾空而起却又纷纷坠落，颜丽的幽灵突然间幻化成影子，从被钻透的能量保护层中迸射而出。她的影子在空中只是那么一闪，就被勃罗特从背后用无限宇宙精气击毁，她根本连来得及想什么都没有，就像是被捣碎了的银片一样，化成一点点光斑慢慢融化着消失在天空中。

大石龟在颜丽冲出的瞬间，紧跟着一个猛烈的抖动，它巨大的身子便幻化成一道暗淡的光影，紧随颜丽其后冲了出去。

大石龟在冲出去的一刹那间，在空中一个停顿，它好像在等待什么似的。

勃罗特在将颜丽的幽灵毁灭之后，就马上将一股无限宇宙精气的巨大能量输给了大石龟。

一道光线凌空射在大石龟的头顶上。

立刻，大石龟体内就像被注入一股熔化的铁水。那股铁水洪流沿着大石龟的头部向全身蔓延而去。所过之处，随着金属被煅烧的响声骤起后，便有老去新生。大石龟也不再是原来的大石龟，它成了一只脱胎换骨的金刚之龟。

大石龟在勃罗特的能量灌注下，完成了华丽转身，这种变化由皮及里，由外及内，使它由一只僵化之物变成了一只活生生魔力无边的超能之物。

它的这种再生再现，引起了人类的极大恐慌。

复活的大石龟喘口气，打个喷嚏就会在大珠山刮起一阵飓风，让大海翻起一通巨浪，让这里的日月暗淡无光，让此地交通瘫痪，让人们恐慌……

随着大石龟的破空而出，立刻引来了各种武器的立体打击。一时间，大珠山上空弹体飞舞，一道道火线像飞翔的火鸟，拖曳着美如焰火般的尾巴扑向活动起来的大石龟。

随着一枚枚炸弹落地，一声声剧烈的爆炸声此起彼伏，震醒了沉睡的山谷。而大石龟在各种武器的轮番打击下，岿然屹立。它傲视前方，好像在做着攻击前的准备。

咪咪发现大石龟逃脱的时候，她想出去阻挡，但是旺旺星王却通过天眼用时空对话及时制止了她的盲动。

咪咪当然不理解，旺旺星王并不解释，只说让咪咪坚守待战。

见星王如此坚决，她不由得想起上次的教训。对付这个勃罗特，可不是那么容易的。他的狡猾，他的诡计多端，连星王都自愧不如，所以，她一时不敢轻举妄动。

不一会儿，旺旺星王又再次告诉她，让地球人类停止这种无谓的炮火攻击，用改进的巨型机器人对大石龟进行阻拦，并提醒他们提高对各个核基地的警戒等级。下一步，大石龟可能要攻击人类的核设施，这是最厉害的攻击手段。

咪咪——照办。

二十

大石龟这次对那些导弹的攻击，根本就不屑一顾。

它冒着弹雨，迈动四肢，准备下山。

这个时候，数架无人攻击机从远处飞来，在空中向它开火。一颗颗威力巨大的特制穿甲弹打到它的身上，可让人大跌眼镜的是这些穿甲弹就像是石块投掷到它的身上一样。那弹头打到它身上时，被从大石龟身上突然冒出的一波光圈弹出去，弹到很远的地方，然后这些穿甲弹头或撞到岩石上，没入岩石中，或钻入土层中不见了影子。

这些穿甲弹的爆炸威力好像被什么神秘的力量化解了一样。

人类这种特制穿甲弹对于装甲武器可能是一弹致命，但是如今碰到这只被无限宇宙精气锻造重生的大石龟，却无能为力。这几架无人攻击机在打完穿甲弹后，见对大石龟毫无杀伤力，在空中盘旋一下，又按下短程空地导弹发射按钮，几颗导弹几乎同时向大石龟射来。大石龟不躲不闪，却迎着呼啸而来的导弹张开嘴巴。这些导弹突然间被大石龟吞下肚去，却没有爆炸。无人机把战况发送到指挥部，当一线指挥员看到这种诡异的现象，感到不可思议，大石龟却突然间从嘴里喷出一股气体，随着气体的喷出，那几颗导弹像长了眼睛一样先后对几架在空中盘旋的无人机追踪而去。

指挥室里的远程操控员大惊，在他们还没有来得及做出行动时，几架无人机先后中弹坠毁。

就在这个时候，一枚巨型钻地弹带着强大的冲击力在卫星定位引导下向大石龟飞射而来。当这枚钻地弹快要钻到它的身上时，大石龟就张嘴一吸，那钻地弹就又被它吸进肚子里去了。只听得"嘭"的一声闷响，大石龟的身子随着这声巨大的闷响被撕裂般地四散开来，那碎片零零碎碎地在空中分散，飞落。

指挥室的人们一片欢呼。

但是当他们完全沉浸在这欢呼中的时候，有谁突然叫出一声"不好，快看！"

从屏幕上，你会看见那些被炸飞的大石龟碎体没有坠落，它们就像被一种神奇的力量固定在空中一样，形成了一片伞形的石雨。

那可真是一种奇特的景观。一霎时，欢呼的人们都住了声，两眼直瞪瞪地看着那停在空中一动不动的石雨。

有人就说了句："怎么不动了，这情景美极了！"

他的话音未落，这些碎片就忽然动了起来，并慢慢地向下坠落。只见它们越落越快，快要落地时，又像被什么吸引了似的，在下落的过程中一点点聚集，最后又将大石龟的身子复原。

这一幕，可把人们惊呆了。

最高统帅部六号作战室。

张阳把他们研制改装的那个巨型机器人在大型电子观摩屏上做了演示。这一次，从形状到功能和攻击力，可是完美的转身。当总部六号首长和 AM 小组的所有成员看完这个名叫不死战神的智能机器人的实战演练后，拍手叫好。

这时，那个神秘女人的提醒又出现了，她这样接二连三的举动把最高统帅部都被惊动了。这次对方提醒说这只大石龟破坏的目标不仅仅是普通建筑物，它可能针对人类聚集区、发电厂甚至核武基地进行有针对性的攻击。这个提醒，不能不让最高统帅部感到了事态的严峻。

从这只大石龟复活一开始，它就具备了对抗常规武器的本领。而今再次复活，虽然对它进行了定点清除，可照样不起作用。由此看来，使用常规战法，根本奈何不了它。违禁武器又不能用，目前也只有让这名不死战神出场了。

大石龟拳打西山，脚蹬东山。大珠山又是一番土崩瓦解，烟尘滚滚。

没有对手，大石龟似乎得意忘形。它一路下山，一路破坏，好好的一座大珠山被它搞得是面目全非。

从大珠山一路爬来，它是见树毁树，见桥毁桥，所过之处，一片瓦砾，满目疮痍。

它来到一个没有人的村庄，四处张望之后，不见人的踪迹，它好像很不高兴。一张口，吐出一根水柱，村庄转眼间被淹没。

它又爬到一处高楼林立的小区，这个小区同样已经被疏散。它就像要找什么人似的，在小区里东蹿蹿，西跳跳，然后东张西望一番。小区里一片死寂。它有些不甘心，来到一栋单元门前，伸出右前爪，把单元门捣碎，然后又伸进头去，那硕大的脑袋刚好塞进单元门，楼道里同样是不见人影。大石龟不高兴了，它一伸脖子，把楼道拱个窟窿，接着使劲伸脖子抬头，一栋几十层高的大楼被它抬起。它把楼体顶得高高的，然后一摔。整栋大楼一下子被甩到地上。就像地震一般，那幢高入云端的大楼"咣"的一声，稀里哗啦地坍塌在地上。一阵灰尘腾起的烟雾遮蔽了上空。大石龟还不解气，它又不断地挨个把几十栋大楼全部搞趴下。

一时间，这个地方的上空全被烟尘遮盖。明明是朗朗的晴天，被大石龟这样一搞，却变成烟尘弥漫、不见阳光的阴暗天气。

这是一个很恐怖的日子。大石龟下山一路肆虐，它不但让山体坍塌，把景区破坏得面目全非，也把轨道交通线路毁掉了，把路桥毁掉了，把所有的公共设施也破坏掉了。总之，所过之处，地面上的所有建筑物，都破坏殆尽。

就是这样它还不收敛，而且变本加厉。

它这样一路破坏，却不见人类来阻击和打击它，这让它感到无趣，感到寂寞和不耐烦。它怒气冲冲地抬起头，对着天宇发出怪异的嘶叫，那声音充满了毛骨悚然的恐怖。

大石龟边走边破坏，它就像天生是一个破坏狂一样，见山毁山，见屋拆屋，一路破坏不止。让它不明白的是，它这样肆意妄为，却怎么就不见一个人影出现，不见飞机轰炸，不见导弹来攻击。它瞪着两只发红的眼睛，不断地寻找目标。于是，它向着不远处的城区爬去，它要继续寻找下一个攻击的目标。

昔日川流不息的滨海大道如今不但空无一人，连一辆车也不见。看着这冷清清的样子，它很是不高兴。它知道这都是人们为了逃避它而躲到远远的地方去了。它必须找到人类，必须让他们出来和自己搏斗。因为只有这样，它才有对手。有了对手，才有胜利的喜悦。

尽管一路上无人，但是它一样尽可能地破坏。它见不到人，但要把人类生活的地方搞得一塌糊涂。

它来到城区。这座曾经高楼林立，无比繁华的城市，如今一样成了一座空城、死城。看着这空无一人的大街，它非常不高兴起来，一股愤怒冲天而起，它一个跳跃，攀上一座最高的楼顶，它用爪子将大楼的顶部一下子击塌，大楼瞬间呼啦啦倾倒。它又伸出前爪，那爪子就像伸缩的弹簧一样，一下子延伸几千米，抓住了前方几千米远的一栋气派非凡的大楼。那座大楼是当地市政府的大楼，这座权力象征的大楼，如今也是空无一人。空旷的楼前广场上，只有那杆鲜红的旗帜在迎风飘扬。

大石龟一个跳跃，就跃至楼前。

大石龟一头向着大楼正中撞去，大楼的主体建筑被洞穿。它的脖子卡在大楼中间，它使劲摇晃着，大楼结实得让它难以相信。它本以为这一冲一撞，这大楼就会散架。却没想到它不但没散架，还这么结实。大石龟从出道以来还是头一次遇到这样的情况，这让它感到意外，因为其他的大楼不管外面多么豪华，看起来那么高耸入云，只要它用力一触碰就会坍塌，而这幢大楼却这么坚固。它有些生气，它不信凭自己的千钧之力连一座大楼都毁不掉。如是，它加大力气，用头顶着大楼，左右摇摆，但是那大楼尽管变形，可就是不散架。它急了，一个用力，身子连同脖子长出数十丈，那座大楼连同地基像一棵参天大树般被连根拔起。

此时这座大楼已经扭曲不堪，大楼的玻璃完全破碎。尽管它已经如此破败，却仍然没有丝毫散架的迹象。从破损的外观可以看到大楼裸露的钢筋密密麻麻纵横交错地缠满了整个大楼的全身。它突然明白了，这个大楼之所以不倒，完全是靠着这些盘根错节的东西在作怪。

大石龟一个猛力的摆头，将整栋大楼从脖子上甩出去。大楼像个特别巨大的稻草人一般轰然倒地。在倒地的同时，各种破损的碎裂声不绝于耳。大石龟看着倒在地上的大楼，它曾经光滑的外体在剧烈的震荡中已经荡然无存，剩下的只是一具龇牙咧嘴、面貌狰狞的怪物。它突然失去了华美的外表，变得丑陋不堪，像极了一具狰狞恐怖的骷髅。

大石龟被它的顽固彻底激怒了，它不容许这样的挑战。

大石龟看着躺在地上的大楼残躯，一个发怒，从嘴里喷出一股火焰。火焰喷到那栋倒塌的大楼，燃起一阵大火。

一阵噼里啪啦的爆响，大楼骨架在一片火光中，慢慢化为灰烬。

看着这个顽固的手下败将终于烟消云散，大石龟虽然很得意，但又似乎意犹未尽。它伸伸脖子，转动着那颗硕大的脑袋，又在寻找下一个攻击的目标。

它突然发现头顶上的高压电线，就像发现了什么似的。它一个跳跃，蹦出数公里路。在它落地的时候，一座公交枢纽站被它压塌。

好在那里也是空无一人，这让大石龟感到很扫兴。它发出"咝啦咝啦"的怪叫一声，开始瞪着两只发红的眼睛四处搜寻。它对攻击的目标并不满意，它要攻击的可不是眼前的这座车站，它要寻找更大的目标。当它终于发现了目标时，它不再犹豫。它要破坏那座发电厂。它觉得只有打到人类的痛处，才能把人类从躲藏的地方逼出来。

这时，它看到了那座不远处电网密布的发电厂。就在它刚要跃起来的时候，天空中突然出现一个飞行物。那个飞行物看起来十分像人，但是要比人大几十倍。

大石龟驻足张望，它显然是感受到了所面临的危险。

它突然原地不动，做好应对攻击的准备。

高朗在经过几次的剧烈反应后，已经渐渐适应了。他身上的抗体显然起到了作用。这种情况勃罗特似乎没有想到吧？当他渐渐恢复正常的时候，他第一个关注的就是颜丽和大石龟怎么样了。

咪咪看到高朗在经历了几多痛苦之后，终于挺了过来，很是高兴。

咪咪就在他面前画个虚拟显示屏，接通外视功能后，大石龟一下子就出现在显示屏中。

高朗一看这个大石龟已经不在大珠山上，而且他的周围一片狼藉。他就知道不好了，这只怪物失控了。

他惊诧地说一声："怎么让他跑了，颜丽呢？"

咪咪告诉他，勃罗特和银龙特使合体攻破大石龟周围的 K 金元素、旺旺紫气、混元真气三大能量保护层，企图毁灭颜丽，救出大石龟。颜丽逃跑时中了勃罗特的无限宇宙精气，化作宇宙垃圾，幸被旺旺星王及时相救，现在已经回到旺旺星球，请他不必为此担心。高朗就说怪不得他刚才做了一个奇怪的噩梦，梦见颜丽受伤而死。

咪咪一听他这样说，就想到他们两人这种奇妙的感应。她想，这两个生在地球上的人，一定是前世有什么纠葛。此时的高朗依然对颜丽念念不忘，咪咪不免在心里产生一种醋意。自从和高朗见面起，她一直没有什么事情骗过高朗，而对于颜丽这件事的原委，她觉得还是先对他瞒过具体细节过后再说吧！以免他理解出现偏差，影响情绪。即便以后他有误解，也只能请求他谅解了。

当下咪咪只告诉他勃罗特和银龙特使如何使用合璧攻破了旺旺星王布在大石龟外围的能量保护层，大石龟得到了勃罗特更强的能量输送，击败了颜丽，从保护层里逃了出来。现在这只大石龟非同寻常，它比以前更难对付。它不仅是金刚不坏之身，它的能量要比以前大了几倍。它不仅能上天入地，也能变化无常。要对付它，采用一般的手段根本就不可能。

高朗就说："那怎么办，难道就没办法了，就听之任之了？"

高朗甚至要出去阻止那只大石龟。

咪咪见他着急，忙向他解释说："当然不是，我们早就想出了对付它的方法。再说了，现在的大石龟，不要说是你，我们俩人合力恐怕都未必是它的对手。"

"这可怎么办？"

高朗一听可真有些急了，他可是见识过大石龟的破坏力的。

正在这时，只听咪咪说句："你看你看！它的对手来了。"

咪咪指着显示屏跟他说。

这个时候，正是不死战神飞向大石龟的时候。

高朗从画面中看到天空中飞来了一个巨型机器战将，那机器战将在临近大石龟时在空中立马摇身一变，成了一名铠甲战士。

大石龟张开嘴巴，吐出一道光波，率先向铠甲战士发动了攻击。

光波射到铠甲战士身上，发出一阵火花。

当高朗看到这名铠甲战士就是根据咪咪要求改装的不死战神智能机器人时，心里一阵高兴。不死战神见大石龟对他发动攻击，也不客气，以牙还牙，他毫不客气地向大石龟发射了一颗锥心弹。这是一颗专门针对大石龟设计的特别炸弹，这枚炸弹带着K金元素能量，只要它钻入大石龟的任何部位，就会引起它的局部丧失功能，也可阻止无限宇宙精气的能量发挥。

大石龟好像有预感一样，当这枚锥心弹发射出来的时候，它竟然释放出无限宇宙精气能量保护圈将锥心弹挡在外面。

咪咪看到这种情况后，她干脆屏蔽了来自六号作战室的指令，直接指挥不死战神用旺旺紫气攻击大石龟的头部。

咪咪用旺旺紫气重新将不死战神的程序换掉。

不死战神接到指令，立刻行动。

一道道紫色光线向着大石龟头部击来。大石龟也不甘拜下风，它将无限宇宙精气变成宇宙之钻，那钻头带着凌厉的攻势直直钻向不死战神天灵盖。

咪咪马上命令不死战神用K金保护层护体。

宇宙之钻跟旺旺紫气和K金保护层的光线相撞，溅起一串串彩色的火花。

宇宙之钻的能量源源不断，而旺旺紫气却后发不足，这源于人类发明的石墨烯高能电池容量尚无法跟宇宙智慧生命的相提并论。当宇宙之钻突破K金和旺旺紫气的拦截，就要击中不死战神的天灵盖时，K金元素保护层立刻变幻出一个金色盾牌。那宇宙之钻被金色盾牌一挡，"当"的一声震天响，宇宙之钻像磷火般燃烧着坠落在地。大石龟连续发出几声尖细的"吱吱"声，它的头一伸一缩，肚子一鼓一鼓地不住颤动。只见它的肚子在这种颤动中越来越大，突然之间，它的全身一阵噼啪响过之后，从它的乌龟壳子里爬出来无数小龟，那些小龟像蜜蜂一样一齐向着不死战神密集扑去，虽然这些小乌龟在靠近不死战神时纷纷被 K 金和旺旺紫气能量杀死，但是它们却无穷无尽，不断涌来。

咪咪一看不好。大石龟这是在用车轮战术消耗不死战神的能量，当不死战神能量消耗得差不多的时候，它再一击而中。咪咪识破它的诡计，也指令不死战神以其人之道还治其人之身。

咪咪突然两手一个推送，她用自身的旺旺紫气和混元真气给予了不死战神助力。

不死战神被一波紫光扫过之后，全身突然一阵发亮，它的各个部位随着光亮咯咯作响。而后就有一串串亮光变成一道道光线，这些光线沿着身体的脉络向头部汇聚，然后从两只眼中射出的是一个个小如豆粒的不死战神。这些小不死战神一下子向大石龟扑去，他们各自用火力对大石龟展开全面射击。

这下可真是有热闹看了。

高朗躲在大石龟幻体腹内，通过那个空中移动的显示屏，将这鲜活的一幕幕看在眼里。那个显示屏会跟踪着画中移动的景物不断变化位置和角度，让高朗可以全景地看到所有。他全神贯注地看着，随着画面的切近，高朗突然感觉自己已经完全进入到境况里去了。此时的他就如同跟大石龟同处一景，他看到的也不再是画，而是身临其境。

大石龟跟不死战神的生死搏斗，牵动了许多人的心，特别是总部六号作战室。当他们失去了对不死战神的控制时，大家都慌了，因为所有跟他联系的信号都中断了。除了能利用卫星信号监控到那里的实战情况外，其他同不死战神的所有通信信息全部中断。正当一干人马不知所措时，咪咪的声音又来了。她告诉指挥室里的人们，通信信号是她给切断的，这样做是为了让不死战神和她紧密配合，发挥更大的战斗力，等击败大石龟，她会让一切恢复如初的。

秦浩还想要说什么，可是对方突然就失去了联系。

秦浩问监控人员能否锁定信号来源，对方回答说不能。

秦浩骂一声"奶奶的，见鬼了。这些个外星人"。

正当大石龟跟不死之神在地球上斗得你死我活的时候，旺旺星王和勃罗特也正在进行着一场殊死的较量。

勃罗特仗着吸收了千万计部下的能量，想趁旺旺星王没有种出 B 级 K 金元素的情况下，一举将旺旺星王拿下。他和银龙特使合体攻破旺旺星王布在大石龟周围的能量保护层后，以为胜券在握，才悍然向旺旺星王挑战。旺旺星王虽然时刻提防，但是却没想到勃罗特这么快就出手，虽然仓促，但他依然果断迎战。

勃罗特傲气十足，他冷嘲热讽地对旺旺星王说："你说你把自己的公主都派下去了，而且还让她藏到大石龟幻体的肚腹里。这样做就万事大吉了，就安全了吗？我真不明白，看着你挺老实的，怎么这么多花花肠子。你不领着族人好好过日子，你折腾个啥？就怕折腾来折腾去折腾到头来却赔了女儿又折兵。"

面对勃罗特的嘲笑，旺旺星王一点都不生气，他几乎是微笑着说："这个就不用你管了。这是我们自己家的事。"

勃罗特脸一变，凶狠地说："好一个你自家的事。你让咪咪那个丫头下去就是专门对付大石龟的吧？你明明知道大石龟是按照我的指令在行动，可你却派人横加干涉。你好大的胆子。你知罪吗？"

旺旺星王冷笑一声说："好一个无耻之辈。你魔化大石龟祸害人类，以残害生灵而满足你的私欲。天道不容也！此罪一；你不经动议，实行兵变，还迫害老星王，是不轨，此罪二；你嗜杀部下，豪夺能量，是为不仁，此罪三；你挑拨离间，引发宇宙战争，此罪四。你就是个不法不轨不仁不义的小人，宇宙之星有你会走向毁灭。就凭着你犯下的这些滔天罪行，人人可得而诛之。你就是死一千次也抵不了你犯下的罪行。以你的所作所为，应该到太空去当垃圾。你不配在宇宙之星。"

"放肆！你们旺旺星族是受我们宇宙之星的恩惠才有了今天，你不感恩，还要图谋不轨，跟我们对抗。别忘了，宇宙之星才是整个银河系的主宰。"

"放屁！宇宙是全体生灵的宇宙，有德者人人可居之。怎么就成了你勃罗特一个人的私产？你就是个独霸宇宙的大魔头。"

"哈哈！"

勃罗特一阵狂妄的大笑。

他看着旺旺星王轻蔑地说道："你们这些低等动物，根本就不配生活在这里。连地球人都知道'真理在大炮的射程之内'，你还在这里跟我谈什么狗屁道德。好好，你觉得你的道德厉害，就用你的道德来征服我啊！"

"多行不义必自毙，你欠的账也该算算了。"

"有种！"

勃罗特说完这话，一扭身，一个变脸。原来的勃罗特就不见了。一个浑身带刺、面目狰狞的怪物就出现在旺旺星王面前。

旺旺星王看着他说："这么快就露出本来面目了？"

话音刚落，只听背后隐隐响起一阵隆隆声。旺旺星王急忙回头，这一看不得了了，只见一只火红的圆球被一股力道推拥着向他飞来。

勃罗特说一声："乾坤之变！"

旺旺星王见他这样说，知道勃罗特要出招了，因此不敢怠慢。旺旺星王一个转身，将 K 金元素、旺旺紫气、混元真气一起融合，对着疾驰而来的那颗发红的火球来了个迎头一击。

大火球被银龙特使驾驭着。这是无限宇宙精气的聚合体，勃罗特本以为让银龙特使利用它给予旺旺星王致命一击，就可以一劳永逸地解决问题。因为这个大火球曾是无限宇宙精气的储存核心，以它全部的能量，足以摧毁宇宙银河系里的任何一颗恒星，更何况攻击一个像旺旺星王这样的智慧生命。

电光石火，两股巨大的力量相击相撞，产生的裂变力量顷刻间进射而出。那爆发的能量，像把宇宙掀翻了一样，将天地点燃了，令乾坤倒转了，让一切空间成为声音和热量的爆发场。

画面是红的，空气是热的，气浪是汹涌的。

火焰熊熊，火花灿烂而炫幻。

地动山摇，乾坤变色。

在这滚滚热浪中，慢慢推涌出一个浑身燃着蓝色火焰的人。

他就是旺旺星王。

只见旺旺星王身处滚滚热流中，他岿然屹立于天地之间。他以无比的果敢和坚毅，傲视着勃罗特。

勃罗特一看旺旺星王安然无恙，气得瑟瑟发抖。他对着被同样蓝色火焰包围的银龙特使怒声责问道："怎么会是这个样子？"

银龙特使假装什么都不知道的样子说："这——这是怎么回事？"

"废物！你为什么不按我说的去做？"

银龙特使朝着勃罗特装出一副可怜巴巴的样子喊道："星主，救我！"

勃罗特脸色一变，阴沉沉地说："救你，你还用救吗？你都有K金能量护体了。"

银龙特使装出一副委屈的样子说："这都怎么弄的。我怎么会有K金能量呢？"

勃罗特说："你个狗东西，都这个时候了，还在装。要不是我对你留了一手，让你卖了都不知道。"

银龙特使一听这话，知道瞒不住了。神色立刻大变，他一改原来那副可怜相，立马显出一脸嘲讽的姿态说："你也好不到哪里去嘛！也好，事到如今，我就实打实地敲给你吧！搞到今天这个地步，还不是你咎由自取？怪就怪你太残忍了，为了实现你独霸宇宙的目的，竟然对自己人也痛下杀手。如果我不早做打算，将来有一天，我同样跟他们一样的下场。你想借刀杀人，让我当炮灰，我才不上你的当呢！"

勃罗特眼一瞪，恶狠狠地说："只可惜你明白得有点晚，没有将来了。我现在就送你去太空当垃圾！"

此刻的银龙特使并不害怕，他看着勃罗特竟然得意地笑了笑说："是吗？那你试试看呀。就怕你有心无力。现在的我已经不是以前的我了，无限宇宙精气，还有 K 金能量，足够对付你。你能奈我何？"

"是吗？想好了，可别后悔呀。哈哈哈！"

勃罗特的笑声带着一股瘆人的恐怖，笑毕，只见他大声喊道："无限之光！"紧接着双手对空一抄，宇宙一片震动。

一片光膜，闪耀着辉煌，快速地向银龙特使的大火球盖去。

银龙特使一见，连忙使出无限宇宙精气、K 金能量合体对抗。可是无论他怎么折腾，这两种能量就是不融合、不发力，只有他自身那点儿能量，从口中喷出一股火焰。可是这火焰还没接近那层光膜，就被对方气势汹汹的能量逼得熄灭了。银龙特使大惊，他不由得"啊"了一声，刚想起身摆脱火球逃跑，可是，那张光膜陡然扩张成一张大网铺天盖地就将他罩住了。

银龙特使大喊："旺旺星王，你快救我呀！"

站在不远处的旺旺星王对这一切都了然于胸。此刻，他看着被光膜罩在里面煅烧得翻来覆去哀号声不断的银龙特使，轻蔑地说道："我为什么要救你？你这个奸诈狡猾的家伙。你假身投靠旺旺星族，只不过是为了套用我们的 K 金能量罢了。你以为有了 K 金能量，又具有无限宇宙精气，就可以借此打败我和你的主子吗？如果让你得到这 K 金能量，和宇宙精气合体，便会使你能力大增。你可借此为所欲为，甚至会公开挑战我们。即便你没有必胜的把握，有了这样的资本，退而求次之，也可以跟我们平分秋色，摆脱被使唤的命运。从此之后，你跟我们平起平坐，以达到三分天下的目的。应该说你的主意不错，算盘打得也挺好，本来追求自由平等也没有错，但是错就错在你还有更大的野心。你的野心就是当你不能战胜我们俩，就会挑动我们之间的战争，而你却可以鹬蚌相争渔翁得利。假若你的阴谋得逞，宇宙便会迎来更大的灾难。可以这样说，有一个勃罗特是宇宙的灾难，而有你这条毒蛇，会是更大的灾难。所以，你的主子不能容你，天地也不能容你。你的灭亡，来自于你更大的贪欲和野心。你的这一切，我早就洞察于心了，又岂容你的阴谋得逞。所以，勃罗特给你输送的无限宇宙精气是做了手脚的，你只能用它来对付我，别无他用，而我给你的K金能量也是有所保留的。"

银龙特使一听，当场吓坏了。

他扭曲着身子，向勃罗特哀求说："我错了——救命啊！星主，看在我劳苦功高的分上，放过我吧。我——我上他的当了，是他挑拨我和你作对的，我知错了还不行？"

银龙特使见勃罗特对他的哀求不予理睬，突然眼珠一转，计上心头。他又阴险地对着勃罗特说："星主，只要你能原谅我，我就告诉你一个秘密，我知道怎么对付他。真的。"

勃罗特厌恶地看着他"呸"地唾了一口。

此时银龙特使身处的大火球在无限宇宙光膜的能量聚变中燃烧得越来越猛烈。他的巨蛇之身已经不能承受如此高的温度，更何况旺旺星王输送给他保留版的K金能量根本不能给予他保护功能，所以，他的真体就要被高热量所熔化。他想脱身，可是被那张无限宇宙能量光膜困住了。他虽然左冲右突，但是却毫无结果。

他受不了了。热度将他的真体皮肉渐渐熔化，不时发出阵阵惨烈的嘶叫。眼见大限将至，他知道已经到了最后时刻，哀求没有任何作用，于是他用无比怨恨的目光瞪了勃罗特和旺旺星王最后一眼，用尽最后的力气，断断续续地说了句："你们——好狠毒——啊！你们——不让我——活——我——"

他刚想将大火球引爆，来个同归于尽，可是晚了。不待他行动，只见勃罗特展开双臂，做了个拥抱宇宙的动作，同时他的嘴里喊道："倚天屠龙！"只见一把闪着寒光的利剑从天而降。那锋利的宝剑直向银龙特使刺来，也就在电光石火之间，银龙特使还没有来得及躲避，就被利剑一下子斩掉头颅。

银龙特使的头在被斩落的一瞬间，从腔子里蹿出一股红红的血浆，瞬间变成无数个小白蛇，想冲破那张光膜，可是它们一碰上光膜就立刻被化掉，而消失得无影无踪。银龙特使那只蛇头，也同样在做垂死挣扎，它乱碰乱撞，但是一样被熔化掉了。

当蛇头消失的时候，大火球也就像被浇了干粉灭火剂一样，火势渐小渐弱。而被斩掉舌头的银龙特使只剩下一条干瘪的巨蛇身躯，也被一点点烤干烤煳，最后化为一缕青烟消失于空间。

勃罗特将银龙特使的元神打入太空成为垃圾，但是他还是余怒未消。他怒视着旺旺星王，两道目光喷出烈烈火焰，直向旺旺星王射来。

旺旺星王一闪身躲开。那两道火焰刺啦一声响，烧向天际。天际"呼"的一声蹿起一股火苗，呼呼膨胀着，像张牙舞爪的怪兽一样肆无忌惮，紧接着响起了像墙体倒塌一样稀里哗啦不规则的响声，就见天际一角被烧出一个大窟窿，就像是气球被什么东西突然扎破一般，一股外泄的能量形成一股巨大的气流，这气流如飓风的速度向外倾泻而出，宇宙空间被搅动。由于气流的巨大外泄能量，那大窟窿呼啦一下子成为一个大旋涡。旋即，宇宙中的一切就像着了魔似的一股脑儿往外钻去。

旺旺星王猝不及防，他只觉得身子一下子被一股巨大的力量卷起来，向着那个大窟窿飞去。

旺旺星王知道不好，他立刻一个千斤坠，然后大喊一声："女娲补天！"

尽管他的身子在身不由己地随气流旋转飞动，但是他依然将体内的混元真气释放出来。K金元素在混元真气的作用下，幻化成无数块巨型金石。金石被旋风吹到大窟窿缺口时，旺旺星王又使出旺旺紫气，将巨石融化成金水。这金水飞速浇灌在那缺口上，顷刻间，金水凝固成巨大的石块，堵住了那个大窟窿。

刚才还是风起云涌，立刻就静止起来。

勃罗特一见大惊，他立刻站直了身子，直视着太空，双臂狂舞不止。他一边舞动一边喊着："天罗地网。"

一阵狂风般的热浪凭空而起，这热浪在他的不断舞动中变得越来越快，它旋转着、升腾着，最后是燃烧着向着太空漂移而去。

随着他这一声喊，银河系的所有星辰们突然像得到了命令一样，它们纷纷行动起来，一齐发射着攻击光波，向着旺旺星王飞扑而来。

旺旺星王一见这阵势，知道不好。此时的他既不能逃，也不能躲，唯有拼死一搏。于是他拉开架势，做好迎击准备。看到那些对着他攻击而来的群星，他奋力喊一声："鱼死网破。"

他一边喊着一边伸出右手中指一弹。一道金光射出，那金光初射而出时只是一道，但是随着飞射的速度，就变成千万道，这千万道金光对着一齐袭来的银河系众星迎头击去。

一颗颗恒星在与金光的碰撞中爆炸。

太空一时爆炸声不断。腾起的火光，将整个宇宙天际映红。

勃罗特见此情景，气得咬牙切齿地连连怪叫，他一边叫一边运气发身，两手不断推送，就像打太极一样

"天旋地转。"

他的两手之间突然多了一个球体，那球体悬在他的两手中间随着他的不断动作而不停地旋转。

球体越转越快，最后不断地发出光和热量。那热量渐渐地形成了一股强对流能量，在勃罗特的作用下膨胀着，向外辐射着。

宇宙天体也像受到了感应般开始旋转开来。

当这种旋转越来越快时，整个宇宙似被搅动。天地顷刻间就像被推倒了的器皿，整个是稀里哗啦的倒塌和碰撞声不绝于耳。

一切就像都在对准了旺旺星王，这些宇宙群体在混乱中无不向旺旺星王发起攻击。

不但旺旺星王被攻击，他的旺旺星球也受到了攻击。

旺旺星王知道勃罗特已经孤注一掷。他这次是要下决心置他和旺旺星族于死地，因此勃罗特动用了所有的力量，他不惜倾尽无限宇宙精气调动宇宙天体来对自己群发攻击，可见他这次是要痛下杀手了。

旺旺星王不敢掉以轻心。

他一个马步稳住身子，紧接着来了一个巨人擎鼎，运尽丹田之气，喊一声："无欲则刚！"

旺旺紫气、混元真气、K金能量三位一体。

巨大的爆发力就像一股威力超强的飓风一样，发出山呼海啸一般的响声。旺旺星王就像一枚被强大火力助推的火箭，忽地一声带着绚丽的火花拔地而起，冲上云霄。

与此同时，一圈辐射光波带着无坚不摧的霸气向着飞来的各种天体迎头击去。

像宇宙大爆炸一样，整个空间都在撕裂着、膨胀着。

当一连串激烈的爆炸声响过以后，宇宙空间忽然间一下子寂静下来，时间也像停住不动了。

巨大的热量把整个宇宙天体覆盖、膨胀，然后熔化。

时间也在这膨胀中膨胀并随着这种熔化蔓延开去。

经过了好长好长的时间之后，宇宙天体在经过漫长的浴火重生之后渐渐冷静下来。

而那股巨大的热量是被不断吸入黑洞才让宇宙天体冷却下来的。

热量在散尽之后，是冷，出奇地冷。

旺旺星王站在天宇之中，依然保持了巨手擎鼎的姿态，此时的他像一座雕塑。

勃罗特全身被冰凝固住。

此刻他从无限深邃的天宇中跌落，再跌落。

旺旺星王的手上是一个巨大的天体。

勃罗特在跌落之时，身上的冰不断融化。他期盼着，一旦这冰完全融化了，他就可以重新聚集能量，趁着旺旺星王被魔王巨星缠住的时候，给他致命一击。

勃罗特看着，就想，关键时候，倒是这个一向鲁莽的魔王巨星救了自己。可恨那些个其他天体，见事不好，除了极个别能量小的被旺旺星王发出的混合能量击毁，其他的全部当了逃兵。

这个旺旺星王，果然厉害。

只是在勃罗特看来，旺旺星王再聪明再有智慧再有能耐，在他面前，也是小巫见大巫，而今注定逃脱不了失败的下场。这一局，旺旺星王是输定了。

勃罗特随着不断释放内力，身上的冰层越来越少。眼看着他就要破冰而出了，他已经等不及了，因此他不由得加大内力的释放。就在刚才，他身上的无限宇宙精气尽管消耗殆尽，但是他趁着坠落的这一刻，尽力恢复着消耗掉的能量。

当他感觉到自身聚集的无限宇宙精气已经足以将身上那千层待化之冰打开的时候，就拼力迸发出来。

只听得"嘭"的一声，就如同地球南极的万年冰层崩塌融化一样，纷纷扬扬的冰块掺杂着冷彻骨髓的寒气及冰雨铺天盖地飘洒。

宇宙下起了一场世界末日之冰雨。

勃罗特无冰一身轻，他眼瞅着那旺旺星王还在举着魔王巨星不能脱身，得意地笑了。他以一个胜利者的姿态说："投降吧！你别无选择！只要你投降了，我可以保证你的旺旺星族不受伤害。只要你肯投降，我也可以既往不咎。"

旺旺星王好像疲惫不堪，但是他依然没有投降的意思。他只是轻蔑地看了勃罗特一眼说："旺旺星族就没有'投降'二字。"

"有种！"

勃罗特说完这两个字，然后立刻运气聚力，他口中说了一句："乾坤倒转！"

一时间，宇宙变色，天地无光，时空倒流。

天宇好像被一股魔力控制了。这股魔力会同勃罗特的意志，在这个世间肆无忌惮地施暴。

勃罗特看到天地在随他而动，心里一阵狂喜。他急忙来了一个大大的推送动作，一股魔幻无限的能量呼啸着挟电裹风般向着旺旺星王狂击而去。

勃罗特对着那狂奔的魔幻能量喊一声："逆我者亡！"

旺旺星王瞬间被魔力包围。

但是他依然手擎魔王巨星，毫无惧色。

勃罗特一见，恼羞成怒，他觉得这个旺旺星王简直是茅坑里的石头——又臭又硬。他无论如何要毁掉他。

于是，勃罗特对着天宇高喊一声："太阳之神！"

随着喊声，太空中就像被一道耀眼的光线刺穿了一个洞，从那洞中飞出一个炽热的火球。火球越飞越近，越近越大。它带着一股超级热量，它飞过的痕迹，留下一连串的火光。它带着那股逼人的热量，向着旺旺星王袭来。

旺旺星王在它还没有迫近的当儿，一个顶天立地，用力一举，那手中的魔王巨星就忽地被他甩了出去。

旺旺星王随即用K金能量对着魔王巨星一击。魔王巨星经不起这一击，在飞出不远的地方爆毁。

就在这个时候，那太阳之神也到了，强烈的辐射光线，照得旺旺星王身上一阵刺刺冒火。

勃罗特躲在一边看热闹，他坚信这次旺旺星王一定难逃这一劫。毕竟，这太阳之神携带着的是超高核聚变能量和辐射。这种能量要比起他的无限宇宙精气更加霸道，也更具破坏力，更何况他已经将自己的无限宇宙之精气也悄悄输送给太阳之神了。

只要太阳之神对旺旺星王发起雷霆一击，这个旺旺星王也只能成为宇宙垃圾。

当勃罗特看到太阳之神已然击中了旺旺星王之时，高兴得几乎就要跳了起来。

双方的爆发力使宇宙再次充满了爆炸声。

除了可怕的辐射、激光和令人恐怖的核聚变场面外，所有一切都化为乌有。

宇宙似乎要重生。

不知过了多久，天宇才消停了起来。

当一切恢复平静的时候，旺旺星王除多了一身灰尘外，他依然屹立在太空中。

他怒视着勃罗特，大声说道："你还有什么招数，一并使出来吧！"

勃罗特一看，几乎要惊呆了。他张大那丑陋的嘴巴，结结巴巴地问说："怎么会这样？"

旺旺星王没有理他，只是五指并拢，双手合十，说了一句"K金元素升级！"

话音刚落，一阵金属的铿锵之声响起，只见旺旺星王浑身金光四射。

随着那金光的无限发射和扩散，宇宙便沐浴在一片祥和的金光之中。那金光越来越旺，不一会儿，围绕旺旺之星的金光逐渐变成了蓝光。

那幽幽蓝火让勃罗特见之魂飞魄散。

他惊叫一声："原来你成功升级了K金元素，你是怎么做到的？"

旺旺星王说："这得要感谢你呀！你用无限宇宙精气将颜丽送入太空，使她借助你的无限宇宙精气帮助我升华了K金元素。"

勃罗特一听，气得浑身颤抖，他语无伦次地说："你——你太可恨了。"

旺旺星王目光祥和地看着他说："放下屠刀，立地成佛。结束这场无谓的灾难吧！宇宙不是你勃罗特一个人的宇宙，是大家的宇宙。我们只有与所有生物一起和平共处，共生共赢，才有未来。"

勃罗特咬牙切齿地说："什么共生共赢，骗鬼去吧！自从宇宙诞生以来，弱肉强食才是大自然的生存法则。你别高兴得太早了，就算你升级了 K 金元素，也不过微不足道。你得不到数十亿地球精灵的能量，岂能维持日久？一旦大石龟吞噬了地球上所有的人类精灵，那么，宇宙还是我的宇宙。"

旺旺星王见他执迷不悟，厉声斥责道："好个冥顽不化的东西。天堂有路你不走，地狱无门你偏行，这就怨不得我了。"

旺旺星王说着，挥手发射 B 级 K 金能量向勃罗特击来。

勃罗特奋力迎战，怎奈力不能敌，一个回合就败下阵来。

B 级 K 金能量带着凌厉的攻势，将他的无限宇宙精气逼退。勃罗特是只有招架之功，并无还手之力，他且战且退。

旺旺星王用力一击，B 级 K 金能量光波击穿无限宇宙精气的护体光圈，将勃罗特击伤。

勃罗特见势不妙，他急忙就地一滚，化作一道青光，遁入宇宙堡垒躲避起来。

旺旺星王对着宇宙堡垒一阵攻击，但是由于升级的 B 级 K 金能量还只有颜丽一个灵魂的能量，所以，这 B 级 K 金能量虽强，但是却不能持久。故而，旺旺星王在一连串对宇宙堡垒击发后，只好停了下来。

当旺旺星王意识到自己目前还没有力量来破除勃罗特的宇宙堡垒时，只好用有限的 B 级 K 金能量将那宇宙堡垒团团围住。这样，勃罗特一时半会儿也出不来，只要他破不了这 B 级 K 金能量对他的包围，他就无法给大石龟输送能量。至于跟地球 M 国的联系，恐怕也成问题。

勃罗特躲在宇宙堡垒里，只希望大石龟能如愿吞噬地球人类。到那时，只要大石龟把攫取人类灵魂的能量反哺给他，那么他就会拥有无限的 C 级 K 金超强能量。到那个时候，就凭他旺旺星王那点 B 级 K 金能量，又岂是他的对手？旺旺星王只能束手就擒了，这就是他期盼的。

到了那个时候，不怕他旺旺星王不缴械投降。

勃罗特虽然被困宇宙堡垒，但是他统治宇宙的梦想仍然不死。

二十一

大石龟跟不死战神正在搏斗，高朗看得入神。一边是小如蚂蚁的无数小乌龟将不死战神围得水泄不通，一边是大如蜜蜂的小不死战神跟大石龟缠斗，两边均陷入寸步难行的地步。

咪咪一看不好，这样下去，不死战神根本耗不起能量，她得让不死战神使出绝招。

不待咪咪对他发出指令，不死战神率先对着大石龟就发起了光波攻击。

受到光波攻击的那些小石龟瞬间就化为烟尘从不死战神周围消失，大石龟也不甘落后，它放射出一种五颜六色的光圈，光圈一波一波不断向外扩散。

那些个小不死战神刹那间被光圈击毁。

一开始这两个对手是半斤八两，但是随着时间加长，咪咪发现大石龟发射的光波是一波强过一波，而不死战神发射的光波却渐渐变弱。咪咪只好再次发送旺旺紫气助推不死战神。尽管如此，因为不死战神的高能电池容量接收有限，不死战神根本就吸收不了她输送的能量。这些能量，白白进入太空被浪费掉了。

大石龟此刻却是越战越勇。

就在不死战神渐渐不支的时候，他突然一个翻滚，躲开了和大石龟的缠斗，然后以闪电般的动作启动伽马射线枪，对着大石龟就是一阵扫射。

大石龟在伽马射线枪的扫射中被切割成碎块。眼看着它的头，从脖子上被切断掉在了地上，又见它的身子被从肚腹一切两半。在伽马射线枪无数次的切割中，大石龟几乎被切成了碎片。当不死战神想用聚变激光将这些碎片焚毁的时候，这些碎片先是一阵发亮，然后就像一个个有生命的个体，突然之间发出一种滋滋的响声，而后这些碎片一齐自动聚拢。

咪咪见识过这个大石龟的聚身术，她刚要提醒不死战神当心。他忽然伸出一只手，紧紧抓住大石龟的头，把它拉到自己身边，想不让它复位。

其时大石龟的身子已经完成合体，只见它伸出前爪，就要去抢那个龟头。不死战神一边挥舞伽马射线枪继续扫射，一边呼叫支援。

总部六号作战室的指挥员们，通过卫星传输看到这种情况，立刻发射导弹，并派出无人机，企图将龟头取走。

大石龟因为受到不死战神伽马射线枪的扫射，不能抢回自身的龟头。那只无头的大石龟停住不动，只是从脖子里喷出一股五颜六色的火球，向不死战神飞去。不死战神慌忙躲避，不小心将龟头掉落。火球在这顷刻间忽又飞落到大石龟的头上，那只大石龟的头就立刻化成一缕烟雾，先是飘向空中，然后趁着不死战神一愣神的空当，倏地飞回到大石龟的脖子上。眨眼间，大石龟的脖子上又长出了一个龟脑袋。

这个时候，几枚导弹向着大石龟飞来，那大石龟不躲不闪，一张口，悉数将导弹吞入口中，奇怪的是导弹没有爆炸。然后大石龟又吐出来，让导弹击向不死战神。

幸亏不死战神有咪咪输送的 K 金能量护体，要不然可就吃亏了。虽然这样，也被炸得翻了好几个跟头。

不死战神站直了身子，怒对着大石龟。

大石龟见不死战神没有被炸死，大怒。它缩缩脖子，然后两条后腿直立，瞪着两只绿莹莹的眼睛，盯着不死战神。不死战神感到它的眼睛射出的两道寒光就如同两把利剑，直直地向他的身体刺去，他被它逼得退后了几步。大石龟冷厉的目光越来越凝重，最后，两道目光还真的形成了两把利剑，这两把寒光利剑，冒着白色烟雾，直刺不死战神的身子。不死战神感到一阵寒冷，他试图用旺旺紫气消弭这寒气。可是因为这寒气太重，加上自己身上储存的旺旺紫气越来越少，不死战神全身已经结冰。如果继续下去，不死战神就要完全僵化，失去战斗力，成为任由大石龟宰割的战利品。尽管咪咪一度对他进行了能量输送，可是因为他自身的储存容量太小，不能完全转化吸收，大部分都流失了。咪咪试过几次，只好放弃了。而大石龟则不同了，它是大自然的造化所致，而且又经过勃罗特的再造和加持，他本身所具有的能量占有绝对的优势。这一点，倒是出乎了咪咪的意料。

咪咪一看不好，她只有拼出自己的混元真气，混同旺旺紫气，还有 K 金元素能量助力，化解大石龟这股由无限宇宙精气所幻化的冷凝煞气。

咪咪来不及多想，就对大石龟发起了攻击。

几道混合的真气能量，一下子笼罩在不死战神身上，逼退了那股寒气。但是不死战神还一时半会儿恢复不了正常。

咪咪加大了攻击力度，想把大石龟击退。可是大石龟好像不惧她的混合能量。

一时间，两股能量相互攻击，形成了胶着状态。

咪咪意识到这样不行。继续被它纠缠下去，如若此时勃罗特趁机向 M 国联系，她却一时抽不了身，那岂不是让他钻了空子？

咪咪正着急脱身时，大石龟好像加重了攻击力度，让咪咪脱身不得。此时此刻，咪咪意识到了事态的严重性。

想起旺旺星王曾经的告诫，她真的不该直接介入这种对战。越是关键时刻越要沉住气，可她就是犯这个毛病。渐渐地，她觉得那股寒气越来越重，似乎要击退她的混合能量，蔓延到她的身上。咪咪虽然有 K 金能量护体，但是一旦她被大石龟击败，后果也将不堪设想。如此一来，她只有急流勇退，再寻机会，即便牺牲不死战神，也是无可奈何。事到如今，也顾不了那么多了，她只能丢车保帅了。想到这里，她刚想准备撤退，忽见高朗从背后赤手空拳向大石龟袭来。

高朗抬脚向大石龟踢去，没想到这一脚踢空了。

高朗被这一闪，突然回到了现实，看着眼前的那个显示屏，这才意识到他只不过身在画外。

再看咪咪，她伸出两只手，几道气流化成光线射向画中的大石龟。此刻咪咪一句话也不说，就像凝固的雕塑。

高朗喊一声说："我怎么帮你？"

没有回答。

其实，高朗的问话咪咪已经听到了，只是此时的她正在竭尽全力对付大石龟，她无暇回答高朗的话，更何况高朗也真的帮不上什么忙。

就在咪咪感到精疲力竭的时候，空中又发射过来两枚钻地弹。

钻地弹击中大石龟的心脏部位，然后在它的体内爆炸。大石龟的幻体重新被炸成碎块，它便一下子从人们的视野中消失。

这两枚钻地弹来得真是时候，虽然它们不能从根本上消灭大石龟幻体，但是可以暂时将它的攻击能量分散。

这对于咪咪来说太及时了，咪咪迅速借机脱身。

可高朗突然晕倒不省人事。

咪咪怀疑是勃罗特又在跟 M 国联系了。

她赶紧用脑力波去吸收高朗的意识。

就在这时，旺旺星王跟她通话了。旺旺星王像往常一样以幻体的形式跟她面对面地说："你不用紧张，高朗刚才的昏迷与勃罗特无关，是我让他那样的。"

旺旺星王的一席话，让咪咪不得其解。她正迷惑间，就听旺旺星王继续跟她说："我刚刚跟勃罗特进行了一场搏斗，他和银龙特使都被我击退了。根据勃罗特一贯的做派，他跟 M 国的那个 A 计划八成就是颗烟幕弹，是在转移我们的视线。他最根本的目的就是要从现代人类的灵魂中获取提炼高级 K 金元素的冥力，这头魔龟才是他实施 A 计划的核心。我们现在最主要的就是如何获取和破译操控大石龟的密码。只有获取密码，才能毁灭这头大石龟，挫败勃罗特的阴谋，避免人类和地球的毁灭。"

咪咪就问他接下来自己要怎么做才好？

只见旺旺星王从口里吐出一颗珍珠样的东西，放在手心里，明晃晃、亮晶晶，更令人惊奇的是，在珍珠的正中心还有一颗熠熠发光的小金星。

咪咪一看，脱口而出："旺旺星宝。"这个旺旺星宝也是旺旺星族至宝，虽然它没有 K 金元素那样应用广泛，但是能够拥有它是旺旺星族的一种最高奖赏和荣耀，它将对于个体能量补充和智慧等级的提升起到不可估量的作用。故而，在旺旺星族，除非是立下了汗马功劳的人，才可以得此奖赏。而今旺旺星王突然要将旺旺星宝给予这个地球人高朗，那么，是否预示着高朗已经得到众元老的动议同意，在不久的将来，会批准度化他成为旺旺星族智慧生命的一员？

咪咪正想着的时候，只见旺旺星王对着珍珠做了一个吹的动作，珍珠就飘飘然飞落到昏迷的高朗口里了。

旺旺星王看着她那思虑深沉的样子，就说："你不必胡思乱想了。高朗吃了这个，他的抗体和能量就会增强，也可以抵消勃罗特借向地球传播信息时而发送对他体能的破坏能量。高朗体内只要有了这个，从此之后，勃罗特所有发到地球的信息，都会被他吸收储存在大脑。有了旺旺星宝的助力，就不怕勃罗特再在他身上要什么花招了。"

咪咪听旺旺星王如此说，心中既高兴又有些失望。

旺旺星王说到这里，略微停了一会儿。他的眼神里好像飘忽着一种犹豫的神色，但是这种神色只是一闪而现，然后就不见了。他似乎是下定了决心又对咪咪说："还有，就是千万不能让大石龟吞噬到超过十万的人口，如果这只魔龟吞噬到这个数量的人口，它的能量即便得不到勃罗特的输送也会剧增，这样的话就麻烦了。"

见咪咪用不解的眼神看着自己，他又告诉咪咪他已用 B 级 K 金元素将勃罗特封住，勃罗特一时半会儿还不能跟 M 国有什么联系。即便有联系，有高朗吃下这颗旺旺星宝，也就不会有什么信息遗漏和闪失了。"记住，只要大石龟没有了勃罗特后续能量的输送与补充，一个月后，它就会自动衰竭。但是，大石龟会在这个时间靠拼命吞噬人类来补充它的能量缺失。关键的时候，你和高朗要进行能量合体，旺旺星宝和高朗体内的高强度静电就可以转换成一种超级旺旺紫气能量，它会使你的旺旺紫气成为升级版。必要的时候你也可以及时输送给那个地球智能机器人，让他成为抵制魔龟的有生力量。还有，在大石龟捕食人类时，你要利用处在它幻体中心这一有利方位，不断释放升级版的旺旺紫气对它进行干扰和制衡。这样从内到外，就可以尽可能阻止它吸收人类灵魂，让它最大可能地无法得到能量补充。只要把这一点做好了，即便我们破译不了控制大石龟的密码，那么，这头魔龟，也会在得不到能量补充的情况下，自动枯竭毁灭。但是，还有一种比较危险的情况，那就是这头魔龟在吞噬不到人类，也没有后续能量补充而自身能量又几近枯竭的情况下，会更加疯狂。它有可能会去破坏人类的核设施，以谋取核能量来代替自身能量的需求。一旦这种情况出现，那就非常危急了。若是那时我们还没有机会从截获的信息中破译控制这头魔龟的密码，而又不能对它进行有效阻止的话，那我们就处于非常被动的局面了。那不仅是人类的灾难，也是整个宇宙的灾难。这只魔龟一旦得到了核能量，它的魔性将更加疯狂。那时，它毁灭的不仅是地球和人类，而是整个宇宙。其时，恐怕连勃罗特也无法控制于它。现在这个勃罗特为了一己之私，放任这头魔龟作恶，他全然不计后果。如今的他是利令智昏，我已经做了种种努力，试图让他放弃这种铤而走险的行为，做到悬崖勒马。可他不知悔改，继续一意孤行，没有办法。为了宇宙的存在和众生生存，我们只有冒险抗争，以置之死地而后生的勇气，战胜一切艰难险阻，去争取胜利。所以，你们务必要竭尽全力，不管有多大牺牲也要阻止这种情况的发生。勃罗特现在虽然躲在宇宙堡垒，但是他称霸宇宙的梦依然不破。大石龟破坏核设施，也可能就是他最后的一招。"

咪咪就说："他为什么会这样？如果大石龟真的吸收了核能量，而他又没办法控制的话，那不是自我毁灭吗？这种损人不利己的事真是一个智慧生命所能干出来的？"

旺旺星王说："为了满足自己的权力欲，勃罗特已经走火入魔。不管如何，我相信正义必将战胜邪恶。有一件事你要记住，当大石龟被毁灭之日，就是你回旺旺星球之时。不管遇到什么情况，万不可在地球继续逗留。切记切记！"

咪咪忙说："记住了。"

旺旺星王又说："在你回归旺旺星球之时，你要么将高朗一起带回来，要么将旺旺星宝带回来。"

咪咪一听这话，怔了一下，然后说了句："知道了。"

旺旺星王将她的表情看在眼里，马上说了句："你知道该怎么做，别让我失望。"然后就幻化般地消失在咪咪眼前。

咪咪回想着旺旺星王的话，一时陷入沉思。她猛然想起碧云曾经说过的那句"还没有什么事情能难得到旺旺星王"的话，就突然明白过来。如此看来，而今的这一切，都是旺旺星王有意为之的。而对于旺旺星王为什么现在才给高朗那颗旺旺星宝，她也顾不得去多想了。她只是在想，要是自己将高朗一起带回星球，即便高朗吃下了那颗旺旺星宝，那么，高朗也要过上万年的时间和机遇才能真正成为一名智慧生命，那样的话，她就无法跟他体验地球人类那种生死相依的爱情生活。她觉得地球人类虽然原始，但是他们的感情生活，却非常自然纯朴，这让她无比羡慕和向往。这种感情比他们智慧生命来说要纯真得多。虽然旺旺星王一再强调大石龟的危机，但是她依然相信旺旺星族和星王对勃罗特魔化的这只大石龟自会有毁灭办法。而真正到了大石龟被毁灭的那个时候，她就没有理由再继续留在地球上了。她虽然内心期盼着能早日毁灭大石龟，可是一想到那个时候她必须离开地球，似乎又觉得心生怅惘，以至于这种矛盾一直在她脑中徘徊。她到底该怎么办？如果只是把旺旺星宝带回去，把高朗一个人留下，这对于有了旺旺星宝高能量依赖的高朗无疑是一种摧残，他会因此而快速衰老甚至死去，这种情况对咪咪来说是难以接受的。可如果只将高朗带到旺旺星族，她在很长的时间内没有了和高朗单独相处的机会不说，在遥远的将来，更是充满了变数。即便等到万年后高朗真的进化成智慧生命，那么，就凭他跟自己存在的代数差别，在这个星云变幻的太空，在这个旺旺星族的理性世界里，自己能跟他在一起的机会也是少之又少，更不要说会在一起度过卿卿我我的时光。

对地球世俗生活的向往，让咪咪一度陷入一种不能自拔的境地。当咪咪正患得患失、思虑重重的时候，忽然听到昏迷的高朗起身说："大石龟跑了。"

咪咪接通外视功能，从显示屏上清楚地看到了外面大石龟的情况。果然，吃了两颗钻地弹的大石龟依然将碎体聚拢起来，并用冰寒之气将不死战神冻住。然后冒着人类各种武器的打击，冲破封锁，一路向着人口密集的城市奔来。

当高朗看着大石龟的去向时，十分着急。

咪咪就安慰他说："别急，让我们想想办法。"

说着话，咪咪不禁想到了旺旺星宝的情况，她关心地看着高朗问："感觉怎么样了？"

高朗活动一下，甩甩膀子说："比原来都好。"

咪咪就说："这样就好，敢不敢跟我一起去对付大石龟？"

高朗做个拳击的动作说："这有什么不敢的。"

咪咪说："勇气可嘉，只是要对付这头魔龟，不能仅靠勇气，还需要智慧。它可不是一般的龟。"

高朗爽快地说道："我怎么感觉越来越有力气了，是你帮我了吧？你说吧，我听你的。赴汤蹈火在所不辞！"

咪咪看着显示屏说："又来了，你们地球人智慧不足，但豪气往往有余。没有必胜的把握，只会赴汤蹈火有什么用？"

高朗一听她这样说，有些不太高兴，于是他就回了一句说："那也比做缩头乌龟强啊！"

高朗的话，让咪咪突然意识到自己刚才说的话有些过分，于是她马上改口说："不是你想的那个意思，我只是觉得你这个表态过于空洞。"

高朗不服气地"哼"了一声，说："那是你的偏见。我就是那么想的，这能叫空洞吗？这叫勇气！"

咪咪见他如此较真，那副倔劲看着可爱，就说："好好，我说错了还不行。我误会你了，向你道歉。"

"多此一举，我也不是那么小心眼的人。"

"我也觉得是。当务之急，是如何阻止大石龟蹿入人口密集区为要。"

咪咪指着虚拟显示屏上不断移动的大石龟说："看看，它已经向着东海岸奔去了，要是让它进入这个区域，在人口还没能来得及完全撤离的情况下，那就糟了。事不宜迟，我们赶紧行动。"

高朗见她这样说，就不解地说道："你光急有啥用？得有可行的计划。你说呀！"

"我们支援不死战神，让他去阻止大石龟。"

"他都不行了，怎么能靠他？"

高朗看着依然倒在地上一动不动的不死战神摇着头说："这恐怕不靠谱。"

咪咪就自信地说："放心，我有办法。"

"除非你能让他起死回生。"

咪咪点点头。

"只是，只是——"

咪咪欲言又止，她看着高朗表现出一副为难的样子。

高朗是个爽快的直性子，他见咪咪这样，就说："都这样火烧眉毛了，有什么可吞吞吐吐的，有话直说呀！"

咪咪就说："我知道你一定不会拒绝我的，但是我得告诉你实情。要让不死战神复活，就需要超级旺旺紫气能量的辅助。这种超级旺旺紫气，只在你身上有。可你又不会输送。这样的话，必须得我从你身上吸取，然后再由我来完成。"

"那就快点吧！"

高朗不待咪咪说完，一挽袖子抢话道："来吧！还等什么？"

咪咪看着他那副急不可耐的样子说："不是这样的。"

"那是什么样子，你快点，别再让大石龟祸害人类了。"

"你会很痛苦的，我真的不忍心。"

高朗听着这话，有些不耐烦了。他说："我们在一起也不是一天两天了。我是什么样的人你该了解。这算什么！你就放心地动手吧！"

尽管高朗一副大不在乎的样子，但是咪咪心里有一种不忍。因为她这样做了之后，高朗不只是痛苦不堪，他正常的寿命也同样会受到影响。可事已至此，已经没有别的选择了。

大石龟越来越接近人口密集区了，再不动手，就有些晚了。

咪咪已经没有犹豫的时间了，她只能狠下心来。

她强力控制着心中的不忍，对高朗说："你转过身去，闭上眼睛。一会儿，不管我做什么，也不管你有多么痛苦，一定要忍住，不能活动。"

高朗就满不在乎地说："多大点事儿呀！搞得这么神神秘秘的。"

咪咪没理他的茬儿，只是催他说："闭上眼睛，转身！"

高朗乖乖地闭上眼睛，又转过身。

咪咪动用能量吸收法，她浑身透出一片紫光，那紫光对着高朗全身射去。

当高朗的全身被紫光笼罩的时候，只见高朗全身颤抖，他一会儿哆嗦，一会儿痉挛。不一会儿，他的全身就冒出一片蓝光，随着紫光渐渐进入咪咪的身体。

咪咪此刻全身由绿变紫，又由紫变蓝，最后就像一个通体透明的蓝色冰柱立在那儿。而高朗却随着能量的不断被吸收全身出现硬化，渐渐变成了一块石雕僵立在那儿。

当咪咪停住了对高朗的能量吸收时，她的身体就在不断恢复原状。

高朗就立在那儿，他没有了刚开始时的颤抖和痉挛，他只是一具石雕像。

等咪咪恢复如初的时候，她用两手对着高朗发送了升级版的超级旺旺紫气混合能量。

一阵蓝紫色的强光打在高朗身上，高朗全身就像被兜头浇了一身热水一样。只见他全身冒着热气，等热气慢慢消失后，他那冰冷僵硬的身体才渐渐变软变热。高朗得到了超级旺旺紫气的灌输后，身体终于渐渐恢复过来，只是当他的身体恢复如初的时候，他就像一个疲惫至极的人，长长地吸了一口气，然后软绵绵地倒在了地上。

咪咪此刻已经顾不得高朗了，她知道高朗会慢慢好起来的，她急忙对着倒在地上被冰冻而亡的不死战神开始了超级旺旺紫气的能量输入。

此时，咪咪不是用手，而是用她的两眼。只见她的两眼一下子瞪大，然后眼睛先是由红变蓝。她拿眼往虚拟显示屏上看去，当目光捕捉到不死战神时，立刻变成两道蓝色光线。

不死战神被这两道蓝色光线扫射，他身上覆盖着那层魔龟释放的能量冰层立刻融化，他也一下子醒来并从地上弹跳起来。不死战神晃晃身子，活动一下筋骨，然后忽地飞了起来，向着大石龟方向追去。

二十二

当不死战神被大石龟放倒冰冻在地上的时候，所有 AM 小组的成员都着急起来。可是，不死战神却没有因为他们的着急而醒来，此刻的他真的愧对不死战神这个名字。

就在大家对不死战神感到非常可惜和失望的时候，却见他在超级旺旺紫气的作用下又重新活了过来。看着恢复如初的他向着那头魔龟追去时，人们心中好像又升起了一丝希望。

面对着大石龟的横行无忌，所有人几乎都束手无策。他们除了使用更为尖端的常规武器对其进行打击外，别无他法。但是，即便人们对其采取了海、陆、空立体打击，可对于如今的这只大石龟来说，简直就是隔靴搔痒，没有一点致命的杀伤。这个时候，使用核武器对这只魔力超群的大石龟进行打击又被个别成员提了出来。但，这个建议并没有得到最高层的同意。出于国际对核武禁行条约的限制和国际舆论的忌讳，还有对人类所处环境自我保护的顾忌，要想让高层同意使用核武几乎是不可能的。

大石龟一路肆虐无忌。没有了不死战神的缠斗，人类的各种武器又奈何不了它，如今可是畅行无阻，它想去哪儿就去哪儿，它想要干什么就干什么。只要它看着不顺眼，就一定要破坏掉。它摧毁了一座桥梁；它捣毁了一道水库堤坝；它推倒了一栋摩天大厦；它又将一家电厂破坏殆尽；干完这些还不解气，它不仅喷火烧毁了一座大型超市，还喷水淹没了一处高档小区。当面前再也没有什么可让它感兴趣去破坏时，它又向着人口密集的城市中心奔去。

尽管常规武器对这只大石龟没有致命的杀伤力，但是为了滞缓它的前进速度，军方还是对其采取了密集的空天一体化的立体打击。

总部六号作战指挥室。

六号首长站在屏幕前，焦虑地盯着那只不断前进的大石龟。

就在这时，他的耳边突然响起咪咪的说话声。

咪咪告诉他，目前最为主要的是想尽一切办法快速转移人口。这只魔龟下一个目标对准的是人。她还告诉这位六号首长说她已经修复了不死战神，虽然不死战神可以滞缓这只魔龟的行进速度，但是单靠不死战神还不足以战胜这只魔龟，更不用说毁灭它了。为了以防万一，要尽快组织所有人员及时撤离。

这个声音就在耳边，但是却看不到人，更摸不着。好在这种情况已经出现好几次了，所有人都习惯了，也就不以为意了。

秦浩想让监控人员查找信息来源，六号首长把手一挥，说句："不必了。既然她不想露面，我们又何必去强人所难，做那个无用功？再说了，她是来帮助我们的，我们只要按照她说的去做就行了。"

情况紧急，容不得六号首长有半点犹豫。

只是咪咪的提醒让他感到了无比的紧迫。

按照目前大石龟所处的方位，它离城市中心的直线距离是五十余公里。以它目前的行进速度，不到个把小时就可以到达市区。在这么短的时间内要将几百万的人口撤离，几乎是不可能的事。但是情况紧急，即便不可能也要尽量实现最大程度的可能。总部六号首长跟最高层做了紧急通报后，便果断下达命令，并指示各部门启动紧急救援措施，动用一切手段，尽最大可能转移人口。

同时他下令对大石龟所有可能经过的路线进行封闭，并对这些区域下达戒严令。

情况万分危急，所有人都在各自的岗位上忙碌着。

好在不死战神可以发挥作用了。

看着不死战神向着大石龟的方向飞去，总部六号首长的心中才稍稍轻松了一些。他渴望着这位不死战神能够创造奇迹，拖住这只魔龟，为撤离的人员赢得时间。

当一边破坏一边行进的大石龟被不死战神追上来的时候，它已经将路过区域的一些没有来得及撤离的人员全部吞入肚腹。

大石龟每当吞入一些人的时候，它的身子就会像被电击一样发出一阵颤抖，然后便有银白色的光波从身体里迸射出来。这些光波有极大的破坏力，那些被光波扫射过的东西要么在瞬间熔化，化成一缕烟尘，消失在空间里；要么燃起火光，直到烧成灰烬；要么烧焦碳化，黑乎乎扭曲地成了垃圾。

大石龟所过之处，所有楼房建筑倒塌，道路桥梁被毁，树林烧光，人口吞尽，甚至于河流水库也都被它吸干了。大地一片狼藉，所有遭受到大石龟肆虐的地方，宛如遭遇地球末日一般。

不死战神看着眼前的这一幕，内心如焚。大石龟一日不除，地球就一日不得安宁。

不死战神奋力一飞，追上了正在对大地施暴的大石龟，一个俯冲，就向着大石龟扑去。

大石龟瞪着那双发红的小眼睛，对突然出现在自己上空的不死战神感到了意外。只不过这种意外只是一瞬间的事，它立刻对着不死战神展开了攻击。它眨巴一下眼睛，那眼睛里立刻射出两道红色的光线，对着不死战神迎头射去。

不死战神并没有回避，他依然迎着那两道红线极速向下冲来，那两道红光毫不吝啬地对着他身上射去。红光扫过不死战神的头部和胸膛，还有整个的身体，所过之处，并没有把不死战神熔化不说，而且还引起不死战神身体的反应。那反应就是不管红光扫过不死战神的哪个地方，哪个地方就会条件反射般地反射出同样的紫色光线，向着大石龟的身体射去。大石龟在受到这种紫色光线的反射下，就会冒起一阵黑烟。随着黑烟的升起，大石龟冒黑烟的那个地方立刻就会出现一层碳化。尽管如此，但是大石龟并不以为意，它仗着有自然修复的魔力，只要哪个地方被攻击，它就利用自我修复功能让那个地方立刻复原。

即便这样，不死战神还是利用超级旺旺紫气，对大石龟不断发动光波攻击。大石龟虽然不致伤，但是也不得不跟不死战神缠斗下去，因此它的能量消耗在不断加大。

这种战术，是咪咪告诉不死战神的。此时此刻，只有这种熬死战术，才能对这只魔龟有用。

时间一长，大石龟不干了，它是因为感到了体内能量消耗太大还是意识到了不死战神这样做的意图，它突然停止了对不死战神的对攻。

它不动弹了。它就半趴在那儿，任凭不死战神的超级旺旺紫气一遍又一遍地在它身上扫过。

它的全身都冒起了黑烟，它就像死了一样，全身发黑，被浓浓烟雾笼罩。

当总部六号作战室的人们看到这一幕，都在为不死战神鼓掌欢呼的时候，咪咪的提醒又来了，她对六号首长说："这头魔龟是在掩人耳目，这很有可能是它为了下一步的攻击而释放的一颗烟幕弹。你们千万要小心，特别要加大对各种核设施的预警。因为有不死战神的纠缠，它便不可能顺利通过吞噬人类来达到增加能量的目的，只有谋取另外的渠道，直接奔向核设施。在这非常时刻，千万要提高警惕。"

秦浩有些不服气，他反驳说："你如此料事如神，又是智慧生命，为什么不亲自去阻止它。你要是真心想帮助我们人类的话，肯定有办法的，又何必在这里喋喋不休？甚至于连自己的真面目也不敢示人。这如何叫我们相信你？"

咪咪说："信不信由你。"

秦浩一听，就说了一句刺激她的话。秦浩说："我怀疑这一切都是你们智慧生命策划好了的，你三番五次地诱导我们听你的，就是想让我们上当。你们这样做，是何居心？"

"啪啪"两声响起。

当众人正在寻找这声音来源的时候，突然发现秦浩正捂着腮帮子疼得挤眉瞪眼。

空中突然响起一个声音渐行渐远地说道："别以为你聪明过人就可以不知好歹。我这是让你长点记性，别把好话当耳旁风。"

只有声音，不见人影，连一点迹象都没有。这不禁使人感到惊奇不已。这个智慧生命，真是做到了来无踪去无影。

这种现象的出现，不由得不让在场所有的人感到了某种诡异之感。

总部六号作战室里的一干人听着这渐渐远离的声音，无不面面相觑。

当秦浩的手停止抚摸，离开自己的腮帮子时，他的左右两个脸颊留下清晰的指印，而且肿胀起来。

秦浩面部的肿起，让所有人都惊愕得说不出话来。

秦浩从来没有受到过这样的羞辱，此时他一脸怒容，气得浑身乱颤。这个一向伶牙俐齿的年轻人竟然结巴起来，他怒对空中说道："你——等着，我——一定把你找出来！"

总部六号首长此刻慢慢走上前，轻轻拍了他的肩膀一下，安慰他说道："小秦呀！我们跟智慧生命还有很大的差距，这一点，我们要有充分的认识呀！"

秦浩听了首长的提醒，立刻意识到了自己的失态。他马上调整情绪，对着首长点了点头，那气顿时就消了一半。

就在这个时候，他忽然感觉到脸上像被一阵清风拂过一样，随之，那本来肿胀的脸一下子恢复正常了。他下意识地拿手去摸一下脸，这一摸不要紧，果然如此，这回可是轮到他自己也大吃一惊了。

就在这时，一个声音又在他的耳边响起。

"看在你有所醒悟的态度上，我就不跟你一般见识了。好自为之！"

秦浩闻听此言，是又惊又怕。他立刻左顾右盼地四处张望，哪有一丝影子？

秦浩看看众人都若无其事的样子，他也就没有声张，只是一个人在心里暗暗地服气。

当人们都以为大石龟死了的时候，突见一道白光穿透弥漫的黑烟，接着一个龟体幻影直飞云霄，然后以极快的速度消失在远方的天际中。

咪咪就对不死战神说："大石龟已经跑了。它这样幻化而去，为的就是要避开你的纠缠。它有可能要去攻击核设施。因为它体内的能量越来越少，这头魔龟已经意识到你如此纠缠就是要消耗尽它的能量，让它枯竭而亡。它现在跑了，你赶紧去追吧！"

不死战神这才恍然大悟。他撇开被超级旺旺紫气攻击得半死不活的龟体，立刻沿着魔龟幻影的轨迹奋力追了过去。

原来大石龟在识破不死战神的拖延战术之后，利用分体幻化之术来了个金蝉脱壳。

大石龟的出逃，又触动人们敏感的神经了。

总部六号作战室里的人们，从首长到 AM 小组的成员们，当他们从监控屏幕中看到大石龟幻体出逃的一幕后，所有人都一下子紧张起来。

正如咪咪所提醒的那样，这头魔龟很有可能要去破坏核设施，从而达到它窃取核能量来满足自己需要的目的。

这样一来，那可就危险了。

当最高统帅部得到这一消息后，马上下达紧急搜索命令，以期用最快的速度，找到这只魔龟幻体的去向，并动用最先进的手段，对其追踪监视。

可是，尽管军方动用了所有高科技搜寻手段，这只魔龟幻体却像一下子消失了般无影无踪。

这可让屏幕前的六号首长发愁了。他不时抬头看看屏幕，又不时低头沉思。他忽然像想到了什么似的，不由得自言自语地说了一句："那个智慧生命哪里去了，她怎么不说话？"

一言方毕，就听一个声音在他耳边说："我一直在呢。"

这可真是"说曹操，曹操就到"。

六号首长闻言先是稍稍一惊，然后他循着声音的方向左看右看，就是不见人影。此刻的他虽然看似表情平静，但若是细心观察，还是能感觉到他的表情里有那么一丝不易察觉的惊喜。

六号首长止住踱步说："你来得正好。"

咪咪说："这么说你是欢迎我的了。"

首长说："那当然了。"

咪咪说："那好啊！我正好有事要告诉你们。魔龟幻体融入西北方向的大山里去了，它这是避实就虚。皆因为它跟不死战神缠斗过久，没有能量补充，已经支持不下去了，这个时候它就需要隐藏和休养，以便恢复体能。一旦休养完毕，它就会以迅雷不及掩耳之势攻击附近的核设施。"

咪咪的话，让人听了不免胆战心惊。好在六号首长是大风大浪见惯了，有泰山崩于前而面不改色的冷静。

听这说话的声音就在身旁，甚至完全触手可及，可就是看不到人，不要说人，连个影子也见不到。出于礼貌，首长甚至向发出声音的方向伸出了自己的手。他的手尽管伸得长长的，就停在那儿，可根本没有他所期盼的另一只手伸过来。他不由得看着空无一物的前方出神。

这可真是神了。声音明明白白地就来自那儿，可你就是抓不着看不到。

正当总部六号首长也感到茫然无措的时候，咪咪又说话了。她说："你不用那么客气，我们不在一个维度，你看不到我的。你不仅看不到，更触摸不到。我的存在对于你们来说是虚无的，虽然我在另外的维度里是真实存在的。你们之所以感触不到我的存在，这是不同的维度不同感知所导致的结果。你能听见我的声音是因为我挤占了你们的无线通道。即便这样，你们也同样查找不到具体的信息来源。其实我就在你们身边。告诉你那位叫秦浩的部下，别让他白费工夫了。还是把精力用在对付那只魔龟上吧！这是我们共同的目标。看在你是个明白人的分上，我就将地球未来有可能发生的不幸说给你听。"

六号首长忙客气地说："好好，愿闻其详。"

咪咪就继续说："这只魔龟一旦攻击核设施，单靠不死战神是无法阻止它的。当然，我们会全力以赴地帮助你们。只是，你们也要做好最坏的打算和准备。一旦我们所有的努力都不足以毁灭它的话，那么就需要你们动用核武器了。因为只有核聚变的巨大冲击力，才能冲垮这只魔龟能量核心中自我复原的原动凝聚力。没有了这种原动凝聚力，它就不能恢复原状，不能恢复原状，也就不能再度复活。到那时，就是神仙也救不了它。"

总部六号首长听到最后，不由得眉头微蹙。因为动用核武器，那可不是一件轻而易举的事。就算最高统帅部，都不能轻易做出决定。

咪咪就又说："我知道你们的难处。可这是唯一的办法。假若我们所有努力都不能制服这头魔龟，那么，要想避免这场灾难，就只能铤而走险了。两害相权，取其轻，这样的道理你们都懂。我现在跟你们提前打个招呼，无非是想让你们先做好准备。当然，不到万不得已，我也不会让你们干这种自毁家园的事情。如果万一不幸出现这种局面，我会第一时间告知你们最高统帅部。记住，当事情真到了那个程度，那就是唯一的办法了。"

总部六号首长听后，心里一下子感到沉甸甸的。他看着前方接话说："你的话有道理，感谢你一直以来对我们的帮助。对于你的建议，我会向最高统帅部及时做出汇报。只是，这样的结局，最好不要出现。我相信你们的能力，不管困难有多大，在我们一致的努力下，最终都会克服的。"

咪咪觉得这位首长慈眉善目的，说话有分寸，有水平。所以，她就说："您客气了，扬善抑恶也是我们的本分啊！但愿你们能避免这场灾难！"

总部六号首长怕她消失，马上又问："我们的不死战神为什么也不见了？"

咪咪说："忘记告诉你了。我已经将他封存在大山之上，让他潜伏待命，以逸待劳，随时准备攻击复出的魔龟。只是为了避免干扰，我切断了他所有的对外联络，屏蔽了他的外形。用你们的话就是把他藏了起来。放心吧！有什么新动向我会第一时间告知你们。还有，你们要密切注意 M 国的动向，提防它在背后搞小动作或者插刀子也不是没有可能。堡垒最容易从内部被攻破，如果没有内鬼，也许就不会有这只魔龟的出现。"

总部六号首长一听这话，神色不由得凝重起来。他连连答话说："好的，我们一定会注意。"

就在这时，张阳用视频通话向首长报告，不死战神的替代者不死战神 B 已经研制成功了。

首长听到这个消息，脸上那丝不易察觉的隐忧一扫而光，他面现少有的喜悦对着视频说道："你们辛苦了！"

张阳马上介绍了不死战神 B 的一些情况。它除了在动能方面换装了核动力外，其他作战功能几乎没有任何添加和大的改动。至于这样做的原因有两个：一个是赶时间，另一个则是根据不死战神和大石龟的实战情况来看，近身搏斗和传统火力攻击对这只魔龟根本没用。

总部六号首长在听完汇报后说："只能这样了，要做大的改动，时间来不及了。"

不死战神 B 的产生，能否帮助人类制服这只被魔化的大石龟，有待于他们后续搏击对抗的胜负来说话。

二十三

咪咪当然知道张阳他们升级完成了不死战神 B。但是，她对此并没有寄予很大的希望。核动力相对于传统动力，虽具备持久的优点，可仍然无法跟她们智慧生命的超级旺旺紫气相提并论。因此，她不赞成不死战神 B 的参与。而且一旦不死战神 B 被魔龟击败，不光会面临着核泄漏的危险，还有可能被大石龟借此从中吸收核能量为己所用。从这方面考虑，这不死战神 B 就不适合参与和大石龟的格斗。在咪咪看来，真让不死战神 B 上场，还不如动用核武直接打击的好。既然他们忌讳使用核弹攻击，难道就不怕这个不死战神 B 的落败会带来同样不可弥补的可怕后果吗？也许他们太过于自信了，自认为不死战神 B 装上了核动力，就可以战无不胜了，也许是吧！如此看来，他们把事情想得过于简单了。他们根本就不知道这只潜藏深山休养的魔龟幻体再次复出更是不容小觑的。尽管它的自身能量没有得到完全的补充，但是它分化融入万年雪山，是为了吸收大自然蕴藏的冷能量。因为龟体是冷血基因，因此它可以将这股天地冷冻的精华之气转化为自身能量。这种潜藏休养，是完全能够让大石龟的能量恢复到百分之八十以上，甚至更多的。如果人类贸然让不死战神 B 出场而不幸最终战败，那么事情就更糟糕了。

再说了，这不死战神 B 虽然装上了核动力，可这核动力却无法跟她的超级旺旺紫气等宇宙超能量兼容。如此，这改装的不死战神 B 根本就不具备优势，而且还增加了额外的风险。

所以，咪咪觉得有必要说服他们不让不死战神 B 出场。要是他们不同意的话，那她只有动用超级旺旺紫气把这个东西给封存了。

当张阳正在通过视频给首长演示不死战神 B 的表现时，咪咪又给总部六号首长发话了，总部六号首长认真地听着。咪咪就直接跟六号首长说明不能让不死战神 B 跟大石龟直面搏击的理由，总部六号首长听后竟然当场同意了她的建议。

咪咪又说只有在适当的时机，再让这个不死战神 B 出场。

至此，张阳这个用不死战神 B 替代不死战神的计划因为考虑不成熟而暂时被搁置。

高朗知道了大石龟次生幻体再次出现的时候，就不无含糊地问咪咪说："既然大石龟又有幻体产生，而且这幻体也已经飞到外地去了。那我们呢，我们现在在哪里？是跟着幻体也到了外地，还是滞留在原来的幻体当中。"

咪咪就告诉他当然是留在原来的幻体了。

高朗就又问："这是为什么？以前我们可以跟着幻体，现在却留下来。假如我们跟着它的幻体一起走，是否会对抑制大石龟起到作用？"

咪咪就说："你想错了。地球人类生存的维度，对我们智慧生命是没有时空和地域限制的。我们是走是留，对大石龟一点作用也不起。因为只要它出不了这个维度，不管它在哪里，对我来说都是触手可及的。只是，当初我们选择留在现在的方位，不是为了抑制大石龟，而是为了借助此幻体获得勃罗特的信息。现在这只大石龟在没有得到勃罗特指令的情况下，却利用分身之能，次生出幻体跑到祁连山潜藏休养，想伺机而出。它这是自行其是的一种行为。因为勃罗特暂时被旺旺星王用 B 级 K 金元素封锁，既不能给这只魔龟发指令，更不能输送能量。所以，这孽障也只好冒险一拼，以求自保。假若它得到核能量的补充，那它自身就会魔幻成一座巨大的核武库。到那个时候，它要搞点腻歪的事，那不仅是整个地球要遭殃，恐怕连整个宇宙也要被累及。所以，勃罗特一手炮制的这只魔龟，简直就是在自作孽，不可活。"

高朗听着咪咪说得头头是道，不由得不信服。可是他还是有些事情不明白，于是他接着问："既然旺旺星王有了 B 级 K 金元素，又能够封住勃罗特，难道就控制不了这只魔龟？"

咪咪就告诉他说："你只知其一不知其二。虽然旺旺星王有了 B 级 K 金元素，但是数量极其有限。他封住勃罗特也是暂时的。勃罗特会在很短的时间内，积蓄能量，从宇宙堡垒中破解而出。假如那个时候我们还不能治住这只魔龟，那就麻烦了。"

高朗就说："既然你们智慧生命无所不能，旺旺星王完全可以加大 B 级 K 金元素的制造和量产啊！那样不就可以打败勃罗特了吗？也可以腾出力量来制服大石龟呀！"

咪咪见高朗这样想，就认真地说："你想得太简单了。在你们地球人眼里，也许我们是无所不能的。但是，任何事情都是有极限的，我们智慧生命也不例外。B 级 K 金元素是一种特级超自然能量元素，那东西是不能无限产生的。它的出现，是要有生命的冥力、修行的业力和强大的魔力三者组合，在特定的时机中产生，不是轻易就能形成的。"

高朗听之"哦"了一声说："那么说，你们智慧生命也有短板了？"

咪咪见他问这个，既没回答也没否定。

她想了想，这样对高朗说："就像我们，即便我们再厉害，也跳不出银河系，宇宙也有大宇宙和小宇宙之分。有些事情，现在说出来，也不是你能够理解的。"

高朗听了咪咪的话，心中似乎明白了什么，但是另一种担心却产生了。本以为这些智慧生命无所不能，而今看来，他们还真的有短板啊！能不能搞掉这只大石龟，这是他现在最关心的。所以，他就问咪咪："那要是我们战胜不了大石龟呢？"

咪咪就说："那你们地球就很危险了。不仅你们地球危险，由此带来的次生灾难甚至会危及我们生存的旺旺星球及众宇宙天体。所以，我们不能坐视不管，为了共同的利益，我们就更需要齐心协力。"

高朗当即表态："只要能把这只魔龟制服，你要我做什么我就做什么。我这一百来斤都交给你了。"

咪咪就说："这个我知道。"

她看着高朗，脸上现出一副羞涩的表情说："那要是制服这头大石龟之后呢？你还会听我的吗？"

咪咪的话让高朗一时没有反应过来。他有些蒙蒙地说："这个嘛——我还真没想过呢！"

咪咪看着他那憨憨的样子说："那你就先想着吧！"

白雪皑皑的祁连山。

不死战神像冰雕一样，站在一座高峰上，俯视着这茫茫苍苍的祁连山脉。

他在等，等魔龟出世。这一次，他要以死相拼，即便不能战胜这只魔龟，也要跟它玉石俱焚。只有这样，才能一雪前耻，才能对得起自己这个不死战神的称号。

咪咪跟不死战神虽然远隔几千里，但是她对不死战神此时的想法却了如指掌。于是咪咪马上对他这种想法进行了否定。她指示不死战神，要战胜敌人，不光需要勇敢，更需要智慧。既然你被赋予不死战神这个称号，就不应该动辄想着去拼命，而是首先在保证自己生命的前提下去战胜敌人。

不死战神回答说："我明白了。"

她还告诉不死战神："你有一个弟弟叫不死战神 B，关键时候，我会让他上场来帮助你的。"

不死战神就说："他会比我更厉害更勇敢吗？"

咪咪说："到时候你就知道了。"

当大地从百花齐放的春天，走到了万木萧条的冬季的时候，不死战神已经守候在此好几个月了。面对着沉睡在地球上亿万年的祁连山，这片冰封的世界，也像睡去了一样，在刺骨的寒风中默默地陪伴着时光的流逝。

尽管四周寂静无声，不死战神牢记咪咪的叮嘱，不敢有一丝一毫的懈怠。他无时无刻不在注视着眼下这座起伏蜿蜒的银色巨龙有什么动静。

就在这时，咪咪又利用无限隔空对话功能跟他说话了。咪咪说："今天是大寒，也是一年最冷的日子。而这个日子，对于大石龟来说，却是它复出的最好时机。在这个日子，地球会有一股极寒精气上升，这头魔龟可以乘机大量吸收这股极寒精气，转化为自身能量。因为它吸收的天地极寒之精气已经差不多了，只要我再给它加点诱惑，它一定会耐不住寂寞借机而出的。它的这次复出，尽管能量还稍有欠缺，但是你还是不能跟它死打硬拼，因为你的能量后续补充跟不上。记住，千万不要使用你身上的常规武器对它攻击，那样对魔龟不但毫无作用，而且会加大你自身能量的消耗，更不能跟它近身搏斗。你只需跟它保持一定距离，用伽马射线枪切割它的头部，这样的话，它的头会不断地再生。但是再生会耗费它的大量能量。当你用伽马射线枪将它的头部切割到九九八十一次的时候，就停止，改为切割它的尾部。它的后尾和祁连山有一个虚拟连接，它靠这个虚拟连接继续保持对大地极寒精气的吸收。不管它对你如何进行攻击，你只需要躲开就行，无须反击，到时我会及时对你进行施援。记住，千万不要让它靠近你，更不能停止你的伽马射线枪对它的切割。你只要做到这一点，这头魔龟就会跟祁连山地脉断开，全力以赴地向你发动攻击。它一离开祁连山脉，就断了吸收大地极寒精气的渠道，这就等于断了它的后勤补给。没有了能量补充，单靠它储存的能量支持不了多久。"

不死战神说："好。"

不死战神又问："它要是不离开祁连山呢？"

咪咪说："这个也难说。如果是那样的话，就只能再让不死战神 B 出来配合你挑战它一下试试看了。"

咪咪将一切安排妥当，立刻就闲了下来。时光就像静止了一般。她所身处的空间十分寂静，她不由得关注起高朗来了。无所事事的高朗双手抱头，正陷于深深的沉思当中。

咪咪飘飘然来到他的身旁，轻声问一句："你是不是又在想什么人了？"

高朗闻声抬起头来，看着袅袅娜娜的咪咪如仙子般站在他的面前，那双顾盼生辉的眼睛里带有深切的关注。

高朗止住沉思，回答说："经历了这么多，我在想……"

高朗却没有把底下的话说完就停住了。

咪咪就说："我知道你在想谁。我现在问你一个问题，希望你诚恳地回答我。"

高朗却连想也没想地回答说："好，只要是我知道的，一定会毫无保留地告诉你！"

咪咪慢慢转过身去，背对着高朗望着前方若有所思地说道："我知道你喜欢的是李梅。可是李梅弃你而去，这让你伤心不已。当你还没有从这段感情里走出来的时候，颜丽出现了。你本来并不喜欢颜丽的，甚至还带有那么一点讨厌。这个讨厌并不是因为颜丽的人不好，只是她的性格不太讨你喜欢。后来，颜丽为了爱，将生的希望给予了你，你则因为感恩而心生愧疚。这种愧疚替代了你曾经一度对李梅的念念不忘。其实，从内心来说，你喜欢的人一直是李梅。"

说完这句，咪咪转过身来，看着高朗又说："我没说错吧？"

高朗好像是考虑了一下，说："可能吧！"

"那么我问你，假若现在李梅出现了，回心转意了，颜丽也活了过来。她们两个一齐出现在你面前，你会选择哪一个？"

高朗没有直接回答，他沉默了一会儿说："这怎么可能呢？"

咪咪靠前一步，几乎面对面地直视着高朗说："怎么不可能，我说可能就可能，只要你诚实地回答我。"

高朗一个劲地摇着头说："我不知道，我不知道！"

"你必须说。只要你说了，我就可以给你一个机会。请你相信我，这也是你唯一的机会。"

高朗闭上眼睛，想了想，皱着眉头说："为什么要逼我？"

咪咪就说："不是逼你，是不想让你失去这个机会，失去了就再也不会有了。"

也可能是咪咪的表情认真，说话的口气诚恳，让高朗感到无法拒绝。他不得不低下头重新思忖一下，然后抬起头来说："我是喜欢李梅，可是……这怎么……"

"这么说，要是李梅真的回心转意要嫁给你，你会放弃那个因为爱连命也不要的颜丽了？"

高朗突然大吼一声说："我也不想这样，是你非得逼我说出来的。"

高朗说完这话，因为情绪的波动，脸有些发红，喘气也粗重起来。他的内心很不平静。

咪咪却突然笑了起来，对高朗说："我知道了。你有机会了。"

对于咪咪这种莫名其妙的笑，高朗显得不高兴起来。他没好气地说："笑什么笑，别老是拿我开涮。"

咪咪一边说着"哪里呀"，一边一转身，一个活脱脱的李梅突然出现在高朗面前。

高朗看着面前的李梅，一下子惊呆了。

"你……"

就在高朗惊讶之际，那个李梅在他眼前一晃，又变成了颜丽。

颜丽含情脉脉地看着他说："你喜欢我还是喜欢李梅？我只要你说实话。"

高朗看着颜丽疑惑地说："这……这怎么回事？颜丽，真的是你吗，真的吗？"

颜丽点点头。

高朗愣是不信，他抬手在自己眼前划拉了几下。再看，面前的颜丽依然鲜活地站那里。

"我不信！"

尽管如此，高朗还是这样说着，并把头摇得像拨浪鼓一样。然后用低沉的语气说："颜丽她已经死了。"

颜丽用嗔怪的语气说："你胡说什么呀！我这不是好好的吗？"

高朗看着她还是摇头。

颜丽就又问他说："那你如何才能相信呢？"

高朗就说："你走过来，让我好好看看。"

颜丽嫣然一笑就说："这有何难？好吧！"

她说完就悄然迈动脚步向高朗走来。

一股好闻的香水味，一种浪漫的青春气息也随之而来。

高朗看得明明白白，她的身材，她的脚步，甚至于那摆动的衣袂，还有因为动作而带起的风。

两个人相距咫尺之间，也就是一眨眼的工夫，颜丽果然就靠近了他。两人挨得很近，高朗分明地感受到了颜丽身上那随之而来的一股澎湃的热量。

高朗却并没有拥抱她。

他只是说："你还好吗？"

颜丽说："还好。"

看着这个活脱脱的颜丽出现在自己面前，高朗依然怀有疑虑，他就那么面对面目不转睛地注视她，用一种疑惑的语气说："你真的回来了？"

"是的！"

"回来好，回来好！"

高朗喃喃自语着，却无动于衷。

"难道你就不想抱抱我吗？"

颜丽用充满期盼的目光看着他说。

高朗犹豫着伸出了手，可当那手快要触及颜丽时，他却停住了。他只是拿眼睛看着颜丽不说话，也毫无动作。

"你怎么这样呢？"

颜丽就一下子不高兴起来，她无限忧伤地说："我知道了，你根本就不爱我。俗话说'强扭的瓜不甜'，从今往后，你就忘掉我吧！我走了，你保重。"

颜丽说完这话，一下子不见了。

高朗对着消失的方向大喊："颜丽！颜丽——"

就在这个时候，在他眼前又出现了一个人，而这个人不是别人，正是咪咪。

"果然是个专情的男人。"咪咪说。

"我就知道，那根本不是真正的颜丽，你用的是什么手法？"

"这个嘛！说了你也不懂。其实，你对颜丽自始至终毫无一点男女之情。直到她为了你的生而死，你因感恩而被动接受。但是，你的心里，却一直有一个影子，那就是李梅！"

高朗却大声辩称说："从前是，现在不是了。"

"别自欺欺人了。你跟颜丽前世的前世甚至前前世一定有什么恩怨纠葛，才至于此。一个爱得死去活来，一个被爱得痛苦万分。分明是一对冤家。所以，在这个世界里，你们永远不会在一起。有因无果，这也是果，这就是你们当世的最终结局。只可惜这个颜丽却一直阴魂不散，不知好歹。明知不可为而为之，实在是自讨苦吃。这个李梅，则是你前生欠了她的情债。你现世想还，但是她却不给你机会。故而，才苦苦不得善缘。"

高朗不服气地说："你怎么知道？"

"我是智慧生命呀！"

咪咪看着高朗一脸自信。

高朗说道："就算你说得不错，那又能怎么样？"

咪咪很自信地对高朗说："我有个两全其美的办法，不知道你愿不愿意接受。"

"愿闻其详。"

咪咪突然红了一下脸，她压低了声音对高朗说："你看我漂亮不漂亮？"

一句话提醒了高朗，他立刻抬眼仔细看去。这咪咪，还真是一位绝色美女。虽然她的头发是绿的，眼珠子是蓝的。但是她的身材，她的脸形，都是无可挑剔的。他们相处了这么久，一直是风风雨雨。因为大石龟，让他和咪咪相处的这段时间里一直是处于紧张之中，所以，他根本无暇去欣赏咪咪的美色。现在看来，这个咪咪可真是国色天香。见高朗看得有些呆，咪咪就又说："我有那么好看吗？"

高朗正看得眼直，竟然没有顾及咪咪的问话。

咪咪就追问一句："问你话呢？"

"哦！"高朗尴尬地应了一声，立刻收回了目光。

咪咪虽然口气带有些许责备，但是心里却是十分高兴，于是她就说："我知道你喜欢李梅的人，感激颜丽有一颗爱你的心。那么，我问你，现在要是有这么一个人，她既有李梅的模样，又有颜丽爱你的那颗真心，你是否会毫不犹豫地接受她呢？"

高朗没有明白她的意思，只是说："哪里会有那么一个人呢？"

咪咪以不容置疑的口气说："我说有就有，你只说会不会。"

高朗一边点头一边说："当然会。"

"那就好。"

咪咪说话的当儿，就立刻变成了一个活生生的李梅。

她走上前来，拉着高朗的手说："只要你愿意，我以后就是李梅的人，颜丽的心。让我们一起同甘共苦，风雨同舟。"

"李梅——"

高朗久久注视着李梅，只是说了两个字，就说不下去了，紧接着他一把将李梅紧紧地抱在怀里。

正当高朗沉浸在感情的旋涡里不能自拔的时候，他拥抱的李梅突然又变成了咪咪。

高朗在惊讶中竟然一下子愣住了，他瞪着怀中的咪咪竟然一动不动。

咪咪却突然全身用力趴在他身上。

高朗瞬间感到自己的身子像有一股电流般闪过，令他震颤不已，他在慌乱中不由自主地想去亲吻咪咪。可是，当他的嘴巴就要贴上咪咪的嘴唇时，咪咪却突然挣扎着脱离了他的怀抱。这个时候高朗的神志也忽然间清醒了起来，当他意识到自己拥抱的是咪咪而不是李梅时，神情立刻显得有些不自然起来。他尴尬地看着咪咪，脸有些稍稍发红，吞吞吐吐地说："我——我不是故意的，对不起！"

咪咪好像并没有怪他的意思，虽然她的脸上闪过一丝羞涩的红晕，但是内心里却是充满了无限幸福和喜悦。看着有些羞愧不安的高朗，咪咪假装嗔怪地对他说："抱都抱了，装什么装啊！"

高朗一听咪咪这样说，立刻变得有些局促不安起来，他真的以为咪咪在责怪他了，表情显得异常难堪，额头上甚至冒出一层细密的汗珠，忙不迭地解释道："我——都怪我看错了。我以为是李梅……"

咪咪见他窘成这样，竟然忍不住扑哧一声笑了。她急忙捂住嘴，然后用含情脉脉的目光瞟一眼高朗，接着又用带有责备的口气说道："跟你开个玩笑也当真了。"

咪咪的话，让高朗放松了不少，但是他还是问了一句："你真的不怪我？"

"我什么时候跟你说过假话？我理解你，我喜欢一个真实的高朗。"

她说完这话，不好意思地低下了头。

高朗却一再解释说："我不是故意的。真的！请你相信我。"

"你看你，又来了。"

咪咪见他这样说，刚才那份无比的喜悦却一下子淡漠了不少，其实，她担心的就是高朗没有将她放在心上。于是，她就有些不大高兴地说："我就那么让你讨厌吗？我哪里比不上那个李梅？"

看着咪咪的脸色一下子暗淡下来，高朗连忙解释说："不是这样的。你很优秀，也很美。但是……但是……你是智慧生命。"

"智慧生命也有喜怒哀乐，也有感情。"

高朗听罢咪咪的话，对她的一番心意心领神会，可他还是深深叹了一口气，无奈地说："很感激你一直以来对我这么关照。你对我的好我也一直记在心里，只是我们……我们之间存在的差距不是一般的大，所以，我连想都不敢想。有时候，即便我跟你面对面，可却总是有一种如梦的感觉。"

"只要美好，做梦又如何？"

咪咪说完这话，又说："算了，不说这些了。我们喝杯酒吧！"

"喝酒？"

高朗突然想起来，自从他来到这里，似乎从来没有吃过东西，也从来没有感到饥饿。现在咪咪突然提起喝酒的事，让他想起什么似的说："如果我记的没错的话，自从我来到这里，就从来都没有吃过东西是吧。可我怎么就没有感到饿过、渴过，这是怎么回事呀？"

咪咪说："说了你也未必理解。你我所处的是一个虚拟现实的世界，在这里度过的是虚拟时光，一切虚无，当然不会饿了。"

"这就怪了。那我们怎么能够喝酒呢？"

咪咪就说："这个不用你管，请跟我来。"

咪咪说着，对着空中一比画。在他眼前，立刻拉出一幅幅活动的场景，那是全世界十大有名的空中酒吧。有曼谷国家大楼空中酒吧；吉隆坡商务酒店空中酒吧；北京纽约天空酒吧；悉尼蓝光空中酒吧；纽约玲珑空中酒吧……咪咪手指滑动，那些场景随之闪过。

高朗看着这一幕幕从眼前闪过，就像耍魔术一般，都看直眼了。

咪咪见高朗不说话，就指着那些场景问他说："你喜欢哪一家？"

高朗看得入神，竟对咪咪的问话一无所闻。说真的，这些豪华的地方，他一处都没去过。

咪咪就上前一边拉他一把，一边提高声音说："问你话呢！"

高朗收回神，回头看一眼咪咪，仍旧没有明白咪咪的意思。

咪咪就又说："这些酒吧，你喜欢哪一家？我们可以一起去看看。"

直到咪咪再次这么说，高朗这才明白过来。

咪咪重新将十大酒吧在他眼前展示一番。高朗目不转睛地看着，虽然如此，但是看着那些豪华的酒吧高朗却感到眼花缭乱，无法取舍。

咪咪见他犹豫不决的样子，就说："还是到境外去看看吧！"

不等高朗有所表示，咪咪就把手指停在了迪拜空中酒吧的场景前。说："就去迪拜吧！怎么样？"

高朗只是被动地点了点头。

咪咪做了一个请的姿势，还不等高朗有所反应，他的身子就身不由己地自动飘起来，跟着咪咪飘向了迪拜这个世界富人中心。

这是一座 51 层的现代高层建筑，坐落于阿拉伯海岸，整座建筑高度是三百一十二米。登上这座建筑的顶层，沿阿拉伯海湾迪拜的美景一览无余，给人的感觉就是整个世界都在你的脚下。

高朗在咪咪的带领下，悄然来到空阔的大厅。两人在一处座位上就座。高朗虽然也到过很多地方，但是这里的豪华却依然让他感到了惊讶。在明亮的落地窗前，望着窗外一望无际的美丽海景，高朗禁不住说了一声："太美了！"

大厅里响着优美的音乐，随着音乐的飘荡，一种怡然的气氛在整个空间蔓延着。人若是处在这样的环境里，心情就一下子会放松下来。只不过让高朗感到惊奇的是，大厅里空空荡荡，除了他们两个，再无其他人。

咪咪好像知道他的心思似的，就说："他们都在，我只是不希望他们的出现打扰我们，你想看看他们吗？"

高朗左右扫视了一番，然后拿眼看着咪咪，冲她期待地点一下头。

只见咪咪对着空中挥了一下手，立刻，大厅里宾客满座。

看着座位上各种肤色的男男女女，高朗不禁一下子睁大了眼睛。

就在这个时候，一对俄罗斯情侣向他们的座位处走来。高朗刚想说话，咪咪制止了他。咪咪说："你别动，他们看不到我们的。"

"那……"

咪咪知道他要问什么，于是就急忙解释说："我们跟他们不在一个维度的，互不影响。"

说着话，她又对着空中一挥手，人们立刻就不见了，大厅里又是空空荡荡起来。

当高朗还处在惊讶之时，咪咪又对着空中一招手，就见面前走来一位乌克兰美女服务生，她端着两杯高档干红葡萄酒，轻轻地放在他们面前，用英语说一声："请慢用。"然后微笑着点一下头就悄然离开了。

眼前一幕幕奇异的现象，让高朗感到神秘极了。他看着刚才服务员消失的地方不由得发愣。

此时的咪咪端起透着猩红色酒液的高脚杯，对着尚惊愕未醒的高朗说："这葡萄酒很不错的。为了你，今个儿我就破例喝一点吧！"

高朗经她这样一说，也收回了思绪，把目光从前方转移到咪咪的脸上。高朗瞟一眼那盛酒的杯子，也拿了起来。

咪咪跟他碰了一下说："为了我们的未来，干……"

当高朗把葡萄酒喝到嘴里的时候，那酒的味道让他感到了一种真实的存在。

咪咪问他说："这酒怎么样？"

高朗说："味道很特别，自己是第一次尝到。"

咪咪就又说："你想不想到白宫去看看？"

高朗说："去白宫？"

"去白宫！"

"什么时候？"

咪咪说："现在就可以呀。"

高朗说："那大石龟呢？"

咪咪说："那孽障尚在山中休养，它出来还得一段时间。"

"那……"

"放心，我自有分寸。"

看着高朗那有些担忧的表情,咪咪就说:"那孽障有不死战神盯着,不要紧。离它复出还有几个时辰,不耽误。正好我们可以利用这段时间好好玩一玩。怎么样?"

高朗见她如此说,一下子就放松下来。他说:"怎么玩?"

"去白宫呀!跟我在一起的时候,感觉如何呀?"

"好,很好!"

高朗痛快地回答说。

咪咪微笑地看着他,她甚至还特意向高朗的面前靠近了一些。

高朗近距离地看着咪咪,他从咪咪那双妩媚的眼睛里读到了一种温柔。高朗真切地感受了这个外星美女的魅力,他喜欢她,但同时又有某种顾忌。毕竟,他们是来自两个绝然不同世界的生命体。

高朗的回答让咪咪很是高兴,这无疑增加了她在高朗面前的自信,于是她就说:"现在还想李梅吗?"

高朗没有回答,只是看着她摇了摇头。

咪咪知道让高朗彻底忘掉李梅,还得需要时间。

她接着问高朗说:"你对将来有什么打算吗?"

高朗又喝了一小口酒,慢慢地在嘴里品尝着咽下后说:"这个嘛,我还没有来得及想过,因为有没有将来也还是个未知数,毕竟我们地球还处在危难之中,一切等把大石龟毁灭了再说吧!"

咪咪说:"你的未来是美好和幸福的。难道你就没有设想过将来……"

咪咪突然间欲言又止起来。此时的咪咪面带羞容,她好看的美目里,充满着一种深深的期盼。

其实高朗很明白她要说的是什么意思,只不过此时的高朗无暇也不敢去多想。

但是高朗还是说:"这个恐怕太遥远了吧!"

咪咪当然洞察他的内心,所以,就安慰他说:"只要你有这个意念就好,这样的话,神智就会引导你的意念向着目标方向去寻求。如此，我也可以有机会想方设法帮助你去实现。”

“可是——我们的当务之急，是不是应该先把大石龟毁灭了再说？”

“不要考虑那么多，我们之间的事情当然是在毁灭大石龟之后了。”

“只要能把大石龟毁灭掉，我当然愿意了。”

“但愿你说的是真的。”

高朗就说：“我高朗从来不说假话。这个我可以对天发誓。”

高朗说完，举手就要发誓。咪咪一见就制止他说：“不要！我相信你！”

大厅里音乐悠扬。两个来自不同世界的人双目相视，彼此心灵相通。

咪咪端着酒杯说：“你我同心，其利断金。”

高朗也举起酒杯说：“对，你我同心，其利断金！”

咪咪又说：“你们地球人有首古诗，是出自汉乐府民歌《上邪》之《饶歌》。诗文是这样的，‘上邪！我欲与君相知，长命无绝衰！山无陵，江水为竭，冬雷阵阵，夏雨雪，天地合，乃敢与君绝’。这首诗想必你会知道吧？”

高朗看着咪咪那一副情真意切的样子，一时也被感动。他点点头说“我当然知道了”。说罢，嘴里也不由自主地开始默念道：“……山无陵，江水为竭，冬雷阵阵，夏雨雪，天地合，乃敢与君绝！”

此时两人四目相对，久久无语。

大厅里突然换成了一曲《魂断蓝桥》的萨克斯，那忧伤的曲调，让高朗一下子感怀起来。立刻，电影里主人公的情景浮上脑海，他不由得感叹地说句：“这曲子太伤感了。”

咪咪见高朗被音乐感染，就对着空中一挥手说：“可不是，太伤感了，那就换掉吧！”

随着咪咪的这一动作，刚才的音乐立刻戛然而止。不一会儿，大厅里就又响起了优美的萨克斯独奏《回家》。

见高朗听得入迷，咪咪就举起高脚杯，对着高朗说：“祝我们彼此心想事成。"

高朗没有说话，他用爱怜的目光看着咪咪说："一定！"

他们说完这话，一齐举杯。

喝了酒的咪咪脸色变得红润起来。她的蓝色眼睛更显妩媚。高朗看着她娇美的脸庞，爱意顿生。他不由得抓起她的一只手，咪咪顺势挪动身子，坐到他的身边，两具躯体相依。

咪咪陶醉地说："做个地球人也不错啊，可以享受到人间真爱。"

高朗抚摸着她的绿色长发说："人间苦啊！"

咪咪说："苦中有乐！"

她说着这话的时候，将身体从高朗的身上慢慢移开，然后说："你想不想去看看李梅？"

高朗就说："啥意思，难道你还不相信我说的话吗？"

咪咪就说："不是。我想，你虽然从理智上放弃了对李梅的那份感情，但是在潜意识里还会无时无刻不在牵挂着李梅，甚至更想知道现在的李梅过得怎么样了，她幸福吗。所以，我就想，你只有亲眼看到她现在的生活，也许就会彻底放心了。毕竟，爱一个人，就希望她过得幸福，你说是不是？"

高朗两眼盯着杯中的酒液出神。沉默了一会儿，不等咪咪说话，他便默默地点了一下头。

"既然这样，我们现在就去怎么样？等一会儿你看到了她，看看她现在过得怎么样了。只有见到她现在幸福的生活，你才会放心，也会慢慢在心中丢掉那份牵挂。"

高朗听着，既没有表示同意，也没有表示反对。他就那么默默地看着酒杯一动不动。咪咪知道他心中想的是什么，所以，咪咪就依样画葫芦，对着空中一比画。

随着咪咪的动作，先是一道彩线在眼前一亮，然后空中就有图景慢慢地迎着他们向前移动而来。一处现实中的场景，就像摄像镜头一样慢慢被拉近到眼前。

随之，李梅的家就映入高朗的眼中。

高朗此刻抬起头，看到眼前的场景，脸上表现出一种奇怪的表情，那表情里有疑惑，也有好奇。

咪咪说个"走"，身子就飘起来，高朗也身不由己地跟着她飘起来走了。

这是位于 D 国首都郊区的一栋豪华别墅。

这片别墅群，建在一处半山坡上。

别墅群依山傍海，风景迷人，是一处得天独厚的风景胜地。

高朗在咪咪的带领下走进了这座幽静的别墅里。

咪咪直接将他带到了别墅内的游泳池。高朗一眼就看见李梅和一个高大的白人男子还有一男一女两个孩子一起在游泳池里游泳戏水。

高朗心想，李梅不是跟她的同学结婚了吗，怎么又换了个外国男人？咪咪好像知道他在想什么似的，马上解释说："李梅跟那位中国同学结婚半年后就离婚了，后来又找了这位 D 国富商男人结了婚。"高朗听着，"哦"了一声，就站住不动了。他两眼死死看着李梅，嘴唇动了动，想说话，但是却没有说出来。

李梅穿着游泳衣，她跟那位白人男子一边戏水一边说着话。看着他们一家其乐融融的样子，高朗站在一边竟然看呆了。看着他那副失魂落魄的样子，咪咪怕他失态，赶紧拉他一把，他便身不由己地又飘起来跟着咪咪离开了。

他们飘在空中的时候，咪咪就调侃地跟他说："李梅找到了她的幸福，你不会嫉妒那个白人男子吧？"

高朗没有说话，看到李梅幸福他虽然释然，但是心中仍然有一种说不清的怅惘。

咪咪对他的心情虽然心知肚明，但也不知该安慰他什么，只好说："我带你去白宫看看吧！看看第一帝国的高层们是怎样工作生活的。"

高朗没有说话，他的脑子里不时出现李梅以往的音容笑貌。

高朗跟着咪咪又飘上了空中。

当咪咪带着他在一座陌生的城市停住时，高朗似乎已经习以为常，他再也不会感到惊奇异常了。

高朗看着周围的建筑和街道的人群以及周围的英文，他知道这就是美国的国都华盛顿。不待他说话，咪咪一把拉起他向着不远处的一座穹顶的白色建筑走去。他们哪里是走，简直是在飞跑。因为高朗看到过往的人群和建筑像飞一般从身边不断闪过，害得高朗几乎都看不清他们的面目和诸建筑图像。

等他们停住时，高朗不看则已，这一看街上的英文写着"宾夕法尼亚大街 1600 号"。他在心中不由得说了句，原来真的来到了美国白宫呀！

高朗突然站在那里，望着对面近在眼前的主副三座白色的建筑，有些顾虑地问咪咪："我们还真的要去白宫？"

咪咪一副满不在乎的样子说："那当然了，要不然我们大老远地来这里干什么，你怕了吗？"

高朗说："有你在我怕什么，只是我们能进得去吗？白宫可不是一般的地方啊！"

咪咪说："这不用你担心，白宫算什么，进中南海也是来去自如。走！"

话音刚落，高朗就又被一股力量裹挟着飘了起来，跟着咪咪向着白宫飞去。

尽管白宫戒备森严，但是对于咪咪他们来说毫无作用。而咪咪像是轻车熟路般如入无人之境。

在进入白宫初始，高朗看着警员密布还有些担心，当见到那些警卫人员对他们的到来一无所察时，紧张的心才渐渐放松了下来。

他们一路遇到很多关口，见到很多保镖竟然毫无察觉，因此他们一路顺利畅通。可是就在他们接近总统办公室的时候，突然警铃大响。

这下可不得了，所有的保镖都行动起来。

高朗虽然见过阵势，但是这毕竟是在堂堂世界第一帝国的白宫，不免极度紧张。咪咪提醒他说不要怕，是她自己故意暴露了一下，她是想让他们先忙碌一些，这样好看热闹。

高朗听她这样说，方才放松一些。咪咪说着又跟高朗调侃说："走，我们去看看总统先生是如何避险的吧！"

高朗因为毫无思想准备，今见白宫又如临大敌，心里不免畏惧，所以就显得有些犹豫。

咪咪拉他一把道："怎么变得越来越胆小了，不就是个白宫吗？他们奈何不了我们分毫。走！"

忽如一阵清风吹来一般，两人的身子又轻轻地飘飘然飞了起来，一下子飘入了总统的专用安全通道。

高朗和咪咪就站在安全通道里。两人大摇大摆地在里面行走着，尽管里面保镖密布，也都一个个警觉万分，保持着高度警惕，但是他们的到来却丝毫没有引起他们的察觉。高朗虽然知道这些保镖看不到他们，可他依然小心翼翼。而咪咪则表现得毫不避讳，她一边走一边对那些保镖指指点点地大声说话。高朗不时地提醒和制止她，可她还是依然故我。当从一个黑人保镖身边走过，咪咪竟然伸出手来拍拍他的脸，高朗担心得要死，好在那个黑人保镖对咪咪的放肆毫无知觉。

咪咪看着那个瞪大两眼四处张望、警惕万分的黑壮的大块头保镖竟然呵呵大笑起来。她这一笑，却让高朗一下子慌乱起来，高朗刚想去捂咪咪的嘴，咪咪却像泥鳅般从他身边移开。

黑人保镖突然向他们走来，高朗赶紧拉着咪咪离开。

他俩刚刚走出不远，对面忽然传来一阵嘈杂声。高朗顺着声音往前看去，这一看又让他感到紧张起来：只见安全通道深处呼啦啦走来一帮人。

高朗小声问咪咪说："这些人是不是冲我们来的？"

咪咪就指着他们毫不在意地大声说："来也没用。他们根本看不到我们。"

咪咪虽然这样说着，但是高朗心里还是存在着担心。因为他明白，这白宫的安全措施，级别是最高的。这里的仪器也是最高级的。他们会不会用先进的科研设备将他们暴露出来呢？

咪咪好像非常明白他的担忧，就没事人一样地对高朗说："我们在一起这么长时间了，你对我的话还是半信半疑呀！要不然咱打个赌，我就是对着他们大喊大叫，他们一样听不见。信不信？我喊了。"

咪咪还没等高朗说话，就突然对着前面大喊道："我们在这里，你们过来抓我们吧，来呀！"

咪咪根本不听高朗的劝阻，一连喊了好几次。可是对方不要说过来抓他们，人家根本连半点反应也都没有。

当那一帮人越来越近时，高朗这才发现是总统先生在一干贴身保镖的前呼后拥下，急匆匆地从连接办公室的安全通道一路进入地宫。就在他们将要乘坐专用交通工具离开白宫时，上面的安全警报忽然解除了。

当总统安全顾问向上面核实安全情况时，得到了安全的告知。于是，这位安全顾问只好请示总统，是否放弃从白宫转移的计划？总统同意放弃转移出宫，但考虑到问题还没有搞清楚，安全顾问就临时决定总统暂时不能离开这里。

保镖们把总统送进特别休息室。然后有服务生送来压惊的咖啡等饮品和酒食。

咪咪对高朗说："饿不饿，我们也过去吃点？"

高朗屏声静气，小心翼翼，他还是有顾虑，总是害怕惊动了那些荷枪实弹的保镖。

咪咪就说："没事，他们既听不到我们说话，也看不到我们的人。你只管放心去跟总统分享他的美食。要不然，就错过了这么大好的机会。以后恐怕再难享受到世界第一总统的待遇了。"

高朗却压低声音说："我们还是走吧！"

咪咪说："你怎么变得这么胆小呀！以前的你可不是这样的。听我的，没事。你要是不去，那我就再现一下身吓吓他们。"高朗忙说："不要不要。"

当下高朗在咪咪的催促下，跟咪咪一起坐到了总统对面。他们端起总统对面的咖啡、葡萄酒等，跟总统面对面地品尝起来，而总统却对他们视而不见。

就在这时，一位服务生过来提醒总统先生说："总统先生，请您不要过量饮酒。"

总统说："没有啊，我就喝了一点点啊！"

服务生指着已经快喝干了瓶的葡萄酒说："您看。"

总统先生耸耸肩膀说："NO，NO！"

就在这时，咪咪故意把一只手显露出来，让总统看见。总统大惊，他惊呼一声："谁？"

随着他的惊呼，几个保镖一齐扑来。有拔枪的，有扑在他身上的。可是一切都是虚惊一场。

当这些人问总统看到了什么时，总统却看着那瓶葡萄酒发呆，他自言自语地说句："可真是见鬼了。"

白宫闹鬼，可不是小事，而且还不只是总统一人所言。

所以，白宫这下可是热闹了。

为了总统先生的安全起见，白宫安全事务顾问建议总统马上撤离白宫，去另外一处绝密的办公场所。

总统接受了建议。当他在一班安全人员的护送下，乘专用地铁撤离时，咪咪却要拉着高朗跟上。可是就在这时，咪咪觉得自己身体哪个地方不对劲，这种情况是从来没有过的。她后悔不该跟总统先生分享美酒和咖啡。于是，她不得不突然改变主意。所以，她说声："真遗憾，我们这次不能陪同总统先生一起走了，只有下次再会吧！"

高朗正求之不得。

咪咪也没有跟高朗解释为什么要突然离去，就领着高朗飘然离开了。

　　就在他俩飞离白宫之时，咪咪觉得那种不适的感觉越来越强烈。

　　坏了，一定是刚才自己因情忘我而多喝了酒。说不定那酒里添加了特殊的东西，或者是总统先生的那瓶年份葡萄酒里有某菌种触动了她潜藏在内心的情感魔力。其实每个个体都有被压制的魔力，当正力释放的能量也即正能量以绝对压倒的优势将这种自身的魔力深深地压在潜意识中的时候，人是受理智支配的。可一旦这种魔力受外在力量的干扰而被释放时，它也会一时爆发而堕入魔道。咪咪这种魔力的释放恰好被亲近勃罗特又主管魔道的罗索星魔王接收。它这次可逮着机会报复旺旺星王了，它要将咪咪引入黑洞，使其亿万年的修为尽失，从而堕入万劫不复的境地。

　　这下可好，一向保持谨慎自律的咪咪就因为这偶然的一次放纵，竟会导致她被吸入魔力黑洞。

　　他们飞着飞着，速度越来越慢。高朗看到眼前突然出现一大片黑色蘑菇云向他们黑压压地盖过来。

　　咪咪知道不好，想转向逃脱，但是因为酒力的作用，她的全身已经发不出多少力来。高朗就见那黑云在接近他们的时候，突然从中间裂开一道缝，那缝继而又变成一个旋转着的大黑洞。那洞口有一股巨大的吸力，他们避之不及，被一下子卷到深不见底的黑洞里。

　　四周伸手不见五指，高朗只是靠感知才意识到咪咪的一只手在死死地拉着他的手。只听得身边风声呼呼地响着，他们的身体被一股不可抗拒的力量吸引着，向着不可预知的深处飞去。

　　咪咪立刻向旺旺星王求救。

　　旺旺星王也知道了咪咪的情况，他在第一时间里跟咪咪通话。

　　一道细碎的光点突然闪现在黑暗中，让高朗眼前一亮。他看到了那些细碎的光点一点点聚合成一个活生生的人，那个曾经出现过的男子，也就是来自旺旺星球的旺旺星王。

旺旺星王责备咪咪说："当此危机四伏之时，你还顾得上儿女情长，实在是令我失望。你也辜负了旺旺星族对你的培养。如今你自己犯下的过失，那就由你自己来承担吧！我还有紧急要务需要处理，不要再打扰我好吗？"

咪咪说："千错万错都是我的错，但是高朗是无辜的，他只是一个普通的地球人而已，只求你能将他救出这魔窟。"

旺旺星王拒绝说："这事归魔道管辖，不要说我没有过问的权力，即便我有这个权力，也不会轻易去徇私舞弊。而且事情就是因为这个高朗所起，万事都有因有果，这件事情最终的结果还是得由高朗出头才能终结。我看，此事求谁也不如求高朗。"

咪咪突然有些不满地说："他一介凡夫俗子，哪有这个能量，这你又不是不知道。你这样说，分明是在找借口推辞。"

旺旺星王说："信不信由你。"

正当旺旺星王就要结束通话时，罗索星魔王却使用魔力截占了旺旺星王与咪咪的通话渠道。于是，这个长得怪模怪样的罗索星魔王也如旺旺星王一样出现在咪咪他们面前。他对着旺旺星王哈哈大笑一声说句："老弟，别来无恙乎？"

旺旺星王回话说："托你的福，我还好着呢！"

罗索星魔王就假惺惺地说："不好意思，这次令爱堕入本道，我也完全是照章办事，还请老弟你多多包涵！"

旺旺星王知道他这是故意说给自己听的。在宇宙智慧界，这个罗索星魔王可一向是亲勃罗特派的。平时，他可是不怎么待见旺旺星王的。只是今非昔比，自从他知道旺旺星族成功升级了 K 金元素，这个罗索星魔王也不得不对其畏惧三分，表面上的跋扈就收敛多了。这要在往常，他又哪里会对旺旺星王如此客气？

按照以往的情境，能让咪咪堕入魔道，这可是好不容易逮住个可以制衡他们旺旺星族的机会呀！这也许正是他罗索星魔王求之不得的事情，怎么能指望着他会手下留情呢？但是，今天的这个罗索星魔王，大概也知道那个勃罗特被他旺旺星王用 B 级 K 金元素能量封锁在宇宙堡垒里了吧？因此，在面对旺旺星王的时候，罗索星魔王也不能不考虑一下。此刻的旺旺星王就想，这个罗索星魔王是否还会像往常那样依仗勃罗特的势力而变本加厉地虐待咪咪呢？尽管他们宇宙智慧界有共同规矩，但是，就如同地球人类一样，规矩都是为强者服务的，宇宙智慧界也不例外。当然，只要这个罗索星魔王照规矩办事，他旺旺星王也无话可说。毕竟规矩就是规矩。她咪咪如今堕入魔道，是由于自己的过错，怨不得别人。如是这样也好，借此机会，让咪咪受点挫折，对于她将来的成长也许会有好处。当然，罗索星魔王要是真那样做，他旺旺星王也自有办法对付。所以他就故意说："神有神规，魔有魔道，该怎么办就怎么办，不必顾虑。"

罗索星魔王一听，心领神会地说："好好，还是你旺旺星王深明大义，老弟不愧为正道中人，那我就不客气了。"

旺旺星王曾经很讨厌这位魔王，但是大敌当前，他还是觉得不宜树敌过多，能化敌为友更好。所以，他就郑重其事地回了句："请便！"

罗索星魔王见此，心中有数，当下对着高朗和咪咪身处的黑洞展开双掌用力一推说句："开！"

只见黑洞中又出现一个黑洞，这个黑洞更加可怕。那黑洞里一会儿火焰四起，热浪滚滚；一会儿又冷如冰窟，寒气逼人，人要进入其中，那可是生不如死。

咪咪知道这个地方的厉害。谁要是一旦进去，那就是万劫不复。经过这许多的煎熬，多少年来修炼聚集而来的宇宙智慧精气会统统耗尽。等到历尽千难万险，即便能元神不毁地从那里出来，可是经过魔力的熏陶，就会被打入宇宙智慧界的另册，成为魔力星球的一员。要想脱离这魔力星球，那可得费尽周折和付出极大的努力，还要经过时光打磨等待，才有机会。

咪咪看着这万劫不复之黑洞，深感恐惧。看看身边的高朗，他虽然也害怕，可是他并不知道这其中的厉害。咪咪不想连累高朗，于是就屈尊跟罗索星魔王求情说："我可以去承受这磨难之苦，但是请你放过高朗。他只是一个地球人，没有智慧精气消耗，一旦进去，就会化成一缕尘烟而不复存在，他对于你们魔道毫无用处。"

罗索星魔王一听，用那双具有魔力的眼睛看了高朗一下对咪咪说："你说得不对。我倒觉得这小子身上的特殊静电能量完全可以抵得上你们的旺旺精气和智慧能量，你入不入魔道倒还好说，他是一定要入的。"

咪咪一听，气愤地说："你胡说，他一个肉体凡胎，哪有什么能量？"

罗索星魔王却说："这个你就不要管了。要不这样吧，看在旺旺星王的面子上，我放你一马。只要你放开高朗即可。"

咪咪一听他这样说，更加死死地拉住高朗的手不放。

此刻高朗也有些明白了。听他的口气，只要自己堕入黑洞，罗索星魔王就可以放过咪咪。因此，高朗马上就对罗索星魔王说："好，让我去可以，只要你说话算数！"

罗索星魔王说："那是当然了。只要你小子进去。"

高朗就说："可以！"

高朗说着就要挣开咪咪拉紧他的手。

"不要！"

咪咪一边制止一边拼命地拉紧他，高朗则拼命地挣脱。可是无论他怎么挣扎，咪咪那只手就像跟他的手长在了一起似的，怎么也挣不开。

罗索星魔王突然发出一声怪叫，两只魔眼立刻放射出两道利剑一样的邪恶之光，那两道魔光在接近高朗的胳膊处汇聚一处，它就像一把锋利的宝剑一样对着高朗被咪咪拉紧的那只胳膊那么匆匆一扫，咪咪和高朗躲闪不及，高朗的那只胳膊就齐刷刷地被切断。高朗痛得"哎哟"一声跌倒在地。咪咪大惊，那只抓着高朗断臂的手瑟瑟发抖。就见罗索星魔王对着高朗吹一口气，高朗的身子"呼啦"一声就向着黑洞堕去。

咪咪惊呼一声，想飞身去抓住高朗。但是她的能量被魔力所困，动弹不得。她只得对着消失在黑洞深处的高朗大喊："高朗，高朗——"

咪咪喊着，就想奋身向黑洞跳去。

可就在这时，黑洞却顿然消失。

眼前幻化出一道山峰挡在咪咪面前。

咪咪看着空无一人的四周，痛哭失声地对着高山喊道："高朗，高朗——"

声音飘向遥远。

随着声音，只见高朗远远地站在对面的山峰上冲她招手。

咪咪刚刚要过去的时候，旺旺星王又跟她通话了。

旺旺星王跟她说："高朗因为得益于旺旺星宝的护体，抗住了魔力的冲击，他已经脱离魔道。"

咪咪听着，大为吃惊。

她就问旺旺星王："怎么会这样？"

旺旺星王说："难道这不是你所期盼的吗？从今往后，你们之间的感情问题我不会再过问的，让一切都随缘吧！看来，这'缘分'二字不仅在凡间红尘中有，在我们智慧界也同样存在。高朗这个小子跟我们旺旺星族是有很深的渊源的。"

咪咪听着旺旺星王的话，喜极而泣。

旺旺星王借机对着她进行了能量输入后，说句："去吧！"

咪咪立刻恢复如初。她急切间向着高朗站立的地方飞去。

咪咪飞着喊着："高朗——"

当两人历经生死而后又相见时，所有的语言都是多余的，他们只是紧紧相拥相抱。

咪咪和高朗缠绵多时，这才分开。

当问及高朗是如何脱离黑洞，来到这个地方时，高朗才细细说来。

原来，当高朗堕入更深的黑洞时，他经历了烈火的焚烧，也经历了严寒的冰冻，还经历了毒液的浸泡。本来高朗是抱着必死的信念的。为了咪咪，他觉得这样值了。当他被烈火包围的时候，那罗索星魔王就突然出现，问他怕不怕。高朗就说："怕又如何不怕又如何？"魔王就说："怕的话就将旺旺星宝吐出来，那样的话就可以放了你。如果不怕的话，就得被大火烧死。"高朗说："别骗我了，我要是给了你那东西，你更饶不了我。男子汉大丈夫，不就是一死吗？更何况我也是九死一生的人了。为爱的人去死，我死而无憾。"那魔王一听，气得暴跳如雷。他咬牙切齿地说："好好，你有种，那就让你尝尝千刀万剐的滋味吧！"他说着，一挥手，将一群小魔王招来。小魔王人人拿一把刀，扑过来就照着他的身子一齐刺去。可是，让魔王想不到的是，高朗的身子经过大火焚烧后，像金刚一样坚硬，那些刀子刺在身上，全部都被震得弹了回来。罗索星魔王大怒，他亲自操刀，要将高朗碎尸万段。可是就在这个时候，高朗身上突然冒出一阵金光。罗索星魔王和那些小魔王一遇到这金光，瞬间就消失得无影无踪。更让高朗惊奇的是，金光所到之处，一片明净，黑洞被金光逼退，而他却站在了这座山峰上。

咪咪听了，这才恍然大悟，都是高朗体内的旺旺星宝在起作用。那么，既然旺旺星王当初将旺旺星宝置于高朗体内，他不会不知道会有今天这样的遭遇吧？而明明知道高朗有旺旺星宝护体，却在这件事上装糊涂。那么他这样做的目的，难道是……

不待咪咪多想，高朗就说："我们是不是该回去了？那大石龟……"

咪咪看他一眼说："时辰到了，那孽障该出山了。我们走！"

二十四

祁连山脉。

当冬日的残阳早早地被大山遮挡在背后时，随着余霞的褪尽，天地便渐渐蒙上了灰暗的影子。

此时的天也像个打瞌睡的孩子，慢慢地闭上了眼睛，大地便淹没在无边的黑暗里。随着这黑暗的降临，四周便显得一片死寂。唯有那不甘消停的寒风，偶尔发出几声肆虐般的叫嚣，向世间传播着无尽的寒意。

夜很静，也很冷。

随着黑暗的加重，那祁连山的雪，却不断向四野发射着熠熠寒光，将笼罩在夜空里的浓浓墨色驱散。

夜晚子时，只见祁连山顶峰先是一阵光亮，紧接着几声轰隆隆的巨响。就在人们还不明白是怎么回事的时候，不知从何处的山谷中腾起一阵雪浪，雪浪引发了大面积的雪崩。那场面，就像老天爷把天上所有的雪都撒下来，要把地球掩埋一样震撼而恐怖。

那幅惊天动地的画面给人的感觉就是整个祁连山都要崩塌了，都炸开了。

不死战神知道这是魔龟要复出的信号。还没等他行动，咪咪就跟他说话了。咪咪说："看来这魔龟真的要出世了，我给它设计的诱饵起到了作用。一会儿它从山中幻化出来的时候，你先用腕炮攻击它一下，引诱它跟你搏斗。这时你就逃跑，一直往沙漠地区跑。当它离开祁连山几十里地时你再用伽马射线枪对付它。千万记住，不要过早地使用伽马射线枪。因为这个大石龟幻体在能量充足时，会用龟盖当盾牌。先消耗它的能量，让它顾不得使用龟盖盾牌。"

不待不死战神答应，大石龟的幻体就一下子从雪山中探出头来。

那不是固体的头，而是像烟雾般的影子。

这幻体魔龟先是将一个头影从雪山中冒了出来，一点点升高，在寒风的吹拂中不断扩张，并渐渐膨胀着，先是像窥探般谨慎地升腾，随着这个魔龟头部的冒出，山头像被酥化了一般，因为受魔龟幻体的拱动而四分五裂，一座好端端的山峰因此而坍塌。

一时间，飞雪、土石一齐向山下崩落。

当这只幻化的魔龟破山而出的时候，那就是个在夜空中闪着寒光的影子。神奇的是这影子借着寒风的吹拂，渐渐硬化成一只巨大的龟身。当它硬化成形时，却突然对着大山喷出一股火焰。祁连山的积雪，在受到热量的灼烤时瞬间融化成水，那水汇成股股水流，从四面八方顺山而下。

　　不死战神站在另一个山头上看得明明白白。它立刻飞动起来，飞近时，开动腕炮，对着大石龟一阵猛射。

　　腕炮虽然对大石龟幻体不起任何杀伤作用，但是却干扰了它的喷火，这让它一时恼怒起来。大石龟幻体立刻向着不死战神喷出一股火焰。就在火焰喷向不死战神的危急时刻，咪咪及时用旺旺紫气将火焰隔离。大石龟幻体见火焰烧不到不死战神，就将火焰收回，又继续向山头的积雪喷去。祁连山上积攒了亿万年的雪遇到火焰的烧烤，大片大片地融化。那融化的雪水，顺着山顶往下快速流淌，它们沿着悬崖沟壑呼啸而下，见石冲石，见坡冲坡，见雪冲雪，见土冲土，真个是所向披靡，无坚不摧。水在奔腾而下时分成大大小小的几十股分流，分别从山之阳和山之阴一路倾泻而下。它们裹挟着大山上亿万年的沉积物，以势不可当的气势，汹汹奔流不停。在流淌的过程中，它们或成激流，或成瀑布，其浩浩荡荡，惊世骇俗。

　　魔化的大石龟这会儿却没有去理会不死战神，它只是盯紧了冲下祁连山的洪水。那洪水一路冲击，一路肆虐。将沿途的城市、村庄一概淹没。大石龟幻体见无数的人口被卷入水中，立刻张开嘴巴，对准奔腾的洪水就吸。那水像着了魔般连同被冲毁的物体和被淹没的人们一同吸入这魔龟口中。咪咪一看不好，她知道这是魔龟要通过吸水将人们也吸入它的腹中，这样的话它就可以重新得到能量补充。

　　咪咪赶紧告诉不死战神用伽马射线枪切割它的头部，同时咪咪也发射超级旺旺紫气将洪水阻断，坚决不让它们被吸入大石龟幻体腹中。

　　大石龟幻体急了，它掉头就向不死战神扑去。

无奈它的头部一次次被伽马射线枪切断。虽然它又一次次长出来，但是这样继续下去，能量的消耗会让它吃不消。

大石龟幻体意识到个中厉害，它忽然幻化成尘雾浸入大山中不见了踪影。

正当不死战神四处寻找之际，那大石龟幻体又忽然从山脚下冒了出来。它甚至干脆脱离了祁连山，向着核武基地奔去。

看样子这只魔龟是要孤注一掷，它连依靠大山吸收能量的办法都放弃了。

不死战神紧跟着追去。它一边追一边用伽马射线枪去切割大石龟幻体的头部，无奈大石龟幻体移动速度太快，它忽而左忽而右，忽而东忽而西，它不断变换动作，以图逃避伽马射线枪的切割。果不其然，不死战神的伽马射线枪竟然无法对准它的头部。

一直在总部六号作战室的人们这下子是真慌了。

如果让这只魔龟袭击了核武基地，整个国家就遭殃了，说不定还会引起世界大战，毁灭地球。

怎么办？

总部六号首长正在向最高首长紧急请示。

咪咪此时又说话了。

咪咪告诉总部六号首长可以启用不死战神 B，让他引诱魔龟进入荒漠地带，然后做好核武打击准备。如果引诱成功，等着魔龟进入荒无人烟地带，可以用核武摧毁它。

总部六号首长着急地问："没有其他办法了吗？"

咪咪说："其他办法也有，但无绝对把握。所以你们要做到有备无患，这是最坏的打算，还是抓紧准备吧！"

总部六号首长说："明白了。"

不死战神 B 飞越到幻化的大石龟前面，它和不死战神一前一后联手发动了对大石龟幻体的攻击。

在两巨型智能机器人的拼死截击下，大石龟幻体行动不得不迟缓下来。这让不死战神有了攻击的机会。

大石龟幻体在伽马射线枪的切割下避之不及，头部不断被切下又重生。这样一连重复了十几遍后，因为不死战神 B 的加入，有关于将大石龟幻体头部切割四十九遍的计数早已打乱。这期间谁也没有在意这只大石龟幻体究竟被割了多少遍。但是，切割还在继续着。正当他们重复着切割动作时，大石龟幻体突然来了个分身之术。它在又一次被切下头部的时候，那脖子就不再生长。由于不死战神在背后用伽马射线枪对它的身子进行切割，大石龟幻体的背部也已经被割得七零八落。

在总部六号作战室里观战的人们看到这一幕，紧张的心情稍稍轻松起来。他们期盼着大石龟幻体会就此消亡。但是因为这只幻化的大石龟变化无常，他们也无数次领教过它的狡猾，所以并不敢掉以轻心。

就在这时，咪咪又对总部六号首长说话了。咪咪说："这只魔龟又要玩花招，你们千万不要放松警惕。"

总部六号首长就说："放心，我们一直盯着它呢！"

总部六号首长的话音刚落，就见大石龟幻体的脖子上冒出一缕青烟。那青烟随着寒风吹向空中，渐渐向远处飞散而去。

咪咪赶紧对着不死战神和不死战神 B 说："快追那烟，那是魔龟的幻化之术。"

当两个巨型智能机器战士向前追去的时候，那缕清烟又幻化成了大石龟。

不死战神 B 因为有核动力，所以他飞得比较快，而不死战神却远远落在后面。

当不死战神 B 追上这只大石龟幻体的时候，他倾尽全力，腕炮和伽马射线枪齐发。

然而数次幻化的大石龟对伽马射线枪有了抗击能力，此时的伽马射线枪却不能轻易将大石龟切割。但是随着不死战神的到来，这一对巨型智能机器战士对幻化的大石龟展开双向夹击，让它不堪其扰。虽然伽马射线枪不能再将大石龟切割，但是不死战神 B 却攻击越甚。几番前后夹击，让大石龟幻体脱身不得。大石龟幻体恼怒异常，它不得不暂时放弃既定目标，转对不死战神 B 发动了攻击。

大石龟幻体的这一举动，正是咪咪他们所期盼着的。不死战神 B 且战且退，大石龟幻体却步步紧逼。一时间，大石龟幻体在跟不死战神 B 的打斗中，慢慢向着边远的不毛之地逼近。

目标已经接近既定范围，最高层已经同意下令启动核武攻击程序。

就在这个危急时刻，M 国却联合十几个盟国在国际上就核武事件频频向中国发起强烈的舆论攻击，企图迫使高层放弃动用核武打击而放任魔龟的肆虐。以 M 国为首的各联盟国在联大会议上对中国的核武打击计划提出坚决反对，并联合发起围攻。在国际舆论的巨大压力下，高层不得不对核武攻击保持谨慎态度。

咪咪对 M 国的举动和目的了如指掌，她理解高层的难处。但要是让这一千载难逢的机会就这么丧失了，却是万分地可惜。

当咪咪正在想对策的时候，却见这只大石龟幻体突然停止了对不死战神 B 的追击，又反过头来一路向着核武基地快速奔去。

大石龟幻体这种反常的举动，让所有人一下子紧张起来。

尽管两巨型智能机器战士对大石龟进行了全力以赴的前后堵截，但是此时的大石龟幻体却不管不顾，一个劲地向着终极攻击目标奔去。

咪咪看着大石龟幻体像疯了一般要去袭击核武基地，这一异常的举动让她感到了意外。这只魔龟经过数次分身幻化后表现出来的异常超乎想象，这给毁灭它造成了极大的困难。

大石龟幻体越来越接近目标了，危险就在眼前。

咪咪不得不再次提醒总部六号首长在万不得已的情况下直接动用核武对大石龟幻体进行打击。

尽管国际舆论形成了一边倒的趋势，他们极力反对中国动用核武摧毁大石龟。但是却没有人来回答，假如中国的核武基地被大石龟攻击该怎么办？

当危险一步步迫近时，高层不得不再次决定：只要魔龟接近核武基地，就立刻启用小型核弹对其进行精确打击。同时将警戒范围扩大到五百公里以外，以期尽可能杜绝核武对居民造成的伤害。

情况危在旦夕，咪咪当然也是焦急万分。

就在这十万火急之时，旺旺星王又和咪咪开启了对话。

旺旺星王及时提醒她跟高朗进行合体，以吸收他体内的旺旺星宝之能量，再次升级旺旺紫气，这样就会阻止大石龟幻体的行动。虽然再次升级的旺旺紫气不足以对大石龟幻体构成毁灭，但有可能将大石龟幻体封住，让它动弹不得。假如能如此的话，那么危情或者可以缓解。等他得到更多的 B 级 K 金元素，再回头一起毁灭这头魔龟。这虽然是一个权宜之计，但也是唯一的办法。

咪咪当然知道她跟高朗合体会对他的身体机能造成什么样的破坏，此时她也明白旺旺星王为什么当初将旺旺星宝置于高朗体内的原因了。

旺旺星宝跟高朗体内的特殊生物静电混合，可以再生更强大的能量。

可是一旦她从高朗身上吸收了这种能量，她自己是强大了，但是对高朗的摧残却是致命的。

此时此刻，咪咪已经顾不得了。她狠下心来，对着正在全神贯注盯着大石龟动向的高朗开启了旺旺紫气吸收大法。

高朗在不知不觉中被她的旺旺紫气击中，随着旺旺紫气的灌入，高朗感觉到自己的身子像被什么吸力抽空一样。他全身的血肉都被一种力量抽走，他只是剩下一具毫无生气的干瘪皮囊，最后他不由得软绵绵地倒在了地上。

咪咪不仅吸走了高朗体内的旺旺星宝和特殊静电的混合能量，连同他的体能也一起吸收了。咪咪不想这样，当今情势危急，如此也是万般无奈。

咪咪自身的能量得到了极大的提高后，她便立刻向大石龟展开了攻击。

一团紫蓝色的光波射向不断爬行的大石龟幻体。大石龟幻体在受到光波的攻击下，全身一阵战栗。

那巨大的身子渐渐软化而变成一汪清水。

咪咪却没有停止攻击，她怕它死而复活，只有让攻击继续下去。当清水在光波的烘烤下变成一缕缕白色的水蒸气消失的时候，咪咪方才罢手。

咪咪刚刚缓了一口气，让她没有想到的是，那缕缕蒸发的水蒸气在离开原地后，又重新汇聚起来，然后慢慢风化成一只巨大的龟体。这只龟体比前期那只更厉害。不但两个巨型智能机器人对它束手无策，就连咪咪的超级旺旺紫气攻击波也无能为力了。

她立刻向旺旺星王通话求援，可是却一直没有回应。

这让咪咪感到了绝望。

眼看着那幻化的魔龟一步步接近核武基地。

所有的人都把目光盯着这只魔龟。

近了，更近了。

魔龟突然停住不动，看来它是要做攻击核武基地的准备了。

这可真是一触即发啊！

咪咪不得不警示最高决策层开启核武打击行动。

万般无奈之下，最高决策层出于对民族危难的考虑，不顾国际舆论的反对，下决心同意启动核打击计划。

一声令下，核武打击计划已经启动。

眼看着一朵蘑菇云就要升起。

旺旺星王没有回应咪咪的求援，是因为他此时已屏蔽所有外界的信息干扰，正跟躲在旺旺星球避难的原宇宙之星老星王密谈，商量对付勃罗特和大石龟的办法。

躲在宇宙堡垒里的勃罗特虽然被 B 级 K 金元素暂时封住，可他对大石龟施加的宇宙感应法却起到了作用。想当初，为了做到万无一失，勃罗特不但炮制了一个 A 计划，同时他也给大石龟密制了宇宙感应法。只要 A 计划失败，这宇宙感应法会让大石龟在经过数次幻化后表现出 N 次的递增魔力。如此一来，任凭旺旺星王拥有再多的 B 级 K 金元素也无可奈何！

所以，尽管他暂时被困，但是他依然相信最后的胜利是属于自己的。

而且，当他熬过这段时间，一旦旺旺星王的 B 级 K 金元素能量耗尽，他会冲破封锁，跟旺旺星王算账。

勃罗特正做着美梦的时候，一个熟悉的声音突然响起。

"哈哈哈！你的梦好美啊！"

勃罗特闻言抬眼一看，大吃一惊。

"你——你还能回来？"

老星王以虚幻之躯立于勃罗特之面前。勃罗特见之，可真是惊异万分。

老星王笑眯眯地说："你这个野心家，没想到我留了一手吧？你只知我做了'缚魂魔咒衣'，却不知我还有'解魂咒'。你以为骗我穿上那'缚魂魔咒衣'就中了你的圈套了，你上当了。"

勃罗特一听，可真是急眼了。这要是让老星王复出，那他的一切都要完蛋了。勃罗特不甘心哪！他气咻咻地说道："你个老不死的，即便你回来了又能怎么样？你的兵将全没有了，你不过是一个光杆司令而已。而且你老而无能，昏聩糊涂，我又怕你奈何？"

老星王见他依然这么狂妄，摇摇头说句："死到临头还嘴硬。如果你现在悔改，收回那只孽龟，我可以罚你去山中守戒悔过，免你魂飞魄散去宇宙太空当垃圾的惩罚。"

"呸！妄想！别骗我了，你个老不死的。如今的你势单力孤，能奈我何？那只魔龟就要成功了，只要它成功了，那么统治宇宙的就是我而不是你！谁去太空当垃圾，走着瞧吧！"

"好好！既然你执迷不悟，也怨不得我了！"

老星王说着，突然念起了咒语。

突见那件缚魂魔咒衣自空中飞来，一下子套在勃罗特的身上。

就在这时，旺旺星王出现了。他提醒老星王说："且慢，让他交出控制魔龟的密码。"

勃罗特一见旺旺星王，咬牙切齿地说道："原来是你们早就合伙给我下好了套啊。哎呀！气死我了。"勃罗特瞪着两只血红的眼睛，对着老星王和旺旺星王呸了一口说道："你们这两个臭虫，想得倒好，我岂能让你们的阴谋得逞！想要密码，简直是痴心妄想。"

只见他说完这话，一咬牙，然后想运气自毁。如果让他自我毁灭成功的话，那么，控制大石龟的密码就会成为永远的秘密，如此，大石龟还会继续幻化祸害人间。

不待旺旺星王用 B 级 K 金元素去阻止，老星王早就预料到勃罗特这一手，所以还没等他来得及动手，他就对着勃罗特吹出一口气。勃罗特一接触老星王吹出的气，立刻就动弹不得。那气悠悠绕着勃罗特旋转，随着这旋转，只见从勃罗特的大脑中飘出一串串数字光波。那光波又进入老星王的大脑。老星王嘴唇嚅动，一组组数码化成一道道电波飞向正准备对人类核武基地攻击的大石龟幻体。

当大石龟幻体聚起能量，就要发动对核武基地的攻击时，人类的核武打击也已经进入倒计时。在这电光石火之间，那只疯狂的大石龟幻体却突然瘫软下来不动了。

原来它接收到宇宙之星老星王发来的分解密令时，身体不断地风化，直至化成缕缕烟尘，飘入空中。

大石龟的突然瓦解，让所有人看得眼都直了。

人们却还不相信。

幸亏咪咪及时用超级旺旺紫气封闭了核武程序。

核武启动程序被废除了。

一场灾难就这么解除了。

当总部六号首长听到咪咪说大石龟幻体彻底被毁灭时，整个作战室里一下子沸腾起来。

原来，当旺旺星王看到宇宙之星老星王向着大石龟幻体发出分解密码时，他便在第一时间告知了咪咪。

当咪咪知道毁灭大石龟的密码终于到手了的时候，她也在第一时间做出了封闭核武启动程序的行动，并及时通报给总部六号首长。

一切都结束了。这个时候，咪咪突然想起了高朗。

奄奄一息的高朗此时躺在大珠山的一块岩石上，那地方就是大石龟曾经的诞生地。高朗全身萎缩，人也苍老了几十岁，曾经风华正茂的壮小伙而今变成了一个风烛残年的小老头。

咪咪看着高朗这个样子，眼睛一下子湿润了。

她哭着说："高朗，我一定要让你恢复如初。"

说着，低下头，凑近高朗，用自己的嘴唇贴近高朗的嘴巴，不住地对着高朗的嘴巴吹气。

不一会儿，高朗渐渐清醒起来。

他睁开眼，看着咪咪，用微弱的声音说："我怎么了？"

咪咪心疼地说："对不起，让你受苦了。"

高朗又问说："那魔龟呢？"

咪咪就说："放心吧，它已经被毁灭了。"

"真的吗？"

"真的！"

咪咪说着在空中画个屏幕，让大石龟毁灭的场景再现。

高朗看后，高兴地笑了。当他笑过之后，却用目光四处搜寻，当他看到当初那大石龟的矗立地如今已是空旷无物，再也不见它昂首向上攀爬的影子时，便有些遗憾地说："可惜呀可惜！"

咪咪被他的神情搞得有些不明白，就问他说："可惜什么呀？"

高朗说："可惜了一处好景观。从此以后，这个地方，再也看不到大石龟了。"

咪咪听了他的话，恍然大悟。她一挥手，将高朗的身体移到一边的一处山坡上。然后对着空旷的山野说句："聚！"

话音落处，只见四散在各处的碎石一起汇聚。不一会儿，一具大石龟又重新立在原地。

高朗看着那只大石龟重新出现，脸上不由得露出了笑容。只是这笑容很快就从他脸上消失了，换之而来的是一种担忧，他对咪咪说："它会不会再次复活啊？"

咪咪就说："你放心吧！从今往后，这只大石龟再也不会复活了。"

"怎么说？"

"我把咱们住过的那房子留在那里，那房子有 K 金能量的存在，就可以永远镇住它了。从此以后，它只有给这地方带来灵气，带来好运。否则的话，它将自我毁灭于无形。"

"这就好，这就好。"

高朗努力挣扎着想起身，可是他就是起不来。他突然发现自己的手是瘦骨嶙峋的。他摸着自己的身子，感到了异样。他对着咪咪大声说道："我怎么会是这个样子，你到底对我做了什么？"

咪咪扭过头去，并没有回答高朗的话，她不想让高朗看到她的悲伤。

高朗见咪咪不说话，好像意识到了什么。

过了一会儿，高朗又小声对咪咪说："对不起，我不该那样对你说话！"

咪咪偷偷拭去眼中的泪水，转过头来，看着高朗说："是我对不起你！你本不该承受这样的苦难！"

"别说这些了，我们胜利了，应该高兴，是吗？从今往后，我们可以无忧无虑地一起去穿越去游玩了。"

咪咪用带有忧伤的眼神看着高朗，却没有回答。

"你是不是要离开我了？"

高朗的话让咪咪感到了一种无法言说的痛苦。她实在不想离开，但是她又必须离开。因为她只有回到旺旺星球，向父王和众元老述职完毕，方能获得一颗旺旺星宝的奖赏。倘若获得旺旺星宝，那么她的能量就可以再次大大升级，那个时候，她就能再次悄悄潜回到地球，将自己的那颗旺旺星宝重新植入高朗体内，让他恢复如初。只是，这次一别，对高朗来说会很久很久，也不知变成残疾的高朗能不能等到她重新回到地球的那一天。想到这里的时候，咪咪几乎生出要留下来的打算，只是她明白，自己的这个想法根本就不可行。因为目前她尚不具备长期留在地球的条件。只有回到旺旺星球，获得那颗旺旺星宝，她的智慧层级才能达到和六大元老一个级别，她才可以有资本和能力来拯救高朗。

咪咪对着高朗歉意地说："对不起。"

高朗此时已经平静了很多，他对咪咪说："只要把大石龟收拾了，就是搭上我这百十来斤也值得了。"

咪咪难过地说："都是我们不好，不该利用你来实现我们的目的。"

高朗就说："我愿意，你就不必自责了。其实，对付大石龟也是我们共同的责任。"

"别说了。"

咪咪突然打断他的话，然后认真地跟他说："你真的喜欢我吗？"

高朗说："喜欢啊！真的。"

咪咪听到这句话，突然流着泪笑了，她说："有你这句话我就很满足了。"

她说着这话的时候，闭上眼睛，嘴里默念着什么。就在这时，她的全身闪过一道耀眼的电光，随着电光的闪过，她的那身绿色紧身衣忽然像蝉蜕一样脱落下来，衣服在落下来的瞬间，飘然落在高朗身上。立刻间，高朗的身上同样星光闪耀，不一会儿，那件衣服如溶化般进入高朗身体内不见了。

高朗正错愕间，咪咪又拔下几根头发，吹入高朗手中。她告诉高朗一定要好好保留她的头发。每年的这个日子，只要高朗带着头发来到这个地方，等中午十二点的时候，她就会来到这里跟高朗相会。

高朗就说："你这是真的要走啊？"

咪咪说："是的。我本来是可以带你一起走的，但是那样的话，我们就很难相见了。你愿意吗？"

高朗连忙摇头说："不愿意。"

咪咪说："那就好，我也不愿意。我会回来的，你等着我！"

就在这个时候，一条喇叭状的光柱从遥远的宇宙伸过来。

咪咪明白她跟高朗分手的时辰到了。

就在这个时候，她突然抱住高朗，将自己体内的超级旺旺紫气灌入高朗体内。

高朗得到了这种超级能量后，体质立刻好转，他一个起身站立起来，刚想跟咪咪说话。

就在这个时候，旺旺星王就在催促咪咪该走了。高朗眼看着旺旺星王像真人般来到咪咪面前，他很严肃地告诫咪咪，说她已经数次抗命，如果不是看在她毁灭大石龟有功，他早就将其罚到外界去思过了。如今的咪咪只有速回旺旺星球，在得到六大元老动议后，再做处置。

高朗眼睁睁看着一道细碎的光点变成一个男人从天上走来，走到咪咪跟前跟她说话，他刚要问问这个男人为何非要逼咪咪离开？但是自从这个旺旺星王一出现，他就突然间全身一动也不能动，嘴巴一句话也说不出来。他就这样一直呆呆地看着他对着咪咪说完话后又化成光点消失于无形，直到这时，他的一切这才恢复如初。他刚想跟咪咪说话，只见此时的咪咪已经进入时空光波隧道，瞬间就从他眼前消失了。

"咪咪……"

高朗的声音跟着时空光波隧道传入咪咪的耳中，咪咪也立刻做出回答："等着我——记住，千万别把头发丢失啊！"

高朗站了起来，望着茫茫的天空，忽然抑制不住流下泪来。

当他的泪水滴落在大地上的时候，一阵烟雾升起，将他淹没在混沌之中。突然间他什么都看不见了，随之他便失去了知觉。

过了一会儿，一阵清风吹来，他醒来了，当他睁大眼睛一看，大珠山依然是大珠山，高朗也还是那个高朗。他既没残废，也没老去。而不远处那只巨大的石龟，也仍然耸然矗立着。

想起记忆中的一切，就像大梦初醒一样。

可是，当他伸开手的时候，却发现，手里还真有几根绿色的头发。

他一下子把它攥紧了。

他知道，所有的一切并不是梦。明年的这个日子，他一定会再次来到这个地方，等待着他心中那个咪咪出现。

那个时候，咪咪真的会出现吗？

高朗静静地站在那里，看着肃静的大珠山，想起咪咪跟他说起的那首古诗，他觉得咪咪一定会来的，一定会的。

图书在版编目（CIP）数据

灵龟复活 / 金亮著 .—北京：作家出版社，2021.12
ISBN 978-7-5212-1604-2

Ⅰ.①灵… Ⅱ.①金… Ⅲ.①长篇小说—中国—当代 Ⅳ.① I247.5

中国版本图书馆 CIP 数据核字（2021）第 227696 号

灵龟复活

作　　者：金　亮
责任编辑：佳　丽
封面设计：周思陶
封面题字：刘鸿信
出版发行：作家出版社有限公司
社　　址：北京农展馆南里 10 号　　邮　　编：100125
电话传真：86–10–65067186（发行中心及邮购部）
　　　　　86–10–65004079（总编室）
E–mail:zuojia @ zuojia.net.cn
http://www.zuojiachubanshe.com
印　　刷：唐山嘉德印刷有限公司
成品尺寸：152×230
字　　数：252 千
印　　张：19.75　　　插页：2
版　　次：2021 年 12 月第 1 版
印　　次：2021 年 12 月第 1 次印刷
ISBN 978-7-5212-1604-2
定　　价：48.00 元